FÜR IMMER MEIN

MEIN PEINIGER: BUCH 4

ANNA ZAIRES

Translated by
GRIT SCHELLENBERG

♠ MOZAIKA PUBLICATIONS ♠

Veröffentlicht von Mozaika Publications, einem Impressum von Mozaika LLC.

www.mozaikallc.com

Aus dem Amerikanischen von Grit Schellenberg

Lektorat: Fehler-Haft.de

Cover: Najla Qamber Designs

www.najlaqamberdesigns.com

e-ISBN: 978-1-63142-482-3

Druck ISBN-13: 978-1-63142-483-0

TEIL I

enderson

»WAS MACHST DU DA?«

Bonnies ängstliche Stimme schreckt mich aus
meinen Planungen, und ich schaue auf und schiebe den
Ordner, in den ich vertieft war, unter einen Stapel
Akten auf meinem Schreibtisch, während ich mich
darauf vorbereite, ihr mit einer plausiblen Lüge zu
antworten.

Aber die Frau, mit der ich seit einundzwanzig
Jahren verheiratet bin, sieht mich nicht an.

Sie starrt auf den Computer hinter mir, wo das
Foto einer wunderschönen Braut mit braunen Haaren,
die ihren hübschen Bräutigam anlächelt, den größten
Teil des Bildschirms einnimmt.

Verdammt. Ich dachte, ich hätte diesen Tab

geschlossen. Meine Nackenmuskeln zucken vor Anspannung, und meine aufsteigende Galle brennt in meinem Hals, als ich sehe, dass Bonnie zu zittern beginnt.

»Warum hast du sein Bild?« Ihre Stimme ist schrill, als ihre Augen zu mir wandern und mich vorwurfsvoll anschauen. »Warum hast du das Bild dieses Monsters auf deinem Bildschirm?«

»Bonnie … Es ist nicht so, wie du denkst.« Ich stehe auf, aber sie zieht sich schon zurück, schüttelt den Kopf, und ihre langen Ohrringe schwingen um ihr dünnes Gesicht.

»Du hast es versprochen. Du hast mir gesagt, dass wir in Sicherheit sind.«

»Und wir werden es sein«, sage ich, aber es ist zu spät.

Sie ist schon weg.

Zurück in die Zuflucht ihres Bettes, ihrer Pillen, ihres gedankenlosen Reality-TVs.

Zurück an dem Ort, an dem die Kinder und ich sie nie erreichen können.

Ich sinke zurück in meinen Stuhl, rolle meinen Kopf von einer Seite zur anderen und löse die schlimmsten Verspannungen, während ich den Ordner wieder hervorhole. Der Name im Inneren starrt mich an, und jeder Buchstabe verspottet mich und schürt das bittere Feuer meiner Wut.

Peter Sokolov.

Ich bin die letzte Person, die noch auf seiner Liste steht. Der Einzige, den er noch nicht getötet hat, für das, was in diesem beschissenen Dorf in Dagestan passiert ist. Ein Fehler, ein fahrlässiger Befehl, und das ist das Ergebnis. Seit Jahren jagt er mich und meine Familie, quält unsere Freunde und Lieben, um an mich heranzukommen. Er beherrscht die Alpträume meiner Kinder und zerstört unser Leben in jeder Hinsicht.

Und jetzt, dank seines Kumpels Esguerra, der mit unserer Regierung zusammenarbeitet, darf er sich frei bewegen. Darf seine hübsche, braunhaarige Ärztin heiraten und in den Vereinigten Staaten leben, als ob alles vergeben und vergessen wäre.

Als ob sein Versprechen, mich nicht zu töten, etwas ist, was ich glauben soll.

Mein Blick fällt auf die restlichen Namen im Ordner.

Julian Esguerra.

Lucas Kent.

Yan und Ilya Ivanov.

Anton Rezov.

Sokolovs Verbündete – und jeder Einzelne ein Monster.

Sie müssen für das bezahlen, was sie getan haben.

Wie Sokolov müssen sie neutralisiert werden.

Dann und nur dann werden wir wirklich in Sicherheit sein.

ara

Ich wache mit der überwältigenden Erkenntnis auf, dass ich verheiratet bin.

Verheiratet mit Peter Garin, alias Peter Sokolov.

Mit dem Mann, der meinen ersten Ehemann, George Cobakis, getötet hat, nachdem er in mein Haus eingebrochen war und mich gefoltert hatte.

Mein Stalker.

Mein Entführer.

Die Liebe meines Lebens.

Mein Verstand wandert zum gestrigen Abend, und Hitze breitet sich in meinem ganzen Körper aus – eine Mischung aus Verlegenheit und Erregung. Er hat mich gestern bestraft. Mich dafür bestraft, dass ich ihn fast am Altar stehen gelassen hätte.

Er hat mich brutal genommen und mich dabei gezwungen, alles zuzugeben.

Ich musste gestehen, dass ich ihn liebe – *alles* an ihm, einschließlich seiner dunklen Seiten.

Dass ich diese Dunkelheit brauche … sie am eigenen Leib spüren muss, damit ich die Scham- und Schuldgefühle darüber überwinden kann, zu wissen, dass ich mich in ein Monster verliebt habe.

Ich öffne die Augen und starre an die weiße Decke. Wir sind noch in meiner kleinen Wohnung, aber ich schätze, dass wir bald umziehen werden. Und dann? Kinder? Spaziergänge im Park und Abendessen mit meinen Eltern?

Bin ich wirklich dabei, ein Leben mit dem Mann aufzubauen, der gedroht hat, alle auf unserer Hochzeit zu töten, wenn ich nicht auftauche?

Er muss gerade Frühstück machen, weil ich köstliche Düfte aus der Küche riechen kann. Sie sind süß und gleichzeitig vollmundig, und mein Magen knurrt, als ich aufstehe und wegen meiner schmerzenden Sehnen im Knie zusammenzucke.

Wenn wir häufiger in exotischen Positionen ficken wollen, sollte ich vielleicht mit Yoga anfangen.

Ich schüttele den Kopf bei diesem Gedanken, gehe duschen, putze mir die Zähne, und als ich mit einem Bademantel bekleidet herauskomme, höre ich Peters tiefe, leise Stimme mit dem schwachen Akzent, als er mich ruft.

Oder genauer gesagt ruft er sein »Ptichka«.

»Ich bin hier«, sage ich, als ich in die Küche komme,

wo mich unglaublich starke Arme hochheben und ich so intensiv geküsst werde, dass mir die Luft wegbleibt.

»Ja, das bist du«, murmelt mein Mann, als er mich endlich wieder auf die Beine stellt. »Du bist hier, und du wirst nirgendwo hingehen.« Seine großen Hände ruhen besitzergreifend auf meiner Taille, und seine grauen Augen schimmern wie Silber in seinem mit Bartstoppeln bedeckten Gesicht. Er hat sich bereits ein T-Shirt und eine Jeans angezogen, scheint sich aber noch nicht rasiert zu haben, denn diese Stoppeln sehen so einladend rau und kratzig aus, dass ich mich frage, wie es wäre, wenn sie über meine Haut fahren würden.

Ohne nachzudenken, lege ich meine Hand an seinen gemeißelten Kiefer. Er ist genauso kratzig, wie ich es mir vorgestellt habe, und ich grinse, als er seine Augen schließt und sein Gesicht an meiner Handfläche reibt, wie ein großer Kater, der sein Revier markiert.

»Es ist Sonntag«, sage ich ihm und senke meine Hand, als er seine Augen öffnet. »Also ja, ich gehe nirgendwo hin. Was gibt es zum Frühstück?«

Er grinst, tritt zurück und lässt mich los. »Ricotta-Pfannkuchen. Hast du Hunger?«

»Ich könnte definitiv etwas essen«, gebe ich zu und beobachte, wie seine metallischen Augen vor Freude aufleuchten.

Ich setze mich hin, während er die Teller für uns beide holt und sie auf den Tisch stellt. Obwohl er erst letzten Dienstag zu mir zurückgekommen ist, fühlt er sich in meiner kleinen Küche schon wie zu Hause, und seine Bewegungen sind so geschmeidig und sicher, als ob er schon seit Monaten hier wohnt.

Während ich ihn beobachte, bekomme ich wieder das beunruhigende Gefühl, dass ein gefährliches Raubtier in meine kleine Wohnung eingedrungen ist. Teilweise liegt das an seiner Größe – er ist mindestens einen Kopf größer als ich, seine Schultern sind unglaublich breit, und sein Körper eines Elitesoldaten ist voller harter Muskeln. Aber es ist auch etwas an *ihm*, etwas mehr als die Tattoos, die seinen linken Arm schmücken, oder die schwache Narbe, die seine Augenbraue teilt.

Es ist etwas Eigenes, eine Art von Rücksichtslosigkeit, die es gibt, selbst wenn er lächelt.

»Wie fühlst du dich, Ptichka?«, fragt er, als er sich zu mir setzt, und ich schaue auf meinen Teller, weil ich weiß, weswegen er sich Sorgen macht.

»Gut.« Ich will nicht an gestern denken, darüber, wie der Besuch von Agent Ryson mich buchstäblich krank gemacht hat. Ich war wegen der Hochzeit bereits nervös gewesen, aber erst als mir der FBI-Beamte Peters Verbrechen um die Ohren gehauen hat, musste ich mich übergeben und habe Peter fast sitzenlassen.

»Keine Beschwerden wegen gestern Nacht?«, wird er deutlicher, und ich schaue mit erhitztem Gesicht zu ihm auf, als ich verstehe, dass er sich auf unser Sexualleben bezieht.

»Nein.« Meine Stimme ist erstickt. »Es geht mir gut.«

»Gut«, murmelt er mit einem heißen und dunklen

Blick, und ich verstecke meine immer stärker werdende Röte, indem ich nach einem Ricotta-Pfannkuchen greife.

»Hier, mein Liebling.« Er legt mir fachmännisch zwei Pfannkuchen auf den Teller und schiebt eine Flasche Ahornsirup in meine Richtung. »Möchtest du noch etwas anderes? Vielleicht etwas Obst?«

»Gerne«, sage ich und schaue ihm dabei zu, wie er zum Kühlschrank geht, um Beeren herauszunehmen und zu waschen.

Mein häuslicher Attentäter. Wird so unser gemeinsames Leben sein?

»Was willst du heute machen?«, frage ich, als er zum Tisch zurückkehrt, und er zuckt mit den Achseln, während sich ein Lächeln auf seinen gemeißelten Lippen ausbreitet.

»Was du möchtest, Ptichka. Ich dachte, wir könnten vielleicht rausgehen und den schönen Tag genießen.«

»Also … ein Spaziergang im Park? Wirklich?«

Er runzelt die Stirn. »Warum nicht?«

»Nichts. Meinetwegen gerne.« Ich konzentriere mich auf meine Pfannkuchen, damit ich nicht hysterisch kichere.

Er würde es nicht verstehen.

WIR ESSEN SCHNELL – ICH HABE HUNGER, UND DIE Ricotta-Pfannkuchen – er nennt sie *Sirniki* – sind unglaublich gut, und dann fahren wir zum Park. Peter sitzt am Steuer, und als wir bereits die Hälfte des Weges hinter uns gebracht haben, bemerke ich einen schwarzen SUV, der uns folgt.

»Ist das Danny?«, frage ich, während ich mich umschaue.

Seit Peters Rückkehr hat uns das FBI in Ruhe gelassen, und Peter ist viel zu ruhig wegen unseres Verfolgers, als dass es jemand anderes als der Leibwächter und Fahrer sein könnte, den er eingestellt hat.

Zu meiner Überraschung schüttelt Peter den Kopf. »Danny hat heute frei. Es sind ein paar andere Männer der Crew.«

Ah. Ich drehe mich um, um den SUV genauer zu betrachten. Die Fenster sind getönt, so dass ich nichts sehen kann. Stirnrunzelnd schaue ich zu Peter zurück. »Denkst du, wir brauchen immer noch all diese Sicherheitsvorkehrungen?«

Er zuckt mit den Schultern. »Ich hoffe nicht. Aber Vorsicht ist besser als Nachsicht.«

»Und dieses Auto?« Ich schaue mich in der luxuriösen Mercedes-Limousine um, die Peter letzte Woche gekauft hat. »Ist es auch speziell ausgerüstet?« Ich klopfe mit meinem Knöchel gegen das Fenster. »Das Glas scheint wirklich dick zu sein.«

Sein Gesichtsausdruck verändert sich nicht. »Ja. Es ist kugelsicher.«

»Oh. Wow.«

Er blickt mich an, und ein schwaches Lächeln erscheint auf seinen Lippen. »Keine Sorge, Ptichka. Ich habe keinen Grund, zu glauben, dass auf uns geschossen wird. Es ist nur eine Vorsichtsmaßnahme, das ist alles.«

»Okay.« Nur eine Vorsichtsmaßnahme, wie die Waffen, die er bei unserer Hochzeit in seiner Jacke hatte. Oder der Bodyguard-Fahrer, der da ist, um mich abzuholen, wenn Peter nicht kann. Weil normale Ehepaare aus der Vorstadt natürlich immer Bodyguards und kugelsichere Autos haben.

»Erzähl mir von den Häusern, die du gefunden hast«, sage ich und schiebe das unbehagliche Gefühl beiseite, das durch den Gedanken an all diese Sicherheitsmaßnahmen hervorgerufen wird. Wegen seines früheren Berufs und der Art von Feinden, die er sich gemacht hat, ergibt Peters Paranoia vollkommen Sinn, und ich habe nicht vor, gegen die Vorsichtsmaßnahmen zu protestieren, die er für notwendig hält.

Wie er gesagt hat, ist Vorsicht besser als Nachsicht.

»Ich werde dir die Angebote in einer Sekunde zeigen«, sagt er, und ich bemerke, dass wir bereits an unserem Ziel angekommen sind.

Er parkt gekonnt das Auto, steigt aus und kommt dann auf meine Seite, um mir die Tür zu öffnen. Ich lege meine Hand in die seine, lasse mir von ihm aus dem Auto helfen, und ich bin nicht überrascht, dass er die Gelegenheit nutzt, um mich an sich zu ziehen und zu küssen.

Seine Lippen sind weich und sanft, als sie die meinen berühren, und sein Atem ist mit Ahornsirup gewürzt. Es gibt keine Dringlichkeit in diesem Kuss, keine Dunkelheit – nur Zärtlichkeit und Verlangen. Doch als er seinen Kopf hebt, ist mein Puls genauso schnell, als hätte er mich überfallen, und meine Haut ist warm und prickelt, wo seine Handfläche meine Wange umschließt.

»Ich liebe dich«, murmelt er, während er mir in die Augen schaut, und ich strahle ihn an, als mein Unbehagen von einem leichten, schwungvollen Gefühl verdrängt wird.

»Ich liebe dich auch.« Diese Worte sind heute noch einfacher geworden – denn sie sind wahr. Ich liebe Peter.

Ich liebe ihn, obwohl er mir immer noch Angst macht.

Er grinst und führt mich zu einer Bank. »Hier.« Er zieht mich zu sich, damit ich mich neben ihn setze, nimmt sein Handy heraus und streicht ein paarmal über den Bildschirm, bevor er es mir gibt. »Das sind die Angebote, die ich gefunden habe«, sagt er und sieht mich mit einem warmen, silbernen Blick an. »Lass mich wissen, welche Häuser dir gefallen, und wir können sie uns ansehen.«

Ich blättere durch die Bilder, während sich mein gutes Gefühl verstärkt.

Fühlt sich so wahres Glück an?

»Lass uns das besprechen, während wir spazieren gehen«, sage ich ihm, als ich alle Fotos durchgesehen habe. Er stimmt erfreut zu und nimmt meine Hand fest in seine, während wir durch den Park wandern und die

Vor- und Nachteile der verschiedenen Häuser diskutieren.

»Du denkst nicht, dass vier Schlafzimmer zu klein sind?«, fragt er, während er mich mit einem fragenden Lächeln betrachtet, und ich schüttele den Kopf.

»Warum sollte ich das denken?«

»Nun …« Er stoppt und sieht mich an. »Hast du darüber nachgedacht, wie viele Kinder du haben möchtest?«

Mein Magen zieht sich zusammen. Da ist es, das Thema, dem wir seit Zypern ausweichen, als Peter zugegeben hat, dass er versucht, mich zu schwängern, und ich einen Autounfall hatte, als ich versucht habe, zu fliehen. Ich hatte erwartet, dass es irgendwann zur Sprache kommen würde – wir haben seit Peters Rückkehr keine Kondome mehr benutzt, und er sagte meinen Eltern, dass er bald eine Familie gründen möchte. Trotzdem hämmert mein Herz in meiner Brust, und meine Handfläche in Peters Hand wird feucht, als ich versuche, mir vorzustellen, wie es wäre, ein Kind mit ihm zu haben.

Mit dem gnadenlosen Mörder, der mich obsessiv liebt.

Ich atme tief durch und nehme meinen ganzen Mut zusammen. Peter ist kein Verbrecher und kein Flüchtling mehr, und ich bin seine Frau, nicht seine Gefangene. Er hat seine Rache aufgegeben, damit wir das hier haben können – ein richtiges gemeinsames Leben.

Spaziergänge im Park, Kinder und all das.

»Ich habe an drei gedacht«, sage ich ruhig, während ich ihm in die Augen blicke. »Aber ich denke, ich könnte auch mit einem glücklich und zufrieden sein. Was ist mit dir?«

Ein erfreutes Lächeln breitet sich auf seinem wunderschönen dunklen Gesicht aus. »Definitiv mindestens zwei – vorausgesetzt, dass mit dem Ersten alles gut geht.« Er legt seine große Handfläche auf meinen Bauch. »Glaubst du, es ist möglich, dass …?«

Ich lache, und gehe einen Schritt weiter. »Machst du Witze? Es ist noch viel zu früh, um das zu sagen. Du bist vor weniger als einer Woche zurückgekommen. Wenn ich wüsste, dass ich schwanger bin, wäre das ein Problem.«

»Definitiv«, stimmt er zu, ergreift meine Hand und drückt sie besitzergreifend. Wir gehen weiter, und er schaut mich von der Seite an. »Also bist du damit einverstanden?«

»Mit einem Baby, meinst du?«

Er nickt, und ich atme tief durch und schaue auf eine Gruppe von Jugendlichen mit Skateboards. »Ich schätze schon. Ich würde gerne noch ein wenig warten, aber ich weiß, dass dir das viel bedeutet.«

Er antwortet nicht, und als ich ihn ansehe, bemerke ich, dass sich sein Gesichtsausdruck verdunkelt und sein Kiefer angespannt hat, während er geradeaus starrt. Mein beflügeltes Gefühl verflüchtigt sich, als ich merke, dass ich ihn ungewollt an die Tragödie in seiner Vergangenheit erinnert habe.

»Es tut mir leid.« Ich hebe unsere verbundenen

Hände, um seine Faust gegen meine Brust zu drücken. »Ich wollte dich nicht an deine Familie erinnern.«

Sein Blick trifft auf meinen, und ein Teil seiner Qualen verschwindet. »Es ist okay, Ptichka.« Seine Stimme ist heiser, als er unsere verbundenen Hände höher hebt, um einen zärtlichen Kuss auf meine Knöchel zu drücken. »Du musst dich in meiner Nähe nicht wie auf rohen Eiern bewegen. Pascha und Tamila werden immer in meinen Erinnerungen leben, aber *du* bist jetzt meine Familie.«

Mein Herz zieht sich zu einem schmerzenden Ball zusammen. Er hat recht. Ich *bin* seine Familie – und er gehört mir. Weil die Hochzeit so schnell ging, hatte ich keine Chance, wirklich darüber nachzudenken, diese Realität in meinen Kopf zu bekommen.

Wir sind verheiratet.

Wirklich verheiratet.

Ich kann George nicht mehr als meinen Mann sehen, weil Peter diesen Titel jetzt trägt – so wie er Tamila nicht als seine Frau betrachten kann.

»Und du hast recht«, fährt er fort, während ich diese Erkenntnis verarbeite. »Familie ist mir wichtig. Ich will, dass wir ein Kind bekommen, und ich will es bald. Trotzdem …« Er zögert und sagt dann leise: »Wenn du warten willst, werde ich es nicht erzwingen.«

Ich bleibe stehen und starre ihn an. »Ernsthaft? Warum nicht?«

Ein quecksilbriges Lächeln blitzt auf seinem Gesicht auf. »Willst du, dass ich es tue?«

»Nein! Ich habe nur ...« Ich schüttele den Kopf und ziehe meine Hand aus seinem Griff. »Ich verstehe es nicht. Ich dachte, das wäre ein Teil davon, du weißt schon, der Ehe und so. Du hast die Hochzeit erzwungen, also ...«

Alle Spuren von Humor verschwinden aus seinem Gesicht. »Du bist fast gestorben, mein Liebling. In Zypern, als du dachtest, ich würde dir ein Kind aufzwingen, hast du versucht zu fliehen und bist fast gestorben.«

Ich beiße mir auf die Lippe. »Das war etwas anderes. *Wir* waren anders.«

»Ja. Aber eine Geburt kann generell gefährlich sein. Trotz all der medizinischen Fortschritte heute riskiert eine Frau ihre Gesundheit, wenn nicht sogar ihr Leben. Und wenn dir etwas passiert, weil ich darauf bestanden habe ...« Er verstummt, und sein Kiefer spannt sich an, während er wegschaut.

Ich starre ihn an, und mein Herz schlägt schnell in meiner Brust. Die Chancen, dass mir bei der Geburt etwas Ernstes passiert, sind sehr gering, und mein erster Instinkt als Ärztin ist es, ihm das zu sagen, um ihn zu beruhigen. Aber in letzter Sekunde überlege ich es mir besser.

»Also würdest du warten?«, frage ich stattdessen vorsichtig.

Peter dreht sich zurück zu mir, und sein Blick ist düster. »Willst du warten, mein Liebling?«

Jetzt bin ich an der Reihe, wegzuschauen. Tue ich das? Bis zu diesem Moment hatte ich angenommen, dass Peters Rückkehr und die überstürzte Hochzeit bedeuteten, dass ein Kind Teil unserer nahen Zukunft sein würde. Ich hatte mich mit dem Gedanken abgefunden, ihn sogar auf irgendeiner Ebene angenommen.

Wenigstens könnten meine Eltern die Enkelkinder haben, die sie sich gewünscht haben – ein Pluspunkt, den ich bis zu unserem Abendessen gestern nicht bedacht hatte.

»Sara?«, fragt Peter, und ich schaue auf, um seinem Blick zu begegnen.

Hier ist sie.

Meine Chance, es zu verzögern.

Das Richtige zu tun, das Wohlüberlegte.

Erst dann ein Kind zu haben, wenn ich mir sicher bin, dass wir es schaffen können, dass Peter diese Art von Leben führen kann.

Alles, was ich tun muss, ist, Ja zu sagen, die Wahl zu nutzen, die er mir gegeben hat, aber mein Mund weigert sich, das Wort zu formen. Stattdessen höre ich mich »Nein« sagen, während ich seinen Blick erwidere und die Spannung in ihm sehe.

»Nein?«

»Nein, ich will nicht warten«, erkläre ich ihm und blende die rationale Stimme aus, die laut in meinem Kopf protestiert, während ich zuschaue, wie sich ein strahlendes, fröhliches Lächeln auf seinen Lippen formt.

Vielleicht ist das die falsche Entscheidung, aber im Moment fühlt es sich nicht so an. Peter hatte recht, als er sagte, dass das Leben kurz ist. Es *ist* kurz und unsicher, voller Fallstricke. Ich habe es immer vorsichtig gelebt und für die Zukunft geplant, weil ich davon ausgegangen bin, dass es eine geben würde. Aber wenn es etwas gibt, was ich in den letzten Jahren gelernt habe, dann, dass es keine Garantie dafür gibt.

Es gibt nur heute, nur jetzt.

Nur uns, zusammen und verliebt.

WIR VERBRINGEN EINE WEITERE STUNDE IM PARK UND gehen danach zusammen die Lebensmittel für die ganze Woche besorgen. Peter kauft genug für zehn Personen, und als ich ihn darauf hinweise, erklärt er mir, dass er vorhat, meine Eltern an diesem Freitag zum Abendessen einzuladen und mir außerdem jeden Tag Mittagessen zu kochen, das ich mit zur Arbeit nehmen kann.

Als wir nach Hause kommen, verschwindet er in der Küche, und ich setze mich an meinen Computer, um die per E-Mail geschickten Glückwünsche und Geschenkkarten – eine beliebte Wahl für die Mehrheit unserer Hochzeitsgäste, da niemand Zeit hatte, nach einem echten Geschenk zu suchen – durchzugehen. Ich drucke alle Geschenkgutscheine aus, sortiere sie nach Kategorien und schicke Dankesmails zurück. Das Ganze dauert weniger als vierzig Minuten – ein weiterer Vorteil unserer einfachen, schnellen Hochzeit.

Mit George brauchte ich damals zwei Wochenenden dafür.

Ich bin dabei, den Computer herunterzufahren, als ich eine weitere E-Mail in meinem Posteingang sehe – eine von einem unbekannten Absender, aber auch mit dem Betreff »Glückwunsch«.

Ich öffne sie und erwarte einen weiteren Gutschein, aber darin ist nur eine kurze Nachricht.

HERZLICHEN GLÜCKWUNSCH ZU EINER WUNDERSCHÖNEN *Hochzeit. Wenn du uns jemals erreichen musst, benutze diese E-Mail-Adresse.*

Mit den besten Wünschen

Yan

ICH BLINZELE UND STARRE AUF DIE E-MAIL. ICH HABE keine Ahnung, wie Peters ehemaliger Teamkollege an meine E-Mail-Adresse gekommen ist oder warum er sich dazu entschieden hat, mir zu schreiben, aber ich füge den Absender für alle Fälle zu meinen Kontakten hinzu.

Als ich mit den Geschenken fertig bin, folge ich den köstlichen Gerüchen in die Küche, wo Peter das Mittagessen zubereitet.

Vielleicht ist es noch zu früh, um das zu sagen, aber ich habe ein gutes Gefühl.

Diese Ehe wird funktionieren.

Wir beide werden dafür sorgen, dass sie es wird.

eter

WÄHREND WIR ZU MITTAG ESSEN, SCHMECKE ICH KAUM
etwas, da meine ganze Aufmerksamkeit auf Sara liegt,
die mir von den Hochzeitsgeschenken und Yans
seltsamer E-Mail erzählt. Ihre haselnussbraunen
Augen sehen fast grün aus, als sie lebhaft mit ihrer
Gabel gestikuliert, und ihre Haut in dem hellen
Sonnenlicht, das durch das Küchenfenster strömt,
cremefarben. In ihrem legeren blauen Sommerkleid
und mit ihren kastanienbraunen Haaren, die locker
über ihre schlanken Schultern fallen, sieht sie wie mein
wahrgewordener Traum aus, und meine Brust zieht
sich bei der Erinnerung daran zusammen, wie es war,
all die Monate ohne sie zu sein.

Ich werde sie nie wieder gehen lassen.

Sie gehört mir, bis dass der Tod uns scheidet.

»Warum hat er mir seine Kontaktdaten gegeben? Glaubst du, er will nur in Kontakt bleiben?«, fragt sie, während sie ein Stück Gurke aus ihrem russischen Salat aufspießt. Ich zwinge mich dazu, mich auf das Gespräch zu konzentrieren, anstatt darüber nachzudenken, wie gerne ich sie auf dem Tisch ausbreiten und sie anstelle des Essens, das ich zubereitet habe, genießen möchte.

»Ich habe keine Ahnung«, antworte ich, und das ist die Wahrheit. Yan Ivanov hat unser Attentatsgeschäft übernommen, nachdem ich gegangen bin, also kann ich mir nicht vorstellen, dass er mich zurückholen will. Monate zuvor gab es Spannungen zwischen uns, und ich vermute, wenn ich nicht freiwillig als Teamleiter zurückgetreten wäre, hätte er sein Bestes getan, um meinen Platz einzunehmen.

Andererseits glaubt er nicht, dass ich mich für das Zivilleben eigne; das hat er bei unserer Hochzeit gesagt. Vielleicht erwartet er also, dass ich zurückkehre, und behält die Situation für alle Fälle im Auge.

Bei Yan weiß man nie.

»Nun, ich hoffe, sie kommen uns mal besuchen«, sagt Sara. »Die Jungs, meine ich. Ich hatte keine Gelegenheit, mit ihnen auf der Hochzeit zu reden, und das tut mir leid.«

Ich ziehe meine Augenbrauen in die Höhe. »Ernsthaft? *Das* ist es, was dir leidtut?«

Sie richtet ihren Blick nach unten auf ihre

Salatschüssel. »Und offensichtlich, dass ich dich fast versetzt hätte.«

Die Metallkanten meines Gabelstiels schneiden in meine Handfläche, und mir fällt auf, dass ich zu fest zudrücke. Ich bin nicht mehr wütend auf mein Ptichka, obwohl ein Teil der Schmerzen noch nicht verschwunden ist. Ich verstehe, wie schwierig es für sie war, zuzugeben, dass sie mich liebt, mich nach allem, was ich getan habe, vollständig zu akzeptieren. Sie brauchte es, dass ich ihr keine Wahl ließ, und ich musste ihre Freunde bedrohen, damit sie auf unserer Hochzeit erschien.

Nein, die Quelle meines Zorns ist nicht Sara, sondern der Mann, der versucht hat, sie zu manipulieren, damit sie aus unserer Hochzeit aussteigt.

Agent Ryson.

Die Tatsache, dass er es gewagt hat, einfach so aufzutauchen, erfüllt mich mit kochender Wut. Ich lasse Henderson in Ruhe, sie lassen mich und Sara in Ruhe – das war der Deal. Keine FBI-Überwachung mehr, keine Belästigung, nur eine weiße Weste, damit wir ein friedliches Leben führen können.

Er hat Sara bedroht. Sie beschuldigt, mit mir gemeinsame Sache gemacht zu haben, um ihren Mann zu töten. Ich habe keine Ahnung, was genau er zu ihr gesagt hat, aber es muss schlimm gewesen sein, so heftig wie sie reagiert hat.

Unter allen anderen Umständen würde er bereits bei den Würmern verrotten, aber ich sollte jetzt ein gesetzestreuer Bürger sein. Ich kann nicht herumlaufen und FBI-Beamten töten – nicht ohne das Leben aufzugeben, für das ich gekämpft habe, das Zivilleben, das Sara braucht. So verlockend es auch ist, Ryson lebt – zumindest noch. Später, wenn genügend Zeit vergangen ist, könnte er einen unglücklichen Unfall haben oder auf einen übermäßig aggressiven Straßenräuber treffen, so wie der Stiefvater von Saras Patientin ... aber das ist ein Gedanke für einen anderen Tag.

Heute habe ich Sara ganz für mich allein, und ich werde es genießen.

»Keine Sorge, mein Liebling«, sage ich, als meine frischangetraute Ehefrau schweigend weiterisst und meinem Blick ausweicht. »Es ist vorbei. Das liegt in der Vergangenheit, genau wie alle anderen Fehler, die wir gemacht haben. Konzentrieren wir uns einfach auf die Gegenwart und die Zukunft ... leben wir unser Leben, ohne andauernd zurückzuschauen.«

Sie blickt mit unsicheren Augen auf. »Glaubst du wirklich, dass wir das können?«

»Ja«, sage ich fest, und greife nach vorne, um ihre Hand für einen zarten Kuss zu meinen Lippen zu führen.

NACH DEM MITTAGESSEN SEHEN WIR UNS DIE HÄUSER an, die ich ihr gezeigt habe, und Sara verliebt sich in eines von ihnen – ein viktorianisches Haus mit fünf Schlafzimmern, das in den 80er Jahren gebaut, aber letztes Jahr komplett renoviert wurde. Es hat einen großen Garten für den Hund und die Kinder, erzählt sie mir fröhlich – und einen wunderschönen Kamin im Wohnzimmer. Es gefällt mir nicht, dass es so nah am Nachbarhaus steht und der Garten komplett offen ist, aber ich denke, wenn wir ein paar Bäume pflanzen und einen Zaun aufstellen, werden wir genügend Privatsphäre haben.

So oder so, es ist besser, als in Saras derzeitiger Wohnung zu wohnen.

Bevor wir gehen, gebe ich ein überdurchschnittlich hohes Barangebot ab, und der Makler ruft uns ein paar Minuten später an, um uns mitzuteilen, dass das Angebot angenommen wurde.

»Erledigt«, sage ich Sara, als ich auflege. »Der Vertragsabschluss ist nächste Woche.«

Ihre Augen weiteten sich. »Ernsthaft? Einfach so?«

»Warum nicht?«

Sie lacht. »Oh, ich weiß nicht. Ich nehme an, weil die meisten Leute nicht einfach Häuser wie Schuhe kaufen.«

Ich lächele und greife nach ihrer Hand. »Wir sind nicht die meisten Leute.«

»Nein«, stimmt sie schief zu und schaut zu mir auf. »Das sind wir nicht.«

Wir kehren nach Hause zurück, und ich mache uns Abendessen – gegrillte Jakobsmuscheln mit Süßkartoffelpüree und gedämpften Brokkoli. Während wir essen, spricht Sara die Umzugsplanungen an, und ich sage ihr, dass ich mich um alles kümmern werde, genau wie bei der Hochzeit.

»Alles, was du tun musst, ist, in dem neuen Haus aufzutauchen«, sage ich und gieße ihr ein Glas Pinot Grigio ein. Dann erinnere ich mich daran, wie verärgert sie über den Verkauf ihres Toyotas war, und füge hinzu: »Es sei denn, es gibt etwas, worüber du gemeinsam entscheiden möchtest? Vielleicht möchtest du neue Möbel oder Dekoration auswählen?«

Sie lächelt leicht. »Nein, überhaupt nicht. Ich bin nicht allzu wählerisch, was Hauskram betrifft. Wenn du das alles aussuchen möchtest, ist es mir recht.«

»Auf unser neues Haus.« Ich hebe mein Weinglas an und stoße es sanft gegen ihres. »Und ein neues Leben.«

»Auf unser neues Leben«, sagt sie leise, und als sie einen Schluck aus dem Glas nimmt, erinnere ich mich daran, wie sie ganz früh in unserer Beziehung versucht hat, etwas in meinen Wein zu mischen. Sie war damals so trotzig, so sicher, dass sie mich hasste.

Denkt sie das immer noch? Ein klitzekleines bisschen?

Meine Stimmung verdüstert sich, und ich stelle meinen Wein ab und stehe auf. Ich laufe um den Tisch herum und ziehe Sara hoch.

»Was tust du …?«, beginnt sie, aber ich küsse sie bereits und schmecke den Wein auf ihren Lippen.

Ihre weichen, vollen Lippen, die mich den ganzen Tag über abgelenkt haben.

Ich habe mein Bestes getan, mich wie ein guter Ehemann zu benehmen, habe all die normalen Dinge mit ihr getan, anstatt sie an mein Bett zu fesseln und sie den ganzen Tag zu ficken, wie es mein Instinkt verlangt. Ich war ruhig und geduldig, habe sie sich von gestern Abend erholen lassen, aber ich kann jetzt nicht mehr zivilisiert sein.

Ich brauche sie.

Genau hier.

Genau jetzt.

Ihre Arme legen sich um meinen Hals, und ihr schlanker Körper wölbt sich mir entgegen, als ich sie über meinen Arm nach hinten biege, unfähig, genug von ihrem Geschmack und Geruch zu bekommen, von dem Gefühl ihrer zarten Zunge, die gegen meine streicht. Sie ist verdammt köstlich, und mein Schwanz verhärtet sich, während mein Herz in meinem Brustkorb hämmert, als ich mit einer einzigen Armbewegung das Geschirr vom Tisch wische, ohne auf das Chaos zu achten, das entsteht.

Wir müssen sowieso neues Geschirr besorgen.

Sie keucht, als ich sie auf dem Tisch ausstrecke und den Rock ihres Sommerkleides hochziehe, wobei blasse Oberschenkel und ein hübscher blauer String mit Spitzenrändern zum Vorschein kommen. Da ich mich nicht länger beherrschen kann, zerreiße ich die Seide und vergrabe meinen Kopf zwischen ihren Oberschenkeln. Ich tauche meine Zunge hungrig zwischen ihre Falten und lege ihre Beine über meine Schultern, während meine Lippen sich um ihre Klitoris schließen, um fest und gierig an ihr zu saugen.

»Peter ... Oh Gott, Peter ...« Ihre Hüften heben sich

vom Tisch, ihre Hände krallen sich fest in meine Haare, und ich habe das Gefühl, dass mein Schwanz in meiner Jeans durch ihren Geschmack, ihren warmen, femininen Duft und dem Gefühl ihres seidigen Fleisches unter meiner Zunge explodieren wird. Ich liebe alles daran, von der Art und Weise, wie ihre scharfen kleinen Nägel meinen Kopf zerkratzen und ihre muskulösen Oberschenkel meine Ohren zusammendrücken, über die keuchenden Geräusche, die ihrem Mund entweichen, bis hin zur Art und Weise, wie ihre nasse Muschi unter meiner Zunge zittert und sich zusammenzieht.

Das ist das Paradies, der verfickte Himmel, und ich kann nicht glauben, dass ich neun Monate lang ohne das – ohne *sie* – leben musste.

Ich schiebe einen Finger in sie hinein und fühle, wie sich ihre inneren Wände um ihn herum zusammenziehen, während ihre Hüften sich heben, um sich mir entgegenzubiegen und wortlos um mehr betteln.

»Fast da … nur noch ein bisschen länger«, stöhne ich in ihre Falten und streichele sie von innen, bis ich das Stück schwammigen Gewebes, ihren G-Punkt, finde. Ihr ganzer Körper wölbt sich nach oben, als sie mit einem lauten Schrei kommt und sich mit ihren Händen in meinem Haar festkrallt, während ihre Muschi um meinen Finger pulsiert.

Mittlerweile droht mein Schwanz in meiner Jeans zu explodieren, also ziehe ich meinen Finger aus ihr heraus und drehe sie auf den Bauch. Dann ziehe ich sie zu mir, bis sie über den Tisch gebeugt vor mir liegt, und die festen weißen Rundungen ihres Arsches und eine Muschi, die mit ihrer Nässe und meinem Speichel glitzert, durch den hochgezogenen Rock entblößt sind. Ich kann keine Sekunde länger warten, öffne den Reißverschluss meiner Jeans und schiebe diese zusammen mit meinem Slip nach unten, um meinen schmerzenden Schwanz zu befreien.

»Bereit?«, frage ich heiser, beuge mich über sie und führe mich zu ihrem Eingang, und ihr Atem stockt hörbar, als ich in sie eindringe, ohne eine Antwort abzuwarten.

Im Inneren ist sie samtweich und nass, und ihr zartes Fleisch umhüllt mich fest, so perfekt, dass sich meine Eier an meinen Körper ziehen und ein leises Stöhnen meiner Kehle entweicht, während meine Finger ihre Hüften ergreifen.

Das ist verdammt verrückt, voll und ganz verrückt. Nach unserem Gespräch gestern Abend hatten wir noch zweimal Sex, bevor wir einschliefen, und ich sollte mich nicht so fühlen, so verzweifelt hungrig nach ihr, dass ich kurz davor bin, die Kontrolle zu verlieren. Aber ich bin so hungrig. Ich bin gierig nach allen Dingen, die Sara ausmachen. Das Bedürfnis, sie zu besitzen, beherrscht mich tief in mir, und die dunkle Lust, umspielt meine Wirbelsäule. Ich fühle, wie sie in meinen Adern brennt und mich von innen nach außen entzündet.

Sie ist meine Sucht, und ich kann nicht genug von ihr bekommen.

Ich lasse ihre Hüften los, greife nach ihren Ellbogen, ziehe an ihnen, damit sich ihr Rücken wölbt, bevor ich in sie hineinstoße, und fühle, wie ihre inneren Muskeln um mich herum mich zusammenpressen, während ich anfange, sie ernsthaft zu ficken.

Sie schreit bei jedem strafenden Stoß, während ihr Oberkörper durch meinen Griff an ihren Ellbogen vom Tisch gehoben wird, und ich spüre, wie der Orgasmus in mir hochkocht, das Vergnügen wie eine Flutwelle ansteigt. Stöhnend werfe ich meinen Kopf zurück, hämmere schneller in sie hinein, und ihre Schreie verstärken sich, als sich ihre Muschi um mich herum zusammenzieht und ihr ganzer Körper sich versteift. Ich fühle, wie sie zu krampfen beginnt, und dann komme ich selbst, entleere zuckend meinen Schwanz, als ihr nasses Fleisch um mich herum pulsiert, mich melkt und mich drückt, bis nichts mehr übrig ist.

Bis ich auf ihr zusammenbreche, sie schwer atmend auf den Tisch drücke und den berauschenden Duft von Sex, Schweiß und ihr inhaliere.

Meine Sara. Meine Frau.

Meine Besessenheit.

Wir könnten eine Ewigkeit zusammen verbringen, und das wäre immer noch nicht genug.

enderson

ICH LIEGE IM BETT UND STARRE AN DIE DECKE. DIE zweite Nacht in Folge kann ich nicht schlafen, da düstere Gedanken mich beschäftigen, während mein Nacken krampft.

Der Plan, den ich gerade ausarbeite, ist extrem, sogar monströs, aber ich sehe keine andere Wahl. Ich kann Sokolov nicht direkt angreifen – er und seine Braut sind zu gut bewacht. Wenn ich es versuche und versage, wird die Hölle losgehen.

Außerdem ist Sokolov nicht der Einzige, den ich eliminieren will.

Seine Verbündeten sind genauso gefährlich … für mich, für meine Familie und für die ganze Welt.

Das ist der einzige Weg.

Er und die anderen müssen bezahlen.

ara

ICH WACHE VON DEM LEISEN PIEPEN MEINES WECKERS auf. Ich schalte ihn aus, drehe mich auf den Rücken und strecke mich, wobei mir auffällt, dass ich mich sowohl wund als auch befriedigt fühle. Nachdem wir die Küche aufgeräumt und geduscht hatten, nahm mich Peter noch einmal, bevor wir einschliefen, und weckte mich mitten in der Nacht noch ein weiteres Mal.

Man sollte den Sexualtrieb dieses Mannes in Flaschen füllen und als Droge verkaufen, das würde ein Vermögen einbringen.

Ich grinse bei diesem Gedanken, springe aus dem Bett und beeile mich, zu duschen. Ich kann bereits die Köstlichkeiten riechen, die Peter in der Küche kocht, und mein Magen ist mehr als bereit, den Tag zu beginnen.

»Morgen, Ptichka«, begrüßt er mich, als ich die Küche betrete, nachdem ich mich schnell fertig gemacht und für die Arbeit angezogen habe. Auf dem Tisch stehen zwei Teller mit Avocadotoast und Ei, und auf der Theke steht ein Lunchpaket, von dem ich annehme, dass ich es zur Arbeit mitnehmen soll.

»Hi.« Mein Herzschlag beschleunigt sich, als ich ihn ansehe. Seine dunkle Jeans sitzt tief auf seinen Hüften, und die Tattoos auf seinem Arm glänzen im Morgenlicht, weil er kein Shirt trägt. Sein Körper ist ein Kunstwerk, mit perfekt definierten Muskeln und breiten Schultern, die sich zu einer schmalen Taille verjüngen. Sogar die Narben an seinem Oberkörper haben eine Art gewalttätige, gefährliche Schönheit – genau wie der Mann selbst.

»Hast du Zeit, etwas zu essen?«, fragt er, und ich nicke, während ich gegen den Drang ankämpfe, über meine Lippen zu lecken, als er seine Bauchmuskeln vor mir anspannt.

Vielleicht ist Peter nicht der Einzige mit einer verrückten Libido.

Dieser Zustand könnte ansteckend sein.

»Ich habe fünfzehn Minuten«, sage ich heiser und zwinge mich, zum Tisch anstatt zu ihm zu gehen. Wenn ich ihm jetzt einen Guten-Morgen-Kuss gebe, landen wir wieder im Bett.

»Gut. Ich bringe dich heute Morgen zur Arbeit«, sagt er und setzt sich zu mir an den Tisch. Er nimmt seinen Toast, beißt in ihn hinein, und ich mache dasselbe mit meinem und genieße den würzigen Limettengeschmack, kombiniert mit dem pikanten Spiegelei und dem knackigen Roggenbrot.

»Wirst du eine anstrengende Woche haben?«, fragt er, als ich mit meinem Toast fast fertig bin, und ich nicke und säubere meine Lippen mit einer Serviette.

»Ja. Ich habe sehr viel zu tun. Wendy und Bill, meine Chefs, sind gerade im Urlaub, also übernehme ich einige ihrer Patienten zusätzlich zu meinen eigenen. Oh, und ich werde morgen Nachmittag die Geburt bei einer meiner Patientinnen einleiten, also werde ich wahrscheinlich spät nach Hause kommen. Außerdem habe ich in der zweiten Hälfte der Woche einige Schichten in der Klinik.«

»Ich verstehe.« Peters Ausdruck ist neutral, aber ich spüre eine subtile Verdunkelung seiner Stimmung. Er ist nicht glücklich darüber, und ich kann es ihm nicht verübeln.

Ich würde auch lieber mehr Zeit mit ihm verbringen, als zur Arbeit zu gehen.

»Kommst du heute zum Abendessen nach Hause?«, fragt er, und ich lächele, weil ich froh bin, an dieser Stelle gute Nachrichten für ihn zu haben.

»Das sollte ich. Wenn es keine Notfälle gibt.«

»Schön.« Er steht auf. »Ich hole mir ein Shirt, und dann fahre ich dich zur Arbeit.«

»Danke – und danke für das leckere Frühstück«, rufe ich ihm nach, aber er ist schon im Schlafzimmer.

eter

SARAS ARBEITSPLATZ IST EINEN SPAZIERGANG VON IHRER Wohnung entfernt, so dass die Fahrt nur wenige Minuten dauert. Viel zu früh halte ich am Bordstein und gebe Sara ihr Mittagessen, während ich mich die ganze Zeit so fühle, als würde ich lieber meinen Arm opfern, als sie aussteigen zu lassen. Ich hasse es, dass ich sie den ganzen Tag nicht sehen werde, dass ich sie bis zum Abend nicht berühren oder mit ihr reden kann. Es ist noch schwieriger als letzte Woche, weil wir diesen Sonntag zusammen verbringen durften – und ich jetzt weiß, wie sich das Paradies anfühlt.

Es ist das, was wir damals in Japan hatten, nur ohne die bittere Feindseligkeit – ohne dass Sara es mir übelnimmt, dass ich sie von ihrer Karriere und allen, die sie liebt, weggerissen habe.

Ich muss meine ganze Kraft aufwenden, um ruhig sitzen zu bleiben, während sie meine Wange küsst und flüstert: »Ich liebe dich. Bis nachher«, bevor sie aus dem Auto springt.

Ich beobachte, wie ihre schlanke Gestalt in dem Bürogebäude verschwindet, und dann schreibe ich der Crew, um ihr Anweisungen für Saras Überwachung zu geben.

Wenn ich nicht bei ihr sein kann, weiß ich wenigstens, wo sie ist und was sie tut.

Zumindest werde ich wissen, dass sie in Sicherheit ist.

Ich verbringe den Vormittag damit, die Gelder für den Vertragsabschluss am Donnerstag zu überweisen und den bevorstehenden Umzug zu organisieren. Ich plane, bis nächste Woche im neuen Haus einzuziehen, was bedeutet, dass noch viel Arbeit zu erledigen ist. Es wurde zwar gerade renoviert und deswegen sind keine größeren Arbeiten erforderlich, aber ich muss die richtigen Sicherheitsmaßnahmen installieren.

Vorort oder nicht … unser Haus wird eine Festung sein, und niemand – schon gar nicht Agent Ryson – wird Sara noch einmal zu Hause überfallen können.

Es ist mitten am Nachmittag und ich wasche gerade das Gemüse für das Abendessen, als mein Telefon auf der Arbeitsplatte vibriert. Ich drücke mit einem halbtrockenen Finger auf den Bildschirm und überfliege Saras Nachricht.

Es tut mir so leid. Die Klinik hat gerade angerufen. Sie sind völlig überlastet und haben mich gebeten, heute Abend zu kommen. Es wird nur bis etwa zehn Uhr sein. Es tut mir wirklich leid.

Die Zucchini, die ich gerade gewaschen habe, zerbricht in zwei Hälften, und ich schiebe das Telefon mit meinem Ellenbogen weg, um zu vermeiden, dass es das gleiche Schicksal erleidet.

Ich hätte es wissen müssen. »Wenn keine Notfälle auftreten« ist der Code für »ein Notfall wird eintreten.« Das war vor Japan so, und obwohl Saras aktueller Job weniger auf die Geburtshilfe ausgerichtet ist, hat sich ihre Einstellung nicht geändert.

Für sie steht immer noch die Arbeit an erster Stelle, sogar die ehrenamtliche Tätigkeit in der Klinik.

Ich brauche zwanzig Minuten, um mich zu beruhigen und wieder rational zu denken. Saras Karriere ist einer der Gründe, warum ich all die Schwierigkeiten mit Novak und Esguerra hatte, warum ich zugestimmt habe, meine Rache an Henderson aufzugeben. Eine Ärztin zu sein, die Patienten hilft, ist ihr wichtig; sie braucht ihre Karriere so sehr, wie sie die Nähe zu ihrer Familie und ihren Freunden braucht. Ich wusste das bereits, als ich sie geraubt habe, aber es war mir damals egal.

Alles, was zählte, war, sie bei mir zu haben.

Jetzt, da ich sie habe und sie glücklich ist, kann ich

nicht zu dieser Einstellung zurückkehren, kann nicht vergessen, wie es war, als ich die Quelle ihres Unglücks war, als ich jedes Mal, wenn sie mich anschaute, die Qualen in ihren Augen sah.

Das ist jetzt anders. Was auch immer ihre restlichen Vorbehalte sind, sie hat endlich zugegeben, dass sie mich liebt – mich genug liebt, um mein Kind zu bekommen.

Eine Tochter oder einen Sohn ... wie Pascha.

Einen Moment lang tut es wieder weh, zu atmen, aber dann vergeht der Schmerz und hinterlässt ein bittersüßes Brennen. Ich konnte in den letzten Monaten immer mehr an Pascha denken, ohne dass die Wut die Erinnerungen vergiftet hat. Und ich weiß, dass es ihretwegen ist.

Wegen meines kleinen Singvogels, den ich so gern wieder einsperren will.

Ich atme tief ein, lasse die Luft langsam wieder heraus und konzentriere mich auf die beruhigende Aufgabe, das Abendessen zu kochen.

Wenn Sara heute Abend nicht nach Hause kommen kann, muss ich eben zu ihr gehen.

ara

ICH ERWARTE, DASS MICH JEMAND VON PETERS CREW IN die Klinik bringt, aber Peter selbst wartet am Straßenrand auf mich.

Ich grinse, und ein Teil meiner Müdigkeit verschwindet, als seine Augen über meinen Körper gleiten, bevor sie sich hungrig auf meinem Gesicht niederlassen.

»Hi.« Ich gehe direkt in seine Umarmung und atme tief ein, während seine starken Arme sich um mich schließen und mich fest gegen seine Brust drücken. Er riecht warm, sauber und ausgesprochen männlich – ein vertrauter Duft nach Peter, den ich mittlerweile mit Trost verbinde.

Er hält mich einige Momente lang fest, bevor er

sich zurückzieht, um mich anzusehen. »Wie war dein Tag, mein Liebling?«, fragt er leise und streicht mir die Haare aus dem Gesicht.

Ich strahle ihn an. »Verrückt vollgepackt, aber jetzt ist alles gut.« Ich bin, auch wenn das dumm ist, überglücklich, dass er mich selbst in die Klinik bringen wird.

Er grinst mich an. »Du hast mich vermisst, oder?«

»Das habe ich«, gebe ich zu, als er die Autotür öffnet und mir hineinhilft. »Das habe ich wirklich.«

Sein Antwortlächeln lässt mich in meinem Sitz schmelzen. »Und ich habe dich vermisst, Ptichka.«

»Es tut mir leid, dass ich das tun muss«, sage ich, als wir auf die Straße fahren. Im Auto riecht es köstlich, und mein Magen knurrt, als ich sage: »Ich hatte mich wirklich auf ein schönes Abendessen zu Hause mit dir gefreut.«

Peter blickt mich an. »Ich habe dir Abendessen mitgebracht. Es ist auf dem Rücksitz.«

»Das hast du?« Ich drehe mich auf meinem Sitz um und entdecke die Quelle des köstlichen Geruchs – eine weitere Lunch-Tüte. »Wow, danke. Das hättest du nicht tun müssen, aber ich weiß es wirklich zu schätzen.« Ich strecke mich, nehme die Tüte und stelle sie auf meinen Schoß.

Ich wollte ein paar Brezeln an einem Automaten in der Klinik kaufen, aber das ist unendlich viel besser.

»Warum *musst* du das tun?«, fragt Peter und hält an einer roten Ampel an. Sein Tonfall ist entspannt, aber ich lasse mich nicht täuschen.

Er hat sich auch auf unser Abendessen gefreut.

»Es tut mir wirklich leid«, sage ich, und ich meine es ernst. Als Lydia, die Empfangsdame der Klinik, mich mittags anrief, hätte ich ihre Bitte beinahe abgelehnt – aber am Ende gewann das Wissen, dass ein paar Dutzend Frauen ihre Krebsvorsorge und die notwendige pränatale Versorgung verpassen würden, wenn ich nicht auftauchte. »Heute fehlen Freiwillige, und ich konnte sie nicht im Stich lassen.«

Er schaut mich von der Seite an. »Konntest du nicht?«

Ich halte mitten beim Öffnen der Lunch-Tüte inne. »Nein«, sage ich ruhig. »Das konnte ich nicht.«

Genau davor hatte ich die ganze Zeit Angst. Ich hatte vermutet, dass es nur eine Frage der Zeit war, bis meine Überstunden anfangen würden, Peter zu stören, und es sieht so aus, als hätte ich mir zu Recht Sorgen gemacht.

Angespannt bereite ich mich darauf vor, ein Ultimatum zu hören, aber Peter drückt einfach aufs Gas und beschleunigt sanft.

»Iss, mein Liebling«, sagt er im gleichen entspannten Tonfall. »Du hast nicht viel Zeit.«

Ich folge seinem Rat und stürze mich auf das Essen – gemischtes Gemüse mit Couscous und gebratenem Huhn. Die Gewürze erinnern mich an den köstlichen Lammspieß, den Peter in Japan für uns zubereitet hat, und ich esse alles in wenigen Minuten auf.

»Danke«, sage ich und wische mir den Mund mit

einem Papiertuch ab, das er zusammen mit dem Besteck eingepackt hat. »Das war unglaublich.«

»Gern geschehen.« Er biegt in die Straße ein, in der sich die Klinik befindet, und parkt direkt vor dem Gebäude. »Komm, ich bringe dich rein.«

»Oh, du musst nicht …« Ich halte inne, weil er bereits um das Auto herumläuft.

Er öffnet mir die Tür, hilft mir heraus und führt mich zum Gebäude, so als ob ich weglaufen könnte, wenn er nicht eine Hand auf meinem Rücken liegen hat.

Ich erwarte, dass er sich von mir verabschiedet, als wir die Tür erreichen, aber er kommt mit mir hinein.

Verwirrt bleibe ich stehen und schaue zu ihm auf. »Was hast du vor?«

»Da bist du ja!« Lydia eilt auf mich zu, ihr rundes Gesicht sieht erleichtert aus. »Gott sei Dank. Ich dachte schon, du würdest nicht … Oh, hallo.« Sie errötet und starrt Peter mit einem Blick an, den ich nur so deuten kann, dass sie für ihn mehr als schwärmt.

»Peter wollte einfach …«, beginne ich, aber er lächelt und tritt vor.

»Peter Garin. Wir haben uns auf unserer Hochzeit getroffen«, sagt er und streckt seine Hand aus.

Die Augen der Empfangsdame werden groß, und sie ergreift seine Hand und schüttelt sie heftig. »Lydia«, sagt sie atemlos. »Nochmals herzlichen Glückwunsch. Das war eine tolle Hochzeit.«

»Danke.« Er grinst sie an, und ich kann fast spüren, wie sie innerlich in Ohnmacht fällt. »Sara hat mir gerade gesagt, dass heute Freiwillige fehlen. Ich bin natürlich kein Arzt, aber vielleicht kann ich heute Abend etwas tun, um hier zu helfen? Vielleicht gibt es einige Akten, die sortiert werden müssen, oder etwas, was repariert werden muss? Wir haben vorerst nur ein Auto, und ich möchte nicht hin und her fahren, um Sara abzuholen.«

»Oh, natürlich.« Lydias Aufregung nimmt sichtbar zu. »Es gibt so viel zu tun. Und haben Sie gesagt, dass Sie handwerklich begabt sind? Sie sich vielleicht auch mit Computern aus? Weil es dieses hartnäckige Softwareprogramm gibt ...«

Sie führt ihn plappernd weg, und ich starre ungläubig hinterher, als mein Attentäter-Ehemann um die Ecke verschwindet, ohne auch nur einen Blick zurückzuwerfen.

 eter

Ich helfe Lydia bei ihrem Softwareproblem, repariere einen undichten Wasserhahn und hänge ein paar dekorative Elemente im Wartebereich auf, während zwei Dutzend Frauen – viele von ihnen schwanger – mich fasziniert beobachten.

Als einzige Ärztin an diesem Abend hat Sara einen endlosen Ansturm von Patienten, also störe ich sie nicht. Es reicht mir, zu wissen, dass sie nur ein paar Zimmer entfernt ist und ich sie in einer Minute erreichen kann, wenn es sein muss.

Sobald alle dringenden Aufgaben erledigt sind, kann ich mit der Montage eines Ultraschallgerätes beginnen, das ein örtliches Krankenhaus gespendet hat. Ich habe noch nie zuvor mit medizinischen Geräten gearbeitet, aber ich war immer gut darin, Dinge zusammenzubauen – Waffen, Sprengstoff, Kommunikationsgeräte – also brauche ich nicht lange, bis ich herausgefunden habe, was wozu gehört und wie man es testet, um sicherzustellen, dass es funktioniert.

»Oh mein Gott, Sie sind ein Lebensretter, genau wie Ihre Frau«, ruft Lydia, als ich es ihr zeige. »Wir warten seit Monaten darauf, dass ein Techniker vorbeikommt, und das wird uns so sehr weiterhelfen! Sara hat jetzt ihre letzte Patientin. Glauben Sie, Sie haben vielleicht noch Zeit, diesen einen Schrank zu reparieren? Er hängt locker und …«

»Kein Problem.« Ich folge ihr in einen der Untersuchungsräume und befestige den betreffenden Schrank mit einigen Schrauben, um sicherzustellen, dass er nicht hinunterfällt.

»Sie sind so gut darin«, schwärmt die Empfangsdame, als ich fertig bin. »Kommen Sie aus dem Baugewerbe? Sie scheinen so gut mit dem Bohrer umgehen zu können und so …«

»Ich habe als Teenager bei einigen Bauprojekten geholfen«, sage ich, ohne genauer darauf einzugehen. Diese Frau braucht nicht zu wissen, dass die »Projekte« Zwangsarbeit in einer Jugendversion eines sibirischen *Gulag* waren.

»Oh, das dachte ich mir.« Sie strahlt mich an. »Ich gehe nachsehen, ob Sara fertig ist.«

»Gerne.« Ich lächele sie an. »Ich möchte meine Frau nach Hause bringen.«

Die Empfangsdame eilt weg, und ich strecke meine

Arme aus und löse die Steifheit meiner Muskeln. Es ist erst ein paar Tage her, seit ich zurückgekommen bin, aber ich werde bereits unruhig, sehne mich danach, mich zu bewegen und körperlich aktiv zu werden. Nachdem ich das Abendessen gekocht hatte, ging ich für eine längere Zeit in den Park und war in einer Boxhalle, um etwas Dampf abzubauen, aber ich brauche mehr.

Ich brauche eine Herausforderung.

Zum ersten Mal überlege ich ernsthaft, was ich für den Rest meines Lebens machen werde. Dank des Doppelgigs von Esguerra-Novak habe ich genug Geld für mich, Sara und ein Dutzend Kinder und Enkelkinder – besonders wenn wir uns nicht daran gewöhnen, Privatflugzeuge, Spezialwaffen oder andere teure Requisiten zu kaufen. Ich muss nicht arbeiten, um für uns zu sorgen, und ich hatte keine anderen Pläne, außer Sara zu bekommen und sie an mich zu binden – zum Teil, weil ich die Ausfallzeiten zwischen den Jobs immer genossen habe.

Jetzt beginne ich zu erkennen, dass das daran lag, dass ich wusste, dass die Freistellung vorübergehend war, dass eine weitere herausfordernde, adrenalingeladene Mission vor mir lag. Jetzt gibt es nichts mehr – nur eine Reihe von ruhigen, friedlichen Tagen, die sich bis in die Unendlichkeit erstrecken.

Tage, an denen ich nur an Sara denken werde, während ich darauf warte, dass sie nach Hause kommt.

»Peter?« Sara steckt ihren Kopf in den Raum, und

ein breites Lächeln erhellt ihr Gesicht, als sie mich erblickt. »Ich bin bereit, nach Hause zu gehen.«

»Dann lass uns gehen«, sage ich und verschiebe das Problem auf einen anderen Tag.

Ich werde später darüber nachdenken, was ich mit meiner Zeit machen soll.

In diesem Moment habe ich meinen Ptichka, und er ist alles, was ich brauche.

ara

DIE NÄCHSTEN ZWEI TAGE VERGEHEN DURCH DEN Haufen Arbeit wie im Flug. Am Dienstag bleibe ich für eine Geburt lange im Krankenhaus, und am Mittwoch habe ich eine weitere Schicht in der Klinik, wo ich wieder einmal die einzige Ärztin bin, die alle Patientinnen behandeln muss.

Es ist anstrengend, aber es macht mir nichts aus, denn Peter findet einen Weg, beide Abende in meiner Nähe zu verbringen – am Dienstag, indem er sich im Snacktime Café im Krankenhaus um seine E-Mails kümmert, damit ich ihn sehen kann, während ich darauf warte, dass meine Patientin bereit ist, das Baby zu bekommen. Am Mittwoch meldet er sich erneut freiwillig für alle Hilfsarbeiten in der Klinik.

ANNA ZAIRES

»Warum tust du das?«, frage ich ihn, während wir zur Klinik fahren. »Ich meine, versteh mich nicht falsch, ich bin sehr froh, dass du das tust – und Lydia ist mit Sicherheit überglücklich. Aber ist es wirklich das, was du willst?«

Er blickt mich an, und seine Augen leuchten silbern. »Was ich will, ist, dich rund um die Uhr in meinem Bett zu haben. Oder, wenn das nicht geht, immer mit Handschellen an mich gekettet. Aber da ich weiß, wie viel dir deine Karriere bedeutet, begnüge ich mich mit dem Nächstbesten.«

Ich starre ihn an, weil ich mir nicht sicher bin, wie ich reagieren soll. Bei jedem anderen Mann wäre ich überzeugt, dass es ein Witz ist, aber bei Peter kann ich mir da nicht sicher sein. Besonders deshalb nicht, weil ich verstehe, wie er sich fühlt.

Ich vermisse ihn auch sehr, wenn wir getrennt sind.

Wir kommen eine Minute später in der Klinik an, und ich gehe mich auf eine Flut von Patienten vorbereiten, während Lydia sich Peter schnappt, um einige Möbel umzustellen. Von sieben bis zehn Uhr sehe ich Frauen mit kleineren und größeren Problemen, bis ein vertrauter Name auf meiner Liste auftaucht.

Monica Jackson.

Meine Brust zieht sich schmerzhaft zusammen. Das achtzehnjährige Mädchen kam letzte Woche nach einem zweiten brutalen Übergriff ihres Stiefvaters zu mir, der wegen einer Formalität aus dem Gefängnis kam, anstatt seine siebenjährige Haftstrafe zu

50

verbüßen, weil er sie vergewaltigt hatte, als sie siebzehn war. Ich hatte ihr damals geholfen und ihr etwas Geld gegeben, um die finanzielle Abhängigkeit ihrer alkoholkranken Mutter von dem Bastard zu mindern, aber letzte Woche konnte ich nichts tun. Monica hatte Angst, dass ihr Stiefvater das Sorgerecht für ihren jüngeren Bruder einfordern und gewinnen würde – oder dass das Kind im Pflegeheim landen würde.

Ihre hoffnungslose Situation hatte mich so sehr erschüttert, dass ich eine ganze Stunde lang geweint hatte.

Ich atme tief durch, setze mein ruhigstes Gesicht auf und stehe auf, als das Mädchen den Raum betritt. »Monica. Wie geht es dir?«

»Hi, Dr. Cobakis.« Ihr kleines Gesicht sieht so strahlend aus, dass ich sie fast nicht wiedererkenne. Selbst die noch sichtbaren, erst halb verheilten Blutergüsse mindern ihr Strahlen nicht. »Ich bin bereit für meine Spirale.«

Ich blinzele angesichts ihrer Begeisterung. »Wunderbar. Ich nehme an, es geht dir besser?«

Sie nickt und springt auf den Untersuchungsstuhl. »Ja, viel besser. Und wissen Sie was?«

»Was?«

Sie grinst. »Er kann mich nicht mehr belästigen. Nie wieder. Letzte Woche war er nachts auf dem Weg zur Arbeit, als er in einer Gasse überfallen wurde. Sie haben ihm die Kehle durchgeschnitten, können Sie das glauben?«

»Sie ... *was?*« Ich sinke zurück in meinen Stuhl, weil meine Beine nachgeben.

Ihr Grinsen verblasst, und sie wirft mir einen reumütigen Blick zu. »Es tut mir leid. Das klang gemein, nicht wahr?«

»Ähm, nein. Das ist ...« Ich schüttele den Kopf, um ihn frei zu bekomme. »Hast du gesagt, jemand hat ihm die Kehle aufgeschlitzt?«

»Ja, die Straßenräuber oder der Straßenräuber. Die Polizei weiß nicht, wie viele es waren. Seine Brieftasche wurde jedoch geklaut, also waren sie definitiv hinter seinem Geld her.«

»Ich verstehe.« Ich klinge erstickt, aber ich kann nichts dagegen tun. Die Erinnerung an die beiden Methheads, die Peter getötet hat, um mich zu schützen, ist so lebhaft in meinem Kopf, dass ich den kupferroten Gestank des Todes rieche und ihre marionettenartigen Körper, unter denen sich dunkle Blutlachen ausbreiten, vor mir sehe.

So viel Blut, dass ihre Kehlen aufgeschlitzt worden sein müssen.

»Dr. Cobakis? Geht es Ihnen gut?«

Das Mädchen klingt besorgt – ich muss blass geworden sein.

Mit Mühe reiße ich mich zusammen und lächele beruhigend. »Ja, es tut mir leid. Nur ein paar unangenehme Assoziationen, das ist alles.«

»Oh, das tut mir leid. Ich wollte Sie nicht aufregen. Und bitte verstehen Sie mich nicht falsch: Ich sage nicht, dass ich glücklich bin, dass er tot ist. Es ist nur, dass ...«

»Du bist froh, dass er aus deinem Leben verschwunden ist. Das verstehe ich.« Ich stehe wieder auf und gebe Monica so ruhig wie möglich einen in Plastik verpackten Einwegumhang. »Bitte zieh dich um. Ich bin gleich wieder bei dir.«

Ich lasse das Mädchen allein und trete hinaus, wobei meine Beine zittern und meine Lungen um Luft kämpfen.

Letzte Woche, nachdem ich von dem zweiten Übergriff auf Monica erfahren hatte, habe ich nicht nur geweint.

Ich habe mich Peter anvertraut und ihm genau erzählt, was passiert war.

Wenn das kein makabrer Zufall ist, dann hatte Agent Ryson recht.

Ich bin so ein Monster wie Peter. Ich habe Monicas Stiefvater getötet, indem ich die tödlichste Waffe auf ihn gerichtet habe, die ich kenne.

Meinen frisch angetrauten Ehemann.

ara

ICH KANN IMMER NOCH NICHT ATMEN, ALS ICH MIT Peter ins Auto steige, da das Gewicht von dem, was Monica mir erzählt hat, wie ein Eisberg auf meine Brust drückt.

»Was ist los, Ptichka?«, fragt er, als wir losfahren. »Geht es dir gut?«

Ich will hysterisch lachen. Geht es mir gut? Sollte es mir gut gehen?

Gibt es ein Wellnessbarometer dafür, dass man versehentlich einen Mord in Auftrag gegeben hat?

»Sara?«, fragt Peter nach und blickt mich an, und obwohl sein Ton leicht neugierig ist, schimmert dunkles Wissen in seinem Blick.

Er muss Monica in der Klinik gesehen haben.

Welche Hoffnungen ich auch immer gehabt hatte, dass dies ein schrecklicher Zufall ist, sie lösen sich in Luft auf und hinterlassen ein immer stärker werdendes Entsetzen.

Peter hat diesen Mord für mich begangen.

Das Blut seines Opfers klebt an *meinen* Händen.

Es hat keinen Sinn, zu fragen, aber ich kann nicht anders. Ich muss die Worte laut hören. »Hast du es getan?«

Ich erwarte von ihm, dass er mich hinhält oder es leugnet, aber er antwortet ohne zu zögern und ohne seine Augen von der Straße vor uns zu lösen. »Ja.«

Ja.

Da war es. Ganz klar und deutlich.

Er hat einen Mann für mich getötet.

Ihm die Kehle durchgeschnitten, genau so, wie er es bei diesen Methheads getan hat.

»Wäre es dir lieber, wenn ich das Mädchen in seinen Klauen gelassen hätte?« Seine Stimme ist ruhig, als er mich wieder ansieht. »Ich habe es getan, damit du dir keine Sorgen machen musst – und damit deine Patientin ein normales, glückliches Leben führen kann.«

Ich schlucke belegt und schaue weg, starre blind aus dem Fenster. Was soll ich dazu sagen?

Wie konntest du nur?

Danke?

Ich zwinge mich, zu seinem Profil zurückzublicken. »Ich dachte …« Mein Hals zieht sich zusammen, und ich muss von vorne anfangen. »Ich dachte, du würdest dich jetzt an das Gesetz halten. Ist das nicht eine der Bedingungen für deinen Deal mit den Behörden?«

Peter nickt und behält die Straße im Auge. »Das ist sie – und ich *halte* mich an das Gesetz. Das, was ich getan habe, war, dem Gesetz zu *helfen* – dem Gesetz, das Mädchen wie Monica vor Männern wie ihrem Stiefvater schützen soll.«

Ich schaue wieder weg, und meine Augen brennen, als das kalte Gewicht auf meiner Brust zunimmt.

Er sieht nicht einmal, was er falsch gemacht hat. Und warum sollte er?

Töten ist für ihn so normal wie das Entbinden eines Babys für mich.

»Sara.« Seine tiefe Stimme erreicht mich, und ich merke, dass wir bereits geparkt haben. Ich muss mich für den Rest der Fahrt ausgeklinkt haben.

Ich wappne mich und drehe mich zu ihm um.

Er greift herüber, um meine Hand zu ergreifen. »Ptichka …« Seine Stimme ist weich, und seine große Hand warm, als sie meine eiskalten Finger umschließt. »Warum hast du mir davon erzählt, wenn du meine Hilfe nicht wolltest? Hast du wirklich erwartet, dass ich zusehe, wie du wegen dieses *Ublyudok* weinst und ich nichts tue?«

Ich zucke zusammen. Ich kann nicht anders.

Genau das ist der Kern, warum die Neuigkeiten von Monica so erdrückend sind.

Weil ich tief im Inneren *nicht* von ihm erwartet habe, dass er nichts tut. Auf irgendeiner Ebene wusste ich, was er machen würde – noch bevor er versprach, dass meiner Patientin »nichts passieren« würde.

Ich wusste es und tat so, als würde ich es nicht wissen.

Weil ich insgeheim *wollte*, dass das passiert.

Ich habe Peter auf das Problem hingewiesen, und er hat es gelöst.

Einfach so.

»Sara …« Er hebt seine Hand, um meine Wange zu streicheln, wobei sein Blick in dem schwach beleuchteten Inneren des Autos dunkel, aber warm ist. »Tu das nicht, Ptichka. Mach dich nicht selbst verrückt. Er hat es verdient; du weißt das. Glaubst du wirklich, dass Monica das einzige Mädchen ist, das er je verletzt hat? Das Rechtssystem hatte die Chance, die Situation zu verbessern, ihn für immer einzusperren – und sie haben ihn gehen lassen. Du hast der Welt einen Gefallen getan, indem du mir von ihm erzählt hast.«

Ich schließe die Augen und möchte mich in seine Handfläche lehnen, um das Entsetzen und die Schuldgefühle, die mich innerlich auffressen, von seiner tiefen, beruhigenden Stimme verjagen zu lassen.

Ich liebe jetzt nicht nur einen Mörder, sondern ich bin auch selbst zu einem geworden.

»Tu das nicht, mein Liebling. Das ist er nicht wert.« Sein Atem erwärmt mein Gesicht, und dann legen sich seine Lippen für einen sanften, überwältigenden Kuss auf meine.

Als Reaktion darauf fährt ein Schauer durch mich hindurch, Hitze breitet sich unter der Kälte aus, die mich umgibt, und plötzlich reicht Sanftheit nicht mehr aus.

Ich will nicht beruhigt werden – ich will gefickt werden, bis ich alles vergesse.

Ich öffne die Augen, schiebe meine Finger in sein Haar, ergreife seinen Kopf und neige den meinen, um den Kuss zu vertiefen. Meine Zunge dringt in seinen Mund ein, und meine Nägel graben sich in seinen Schädel, während ich mich nach vorne beuge und mich über die Konsole lehne, die unsere Sitze trennt. Sein Atem wird schneller, und seine Hände gleiten in mein Haar, um es zu ergreifen. Ein tiefes Knurren ertönt aus seiner Brust, als er auf mich reagiert, seine Zähne in meine Unterlippe schneiden und er mich immer härter und intensiver küsst, während er mich in meinen Sitz drückt.

Ja, das ist es. Mein Kopf dreht sich, und die Hitze in mir verstärkt sich zu einem lodernden Brand. Er schmeckt nach Gewalt und männlichem Hunger, nach Bestrafung und Liebe, alles vermischt. Ich kann unter seinem sinnlichen Angriff nicht denken, und ich will es auch nicht.

Ich will das hier.

Ich will ihn.

Irgendwie klappt die Lehne meines Sitzes nach hinten, bevor Peter auf mir ist, und das Auto wackelt, als er an meiner Kleidung zerrt und eine Hand unter meine Bluse gleitet, während die andere nach dem Reißverschluss meiner Hose greift. Seine schwielige Handfläche brennt heiß und rau, als sie über meinen nackten Bauch gleitet, und meine Augen öffnen sich lange genug, um zu sehen, wie die Autoscheiben beschlagen. Das reicht fast, um meinen benebelten Verstand klar werden zu lassen und mich daran zu erinnern, wo wir sind, aber dann bewegt sich seine Hand weiter nach unten, sein Kuss wird aggressiver, und der Strudel des Verlangens reißt mich erneut mit sich.

Ich weiß nicht, wann oder wie er meine Hose und Unterwäsche auszieht oder an welchem Punkt ich den Knopf seiner Jeans aufreiße. Alles, was ich weiß, ist, dass er plötzlich in mir ist, so hart und dick, dass es wehtut. Ich schreie auf und keuche, als er anfängt, mich zu ficken, aber er hört nicht auf, wird nicht langsamer – und das will ich auch nicht. Wir benehmen uns wie Tiere, ohne Zurückhaltung oder Finesse, und als ich komme, während ich mich an ihn klammere und schreie, entlädt er sich ebenfalls in diesem Wahnsinn, der unsere Verbindung ist.

In der Dunkelheit, die unsere Liebe ist.

eter

ICH BIN MIR FAST SICHER, DASS EINIGE NACHBARN gesehen haben, was in unserem Auto auf dem Parkplatz passiert ist – und ich weiß, dass meine Crew es definitiv getan hat – aber es ist mir scheißegal, als ich eine wackelige Sara zum Aufzug führe. Sie ist so zerzaust, wie ich sie noch nie gesehen habe, ihre Bluse ist schief geknöpft und ihr Haar ein heißes Durcheinander um ihr errötetes Gesicht. Ich bin mir sicher, dass ich so ähnlich aussehe, und ich kann nicht anders, als zu grinsen, als wir an einem adretten Paar vorbeigehen, das in der Lobby einen Kinderwagen schiebt. Sie werfen uns einen entsetzten Blick zu, und Sara wendet sich ab, wobei ihre Wangen noch mehr glühen.

Das ist so süß. Mein armes Ptichka ist verlegen wegen unseres halböffentlichen Sex – obwohl sie diejenige ist, die ihn begonnen hat.

»Keine Sorge. Wir ziehen noch diese Woche um«, erinnere ich sie, als wir in den Aufzug steigen, und sie drückt ihre Stirn gegen den Spiegel, während sie mit fest geschlossenen Augen mit ihrer kleinen Faust auf das Glas schlägt.

»Ich kann nicht glauben, dass wir das getan haben. Ich habe einfach … Oh Gott, ich möchte im Boden versinken.«

Sie klingt so beschämt, dass ich sie umarmen möchte. Also tue ich genau das und ignoriere ihre Versuche, mich wegzustoßen, während ich sie halte. Nach einem Moment entspannt sie sich, und ich streichele ihre zerzausten Haare, bis der Aufzug unsere Etage erreicht.

Dann beuge ich mich nach unten und hebe sie in meine Arme, um sie in die Wohnung zu tragen.

Sie hat nichts dagegen und versteckt einfach ihr Gesicht an meinem Hals, als wir an einem anderen Nachbarn im Flur vorbeigehen. Der Typ – ein Junge, kaum aus dem Teenageralter heraus – grinst und zeigt mir Daumen hoch.

Wenn das Kind nur die ganze Geschichte kennen würde …

Als wir an der Tür ankommen, stelle ich Sara hin, um die Schlüssel herauszuholen, und sie läuft in die Wohnung, als ich sie öffne. Ich ziehe immer noch meine Schuhe aus, als ich höre, wie die Dusche angestellt wird, und als ich mich Sara dort anschließen will, tritt sie bereits aus der Wanne und sieht dabei immer noch bezaubernd errötet und verlegen aus.

Ich bin froh, sie so zu sehen.

Das ist mit Sicherheit besser als wie sie im Auto aussah, nachdem sie vom Tod von Monicas Stiefvater erfahren hatte.

»Glaubst du, irgendjemand hat uns gesehen?«, fragt sie ängstlich, wickelt sich ein Handtuch um, und ich unterdrücke ein weiteres Grinsen, während ich anfange, mich auszuziehen.

»Was meinst *du*, Ptichka?«

»Nun, es ist spät, und der Parkplatz ist irgendwie dunkel, und – ach, halt die Klappe!« Sie schlägt mir gegen den Arm, als ich mein Hemd in den Wäschekorb lege und anfange zu lachen, ohne etwas dagegen tun zu können.

Wenn niemand in diesem ganzen Apartmentkomplex das geparkte Auto gesehen hat, das wie ein Schiff in einem Hurrikan geschaukelt hat, fresse ich einen Besen.

Sie stöhnt und versteckt ihr Gesicht hinter ihren Händen, aber dann schaut sie plötzlich blass auf. »Du glaubst doch nicht, dass wir verhaftet werden, oder? Wegen Erregung öffentlichen Ärgernisses oder so etwas?«

Ich höre auf zu lachen. »Nein, mein Liebling.« Ich kann die Angst und die Schuldgefühle auf ihrem Gesicht sehen, und ich weiß, dass es nicht an unserem Intermezzo auf dem Parkplatz liegt.

Sie erinnert sich daran, was dem vorausging, und sie macht sich Sorgen wegen der Folgen.

»Sara ...« Ich nehme ihre Hände in meine. Ihre Handflächen sind wieder kalt, trotz des Dampfes von der heißen Dusche, der immer noch das kleine Badezimmer füllt. »Ptichka, keinem von uns wird etwas passieren. Es gibt nichts, was mich mit dem Tod dieses Mannes in Verbindung bringt – und niemanden, der ihn wirklich untersucht. Ich weiß das, weil ich das von meinen Hackern überprüfen lassen habe. Für alle wurde ein Ex-Knacki in einer schlechten Nachbarschaft überfallen, das ist alles. Kein Polizist wird seine Zeit damit verschwenden, tiefer zu graben – aber selbst wenn sie es täten, würden sie nichts finden. Ich bin gut in dem, was ich tue ... oder getan habe.«

»Ich weiß, dass du es bist. Und das ist ...« Ihr schmaler Hals bewegt sich, als sie schluckt. »Das ist erschreckend.«

»Warum?«, frage ich sanft und reibe mit meinem Daumen über ihre Handflächen. »Ich habe dir gesagt, dass ein Teil meines Lebens in der Vergangenheit liegt. Wir freuen uns auf die Zukunft, erinnerst du dich? Und jetzt kann deine Patientin das Gleiche tun. Sie ist frei, ihr Leben ohne Angst zu leben. Ist es nicht das, was du für sie wolltest?«

»Natürlich ist es das.« Sie zieht ihre Hände weg, legt ihre Arme um sich selbst und sieht so verlassen aus, dass ich fast bereue, das für sie getan zu haben.

Vielleicht wäre es besser gewesen, wenn ich mir einen anderen Weg überlegt hätte, um mich um

Monicas Problem zu kümmern – oder zumindest die Leiche entsorgt hätte.

Andererseits wollte ich, dass Saras Patientin weiß, dass ihr Angreifer keine Bedrohung mehr darstellt. Ein unerklärliches Verschwinden hätte das nicht geschafft. Das arme Mädchen hätte sich immer über die Schulter geschaut, aus Angst davor, dass das Arschloch zurückkommt.

So war es am besten, da bin ich mir sicher. Jetzt muss ich nur noch Sara davon überzeugen.

»Ptichka ...«

»Peter ...«, sagt sie gleichzeitig, also höre ich auf und lasse sie sprechen.

Sie atmet durch und lässt es langsam heraus. »Peter, wenn wir das wirklich tun wollen – wenn wir ein normales Leben zusammen aufbauen wollen –, musst du mir etwas versprechen.«

»Was denn, mein Liebling?«, frage ich, obwohl ich es mir denken kann.

»Du musst mir versprechen, dass du das nie wieder tun wirst.« Ihre haselnussbraunen Augen sind auf mein Gesicht gerichtet. »Ich muss wissen, dass, wenn mich jemand verärgert, er nicht mit aufgeschlitzter Kehle in einer Gasse enden wird. Dass, wenn unsere Kinder einen schwierigen Lehrer in der Schule haben oder von einem Klassenkameraden gemobbt werden oder wenn uns jemand beim Vorbeifahren den Mittelfinger zeigt, Mord *nicht* die Lösung ist.«

Ich blinzele langsam. »Ich verstehe.«

»Kannst du mir das versprechen?«, fragt sie noch

einmal und umklammert die Ränder ihres Handtuchs. »Ich muss wissen, dass die Menschen um mich herum sicher sind – dass ich nicht noch jemanden zum Tode verurteile, weil ich mit dir zusammen bin.«

Jetzt bin ich an der Reihe, einen tiefen, beruhigenden Atemzug zu machen. »Mein Liebling … ich kann nicht versprechen, dich nicht zu beschützen. Wenn jemand versucht, dich oder unsere Kinder zu verletzen …«

»… gehen wir zu den Behörden, wie alle anderen auch.« Ihr Kinn hebt sich stur an. »Dafür ist die Polizei da. Und ich spreche auch nicht von einem klaren Fall von Selbstverteidigung. Wenn wir die Straße entlanggehen und jemand eine Waffe auf uns richtet, ist das offensichtlich eine ganz andere Sache – auch wenn die Entwaffnung oder das Verletzen dieser Person die bevorzugte Lösung sein sollte. Ich spreche von Mord als eine Art und Weise, mit Menschen umzugehen, die *keine* tödliche Bedrohung darstellen. Du siehst den Unterschied, nicht wahr?«

Das tue ich eigentlich nicht. Ich habe nicht die Absicht, zufällige Idioten zu töten, die uns anhupen, oder was auch immer es ist, was Sara sich hier vorstellt, aber ich habe nicht vor, danebenzustehen, während irgendein Ublyudok sie derart zum Weinen bringt, dass ihr Herz bricht.

Sie schaut mich erwartungsvoll an, und ich weiß, dass sie das nicht fallenlassen wird. »In Ordnung«, sage ich nach einem Moment. »Wenn es das ist, was du willst, verspreche ich dir, dass ich niemanden töten werde, der keine Bedrohung für uns darstellt, oder für jemanden, der uns wichtig ist.«

»Und du wirst sie nicht foltern, verprügeln oder in irgendeiner Weise verletzen, richtig?«

Ich seufze. »Gut. Kein körperlicher Schaden, versprochen.« Es gibt noch eine Reihe anderes – Bestechung, Erpressung, finanzieller Druck – also ist es für mich in Ordnung, dieses Versprechen zu geben. Außerdem ist das, was eine »Bedrohung« darstellt, meiner Meinung nach Interpretationssache.

Wenn ein verdammter Tyrann unser Kind in der Schule angreift, werden er oder seine Eltern *nicht* unversehrt davonkommen.

Sara sieht mit meinem Versprechen nicht zufrieden aus, also greife ich nach ihrem Handtuch und ziehe es weg, während ich meine Jeans öffne.

»Warte ...«, fängt sie an, aber ich treibe sie bereits wieder unter die Dusche, wo ich dafür sorge, dass alle hypothetischen zukünftigen Arschlöcher, mit denen ich zu tun haben könnte, aus ihrem Kopf verschwinden.

eter

AM NÄCHSTEN MORGEN IST SARA SCHWEIGSAM UND EIN wenig distanziert, da sie zweifellos immer noch über meine Lösung für das Problem ihrer Patientin nachdenkt. Da das wahrscheinlich zu nichts Gutem führen wird, versuche ich, sie abzulenken, indem ich ihr neues Hobby anspreche: das Singen in der Band.

»Wann ist dein nächster Auftritt?«, frage ich beim Frühstück. »Ich habe die Videos von dir auf der Bühne gesehen, aber ich würde es gerne persönlich erleben.«

Sie schaut von ihrem Omelett auf und blinzelt, als ob sie gerade wieder zu sich kommt. »Oh, das wollte ich dir sowieso noch sagen. Unser Gitarrist Phil hat mir gestern Abend eine Nachricht geschickt. Er hat uns morgen Abend einen Gig gesichert, aber natürlich nur, wenn jeder es so kurzfristig schafft. Glaubst du, wir können das Abendessen mit meinen Eltern auf Samstag verschieben?«

Mein erster Impuls ist es, Nein zu sagen. Ich habe mich darauf gefreut, sie nach dem Abendessen für mich allein zu haben – etwas, was wahrscheinlich sowieso nur zwei oder drei Stunden dauern würde, maximal. Dieser Auftritt würde unsere ganze Freitagnacht in Anspruch nehmen, und dann müssten wir uns am Wochenende immer noch mit ihren Eltern treffen – und in unser neues Zuhause ziehen.

Andererseits habe ich es kaum erwarten können, meinen kleinen Singvogel auf der Bühne voller Hingabe singen zu sehen. Und das ist wichtig für sie, also ist es wichtig für mich.

»Natürlich«, sage ich ruhig und stehe auf, um mit dem Abräumen zu beginnen. »Wir können am Samstag mit deinen Eltern essen gehen. Oder noch besser, wir laden sie zu einem Samstagsbrunch ein.«

Ich habe immer gewusst, dass dieses Leben bedeutet, dass ich Saras Zeit und Aufmerksamkeit teilen muss, und ich kann nicht zulassen, dass meine Besessenheit von ihr das ruiniert.

Ich kann damit umgehen.

Es ist einfach etwas, woran ich mich gewöhnen muss.

∼

ICH RÄUME AUF, WÄHREND SARA SICH ANZIEHT, UND dann fahre ich sie zur Arbeit.

»Vergiss nicht: Der Vertragsabschluss ist heute um achtzehn Uhr«, sage ich ihr, als wir vor ihrer Praxis anhalten. »Ich hole dich um halb sechs ab, okay?«

Sie nickt und weicht meinem Blick immer noch aus, als sie nach dem Türgriff greift.

»Sara.« Ich ergreife ihr Handgelenk, als sie die Tür öffnet. »Sieh mich an.«

Sie gehorcht widerwillig, und ich greife mit meiner anderen Hand hinüber und streiche eine verirrte Strähne ihres glänzenden kastanienbraunen Haares hinter ihr Ohr. »Sag es, Ptichka. Ich will die Worte hören.«

Sie starrt mich an, und ich spüre den schnellen Puls in ihrem schlanken Handgelenk, das ich festhalte. Sie kämpft wieder gegen sich selbst, kämpft gegen ihre Gefühle für mich, und ich werde das nicht zulassen.

»Sag es«, verlange ich, festige meinen Griff, und sehe den genauen Moment, in dem sie den Kampf aufgibt.

Sie schließt die Augen, atmet tief ein und öffnet sie dann wieder. »Ich liebe dich.« Ihre Stimme ist leise, aber ruhig, als sie mir in die Augen schaut. »Ich liebe dich, Peter ... egal was passiert.«

Etwas tief in mir – eine Anspannung, von der ich nicht einmal wusste, dass sie da war – löst sich, und ich führe ihre Hand zu meinen Lippen, um die weiche Haut an jedem Knöchel zu küssen. »Ich liebe dich auch. Wir sehen uns um halb sechs, okay?«

»Okay«, murmelt sie, und ich zwinge mich dazu, sie gehen zu lassen.

Sie fliegen zu lassen. Wenn auch nur bis heute Abend.

ara

WIE ANGEKÜNDIGT HOLT MICH PETER UM PUNKT siebzehn Uhr dreißig ab, und wir fahren zum Maklerbüro, um den Kaufvertrag zu unterschreiben.

»Du hast das Haus auf meinen Namen gekauft?« Ich schaue Peter erschrocken an, als ich auf den Dokumenten nur Platz für meine Unterschrift sehe.

Er nickt, und seine Lippen formen ein Lächeln. »Das ist am besten, mein Liebling. Nur für alle Fälle.«

Ein kalter Schauer fährt über meine Wirbelsäule. »Nur für den Fall« könnte sich auf eine Vielzahl von Dingen beziehen, aber wenn der eigene Ehemann früher von Strafverfolgungsbehörden weltweit gejagt wurde und immer noch Verbindungen zur kriminellen

Unterwelt hat, erhalten die Worte eine besonders unheimliche Bedeutung.

Ich möchte nachfragen, aber die Maklerin – eine hübsche, gepflegte Frau in den Dreißigern – beobachtet uns mit unverhohlener Neugierde, also unterschreibe ich einfach bei jedem X und versuche, nicht an die schrecklichen Möglichkeiten zu denken.

Wie zum Beispiel ein SWAT-Team, das mitten in der Nacht unsere Tür aufbricht, weil sie Peters Rolle beim Mord an Monicas Stiefvater aufgedeckt haben.

»Alles erledigt«, sagt die Frau fröhlich, als ich ihr die letzten Papiere gebe. »Herzlichen Glückwunsch zu Ihrem neuen Zuhause.«

»Danke.« Ich stehe auf und gebe ihr die Hand. »Wir freuen uns sehr.«

Peter schüttelt als Nächster ihre Hand, und ich bemerke, wie sie ihn ansieht – wie eine Katze eine Untertasse mit Sahne. Er scheint ihr Interesse nicht zu bemerken, aber ich verspüre trotzdem eine hässliche Eifersucht.

Vielleicht sollte ich Peter sagen, dass *sie* mich verärgert hat?

Ich verdränge den dunklen Scherz, als er mir in den Sinn kommt, aber es ist zu spät. Ich bin wieder dabei, über alles nachzudenken und mich krank zu fühlen. Den ganzen Tag lang habe ich versucht, mich selbst davon zu überzeugen, dass das, was passiert ist, ein Einzelfall war, und dass Peter sein Versprechen halten wird, niemanden sonst zu verletzen, aber jedes Mal, wenn ich es fast glaube, erinnere ich mich daran, was er auf unserer Hochzeit zu tun drohte, sollte ich ihn nicht heiraten.

Mord – oder damit zu drohen – wird immer ein Teil seines Arsenals sein, und niemand um mich herum ist wirklich sicher. Ich könnte genauso gut mit einer scharfen Granate herumlaufen.

Peter begleitet mich hinaus, und wir fahren nach Hause, wo der Tisch bereits mit Kerzen gedeckt ist und eine Flasche Champagner in einem Eimer Eis kühlt, während köstliche Gerüche aus dem Ofen strömen.

»Auf unser neues Zuhause«, sagt er, nachdem er uns beiden ein Glas eingeschenkt hat, und ich trinke das prickelnde Getränk und versuche, nicht an marionettenhafte Körper in dunklen Gassen zu denken, um die sich Blutlachen ausbreiten.

An die scharfe Granate, die immer an meiner Seite ist.

eter

DIE UMZUGSHELFER KOMMEN AM FREITAG ERST GEGEN Mittag, also gehe ich, nachdem ich Sara bei der Arbeit abgesetzt habe, mit einem Rucksack voller Gewichte lange laufen, um das frühere Training mit meinen Jungs nachzuahmen. Ich brauche das harte Training, um etwas von der Unruhe, die ich empfinde, abzubauen – und um mich davon abzulenken, wie sehr ich meine arbeitswütige Frau vermisse.

Am Ende meines Laufs in einem ruhigen, fast leeren Park ziehe ich mein schweißgebadetes T-Shirt aus und beginne mit dem Krafttraining, wobei ich den achtzig Pfund schweren Rucksack benutze, um die einarmigen Liegestütze und Klimmzüge an einem nahegelegenen Baum zu erschweren.

Ich bin fast fertig, als ich einen Teenager sehe, der auf mich zuläuft und dessen T-Shirt um seinen dünnen Körper flattert. Für einen herzzerreißenden Moment sieht er genau wie mein Freund Andrey aus, der mir im Camp Larko alle meine Tattoos gemacht hat.

Die Illusion löst sich auf, als der Läufer näher kommt, aber ich kann immer noch nicht wegschauen.

Das Kind läuft, als würden die Höllenhunde es verfolgen, seine Augen sind panisch und seine Arme schwingen verzweifelt an den Seiten. Ein paar Sekunden später sehe ich, warum.

Vier ältere, größere Jungen – eigentlich schon junge Männer – jagen hinter ihm her und schreien dabei Beleidigungen.

Es geht mich verdammt nochmal nichts an, aber ich kann nicht anders.

Als der Andrey-Klon an mir vorbeigelaufen ist, öffne ich meinen Rucksack an meiner Taille und werfe ihn lässig auf den Boden. Dann, gerade als seine Verfolger kurz davor sind, an mir vorbeizulaufen, stelle ich mich ihnen in den Weg und strecke meine Arme auf beiden Seiten aus.

Sie kommen abrupt zum Stehen und vermeiden nur knapp, in mich zu prallen.

»Was zum Teufel …, Mann?«, knurrt der größte. »Aus dem Weg!«

Er versucht, mich zur Seite zu schieben – ein großer Fehler seinerseits. Meine gut entwickelten Instinkte werden zum Leben erweckt, und einen Moment später liegt der Typ stöhnend auf dem Boden, während sich seine drei Kameraden mit defensiv erhobenen Händen zurückziehen.

»Verschwindet«, sage ich ihnen, und sie tun es und halten nur inne, um ihren niedergegangenen Freund zu ergreifen und ihn fortzuziehen.

Ich beuge mich nach unten, um meinen Rucksack aufzuheben, als ich aus dem Augenwinkel eine Bewegung sehe.

Es ist das Kind, dem ich geholfen habe, und seine schmale Brust bebt, als es mich anstarrt. »Wie haben Sie das gemacht?« In seiner Stimme höre ich Ehrfurcht und Neid.

»*Was* gemacht?« Ich hebe meinen Rucksack hoch und stopfe mein durchgeschwitztes T-Shirt hinein.

»Ihn so zu Boden zu bringen.«

Ich zucke mit den Achseln, setze den Rucksack auf und befestige die Gurte um meine Taille. »Nur eine Grundausbildung in Selbstverteidigung.«

»Nein, Alter.« Die blauen Augen des Kindes sind riesig und sehen denen Andreys unheimlich ähnlich. »Das war etwas anderes. Waren Sie in der Armee? Und damit trainieren Sie?« Er zeigt auf meinen Rucksack.

»So etwas in der Art, und ja.« Ich drehe mich um, um zu gehen, aber der Junge ist noch nicht fertig mit mir.

»Können Sie es mir beibringen? Wie man kämpft, meine ich?«

Ich tue so, als würde ich nicht hören, und fange an zu laufen.

Er lässt sich nicht abschrecken. Er holt mich ein

und joggt an meiner Seite. »Können Sie es mir beibringen? Bitte?«

Ich beschleunige mein Tempo. »Ich trainiere keine Kinder.«

»Ich werde Sie bezahlen.« Er ist atemlos vom Laufen, schafft es aber irgendwie, mit mir Schritt zu halten. »Hier.« Er steckt seine Hand in die Tasche und holt einige Zwanziger heraus. »Die anderen Jungen hätten mir das Geld weggenommen, also können Sie es genauso gut haben.«

Ich will gerade ablehnen, als mir eine Idee kommt. Ich bleibe neben einer Bank stehen und sehe das Kind nachdenklich an. »Du willst das lernen? Wirklich?«

»Ja.« Er hüpft fast vor Aufregung. »Ich will wissen, wie ich mich verteidigen kann. Ich meine, ich habe ein wenig Karate gemacht, als ich jünger war, aber es hat nicht wirklich ...«

»Wie alt bist du?«, unterbreche ich ihn.

»Sechzehn. Na ja, fast. Mein Geburtstag ist nächsten Monat.«

»Und wer waren die Typen, die dich verfolgt haben?«

Der Junge errötet. »Die Freunde meines älteren Bruders. Sie alle sind einer Bruderschaft verpflichtet, und das ist eine Art Ritual für sie. Sie wissen schon ... sich das Geld von einem Nerd zu schnappen.«

Ich verdrehe fast die Augen, weil das alles so lächerlich ist. Denke ich wirklich darüber nach?

»Bitte, Sir.« Das Kind tritt von einem Fuß auf den anderen. »Mein Vater sagt immer, dass ich mich wehren muss, aber ich weiß nicht, wie. Und wie Sie sie einfach aufgehalten haben … Ich würde töten, um das zu können.«

Das Kind hat keine Ahnung, was es sagt, aber aus irgendeinem Grund – vielleicht, weil ich immer noch an Andrey denke und wie in unserem höllischen Lager immer auf ihm herumgehackt wurde, bevor die sadistische Wache ihn lebendig gekocht hat – strecke ich meine Hand aus und sage: »Gib mir dein Handy«.

Das Kind zieht eifrig sein Handy heraus und reicht es mir. Ich speichere meine Nummer ein und gebe es ihm zurück.

»Ruf mich dieses Wochenende an, und wir vereinbaren einen Termin. Wie heißt du überhaupt?«

»Aiden, Sir. Aiden Walt.« Er zögert und beschließt dann, mutig zu sein. »Und wer sind Sie?«

»Peter Garin«, sage ich, bevor ich weiterlaufe und den Teenager neben der Bank stehen lasse.

15

PETER HOLT MICH WIE SCHON DIE GANZE WOCHE NACH der Arbeit ab, nur anstatt nach Hause oder in die Klinik, fahren wir in die Bar, wo meine Band heute Abend auftritt.

»Vielen Dank dafür«, sage ich zwischen zwei Gabeln der Pasta mit Hühnchen, die er mir zum Essen während der Fahrt mitgebracht hat. »Im Ernst, sie ist köstlich.«

»Gern geschehen.« Sein silberner Blick ist warm, als er mich ansieht, bevor er seine Aufmerksamkeit wieder auf die Straße richtet. »Ich bin froh, dass du sie magst.«

»Ich kann nicht glauben, dass du heute Zeit zum

Kochen hattest. Sollten die Umzugsleute nicht kommen?«

Er grinst. »Oh, habe ich es dir nicht gesagt? Sie sind gekommen – und heute Abend werden wir im neuen Haus schlafen.«

»Was?« Ich ersticke fast an meinen Nudeln. »Ist das dein Ernst?«

Er nickt. »Ich hatte vier Leute bestellt, und sie haben alles in Rekordzeit gepackt und ins neue Haus gebracht. Ich habe bereits das Nötigste ausgepackt, einschließlich allem für die Küche und das Schlafzimmer, so dass für das Wochenende nur noch ein paar wenige Kisten übrig sind. Und natürlich müssen wir einige Dinge neu kaufen, aber ich dachte, das könnten wir zusammen machen.«

»Du bist unglaublich«, sage ich, und ich meine es auch so. Seine unerbittliche, besessene Tatkraft – die fast übermenschliche Fähigkeit, unüberwindliche Widrigkeiten auf der Jagd nach seinem Ziel zu überwinden – hat mir immer Angst gemacht, aber jetzt, da ich nicht mehr darum kämpfe, ihm zu entkommen, sehe ich sie als den Vorteil, der sie ist.

Die gleiche gewaltige Willenskraft, mit der Peter mich dazu gebracht hat, mich in ihn zu verlieben, glättet jetzt all die kleinen Unebenheiten in unserem friedlichen Vorstadtleben – einem Leben, das nur möglich ist, weil Peter ein virtuelles Wunder vollbracht und sich von den Listen mit den meistgesuchten Verbrechern entfernen ließ.

Wenn ich es nicht besser wüsste, würde ich ihn für

einen Zauberer halten, der Schicksal und Realität seinem Willen unterwirft.

»Also habe ich mich entschieden, ein Sportstudio zu eröffnen«, sagt er beiläufig, während ich weiteresse. »Ich werde nächste Woche anfangen, einen geeigneten Ort zu suchen.«

Ich halte inne und starre ihn ungläubig an. »Wirklich?«

»Ja. Ich habe heute im Park dieses Kind getroffen, und es hat mich um ein paar Kampfstunden angefleht. Dadurch bin ich auf diese Idee gekommen, und je mehr ich darüber nachdenke, desto mehr gefällt sie mir. Ich denke an Selbstverteidigungsklassen für Frauen und Jugendliche, Boot-Camp-Programme für Hardcore-Athleten, Waffentraining für Bodyguards und so weiter. Ich habe etwas Erfahrung mit dem Training anderer, da ich meine Jungs trainiert habe, als ich das Team zusammenstellte, also könnte es Spaß machen.«

»Das ist eine *ausgezeichnete* Idee.« Ich kann die Aufregung in meiner Stimme nicht verbergen. »Das ist perfekt für dich.«

Er wirft mir einen schiefen Blick zu. »Besser als Attentate?«

Ich lache, weil er meine Gedanken gelesen hat. »Ja, viel besser.« Ich habe mir Sorgen gemacht, was er hier tun würde, ob er seinen mit Adrenalin gefüllten früheren Beruf vermissen würde, und diese Entwicklung beruhigt mich ein wenig.

Da das Sportstudio seine Tage in Anspruch nehmen und eine neue Herausforderung für ihn sein wird, könnte sich mein Attentäter-Ehemann vielleicht tatsächlich an unser ruhiges, ziviles Leben gewöhnen.

Ich fühle mich leichter, als es seit Monicas Besuch der Fall war, und beende meine Pasta, während wir an der Bar ankommen, in der ich heute Abend auftreten werde.

DAS LEICHTE GEFÜHL VERFLÜCHTIGT SICH, ALS WIR hineingehen. Die Bar ist riesig, laut und überfüllt, die meisten Gäste sind bereits betrunken, und ich spüre Peters wachsende Anspannung, als wir uns den Weg in den Backstage-Bereich bahnen, wo sich die anderen Bandmitglieder vorbereiten.

»Hey, da ist ja das frischgebackene Ehepaar! Ich bin so froh, dass ihr es geschafft habt.« Phil zieht mich in eine riesige Umarmung, und das Gesicht meines Mannes verwandelt sich zu Stein, während seine Hand beginnt, sich zu einer Faust zu ballen.

Scheiße. Ich habe Peters extreme Besessenheit vergessen.

Ich schiebe meinen Bandkollegen fort und greife schnell nach Peters Arm. Der stahlharte Muskel zuckt unter meinen Fingern, und ich weiß, dass ich recht hatte, mir Gedanken zu machen.

Meine Granate war kurz davor, zu explodieren.

»Wo sind Simon und Rory?«, frage ich und reibe meine Hände über Peters Bizeps, so als ob ich es einfach nur genieße, diese tödlichen Muskeln zu berühren – was ich tun würde, wenn ich nicht so besorgt um Phil wäre. »Sind sie schon fertig?«

»Sie ziehen sich da drüben um.« Phil nickt mit seinem Kopf nach rechts. »Du solltest dich auch umziehen. Wir haben dein Outfit vorbereitet. Und keine Sorge, du bekommst ihn zurück, sobald du fertig bist.« Er grinst Peter an, der immer noch so aussieht, als wolle er ihn mit Blicken töten. Langsam.

»Okay. Ich beeile mich.« Ich drücke warnend Peters Bizeps und gehe widerstrebend in die Umkleidekabine.

Unser Gitarrist sollte besser unversehrt sein, wenn ich zurückkomme.

eter

»So«, sagt Phil, und sein gutmütiger Gesichtsausdruck verflüchtigt sich, als Sara außer Sichtweite ist. »Du bist extrem eifersüchtig, stimmt's?«

Ich starre ihn ohne zu blinzeln an. »Du kannst dir gar nicht vorstellen, wie sehr.«

Wenn er Sara jemals wieder umarmt, wird es das Letzte sein, was er tut. Allein dieser Ort macht mich nervös – mit all den Betrunkenen, die sich da draußen zusammengedrängt haben, ist es der perfekte Ort für einen Attentäter – und der bloße Gedanke an die Hände dieses bierbauchigen Arschlochs auf Sara lässt meine Finger danach brennen, sich um seinen molligen Hals zu legen.

Er starrt mich an und bricht dann in Lachen aus.

»Oh, Mann, du solltest deinen Gesichtsausdruck sehen. Ich wusste nicht, dass es den mörderischen Blick wirklich gibt.«

Ich zwinge mich dazu, zu blinzeln, um den sogenannten »mörderischen Blick« abzuschwächen, während er unbeschwert weiterredet, da er nicht weiß, wie wahr seine Beobachtung war. »Tut mir leid, Mann. Ich wollte nicht in deinem Gebiet wildern. Wir alle kennen Sara einfach seit einer Weile, und sie ist wie eine Schwester für uns. Nun, nicht wirklich, denn wir sind nicht verwandt und sie *ist* verdammt heiß, aber du weißt, was ich meine. Und ehrlich gesagt wussten wir nicht einmal, dass sie auf Männer steht. Ich will damit nicht sagen, dass wir dachten, dass sie auf Frauen steht, wir dachten einfach, dass sie sich gerade nicht mit Männern trifft, weil sie verwitwet war. Dabei ist sie einfach heimlich mit dir ausgegangen und ...« Er schüttelt den Kopf. »Verdammt, ich kann nicht glauben, dass wir es nicht gewusst haben.«

»Na ja, jetzt weißt du es.« Ich sollte wahrscheinlich wegen seines offensichtlichen Versuchs, sich mit mir anzufreunden, netter sein, aber ich kann mich immer noch kaum zurückhalten, ihn wegen dieser Umarmung zu töten – und all der anderen Male, die er es zweifellos auf meine »verdammt heiße« Frau abgesehen hatte.

Sie war damals noch nicht meine Frau, aber sie gehörte *mir*.

Glücklicherweise taucht Sara wieder auf, bevor meine Geduld noch weiter auf die Probe gestellt wird.

Sie trägt ein weißes Neckholder-Kleid, das mich an Marilyn Monroe in der berühmten Szene mit dem wehenden Rock erinnert. Bei einer anderen Frau mag es einfach nur nett aussehen, aber bei Sara, mit ihrer Haltung einer Tänzerin, ist es genauso elegant wie sexy.

»Ich dachte, das sei passend«, sagt Phil, als ich sie anstarre und mir das Wasser bei dem Gedanken im Mund zusammenläuft, an der weichen Haut zu knabbern, die durch den offenen Ausschnitt des Kleides freigelegt wird. »Weil sie frisch vermählt ist und so.«

Ich reiße meine Augen von ihren zarten Schlüsselbeinen weg. »Was?«

»Das weiße Kleid«, sagt der Gitarrist und grinst. »Ich habe es ausgewählt, als eine Hommage an eurer Hochzeit.«

»Ah.« Ich drehe mich um und beobachte Sara, die stehen geblieben ist, um sich mit ihrem Schlagzeuger Simon zu unterhalten.

Wie schlimm wäre es, wenn ich sie jetzt gleich wegbringen würde? Sie einfach hochheben, hinaustragen und in meinem Bett behalten würde, bis wir beide nicht mehr laufen können?

Ich will, dass sie für mich allein in diesem Kleid singt.

Und in jedem anderen Kleid, wenn ich ehrlich bin.

»Mann, dich hat es aber heftig erwischt«, sagt Phil, und ich sehe ihn gereizt an. Der Idiot schüttelt den

Kopf und grinst, als ob er nicht sehen könnte, dass ich ihm gleich das Genick brechen werde.

»Phil, hey!« Eine blonde Frau kommt um die Ecke, und ich weiß, dass es Saras Freundin aus dem Krankenhaus ist, Marsha.

Sie sieht mich, erstarrt für eine Sekunde und nähert sich uns dann zögernd.

»Hi, Marsha.« Ich lächele sie so sanft wie möglich an. Kein Grund, die Frau noch weiter zu erschrecken; sie verdächtigt mich bereits aller möglichen Dinge. »Ich wusste nicht, dass du auch kommen würdest.«

»Ja, nun …« Ihr Blick fällt auf Phil. »Kann ich mit dir reden?«

»Sicher.« Er schaut zu mir zurück. »Entschuldigung.«

Ich richte meine Aufmerksamkeit auf Sara, da Marsha den Gitarristen wegschleppt. Mein Ptichka spricht jetzt mit dem rothaarigen Kerl, Rory, und ich mag die Art und Weise nicht, wie dieser muskelbepackte Pfau sie ansieht.

Ich mache mich auf den Weg zu Ihnen, aber Sara beendet das Gespräch und steckt ihren Kopf in den Bühnenbereich. »Sie sind bereit für uns«, schreit sie über ihre Schulter, und ich verlasse leise den Backstage-Bereich, um mich unter die Menge an der Bar zu mischen.

Der Auftritt meines Ptichkas beginnt gleich, und ich möchte ihn nicht verpassen.

~

ZU MEINEM ERSTAUNEN BERUHIGT SICH DIE TOBENDE Menge, als Sara die Bühne betritt, und als sie ihren Mund öffnet, verstehe ich, warum. Sie ist so phänomenal wie ein Popstar, und ihre Stimme ist stark und rein, während sie die Songs, die sie komponiert hat, singt. Ich habe sie bereits in Japan üben hören, aber ich höre genauso begeistert zu wie alle anderen in der Bar.

Es ist unmöglich, das nicht zu tun.

Der Song ist sowohl verhalten als auch optimistisch, eine ungewöhnliche Mischung aus Country, R&B und aktuellen Pop-Hits – kombiniert mit Saras einzigartigem Spin.

Sie ist mehr als gut.

Sie ist unglaublich.

Unsere Blicke treffen sich, und mein Herz dehnt sich in meiner Brust aus, bis es sich anfühlt, als ob es gleich platzen wird. Es ist unglaublich, wie sehr ich sie brauche, wie sehr ich sie mit jeder Zelle meines Körpers begehre. Der primitive Instinkt erwacht wieder in mir, dieser Drang, sie über meine Schulter zu werfen und in meine Höhle zu zerren.

Ich will sie weit weg von den Augen aller, damit ich sie ganz allein verschlingen kann.

Ein Lied, drei, fünf, fünfzehn – und wie im Fluge vergehen zwei Stunden. Sie rufen sie immer wieder auf die Bühne, fordern Zugaben, und sie gibt immer wieder nach, bis es irgendwann endlich vorbei ist.

Ich fange sie ab, als sie von der Bühne steigt. Ich

ergreife sie, hebe sie hoch und drücke sie an meine Brust.

»Das Privileg der Frischvermählten«, knurre ich ihre fanatischen Fans an, und als sie ihr Gesicht versteckt, errötet und lacht, tue ich das, wofür ich den ganzen Abend gestorben wäre.

Ich trage sie weg, um ganz allein zu genießen.

eter

Ich beherrsche mich, um uns erst nach Hause zu bringen, aber jedes Mal, wenn Sara sich auf ihrem Sitz bewegt und ich einen Blick auf ihren nackten Oberschenkel unter diesem sexy weißen Rock erhasche, bin ich versucht, an den Straßenrand zu fahren.

Das Einzige, was mich davon abhält, ist, dass ich keinen weiteren Quickie im Auto will. Ich brauche sie in meinem Bett, wo ich die ganze Nacht über ihren köstlichen Körper genießen kann. Wo ich ihr zeigen kann, dass sie immer mein sein wird, egal wie viele Männer Fantasien mit ihr haben.

Es hilft, dass sie ununterbrochen spricht, da sie von ihrem Auftritt noch ganz high ist. Sie erzählt mir alles darüber, wie Phils Gitarre in letzter Minute gestimmt werden musste, und wie Simon es fast nicht schaffte, weil er einen Abgabetermin für einen Artikel hat. Dass ich mich auf ihre Worte konzentriere, hält mich davon ab, unter ihren Rock zu greifen und mit meiner Hand an ihrem glatten, wohlgeformten Oberschenkel entlangzufahren, bevor ich unter den Spitzenstring greife, den sie heute Morgen angezogen hat, um ihren weichen, seidigen Körper …

»Kannst du glauben, dass Marsha jetzt mit Phil ausgeht?«, sagt Sara, und ich merke, dass ich aufgehört habe, ihr zuzuhören, weil ich mich in meiner heißen Fantasie verloren hatte.

»Tut sie das?« Ich gebe mein Bestes, um mich wieder auf ihre Worte zu konzentrieren. »Seit wann das?«

»Rory sagte mir, dass sie in der Nacht unserer Hochzeit miteinander abgestürzt sind. Ist das nicht lustig? Marsha war anscheinend zu betrunken, um nach der Zeremonie zu fahren, und Phil hat sich freiwillig gemeldet, um sie nach Hause zu bringen. Und der Rest ist, wie man so schön sagt, Geschichte.«

»Das ist toll«, sage ich und zwinge mich, meine Augen auf die Straße zu richten, anstatt Sara mit meinem Blick zu verschlingen. »Das freut mich für sie.«

Und ich meine es auch so. Vielleicht hält die feurige Krankenschwester den Gitarristen auf Trab, und er hört auf, bei jeder Gelegenheit Sara anzuschmachten. Und im Gegenzug wird er Marsha vielleicht genug

ablenken, um sich aus unseren Angelegenheiten
herauszuhalten.

Sara hatte ihr während meiner Abwesenheit ein
wenig zu viel erzählt, und obwohl Marsha nicht mit
Sicherheit weiß, dass ich der Mann bin, der Sara
verfolgt und ihren ersten Mann getötet hat, vermutet
sie es.

»Ja, ich hoffe für sie, dass es klappt«, sagt Sara. »Sie
verdienen beide einen guten Partner.«

Ich nicke unverbindlich und riskiere einen weiteren
Blick auf Sara. Sie sieht mich mit einem Lächeln an,
und dann bringt sie mich um, indem sie beiläufig ihre
Hand auf meinen Oberschenkel legt.

Mein Schwanz, der bereits halb hart durch die nicht
jugendfreien Bilder in meinem Kopf war, ist jetzt
steinhart. Die Berührung ihrer schlanken Finger
erhitzt meine Haut sogar durch das dicke Material
meiner Jeans. Es ist, als ob ein Stromkabel auf meinem
Oberschenkel liegt und Stromstöße direkt in meine
Leiste schickt. Meine Herzfrequenz schießt in die
Höhe, und mein Kiefer spannt sich an, als die Straße
vor mir für eine gefährliche Sekunde verschwimmt.

»Sara.« Ich knurre ihren Namen fast, als sich meine
Hände krampfartig um das Lenkrad klammern.
»Ptichka, wenn du deine Hand jetzt nicht sofort da
wegbewegst …«

Ihr Atem hämmert hörbar, und sie zieht ihre Hand
fort, als sie endlich versteht, was sie tut. Es hilft aber
nichts. Ich kann ihre Berührung immer noch spüren.
Sie ist in meine Haut eingebrannt, meinen Kopf …

mein Herz. Vielleicht wird es sich eines Tages nicht mehr so anfühlen, und ihre lockere Zuneigung mich nicht jedes Mal erschlagen, aber im Moment ist das, was wir haben, noch zu neu, zu frisch. Vor nicht allzu langer Zeit hat sie mich gefürchtet und gehasst. In ihren Augen war ich ein Monster. Und vielleicht bin ich es immer noch – aber jetzt liebt sie mich.

Sie weiß, dass sie mich braucht, auch mit meiner dunklen Seite.

Als wir vor unserem neuen Haus parken, halte ich inne, um sicherzustellen, dass nichts meinen ausgeprägten sechsten Sinn für Gefahren alarmiert. Nichts passiert – genau wie es sein sollte. Der Ort ist jetzt so sicher wie möglich, mit modernster Technologie, die alles überwacht, und meiner Crew an strategischen Orten in der gesamten Nachbarschaft.

Ich werde es nicht riskieren, dass Feinde aus meiner Vergangenheit in unsere friedliche Gegenwart eindringen.

»Wow«, ruft Sara, als ich ihr aus dem Auto helfe. Ihr Kopf schwenkt von einer Seite zur anderen, und ihre Augen sind vor Erstaunen weit aufgerissen. »Wo kommen all diese Bäume her? Und der Zaun? Wann hattest du Zeit, das alles zu tun?«

Ich werfe einen Blick auf das, wovon sie spricht. Ich habe einen hohen Zaun aufstellen und Bäume rund um das Grundstück pflanzen lassen, um Privatsphäre zu schaffen und die Sichtlinie für alle potenziellen Scharfschützen zu verdecken.

»Gestern«, sage ich ihr und lege eine Hand auf ihren unteren Rücken, um sie zum Eingang zu führen.

Sie kann morgen unser neues Zuhause bestaunen; heute Abend gehört ihre ganze Zeit mir.

Wir haben gerade die Schwelle übertreten, als meine Beherrschung wie ein Zweig in einem Hagelsturm einknickt.

Ich schließe die Tür mit meinem Fuß, mache das Licht im Flur an und drücke sie mit dem Rücken gegen die Wand, während meine Hände zum Saum ihres Kleides wandern. Als ich ihren Rock nach oben schiebe, finde ich ihren Spitzenstring feucht und ihre Muschi weich und nass vor.

Verdammt, ja. Der Auftritt muss sie auf mehr als eine Weise erregt haben.

»Peter.« Sie bekommt große Augen, und klammert sich an meine Bizeps. »Warte, lass uns zuerst …« Ihre Worte enden mit einem Stöhnen, als ich mit zwei Fingern in sie eindringe und mich an der glatten, seidigen Enge erfreue.

»Sag mir, dass du das willst«, fordere ich, schiebe meine Finger in sie hinein und heraus und lasse die raue Spitze meines Daumens bei jedem Stoß über ihre Klitoris reiben. »Sag mir, dass du *mich* willst.«

Ihre Augen sehen zunehmend glasig aus, und ihre Pupillen werden mit jeder Sekunde weiter. »Das tue ich. Du weißt, dass ich das tue.« Sie klingt atemlos, ihre inneren Muskeln ziehen sich zusammen, und ihre Hüften bewegen sich in einem Rhythmus, der mir sagt, dass sie kurz davor ist. »Bitte, Peter …«

Ich ziehe meine Finger heraus und hebe meine Hand zu ihrem Gesicht. »Sauge an ihnen.« Ich drücke die Finger zwischen ihre vollen Lippen. »Mach sie schön nass, verstanden?«

Ihre Augen weiten sich wieder, aber sie gehorcht, und ihre flinke Zunge wirbelt um meine Finger, als ich sie in ihren Mund schiebe. Es fühlt sich unglaublich an, und ich kann mir die Zunge auf meinem Schwanz vorstellen. Ich will mehr, drücke meine Finger tiefer und spüre den Würgereflex in ihrem Hals, der sie noch dicker mit Speichel überzieht.

Verdammt. Wenn ich nicht gleich in sie eindringe, explodiere ich.

Ich öffne meine Jeans mit meiner freien Hand, ziehe meine Finger aus ihrem Mund und schiebe sie zurück in ihre Pussy, wo ich ihre innere Nässe mit dem Speichel vermische, während ich sie weiterhin mit dem Finger ficke, da ich wieder diesen glasigen Blick in ihren Augen sehen will.

Es dauert nicht lange – innerhalb von dreißig Sekunden atmet sie schnell, und ihre blasse Haut ist wunderschön errötet. Ihr Blick ist immer noch auf mich gerichtet, aber ihre Augen werden benebelt und unfokussiert, während ihr Mund sich öffnet und sich ihre Nägel in meine Bizeps graben, während ihre Oberschenkelmuskeln wie Espenlaub zittern.

Ich warte, bis ich mir sicher bin, dass sie kommt, und dann ziehe ich meine Finger wieder heraus, um sie an ihren muskulösen Oberschenkeln anzuheben und sie mit meinem schmerzenden Schwanz aufzuspießen.

Ihr wortloses O verwandelt sich in ein lautes Keuchen, ihre Beine legen sich fest um meine Hüften, während ich mit einem rücksichtslosen Stoß bis zum Anschlag in sie eindringe. Ich spüre, wie ihre inneren Muskeln pulsieren und sich zusammenziehen, während ich tief in ihr stecke und meine ganze Willenskraft aufbringen muss, um nicht meinem starken Verlangen nachzugeben, zu kommen.

Sie wird nicht so leicht davonkommen.

Nicht heute Abend.

Irgendwie schaffe ich es, durchzuhalten, bis ihre Krämpfe nachlassen, ihr Körper sich an dem meinen entspannt und ihre Lider sich schließen, während ein glückliches Leuchten auf ihrem Gesicht erscheint. Ich senke meinen Kopf, küsse ihre geöffneten Lippen und bewege die Hand, deren Finger sie gefickt haben, von ihrem Oberschenkel zur verführerischen Spalte zwischen ihren Arschbacken.

Sie ist so entspannt und gefangen in meinem Kuss, dass es nur minimalen Widerstand gibt, als ich einen feuchten Finger gegen ihre enge hintere Öffnung lege und ihn vorsichtig hineindrücke. Ich bin schon bis zum ersten Knöchel in ihr, als ihre Augenlider aufgehen, ihr Körper sich versteift und ihre inneren Muskeln auf meinen Schwanz und Finger drücken, während sich ihre Beine fester um meine Hüften legen.

»Lass mich rein, Ptichka«, murmele ich gegen ihre Lippen. »Du weißt, dass du das willst.«

Nicht, dass sie eine Wahl hätte. Ich halte sie mit meiner freien Hand und dem Gewicht meines Körpers hoch. Mit ihren Beinen um meine Hüften und meinem Schwanz tief in ihr vergraben, kann sie unmöglich entkommen oder die Tiefe der Penetration in beiden Öffnungen kontrollieren.

Sie ist mir völlig ausgeliefert, und das ist genau das, was ich will.

Ich habe ihren Arsch seit unserer Hochzeitsnacht nicht mehr genommen, aber ich habe nicht aufgehört, über ihn nachzudenken – darüber, wie sich diese perfekten runden Kugeln gegen meine Eier gedrückt angefühlt haben, und ihr Gesicht, das leicht ekstatisch und gleichzeitig gequält ausgesehen hat. Ich habe ihr wehgetan, ich weiß, und etwas daran war pervers richtig gewesen, einzigartig befriedigend.

So sehr ich sie auch liebe, ich möchte sie trotzdem manchmal bestrafen, um zu sehen, wie die Angst und die Erregung in ihren schönen Augen gegeneinander kämpfen.

Ich hebe meinen Kopf und sehe, wie diese Augen genau das widerspiegeln, als sie mich anblickt. »Ich …« Ihr Atem beschleunigt sich wieder. »Ich weiß nicht, ob …«

Ich lasse ihre nächsten Worte mit einem weiteren Kuss verstummen und setze die Arbeit mit meinem Finger in ihrer engen Öffnung fort, während ich sie mit meiner freien Hand höher hebe und sie auf meinem Schwanz bewege. Sie wimmert an meinen Lippen, und ich fühle, wie mein Schwanz durch die dünne Wand, die ihre beiden Öffnungen trennt, gegen den Finger reibt.

Meine Atmung beschleunigt sich, meine Eier ziehen sich enger zusammen, und die letzte Beherrschung, die ich noch besaß, verschwindet. Ich vertiefe den Kuss, dringe weiter in sie ein und drücke gleichzeitig einen zweiten Finger in ihren Arsch. Sie versteift, ihre Nägel graben sich tiefer in meine Arme, und ihre inneren Muskeln pressen sich zusammen, um Widerstand zu leisten, aber es ist sinnlos. Ich bin bereits in ihr drin, so tief, dass sie mich nie wieder herausbekommen wird.

Es wird kein Entrinnen für sie geben.

Nicht jetzt. Niemals.

Alles in mir schreit danach, sie zu ficken, immer wieder in sie hineinzufahren, bis ich explodiere und die unerträgliche Spannung nachlässt, aber es gibt noch etwas anderes, was ich will. Schwer atmend, hebe ich meinen Kopf und treffe auf ihren Blick, als sie mich benommen mit einem erröteten Gesicht und vor Erregung schweren Lidern ansieht.

»Sag mir, was du brauchst«, befehle ich mit belegter Stimme, und ihr Atem entweicht zischend zwischen ihren Zähnen, als ich meine Finger tiefer in ihren Arsch drücke, um ihn zu dehnen und zu präparieren. »Ich will es von dir hören.«

»Ich weiß nicht …«, stöhnt sie, und ihre Augen schließen sich, als ich meine Finger wie eine Schere öffne und sie weiter dehne. »Ich weiß es nicht.«

»Doch, das tust du. Sieh mich an.«

Ihre Augen öffnen sich gehorsam, und ihre zarte

Zunge schiebt sich heraus, um ihre Unterlippe zu befeuchten.

»Sag es mir, Sara. Sag mir, was du wirklich brauchst.«

»Ich …« Ihre Atmung beschleunigt sich weiter, als ich anfange, mich in ihr zu reiben, und darauf achte, mit jeder Bewegung auf ihren Kitzler zu drücken. »Es ist … genau das. Peter, ich brauche das. Ich brauche dich in mir. Ich brauche dich.« Sie schnappt nach Luft, als ich tiefer in sie eindringe, »Nimm mich und …«

»Und was?«, frage ich nach, als meine Wirbelsäule kribbelt, weil ich fühle, wie sich ihre inneren Muskeln verkrampfen.

»Fick mich.« Jetzt keucht sie, und ihr Blick wird verschwommen und unkonzentriert. »Füge mir Schmerzen zu.»

»Ja.« Meine Stimme ist heiser. »Genau das. Und du gehörst mir. Um dich zu ficken, zu verletzen und alles zu tun, was ich will. Nicht wahr, mein Liebling?«

Sie nickt, und ihre Augen richten sich wieder auf meine. »Ja. Für immer.«

Für immer. Diese Worte dringen in meine Brust ein und bringen eine Mischung aus warmer Zärtlichkeit und gewalttätiger Befriedigung mit sich. Ich liebe es, dass sie es jetzt versteht. Dass sie es zugibt.

Wir sind füreinander bestimmt. Ich habe es von Anfang an gewusst – und jetzt weiß sie es auch.

Ich beuge meinen Kopf nach unten, fordere ihre Lippen ein und küsse sie weich und sanft, während ich meine Finger aus ihr herausziehe und beide Hände unter ihre Oberschenkel lege, um ihre Beine weiter zu spreizen, während ich sie anhebe. Mein Schwanz rutscht aus ihrer Muschi und drückt gegen ihren Hintereingang.

Ihr Atem ist keuchend, aber ich setze sie bereits auf meinen steifen Schwanz und nutze die Schwerkraft und ihre eigene Feuchtigkeit, um mein Eindringen zu erleichtern. Wenn ich sie nicht mit den Fingern geweitet hätte, wäre das unmöglich gewesen, aber so gibt der Muskelring dem unnachgiebigen Druck nach, und ich rutsche in ihren engen Kanal und fühle, wie ihr Inneres mich in einem hektischen Versuch, der Invasion zu widerstehen, zusammendrückt.

»Peter …« Sie zittert, als ich meinen Kopf hebe und wieder ihrem Blick begegne. »Peter, bitte …«

»Ja«, verspreche ich heiser. »Ich werde dir geben, was du brauchst, Ptichka. Ich werde dir alles geben, was du brauchst … alles.«

Und während ich ihr in die Augen schaue, beginne ich, mich zu bewegen und sie dorthin zu bringen, wo die Schmerzen zu Lust werden und Liebe und Hass aufeinanderprallen.

An diesen schönen Ort, wo sie mir gehört, und nur mir allein.

18

Henderson

ICH BETRACHTE DIE NEUEN FOTOS AUF MEINEM Bildschirm, während ich mir die verknoteten Muskeln im Nacken reibe und versuche, meine sich verschlimmernden Kopfschmerzen zu ignorieren.

Es hat funktioniert, mich an das FBI zu wenden, und ich musste auch nicht lange bitten. Agent Ryson war sehr gerne bereit, seine Nachforschungen über Sokolov für mich fortzusetzen.

Ich denke nicht, dass er etwas aufdeckt, aber das ist auch nicht der Sinn des Ganzen. Ich brauche nur eine bestehende Untersuchung, auch wenn es sich eher um eine persönliche Vendetta eines verärgerten Beamten handelt.

Ich öffne die Mappe auf meinem Schreibtisch und

studiere die Grundrisse darin. Der Plan nimmt langsam, aber sicher Gestalt an. Jetzt muss ich nur noch die richtigen Leute finden, um ihn auszuführen.

Der Lärm von Dauerfeuer erreicht meine Ohren und verschlimmert das schmerzhafte Pochen in meinen Schläfen. Ich schiebe den Ordner beiseite, stehe auf und gehe ins Wohnzimmer.

»Jimmy.«

Mein fünfzehnjähriger Sohn reagiert nicht.

Ich wiederhole seinen Namen lauter.

»Was?«, fragt er genervt, ohne seinen Blick vom Bildschirm abzuwenden.

»Mach dieses verfickte Spiel leiser«, sage ich so ruhig wie möglich.

Er zeigt mir den Mittelfinger.

Meine Kopfschmerzen verwandeln sich in eine lodernde Migräne, und mein Hals zuckt mit frischen Verspannungen, während sich eisige Wut in meinen Adern ausbreitet.

Nach außen hin ruhig, gehe ich zur Couch und schnappe mir den Controller aus den Händen meines Sohnes.

»Hey!« Er springt auf und versucht, ihn sich zurückzuholen, aber mein Handrücken schlägt in sein Gesicht und haut ihn um.

»Ich habe dir gesagt, dass du das verfickte Spiel leiser stellen sollst«, sage ich, als er mich anstarrt, und sein Kiefer zuckt.

Dann lasse ich den Controller auf den Boden fallen und gehe zurück in mein Büro.

ara

ICH WACHE AM SAMSTAGMORGEN MIT DEM WISSEN AUF, dass Peter und ich seit einer Woche verheiratet sind und dass wir gerade die erste Nacht in unserem neuen Haus verbracht haben.

Ich hatte gestern Abend keine Gelegenheit, mir alles anzusehen, also schaue ich mich jetzt im Schlafzimmer um. Es ist hell und geräumig, die Wände sind in einem beruhigenden, blassen blau-grauen Farbton gestrichen, und die Decke mit den eingebauten Lichtern befindet sich dreieinhalb Meter über unserem Kingsize-Bett aus Eiche.

Es ist hübsch und modern, und plötzlich habe ich den Ehefrau-Drang, Pflanzen zu kaufen, um sie in jede Ecke zu stellen.

Grinsend strecke ich mich und zucke sofort wegen meiner inneren Wundheit zusammen. Nachdem er mich so brutal im Flur genommen hatte, trug mich Peter nach oben und nahm mich noch einmal in der Dusche und dann noch einmal in diesem Bett.

Eines Tages werden wir darüber reden müssen, was eine normale, gesunde Menge an Sex ist. Männer sollten ihre Frauen nicht jede Nacht ficken, als seien sie gerade aus dem Gefängnis gekommen.

Ich stelle mir dieses Gespräch vor und schüttele den Kopf. Wem mache ich etwas vor? Wundsein oder nicht, ich habe nichts gegen sein Verlangen nach mir. Peters intensive Sexualität ist ein Teil von ihm, so gnadenlos heftig wie seine Liebe zu mir. Sie akzeptiert keine Grenzen, hält sich an keine Einschränkungen. Und ich will ihn so: wild und doch zart, tödlich und doch pervers süß.

Ich bin fertig damit, so zu tun, als wäre ich alles andere als verrückt nach ihm, so falsch das auch sein mag.

Leckere Frühstücksgerüche ziehen schon unter der geschlossenen Tür herein, also dusche ich schnell in unserem neuen, luxuriösen Badezimmer, ziehe ein T-Shirt und eine Yogahose an und eile mit knurrendem Magen nach unten.

Mein Mann steht neben dem Edelstahlherd in Restaurantgröße, wendet Pfannkuchen, und ich bleibe stehen, während mir bei dem Anblick das Wasser im Mund zusammenläuft. Er trägt nur eine Jeans, und zeigt seine breiten Schultern, die schlanken, harten

Muskeln, und die Tattoos, die seinen linken Arm schmücken, zucken bei jeder Bewegung seines kräftigen Bizepses. Sein dickes, dunkles Haar ist sexy zerzaust, als ob es meine Finger einladen will, es zu berühren, und seine braune Haut glänzt im hellen Morgenlicht.

Er dreht sich um und sieht mich mit einem sinnlichen Lächeln an. »Da ist er ja, mein kleiner Singvogel. Wie fühlst du dich?«

Ich lecke mir über die Lippen, und schaffe es nicht, meine Augen von seiner breiten Brust abzuwenden. »Hungrig.«

»Das habe ich mir gedacht.« Er grinst. »Leider, Ptichka, hast du so lange geschlafen, dass es jetzt fast Zeit für den Brunch ist. Deine Eltern kommen in zwanzig Minuten, also musst du warten.«

Ich schaue auf die Uhr und merke, dass er recht hat. »Das ist alles deine Schuld«, sage ich ihm und verschränke die Arme vor der Brust. »Du hast mich *sehr lange* wach gehalten.«

»Ich weiß. Armer Liebling. Komm her.« Er kommt mit dunkel glänzenden Augen auf mich zu, und ich trete einen Schritt zurück.

»Nein, nein. Wir haben keine Zeit.«

Er greift nach mir. »Wir haben immer Zeit.«

»Die Pfannkuchen …«

Seine warmen Lippen legen sich auf die meinen, seine Zunge dringt in meinen Mund ein und meine Finger finden ihren Weg in sein seidiges Haar, während mein Kopf wieder in seine Handflächen fällt.

Sein Atem riecht nach Honig – er muss die Pfannkuchen probiert haben –, und ich kann nicht anders, als benommen zu blinzeln, als er schließlich seinen Kopf hebt und mich ohne einen Hauch von Verspieltheit anstarrt.

»Ich kann es kaum erwarten, bis wir wieder allein sind«, murmelt er, beugt dann seinen Kopf nach unten und nimmt sich meinen Mund mit einem wilderen, härteren Kuss, der keinen Zweifel an seiner ultimativen Absicht lässt.

Er wird mich wieder nehmen.

Sobald meine Eltern gehen, bin ich wieder in seinem Bett.

Es klingelt an der Tür, gerade als er wieder Luft holt. »Verdammt.« Er atmet schwer und lässt mich los. »Sie sind wieder zu früh dran.«

Ich glätte mein Haar mit einer zitternden Hand, und bin mir schmerzhaft meiner vom Kuss geschwollenen Lippen bewusst. »Du ziehst dich besser an, und ich begrüße sie.«

»Warte.« Er geht zum Herd und legt die Pfannkuchen aus der Pfanne auf eine Servierplatte. »Damit sie nicht anbrennen«, erklärt er, bevor er aus der Küche geht.

Auf dem Weg zur Tür werfe ich einen Blick in den Spiegel. Ich sehe definitiv so aus, als käme ich gerade frisch aus dem Bett, aber das kann ich jetzt nicht ändern.

Ich glätte mein Haar und öffne die Tür, um meine Eltern zu begrüßen.

Sie bestehen zunächst auf einer Führung durch das Haus, also gehen wir von Raum zu Raum, während Peter den Tisch deckt. Während ich meinen Eltern alles zeige, bin ich wieder einmal erstaunt, wie viel mein Mann gestern erreicht hat. Obwohl ein paar Kisten noch diskret in einigen Ecken stehen, und wir auch nur die nötigsten Möbel haben, ist alles organisiert und ordentlich ... fast schon zu sehr.

»Ich kann nicht glauben, dass ihr schon so weit seid«, sagt Mama und spricht damit aus, was mir gerade durch den Kopf gegangen ist. »Ich dachte, ihr habt erst am Donnerstag unterschrieben?«

»Das haben wir«, sage ich. »Aber Peter hat ein Talent dafür, Dinge schnell zu erledigen.«

»Offensichtlich«, murmelt Papa und öffnet einen Wäscheschrank, in dem bereits ordentlich gefaltet die Handtücher liegen. »Dein Mann ist eine Maschine.«

Ich greife hinüber, um Papas faltigen Unterarm zu drücken. »Ja, und das ist eine gute Sache.«

Meine Eltern sind immer noch nicht ganz mit unserer Beziehung einverstanden, aber ich hoffe, dass sie, wenn sie mehr Zeit mit Peter verbringen, auftauen werden. Unser erstes gemeinsames Abendessen letzte Woche verlief relativ gut, vor allem weil Peter überraschend offen über seine Vergangenheit und seine Gefühle für mich war. Es half auch, dass er ihnen sofort sagte, dass er eine Familie gründen will, und meine Eltern mit der Aussicht auf Enkelkinder verzaubert hat, nachdem sie die Hoffnung, dies noch zu erleben, bereits aufgegeben hatten.

Da mein Vater achtundachtzig und meine Mutter nur neun Jahre jünger ist, hören sie die Zeit immer lauter ticken.

Obwohl die Arthritis meines Vaters im Moment schlimm ist und er heute einen Rollator benutzt, besteht er darauf, die Treppe zu nehmen, um das ganze Haus zu sehen. Wir beenden die Tour in unserem Schlafzimmer, wo ich überrascht bin, dass das Bett gemacht ist. Peter muss sich darum gekümmert haben, als er oben war, um sich anzuziehen.

Nachdem sie das Zimmer gesehen haben, geht Papa auf die Toilette, während Mama unseren begehbaren Schrank bewundert.

»Also, was denkst du?«, frage ich, als sie herauskommt.

Sie blickt mich ernst an. »Das ist ein wunderschönes Haus, Schatz.«

»Aber?«, frage ich, als sie nicht weitermacht.

Sie seufzt und geht hinüber, um sich auf das Bett zu setzen. »Dein Vater und ich machen uns immer noch Sorgen um dich, das ist alles.«

»Mom …«, beginne ich in einem verärgerten Ton, aber sie hält ihre Hand hoch und klopft neben sich auf das Bett.

Ich gehe zu ihr, um mich zu ihr zu setzen, und sie sagt mit leiser Stimme: »Agent Ryson kam gestern Morgen im Park zu deinem Vater. Ich weiß nicht, was er ihm gesagt hat, aber der Blutdruck deines Vaters war den ganzen Tag über sehr hoch. Ich habe versucht, mehr herauszubekommen, aber er wollte mir nichts anderes sagen, als dass er sich um dich sorgt.«

Ich starre sie an, und ein eisiger Schraubstock legt sich um mein Herz. Warum war der FBI-Beamte dort? Was hat er meinem Vater gesagt? Wenn es so etwas wie das ist, womit mich Ryson an meinem Hochzeitstag konfrontiert hat, ist es ein Wunder, dass Dad nicht gleich wieder einen Herzinfarkt hatte.

Könnte das FBI etwas über Monicas Stiefvater wissen?

Meine Lungen funktionieren nicht mehr, als mir dieser Gedanke durch den Kopf geht. Ich muss auch sichtbar erblassen, denn Mama runzelt die Stirn und greift herüber, um meine Hand in die ihre zu nehmen. »Geht es dir gut, Schatz?«

»Ja, ich …« Ich zwinge mich, wieder zu atmen. »Es geht mir gut.« Meine Stimme ist etwas zu schrill, also setze ich ein Lächeln auf, um überzeugender zu sein. »Tut mir leid, ich mache mir nur Sorgen um Dad. Wie ist sein Blutdruck heute?«

Mama seufzt und lässt meine Hand los. »Besser. Nicht perfekt, aber besser. Ich wünschte, er würde mir sagen, was Agent Ryson wollte.«

»Ja.« Ich schaffe es, mich fast normal anzuhören. »Ich werde Dad heute danach fragen.«

»Ich denke, es ist besser, wenn du das nicht tust.« Sie blickt auf die Badezimmertür und senkt ihre Stimme weiter. »Was auch immer es war, es war offensichtlich stressig, und ich will nicht, dass er weiter darüber nachdenkt.«

»In Ordnung, Mom«, sage ich und stehe auf, um Dad anzulächeln, der gerade aus dem Badezimmer kommt. »Jetzt lasst uns die Pfannkuchen probieren.«

WÄHREND WIR ESSEN, BEOBACHTE ICH, WIE PETER MIT meinen Eltern interagiert. Obwohl ich weiß, dass er viel lieber allein mit mir sein würde, ist er wieder höflich und respektvoll … geradezu liebevoll. Die Treppe hinauf- und hinunterzugehen scheint die Arthritis meines Vaters verschlimmert zu haben, also hilft Peter ihm mit seinem Rollator – und das so beiläufig und geschickt, dass mein Vater vergisst, sich darüber zu ärgern.

Zuerst sind meine Eltern vorsichtig und reserviert, aber während das Essen voranschreitet, scheinen sie sich für Peter zu erwärmen – sogar mein Vater, trotz allem, was Ryson ihm gesagt haben muss. Es hilft, dass Peter das Gespräch lenkt und meine Eltern mit Fragen darüber löchert, wie sie sich kennengelernt haben und wie ich als Kind war, anstatt darauf zu warten, dass sie in seiner düsteren Vergangenheit herumgraben.

»Sara war ein unglaublich perfektes Baby«, sagt Mom zu Peter und starrt mich an. »Sie schlief die ganze Nacht durch, aß, wenn sie es sollte, und weinte fast nie. Und sie war auch nie krank, obwohl sie klein geboren wurde und nicht einmal dreitausend Gramm wog. Wir waren wegen unseres Alters mehr als besorgt, aber sie hat schnell all unsere Ängste ausgeräumt. Es war, als wüsste sie, dass wir nicht die typischen jungen Eltern waren, die die Belastung ertragen konnten, und sie stellte sicher, dass alles nach Vorschrift ablaufen würde. Das ist natürlich albern – sie war nur ein Baby –, aber das ist der Eindruck, den jeder hatte.«

»Das kann ich gut glauben«, sagt Peter und betrachtet mich mit einer solchen Wärme, dass ich rot werde und wegschauen muss.

Peter lenkt nicht nur das Gespräch auf die Lieblingsthemen meiner Eltern, sondern zeigt auch bei anderen Dingen, wie aufmerksam er ist. Mama bekommt ihren Kamillentee ohne zu fragen, und Papas Pfannkuchen werden neben der hausgemachten Erdbeermarmelade mit einer frischen Schale Obst und Schlagsahne serviert. Ich weiß nicht, wo Peter diese spezifische Vorliebe meines Vaters ausgegraben hat, aber meine Eltern wissen das offensichtlich zu schätzen.

»Du bist ein ausgezeichneter Koch«, sagt Mama zu ihm, und er schenkt ihr ein warmes Lächeln, bei dem seine Augen vor Freude funkeln.

Wenn ich ihn so sehe, frage ich mich, ob Peter das wirklich nur für mich tut. Ist es möglich, dass sich ein Teil von ihm auch danach sehnt? Dass er es genießt, Teil unserer Familie zu sein, weil er nie eigene Eltern hatte? Denn wenn er nur so tut, als ob, leistet er gute Arbeit.

Ich bin überzeugt davon, dass er beginnt, meine Eltern zu mögen – und dass sie ihn trotz allem vielleicht irgendwann auch mögen könnten.

Während wir das Essen abräumen, kommen meine Eltern endlich dazu, uns über die Arbeit und alle anderen Dinge zu befragen, die Eltern typischerweise wissen wollen.

»Also hast du entschieden, was du tun wirst?«, fragt Mama Peter, und er nickt und erzählt ihnen alles über das Sportstudio, das er eröffnen will.

»Ich mag die Idee«, meint Dad. »Das scheint bei deinem Hintergrund eine solide Wahl zu sein.«

Peter lächelt über seine Zustimmung. »Das dachte ich mir. Auf jeden Fall ist es etwas, was ich tun kann, wenn Sara bei der Arbeit ist.«

Es gibt keine Spur von Groll in seiner Stimme, aber ich kann immer noch nicht umhin, einen Hauch von Unbehagen zu verspüren, als er aufsteht und anfängt, den Tisch abzuräumen. Meine vielen Überstunden stören ihn, das merke ich. Nach all den Monaten, die wir getrennt verbracht haben, reichen die Abende und Wochenenden, die wir zusammen verbringen können, für keinen von uns beiden aus.

Diese neue Aufgabe könnte diese Situation verbessern, ihm etwas geben, auf das er sich neben mir konzentrieren kann, und sobald wir uns in unser Eheleben eingelebt haben, werden wir uns vielleicht auch nicht mehr so sehr vermissen. Sollte das nicht der Fall sein, dann müssen wir früher oder später etwas ändern, und die Veränderung muss auf meiner Seite geschehen.

Peter hat alles geopfert, um mich glücklich zu machen, und ich werde nicht weniger für ihn tun.

Als meine Eltern gehen, überlege ich, ob ich Peter von Rysons Besuch bei meinem Vater erzählen sollte, entscheide mich aber dagegen. Er war bereits verärgert, als er erfuhr, dass der FBI-Beamte unsere Hochzeit gestört hatte. Wenn er wüsste, dass Ryson weiterhin meine Familie belästigt, könnte er etwas dagegen tun – und das ist das Letzte, was ich will.

Versprochen oder nicht, Peter wird alles tun, was nötig ist, um mich zu beschützen, und ich will nicht den Tod eines weiteren Mannes auf meinem Gewissen haben.

TEIL II

ara

IM LAUFE DES NÄCHSTEN MONATS RICHTEN WIR UNS IN unserem neuen Zuhause ein und setzen die Routine fort, in die wir in unserer ersten Woche als Ehepaar gefallen sind. Obwohl Danny und der Rest von Peters Sicherheitsteam immer in der Nähe sind, fährt Peter mich selbst zur Arbeit und zurück und arbeitet freiwillig mit mir in der Klinik. Daneben ist er mit der Gründung seines neuen Unternehmens und der Gewinnung von Kunden beschäftigt – ein Unterfangen, bei dem er großen Erfolg hat.

Ich schleiche mich eines Nachmittags, als einige Termine abgesagt werden, aus meiner Praxis, und lasse mich von Danny in den Park fahren, den Peter als sein

Übungsgelände im Freien gewählt hat. Dann beobachte ich grinsend, wie er fünf Teenager auf Herz und Nieren prüft und sie sprinten, über Bänke springen und auf Bäume klettern lässt, während sie außerdem versuchen müssen, ihm ins Gesicht zu schlagen.

Natürlich schafft es keiner von ihnen, aber sie sehen aus, als hätten sie Spaß daran.

Ich weiß, wie sie sich fühlen, weil ich ihn am vergangenen Sonntag gebeten hatte, mir ein paar Bewegungen beizubringen, und wir den Morgen in seinem Fitnessstudio damit verbracht haben, einige Grundlagen der Selbstverteidigung zu üben. Es war wie gegen einen Berg anzukämpfen, und die einzige Bewegung, die ich gemeistert habe, war, meine Beine anzuheben, um ein toter Mann zu werden, als er mich von hinten gepackt hat – angeblich, um meinen Angreifer aus dem Gleichgewicht zu bringen. Natürlich hat das ganze Anfassen unweigerlich damit geendet, dass wir in dem Moment Sex hatten, als wir nach Hause kamen, und ich bin noch weit davon entfernt, mich selbst verteidigen zu können – nicht, dass ich das muss, wenn Peter und die Leibwächter immer da sind.

Er sieht mich eine Minute später, und ein strahlendes Lächeln erhellt sein Gesicht, bevor er sich wieder wegdreht und den Jungs die nächsten Anweisungen gibt. Dann kommt er zu mir, während seine Schüler grunzen und keuchen, als sie versuchen, Klimmzüge an einem Baum zu machen.

Es ist ein heißer Augusttag, und er trägt nur eine Tarnhose und Kampfstiefel, kein Shirt. Ich beobachte mit trockenem Mund, wie er mit schwungvollen Schritten auf mich zukommt und sein muskulöser Oberkörper mit einem Hauch von Schweiß glänzt.

»Was machst du hier, Ptichka?«, fragt er, als er vor mir stehen bleibt, und ich springe hoch und schlinge meine Arme um seinen Hals. Er fängt mich und wirbelt mich herum, während ich ihn hemmungslos küsse, und als er mich absetzt, atmen wir beide schwer, während seine Schüler im Hintergrund uns anfeuern und pfeifen.

»Weitermachen«, ruft er über seine Schulter, ohne die Hände von meiner Taille zu nehmen, und sie gehorchen sofort und setzen ihre Klimmzüge fort.

»Ein echter Drill-Sergeant, was?« Ich grinse ihn an und greife nach oben, um sein dickes Haar zu glätten und einen Anschein von Ordnung zu erwecken. Es wird sowohl an den Seiten als auch oben lang und ist deshalb schwieriger in Form zu halten. Ich mag den verwuschelten Look, also sage ich nichts, aber wahrscheinlich muss er bald zum Friseur.

»Darauf kannst du wetten«, murmelt er, und beugt seinen Kopf wieder nach unten, um mich noch einmal zu küssen, und ich lache und schiebe ihn weg. Wir sind schon zu oft in der Öffentlichkeit zu weit gegangen; Peter hat kein Schamgefühl, wenn es um mich geht.

Teilweise liegt unsere mangelnde Selbstbeherrschung daran, dass wir das Gefühl haben, nicht genügend Zeit miteinander zu verbringen. Mein aktueller Job hat eigentlich feste Arbeitszeiten, aber ich habe auch einige schwangere Patientinnen – und meine Chefs haben ihren Urlaub verlängert, also habe ich diesen Monat auch alle ihre Patientinnen behandelt.

Sie hatten mich gebeten, sie zu vertreten, und ich konnte nicht Nein sagen.

»Doch, das hättest du tun können«, hat Peter gesagt, als ich ihm erklärt habe, dass ich für ein weiteres Wochenende auf Abruf erreichbar sein muss, weil Wendys Patientin im Begriff ist, ihr Baby zu bekommen. »Du hättest definitiv Nein sagen können. Was ist das Schlimmste, was passieren würde? Würden sie dich feuern?«

»Nun, ja«, beginne ich, höre dann aber mit einem Seufzer auf. »Ich weiß, ich weiß. Wir haben Geld, und ich muss eigentlich nicht arbeiten.«

»Das stimmt.« Sein Blick war auf mein Gesicht gerichtet, und ich habe weggesehen, weil ich noch nicht bereit war, in diese Richtung zu denken. Logischerweise weiß ich, dass er recht hat – wir sind dank seiner jüngsten Abenteuer Multimillionäre –, aber ich habe zu hart gearbeitet, um Ärztin zu werden, um meinen Job einfach aufzugeben.

»Du könntest immer noch freiwillig in der Klinik arbeiten«, hatte er geantwortet und wieder einmal recht gehabt. Ich habe mehrmals darüber nachgedacht, wie schön es wäre, wenn ich jeden Morgen mit ihm kuscheln könnte, anstatt vom Wecker geweckt zu werden und zur Arbeit zu rasen. So frustrierend meine Gefangenschaft in Japan auch war, wir waren immer zusammen – etwas, an was ich mich aber jetzt mit perverser Sehnsucht erinnere, auch wenn ich es damals wegen meiner Wut auf Peter nicht zu schätzen wusste.

»Es ist nicht dasselbe«, sagte ich ihm. »Ich würde in der Klinik keine Babys zur Welt bringen können.«

Das ist die Wahrheit, und er hat die Idee aufgegeben, aber ich weiß, dass wir wieder darauf zurückkommen werden.

Es ist unvermeidlich angesichts unserer gegenseitigen Besessenheit.

Und es *ist* eine Besessenheit. Das kann ich nicht leugnen. Ich dachte, dass ich George geliebt habe, zumindest am Anfang, aber meine Gefühle für ihn waren ein blasser Schatten meiner Gefühle für seinen Mörder. Ich habe George nie so vermisst, wenn wir getrennt waren, wollte nie mit dieser Intensität zu ihm nach Hause zurückkommen. Unser Leben war mehr oder weniger getrennt, und ich dachte, dass sei normal, dass alle Ehen – alle Beziehungen – so seien.

Es gibt keine Trennung irgendeiner Art von Peter. Nicht einmal annähernd. Es ist, als gäbe es einen unsichtbaren Faden, der uns zusammenhält, auch wenn wir körperlich getrennt sind. Er ist ständig in meinen Gedanken, und ich sehne mich oft körperlich nach ihm, so als ob mein Körper von seiner Berührung abhängig wäre.

Es hilft auch nicht, dass er mich mit Aufmerksamkeit überschüttet und mich verwöhnt, bis ich mich wie ein verzogenes Haustier fühle, wenn wir zusammen *sind*. Massagen, Fußmassagen, Haare bürsten – er macht alles, wenn wir Zeit haben. Und dann ist da noch der Sex mit ihm.

Oh Gott, der Sex.

Seit unserer Hochzeitsnacht, als ich Peter – und mir selbst – gestand, dass ich ein gewisses Maß an Zwang von ihm brauche, um mit unserer nichttraditionellen Beziehung fertigzuwerden, hatte er keine Bedenken, sein inneres Monster im Schlafzimmer zu entfesseln. Obwohl es häufig vorkommt, dass er süß und zärtlich ist, nimmt er mich meistens mit ungezügeltem Hunger, so dass ich am nächsten Morgen wund bin und Schmerzen habe. Kein Teil meines Körpers ist für ihn tabu, und ich finde mich oft auf den Knien gefesselt wieder, mit seinem Schwanz in meinem Mund und einem Arsch, der von seiner rauen Inbesitznahme brennt.

Er mag jetzt vielleicht mein Mann sein, aber er ist immer noch mein Peiniger.

Der wichtigste Teil ist jedoch das »mein«. Zu meiner Erleichterung scheint Peter beim Sex mit mir seine dunkleren Impulse zu kanalisieren. Soweit ich weiß, hat er sein Wort gehalten, niemanden mehr zu verletzen, und im Laufe der Wochen mache ich mir immer weniger Sorgen, wenn wir in der Nähe meiner Familie und Freunde sind. Meine Eltern erwärmen sich langsam für ihn, und meine Bandkollegen scheinen ihn zu mögen – was mich überrascht, da Marsha jetzt mit Phil zusammen ist und sie *kein* Fan von Peter ist.

Oder zumindest nehme ich an, dass ich sie deshalb seit der Hochzeit kaum gesehen habe.

»Marsha geht in letzter Zeit gar nicht mehr mit uns aus«, sage ich zu Phil, als wir alle nach einem Auftritt an einem Freitagabend etwas trinken gehen. »Ihr seid doch noch zusammen, oder?«

Er errötet und fühlt sich offensichtlich unwohl. »Ja, aber sie war, ähm … sehr beschäftigt.«

Ich nicke und nehme meinen Drink. »Ach so.«

Es ist lächerlich, dass ich mich vernachlässigt und verletzt fühle. Schließlich hatte ich sie für eine Weile gemieden, nachdem ich erfahren hatte, dass sie dem FBI geholfen hatte, mich im Auge zu behalten. Und ich kann es ihr nicht verübeln, dass sie vorsichtig ist. Jede vernünftige Person würde sich von einem Mann fernhalten wollen, von dem sie vermutet, dass er ein gewissenloser Attentäter ist, der einst ihre Freundin gefoltert und deren Mann getötet hat.

»Womit ist sie beschäftigt?«, fragt Peter und kommt hinter mich, um meine Schultern zu kneten. Sein Ton ist leicht und beiläufig, aber ich spüre seine Anspannung in seinen starken Fingern, während er meine verknoteten Muskeln massiert. »Arbeitet sie mehr Schichten?«

»So etwas in der Art«, murmelt Phil und gibt dem Barkeeper dann ein Zeichen. »Eine Runde Tequila. Den besten, den du hast.«

Der Tequila brennt in meinem Hals, und die leicht angespannte Situation löst sich auf, als Rory und Simon eine lebhafte Diskussion über das Für und Wider von natürlichen Blondinen beginnen. Phil schließt sich an, aber Peter bleibt stumm, beobachtet sie mit einem vage amüsierten Gesichtsausdruck, und als ich mich entschuldige, um auf die Toilette zu gehen, höre ich, wie er eine Runde Wodka bestellt.

»Nichts für mich?«, frage ich, als ich bei meiner Rückkehr nur vier Schnapsgläser sehe, und mein Mann grinst mich an.

»Ich befürchte nicht, Ptichka. Ich brauche dich heute Abend wach und bei klarem Verstand in meinem Bett.«

Er begleitet die Worte mit einem Druck auf mein Knie, und die Jungs lachen, während ich gegen meine Röte ankämpfe. Peter geht völlig offen mit seinem Verlangen nach mir um und nutzt jede Gelegenheit, mich zu berühren – zu Hause und in der Öffentlichkeit. Meine Bandkollegen sind überzeugt, dass wir die ganze Zeit wie Kaninchen ficken, und sie haben recht.

Mein Mann hat den Sexualtrieb eines Teenagers auf Viagra.

Immer noch lachend, trinken die Jungs den Wodka aus, und Peter bestellt sofort eine weitere Runde. Ich sehe ihn leicht überrascht an – ich habe ihn noch nie so viel trinken sehen –, aber ich nehme an, dass er nach der langen Woche nur ein wenig Dampf ablassen will.

Zwei weitere Runden Wodka später bemerke ich

aber, dass etwas anderes vor sich geht. Ich bin mir ziemlich sicher, dass Peter seine letzte Runde auf den Boden geschüttet hat. Meine Bandkollegen sind zu betrunken, um es zu bemerken, aber ich bin nur leicht angeheitert und habe gesehen, wie er das Glas zur Seite gekippt hat, kurz bevor er es an seine Lippen gesetzt hat.

Es ist, als ob Peter versucht, sie betrunken zu machen.

Nach einer weiteren halben Stunde und drei weiteren Runden wird aus meinem Verdacht Gewissheit. Rory und Simon sind jetzt völlig betrunken, wobei Rory eine irische Ballade singt und Simon falsch einstimmt, während Phil sich tief in eine philosophische Abhandlung über die Zufälligkeit des Lebens und die Regression zur Mitte vertieft. Peter benimmt sich, als wäre er genauso betrunken und voll in Phils Geschwafel vertieft, aber für mich ist es offensichtlich, dass mein Mann das Gespräch manipuliert – nur mit welchem Ziel, weiß ich nicht.

»Und deshalb könnte ein Geschäftsführer eines Filmstudios denken, dass er ein Händchen für Blockbuster hat, aber in Wirklichkeit ist es nur eine Glückssträhne«, sagt Phil und Peter nickt, als ob alles Sinn ergibt. »Du denkst, du hast es geschafft, aber es war nur Glück, Mann. Nur verdammtes Glück. Und dann bumm! Das Pendel schwingt in die andere Richtung. Weil es alles willkürlich ist und zur verdammten Mitte zurückkehrt. Wir Menschen verstehen das nicht – wir denken, dass wir die

Kontrolle haben, weil wir ein Muster sehen – aber es ist alles Blödsinn. Das Leben ist wie ein verrostetes Pendel in einem Erdbeben, das sich in diese und jene Richtung bewegt und manchmal bei einem Aufschwung stecken bleibt. Und manchmal … manchmal ist dein ganzes Leben in einem Aufschwung, bis ein Zittern den Rost löst.« Er schüttelt traurig den Kopf, und ich entscheide, dass er definitiv genug hat.

Ich weiß nicht, was Peter vorhat, aber Alkoholvergiftung ist nicht lustig.

Ich lehne mich hinüber, berühre die Hand meines Mannes und spreche mit leiser Stimme. »Lass uns nach Hause gehen. Ich bin müde.«

Er dreht seine Handfläche hoch, drückt sanft meine Hand, und seine Augen sind völlig nüchtern, während sich seine Lippen zu einem anscheinend beschwipsten Lächeln verziehen. »Nur noch ein bisschen länger, mein Liebling. Phil hat recht.«

Ich runzele verwirrt die Stirn. »Tut er das?«

»Oh, ja«, sagt Phil. »Du siehst es nur nicht, weil du es nicht sehen kannst. Du kannst es dir nicht einmal vorstellen. Kein Mensch kann das, denn unser Verstand ist nicht in der Lage, wirklich zufällige Muster zu entwickeln. Und wenn Algorithmen es für uns tun, glauben wir nicht, dass sie zufällig sind. Wie die Shuffle-Funktion auf deinem Musik-Player? Nicht zufällig. Wenn es so wäre, würde man manchmal das gleiche Lied zwei-, drei-, viermal hintereinander hören, und das würde uns nicht wie zufällig erscheinen. Wir würden denken, dass ein Song bewusst ausgewählt wurde, dass ein Zweck dahinter steckt, aber das ist falsch. Das ist nur Mathematik, nur Programmierung. Und deshalb ...«

»Deshalb haben sie den Algorithmus optimiert und echte Zufälligkeiten entfernt, um ihn zufälliger erscheinen zu lassen«, sagt Peter und klingt auf eine betrunkene Art ernst, während er mit meinen Fingern spielt. »Ich verstehe dich, Mann. Das ist verrückt.«

Phil wippt mit dem Kopf. »Nicht wahr? Ich sage Marsha das die ganze Zeit, aber sie glaubt es nicht. Sie versteht nicht, dass manchmal ein Zufall nur ein Zufall ist, dass etwas einfach zufällig sein kann. Nimm doch mal dich und Sara. Es gab in ihrer Vergangenheit einen bösen Kerl namens Peter, und Marsha denkt, dass du es bist, obwohl das FBI es ihr gesagt hat – *sie haben es ihr ganz klar und deutlich gesagt* –, dass du es nicht bist. Ich meine, was macht denn mehr Sinn: dass du ein gesuchter Killer bist, der aus irgendeinem seltsamen Grund frei herumlaufen darf, oder dass es zwei Peter im Saras Leben gegeben haben könnte? Es ist wie ein Lied, das zweimal gespielt wird – schwer zu glauben, aber wirklich ein Zufall. Ich meine, es gibt diesen einen FBI-Typen, der immer noch mit ihr redet, aber ich bin mir ziemlich sicher, dass dieses Arschloch sie nur anmacht.«

Ich erstarre, und meine Hand spannt sich in Peters Griff an, als mein Mann kichert und mit dem Kopf schüttelt, um sein männliches Mitgefühl auszudrücken. »Wow. In der Tat ein Arschloch. Wie heißt der Typ?«

»Tyson oder so etwas in der Art.« Phil bekommt Schluckauf und gähnt laut.

Scheiße. Mein Herz hämmert in meiner Brust, als Peter mich mit einem harten und unlesbaren Blick ansieht. Hat er die ganze Zeit so etwas vermutet? Ist das der Grund, warum er Phil – und als Zugabe Rory und Simon – die ganze Nacht Alkohol eingeflößt hat?

Hat er irgendwie erfahren, dass der Beamte sich an meinen Vater gewandt hatte?

Ich hatte versucht, das zu vergessen, damit aufzuhören, mir Sorgen darüber zu machen, dass das FBI etwas über Monicas Stiefvater herausfindet, aber manchmal wache ich in kaltem Schweiß gebadet aus einem Alptraum auf, in dem SWAT-Beamten durch unsere Schlafzimmertür brechen. Offiziell gibt es einen Deal, aber Ryson hat eindeutig seine eigene Mission.

Was hat er Marsha erzählt? Was hat *sie* ihm gesagt? Mein Kopf dreht sich, als Peter eine letzte Runde bestellt und uns dann bei den Jungs entschuldigt, bevor er mich aus der Bar und in Dannys Auto führt.

Mein ehemaliger Attentäter ist gesetzestreu oder klug genug, nicht zu trinken, wenn er fährt.

Ich warte, bis wir nach Hause kommen, bevor ich anspreche, was Phil uns gesagt hat. »Peter, wegen dem ...«

»Warum hast du mir nicht gesagt, dass Ryson noch aktiv ist?«, unterbricht mein Mann mich und kommt zu mir. Ich kann nur einen schwachen Hauch von Alkohol in seinem Atem riechen, als er sich nach vorne beugt und mich mit seinem kraftvollen Körper gegen die Rückseite der Couch drückt.

Er hatte entweder noch weniger zu trinken, als ich dachte, oder sein Stoffwechsel ist überdurchschnittlich.

Mein Hals wird trocken, und meine Atmung beschleunigt sich, als ich die eisige Härte in seinen metallischen Augen sehe. Das ist der Peter, der mir immer Angst gemacht hat, der Mann, der in mein Haus eingebrochen ist und mich völlig rücksichtslos verhört hat, um George zu finden.

Der Mörder, der nie Reue gezeigt hat.

»Ich wusste nicht, dass er mit Marsha spricht«, sage ich, als ich in der Lage bin, halbwegs ruhig zu klingen. Ich weiß, dass Peter mich außerhalb unserer Schlafzimmerspiele nicht verletzen wird, aber es ist schwer, mich nicht einschüchtern zu lassen, wenn er so über mich gebeugt ist, die Hitze seines muskulösen Körpers mich umgibt und seine Nähe sowohl eine Versuchung als auch eine Bedrohung ist.

Er mag mich nicht verletzen, aber er wird andere verletzen.

Agent Rysons Leben – und möglicherweise Marshas – steht auf dem Spiel.

»Nein?« Seine Augen verengen sich. »Was ist mit deinen Eltern? Du wusstest auch nicht, dass er bei ihnen herumschnüffelt?«

»Nein, ich …« Ich höre auf, bevor ich die Situation verschlimmere, indem ich lüge. »Okay, ich wusste, dass er vor ein paar Monaten mit meinem Vater gesprochen hatte, aber ich dachte, es wäre nur das eine Mal

ANNA ZAIRES

gewesen. Willst du damit sagen, dass er sich ihnen wieder genähert hat?« Meine Worte kommen zu schnell heraus, aber ich kann nicht anders.

Ich habe Angst, sowohl um den Beamten als auch davor, was er aufdecken könnte.

Peter starrt mich an, tritt dann endlich zurück und lässt mich einen vollen Atemzug einatmen.

»Heute«, sagt er grimmig, und es dauert eine Sekunde, bis mir klar wird, dass er meine Frage beantwortet. »Meine Crew hat gesehen, wie er sich deiner Mutter näherte, als sie mit Agnes Levinson in einem Einkaufszentrum war. Einer der Jungs verfolgte ihn, als er verschwand, und willst du raten, wohin der Wichser danach gegangen ist?«

Ich schlucke. »Wohin?«

»Ins Krankenhaus. Wo du früher gearbeitet hast – und deine Freundin immer noch.«

Natürlich. Das war es, was ihn auf die Idee gebracht hat, Phil heute Abend zu befragen. Oder genauer gesagt, um ihn nur mit Alkohol anstelle einer Designerdroge als Hilfsmittel zu verhören.

»Glaubst du, er weiß es? Das von Moni...« Ich höre auf, als mir einfällt, dass es nicht sicher ist, so offen zu sprechen.

Wenn das FBI uns verfolgt, könnte das Haus verwanzt sein.

»Es ist sicher hier. Ich mache täglich Kontrollen«, sagt Peter, als er meine Sorge versteht. »Niemand hört zu.«

Tägliche Kontrollen? Es gibt Paranoia, und dann

gibt es das hier. Ich weiß, dass unser Haus die Sicherheitsvorkehrungen einer Militärbasis hat – ich habe die futuristische Technologie gesehen, die überall integriert ist – aber ich wusste nicht, dass mein Mann *so* paranoid ist.

»Und nein«, fährt er fort, während ich meine Gedanken sammele. »Ich glaube nicht, dass er etwas weiß. Meine Hacker beobachten die Akten von Sonny Pearson, und seit Wochen hat niemand mehr darauf zugegriffen.«

Sonny Pearson? Ist das der Name von Monicas Stiefvater? Mein Magen krampft, während ich Peter anstarre und Bilder von dunklen Gassen und Blutlachen vor meinen Augen verschwimmen. Ich habe diesen Mord fast vergessen, genau wie all die anderen schrecklichen Dinge, die Peter getan hat, aber jetzt, da ich den Namen des Mannes kenne, sind das Entsetzen und die Schuldgefühle wieder frisch.

»Hör auf, Ptichka.« Peters Ton ist sanft, und ich weiß, dass mein Gesicht meine Gedanken widerspiegeln muss. Er greift nach vorne und nimmt meine beiden Hände in seine. »Denk nicht wieder darüber nach. Es ist vorbei.«

Er zieht mich an sich, nimmt mich in eine beruhigende Umarmung, und ich lege meine Arme um seine Taille und atme seinen vertrauten Duft ein, während meine Wange auf seiner muskulösen Schulter liegt. Es ist pervers, mich von ihm trösten zu lassen, aber ich kann nicht widerstehen.

Es ist der einzige Weg, wie ich damit umgehen kann, jemanden zu lieben, der so rücksichtslos ist.

Während er mich festhält und geduldig über mein Haar streichelt, spüre ich eine wachsende Härte, die in meinen Bauch drückt, und ich weiß, dass er sich in wenigen Augenblicken nicht damit begnügen wird, mich einfach zu halten.

Es ist verlockend, darauf einzugehen, Zuflucht in der alles verbrennenden Lust zu suchen, die er mir immer bereitet, aber ich muss erst einmal etwas sicherstellen.

»Peter …« Ich ziehe mich zurück und blicke zu ihm auf. »Du wirst Marsha oder Agent Ryson nichts antun, oder?«

Er starrt mich an, und seine Hände spannen sich an meinen Seiten an. »Definiere ›nichts‹.«

»Peter, bitte.«

Seine Lippen werden schmal, und er tritt zurück und lässt mich los. »Gut. Deine Freundin ist in Sicherheit. Ich werde nicht in ihre Nähe gehen. Selbst wenn sie uns nicht wie die Pest meiden würde, wüsstest du es jetzt besser, als ihr zu vertrauen.«

»Meine Lippen sind versiegelt, versprochen. Und du wirst auch nicht in die Nähe von Ryson gehen. Richtig?«, frage ich nach, als Peter meine Aussage weder bestätigt noch verneint.

Ein Muskel zuckt in seinem gemeißelten Kiefer. »*Er* ist eine Bedrohung. Das weißt du, Sara. Das ist nicht mehr nur ein Auftrag für ihn. Er will uns erwischen, er ist besessen davon.«

»Ja, aber wir machen nichts falsch – wir leben nur unser Leben. Und wenn wir das weiter tun, wird er uns nichts anhaben können. Aber wenn du seinen Köder schluckst ...«

Peter flucht leise, wendet sich ab und geht hinüber, um am Fenster zu stehen. Ich folge ihm und weiß, dass, wenn ich dieses Versprechen nicht von ihm bekomme, die Tage des FBI-Beamten gezählt sind.

»Du weißt, dass es genau das ist, was er sich erhofft«, sage ich, als Peter sich mir zuwendet, wobei sein Gesichtsausdruck düster ist. »Er will, dass du gegen die Bedingungen deines Deals verstößt. Es bringt ihn um, dass du hier bei mir bist und dass wir glücklich sind. Das«, ich strecke meinen Arm aus, um Peters Hand zu umschließen, »ist die beste Rache, die du haben kannst. Lass ihn herumlaufen und an unseren Fersen schnüffeln. Er wird nichts finden, weil es nichts zu finden gibt.«

Während ich spreche, ballen sich Peters Finger zu einer Faust, bevor sie sich langsam entspannen und seine Augen einen eigentümlichen Glanz bekommen. »In Ordnung«, sagt er heiser, als er meine Handgelenke umgreift und sie nach unten bewegt. »Ich verstehe, was du meinst.« Er drückt meine Hände auf seinen Schritt, wo ich eine wachsende Wölbung spüre.

Ich lecke über meine Lippen, als sich als Antwort darauf Hitze in meinem Unterleib ausbreitet. »Also habe ich dein Wort?« Ich massiere seine Erektion sanft durch seine Jeans, bevor ich vor ihm auf meine Knie sinke. »Du wirst Ryson auf keine Art und Weise verletzen?«

Er schließt die Augen und ergreift meine Schultern, während ich seine Jeans öffne. »Ja, du hast mein Wort. Er ist in Sicherheit.« Seine Stimme ist vor Verlangen angespannt, aber ich höre den dunklen Ton heraus, als er hinzufügt: »Solange er nichts versucht.«

enderson

Ich biege in eine Gasse ein und erzittere durch die beißende Windböe. In Budapest ist es diese Woche so ungewöhnlich kalt, dass es mich an meinen kurzen Aufenthalt in Wladiwostok Anfang der 90er Jahre erinnert.

Verdammt, ich vermisse diese einfacheren Zeiten.

Sie wartet wie vereinbart an der Hintertür auf mich, ihre kleine, knabenhafte Gestalt ist in eine dicke Jacke gehüllt, und ihr kurzes, platinblondes Haar steht um ihr Elfengesicht herum nach allen Seiten ab.

Wenn ich nicht wüsste, was sie wirklich ist, wäre ihre Tarnung, Kellnerin in einer angesagten Bar, leicht zu glauben.

»Mink?«, frage ich, als ich mich nähere, und sie nickt.

»Hier.« Ich reiche ihr einen dicken Umschlag. »US-Pass und die Hälfte der vereinbarten Zahlung.«

Sie nimmt den Umschlag und stopft ihn in ihren Mantel. Als sie ihre Hand wieder herausholt, hält sie eine Akte darin. »Das sind die Männer, die du willst«, sagt sie und übergibt sie mir. Ihr Englisch klingt so amerikanisch wie meins, ohne auch nur einen Hauch von osteuropäischem Akzent. »Sie sind die Besten, und sie werden alles tun.«

Ich öffne die Akte und blättere durch die Dokumente. Jeder der Kandidaten hat ein so langes Vorstrafenregister wie meine Zielpersonen, und alle sind ehemalige Elitesoldaten.

Das Beste an ihnen ist, dass ich vier sehe, deren Aussehen mit Perücken und Make-up ausreichend verändert werden kann.

»Zufrieden?«, fragt sie, und ich nicke, während ich die Akte schließe.

Das waren die letzten Puzzleteile, die mir fehlten.

»Bist du sicher, dass du nicht willst, dass ich ihn selbst ausschalte?«, fragt sie, als ich die Papiere in meinen Mantel stecke. »Weil ich es könnte.«

»Nein, könntest du nicht«, sage ich. »Er ist zu gut bewacht. Und selbst wenn du es schaffen würdest, ist das nicht der Plan. Dein Job ist es, dafür zu sorgen, dass er nicht lebendig gefangengenommen wird, verstanden?«

Sie salutiert spöttisch. »Aye, aye, General. Betrachte es als erledigt.«

Und sie dreht sich auf der Ferse ihrer Doc Martens um, öffnet die Tür und verschwindet in der Bar.

22

eter

ICH HÄTTE NICHT GEDACHT, DASS ES MÖGLICH IST, SARA noch mehr zu lieben, aber mit den Wochen, die vergehen, während wir unsere Routine als Ehepaar finden, werden meine Gefühle für sie sowohl intensiver als auch tiefer. Ich merke jetzt, dass es viel gibt, was ich noch nicht über das Objekt meiner Besessenheit wusste – unsere Beziehung war so angespannt, dass sie sich nie wirklich um mich herum entspannt hatte. Jetzt sehe ich jedoch eine andere Seite von ihr, und ich liebe jede neue Eigenschaft und Eigenart, die ich entdecke.

Mein Ptichka hasst die Politik, ist aber seltsam fasziniert von Naturkatastrophen und verschlingt wie besessen alle Nachrichten, bevor sie großzügig spendet. Sara behauptet, Hunde mehr zu lieben als Katzen, aber es sind Katzenvideos, von denen sie auf YouTube abhängig ist. Sie denkt, dass *The Big Bang Theory* die lustigste Show aller Zeiten ist, und an den Wochenenden muss ich sie mit ihr ansehen. Und das Beste überhaupt ist, dass sie singt, wenn sie gute Laune hat – manchmal leise, manchmal laut.

»Das solltest du in deinen nächsten Auftritt aufnehmen«, sage ich ihr, als ich sie eines Samstagmorgens in der Küche beim Summen erwische. »Ich mag diese Melodie. Sehr fesselnd.«

Sie grinst mich an. »Ernsthaft? Ich habe sie gerade komponiert. Ich muss noch Worte dafür finden.«

»Das wirst du.« Ich gebe ihr einen Kuss auf ihre glatte Stirn. »Das tust du immer.«

Ihre Musik entwickelt sich weiter, genau wie unsere Beziehung. Sie ist selbstsicherer bei ihren Entscheidungen, und das zeigt sich in den Auftritten der Band, die nun aus Originalmaterial bestehen, das von ihr komponiert wurde – und immer mehr Menschen anziehen. Vor einem Monat hat Simon für ihre Band einen YouTube-Kanal eingerichtet, der bereits fünfzigtausend Abonnenten hat.

»Es ist nur eine Frage der Zeit, bis wir wirklich groß rauskommen«, erzählt Rory uns aufgeregt, nachdem ein beachtlicher Platz im Freien für ihr Freitagabend-Konzert komplett ausverkauft ist. »Wir stehen kurz vor dem Durchbruch, ich weiß es einfach.«

Phil und Simon sind genauso aufgeregt und wollen feiern gehen, aber Sara weigert sich und behauptet, dass sie müde ist. Besorgt bringe ich sie sofort nach Hause, damit ich sie ins Bett stecken kann, falls sie krank wird.

»Mir geht es gut«, sagt sie verärgert, als ich sie hochhebe, um sie vom Auto ins Haus zu tragen. »Ich bin müde, aber ich kann laufen. Im Ernst, es war einfach eine lange Woche.«

Ich ignoriere ihre Proteste, trage sie ins Haus und setze sie nicht ab, bis ich in unserem Badezimmer im Obergeschoss ankomme. Dort lasse ich ihr ein heißes Bad ein und stelle sicher, dass sie alles hat, was sie braucht, bevor ich in die Küche gehe, um ihr etwas Echinacea-Tee zu machen.

Als ich mit dem Tee zurückkomme, schläft sie bereits fast in der Wanne ein und sieht so bezaubernd müde aus, dass ich sie ins Bett bringe, als ich sie abgetrocknet habe und den vorhersehbaren Hunger ignoriere, den ihre Nacktheit in meinen Armen erzeugt.

Ich muss mich jetzt um sie kümmern, nicht sie ficken.

Sie schläft sofort ein, ohne auch nur einen Schluck Tee genommen zu haben, obwohl es erst zehn Uhr ist und wir normalerweise nicht vor elf ins Bett gehen. Ich fühle ihre Stirn, um sicherzustellen, dass sie kein Fieber hat, und dann schnappe ich mir meinen Laptop und setze mich in einen Sessel neben das Bett, weil ich mir denke, dass ich etwas Arbeit erledigen kann, während ich sie im Auge behalte. Es gibt eine überraschende

Menge an Papierkram zu erledigen, der mit der Führung eines legitimen Unternehmens wie meinem Sportstudio und der Verwaltung eines Vermögens einhergeht.

Ich bin froh darüber. Nicht über den Papierkram – *den* mag niemand – sondern darüber, dass ich etwas zu tun habe. Zivilisten die Grundlagen der Selbstverteidigung beizubringen ist weit entfernt von den adrenalingeladenen Missionen meiner Vergangenheit, aber es hilft mir, meine Tage zu füllen und meine ständige Sehnsucht nach Sara zu lindern. Obwohl ihre Chefs jetzt zurück sind, arbeitet sie immer noch zu viel, und ich muss meine ganze Willenskraft aufbringen, sie nicht zu drängen, mehr Zeit mit mir zu verbringen.

Außerhalb der Arbeit machen wir alles zusammen, von Besorgungen über Freiwilligenarbeit in der Frauenklinik bis Zeit mit ihrer Familie und ihren Freunden verbringen. Wann immer ein Termin bei ihr abgesagt wird, kommt sie in mein Sportstudio, um einige der Selbstverteidigungsbewegungen zu üben, die ich ihr beigebracht habe, und ich komme oft zum Mittagessen in ihre Praxis, falls sie Zeit hat, einen Happen mit mir zu essen. Ich habe sogar unsere Zahnreinigungen so geplant, dass sie gleichzeitig in derselben Zahnarztpraxis stattfindet, damit wir für die Fahrt zusammen sein können.

Das mag den meisten Leuten als übertrieben erscheinen, aber für mich ist es kaum genug.

Nach einer Stunde schaue ich nach Sara. Sie hat

immer noch kein Fieber, und sie schläft ruhig, wenn auch etwas zu tief. Vielleicht *ist* sie einfach nur müde.

Gähnend stelle ich meinen Laptop weg und dusche kurz, bevor ich ebenfalls ins Bett gehe. Ich ziehe sie zu mir, atme tief ihren süßen Duft ein, und dann schlafe ich ein, während ich das Gefühl von ihr in meinen Armen genieße.

 ara

ICH BIN IMMER NOCH EIGENARTIG MÜDE, ALS ICH AM nächsten Morgen aufwache, und vom Duft des Frühstücks, der aus der Küche im Erdgeschoss strömt, wird mir schlecht, anstatt dass er wie sonst meinen Appetit weckt. Verschlafen stolpere ich ins Badezimmer, und während ich mir die Zähne putze, dämmert es mir, dass heute Samstag ist.

Vor vier Tagen hätte ich meine Tage bekommen sollen.

Der Adrenalinschub vertreibt die restliche Müdigkeit. Mit rasendem Herzen eile ich zurück ins Schlafzimmer und ziehe mein Telefon heraus, um hektisch die Tage auf dem Kalender zu zählen, und sicherzustellen, dass ich mich nicht geirrt habe.

Nein.

Ich bin definitiv zu spät dran, und diesmal kann ich es nicht auf Stress schieben.

Ich habe seit unserem Gespräch über Kinder einen Vorrat an Schwangerschaftstests angelegt, also hetze ich zurück zum Badezimmer, um einen zu machen. Aber da ich bereits auf der Toilette gewesen bin, kann ich nicht einen einzigen Tropfen Urin herausdrücken.

Leise verfluche ich meine mangelnde Weitsicht, stopfe den völlig trockenen Test wieder in die Verpackung, lege ihn in die Schublade zurück und ziehe mich an.

Ich muss bis nach dem Frühstück warten, um den Test zu machen.

»DEINE ELTERN SIND GLEICH DA«, INFORMIERT MICH Peter, als ich unten ankomme, und ich erinnere mich plötzlich daran, dass sie heute zum Brunchen kommen.

»Habe ich wieder verschlafen?« Ich schaue auf die Uhr. »Oh, wow, ja.«

Es ist elf Uhr siebenundzwanzig – genau drei Minuten, bevor meine Eltern kommen.

»Du musst wirklich erschöpft gewesen sein«, sagt Peter und garniert eine fluffig aussehende Quiche mit einem Zweig Petersilie. »Wie fühlst du dich heute Morgen, Ptichka?«

Ich zögere und schenke ihm dann ein strahlendes

Lächeln. »Gut. Ich musste nur Schlaf nachholen, das ist alles.«

Angesichts der Tatsache, wie sehr mein Mann ein Baby will, ist es besser, wenn ich es sicher weiß, bevor ich es ihm sage. Wenn das ein falscher Alarm ist, würde ich es hassen, wenn er enttäuscht wäre.

Er sieht nicht so aus, als würde er mir glauben, aber es klingelt an der Tür, bevor er etwas sagen kann. Ich öffne sie, um meine Eltern zu begrüßen, und als wir im Esszimmer ankommen, hat Peter bereits den Tisch gedeckt.

»Oh, wow«, sagt Mama, als sie einen Bissen von der Quiche probiert. »Peter, ich muss sagen, ich war in Fünf-Sterne-Restaurants, deren Essen nicht so unglaublich gut ist.«

Er schenkt ihr ein warmes Lächeln, und mein Vater grunzt anerkennend, als er von seinem eigenen Stück probiert. Meine Eltern sind immer noch etwas misstrauisch Peter gegenüber, aber er gewinnt sie langsam über, indem er ein vorbildlicher Schwiegersohn ist. Mit George sahen wir meine Eltern manchmal einen Monat oder länger nicht, wenn wir beschäftigt waren, aber Peter sorgt dafür, dass wir uns mindestens einmal pro Woche mit ihnen treffen. Er mäht auch ihren Rasen und kümmert sich um technische und handwerkliche Aufgaben rund um ihr Haus, während meine Eltern dabei das Gefühl haben, dass sie es ganz allein machen und er nur gelegentlich hilft.

»Du hast wirklich eine Gabe dafür«, habe ich ihm

vor ein paar Wochen gesagt. »Ist feindlich gesinnte Schwiegereltern für sich zu gewinnen etwas, was in der Schule für Attentäter unterrichtet wird?«

Peter hat gelassen genickt. »Schwiegereltern, Sprengstoff, hochkarätige Waffen – alles muss mit Vorsicht behandelt werden. Außerdem mag ich deine Eltern. Sie haben *dich* erschaffen.«

Ich habe ihn damals angegrinst und war rundherum glücklich. Ich weiß nicht, was ich mir unter unserem Leben als Ehepaar vorgestellt hatte, aber bisher hat alles daran meine Erwartungen übertroffen. Die Dunkelheit unserer gemeinsamen Vergangenheit lauert immer noch im Hintergrund, aber die Zukunft sieht jetzt so hell aus, dass es fast egal ist.

Wir haben das Unmögliche geschafft: ein normales, glückliches, gemeinsames Leben.

Nachdem wir mit dem Brunch fertig sind – den ich trotz anhaltender unterschwelliger Übelkeit herunterwürge – nehme ich Mama mit nach oben, um ihr einen schicken neuen Mantel zu zeigen, den ich online gekauft habe. Papa bleibt unten und lässt sich in unserem Wohnzimmer nieder, um die Nachrichten auf unserem Großbildfernseher zu sehen, während Peter das Geschirr wegräumt.

Mama findet den Mantel sofort toll – sie liebt Mode –, und ich bin dabei, mich zu entschuldigen, um endlich den Test zu machen, als Papas angespannte Stimme nach oben tönt.

»Lorna, Sara, kommt her. Ihr müsst euch das ansehen.«

Im selben Moment klingelt mein Telefon, und das meiner Mutter auch.

Wir tauschen besorgte Blicke aus und ziehen gleichzeitig unsere Telefone hervor.

Auf meinem Bildschirm ist eine Benachrichtigung von CNN.

Vermutlich terroristischer Anschlag in der FBI-Außenstelle in Chicago, heißt es. *Anzahl der Verletzten und Toten unbekannt.*

ara

MEIN HERZ RAST, UND DIE QUICHE LIEGT WIE EIN STEIN in meinem Magen, als wir nach unten kommen. Peter und mein Vater sind im Wohnzimmer und starren auf den Fernsehbildschirm, der ein großes Gebäude zeigt, das in Flammen steht.

Dasselbe Gebäude, in dem Ryson mich so oft verhört hat.

Mama bedeckt ihren Mund, und ihr Gesicht ist leichenblass, als wir dabei zusehen, wie Hubschrauber das brennende Gebäude umkreisen. Am Boden arbeiten Feuerwehrleute und Sanitäter hektisch daran, Überlebende zu retten und die Verletzten auf Krankentragen zu laden.

Es sieht aus wie eine Szene aus einem Film, außer,

dass es gerade passiert, und das weniger als eine Stunde Autofahrt von uns entfernt.

»Während die Behörden keine offiziellen Aussagen gemacht haben, deuten erste Anzeichen darauf hin, dass es eine starke Sprengstoffexplosion im Inneren des Gebäudes gegeben hat«, sagt die Nachrichtensprecherin in einem ernsten Ton. »Ab sofort sind alle Flughäfen und Regierungsstellen im ganzen Land in höchster Alarmbereitschaft, und der Flugverkehr in der Region Chicago wurde eingestellt.«

Das Bild im Fernsehen schwenkt, um Sondereinsatzkommandos zu zeigen, die mit Bombenhunden im O'Hare eindringen und die verängstigten Reisenden, die ihnen im Weg stehen, zur Seite drängen.

»Den Bewohnern Chicagos wird empfohlen, sich von den Straßen fernzuhalten, um den Weg für Einsatzfahrzeuge frei zu machen«, fährt die Nachrichtensprecherin fort. »Jeder, der Informationen über dieses schreckliche Ereignis hat, kann die folgende Nummer anrufen.« Eine 1-800-Nummer erscheint fett gedruckt am unteren Bildschirmrand. »Im Moment sind drei Menschen tot und fünfzehn weitere verletzt. Wir halten Sie auf dem Laufenden, sobald wir mehr erfahren.« Sie hält inne und legt die Hand auf ihr Ohr, bevor sie sagt: »Das kommt gerade rein: Sieben Menschen sind nach jetziger Kenntnis tot, und die Explosion scheint sich im dritten Stock des Gebäudes ereignet zu haben.«

Dritter Stock?

Dort ist Rysons Büro.

Könnte er dort gewesen sein?

Ist er unter den Toten?

Ich merke nicht, dass ich taumele, aber ich muss es getan haben, denn plötzlich ist Peter da, und sein mächtiger Arm legt sich um meinen Rücken. »Hier, setz dich, Ptichka«, murmelt er und führt mich zur Couch. »Du siehst aus, als würdest du gleich ohnmächtig werden.«

Ich blinzele ihm zu und bin erstaunt darüber, wie ruhig er wirkt, als er sich neben mich setzt. Abgesehen von einer gewissen Anspannung in seinem Kiefer deutet nichts an Peters Ausdruck darauf hin, dass etwas Ungewöhnliches vor sich geht. Andererseits bin ich mir sicher, dass er schon Schlimmeres gesehen hat.

Vielleicht sogar noch Schlimmeres getan hat.

Ein schrecklicher Gedanke formt sich in meinem Hinterkopf, aber ich schiebe ihn beiseite, da ich ihn nicht einmal zu Ende denken will.

Nicht einmal für eine Sekunde werde ich in diese Richtung denken.

»Ich kann das nicht glauben«, sagt Dad mit zittriger Stimme, und als ich mich umdrehe, sehe ich, dass er neben mir sitzt und sein Gesicht so blass wie das meiner Mutter ist, während er auf den Fernseher starrt. »Ausgerechnet das FBI-Gebäude. Wie konnten sie an den ganzen Sicherheitsvorkehrungen vorbeikommen?«

Ja, wie konnten sie das?

Der dunkle Gedanke erwacht wieder zum Leben,

aber ich ignoriere ihn entschlossen. Diese schreckliche Tragödie hat nichts mit mir oder Peter zu tun.

»Geht es dir gut, Dad?«, frage ich und greife hinüber, um seinen Arm zu berühren.

Das kann für sein krankes Herz nicht gut sein.

Er nickt, ohne seine Augen vom Bildschirm abzuwenden. »Gott sei Dank ist heute Samstag. Kannst du dir vorstellen, wie viele Menschen gestorben wären, wenn heute ein Wochentag gewesen wäre?«

Ich blicke zurück auf den Fernseher, wo Feuerwehrleute gegen die Flammen kämpfen und die Opfer auf Tragen weggebracht werden – viel weniger Opfer, als ich bei einer Explosion dieser Größenordnung erwartet hätte. Natürlich könnte es einige Personen erwischt haben, deren Reste noch gefunden werden müssen, aber ich vermute, dass Dad recht damit hat, dass es weniger Opfer gab, weil Wochenende ist.

»Vielleicht ist die Bombe zu spät hochgegangen. Oder zu früh«, sagt Mama unsicher, als sie in einen Sessel neben der Couch sinkt. »Ich bin mir sicher, dass die Tiere, die das getan haben, so viele Menschen wie möglich töten wollten.«

»Ich bin mir nicht so sicher«, sagt Peter, und als ich mich umdrehe, blickt er mit einem nachdenklichen Ausdruck auf den Bildschirm. »Wer auch immer dahintersteckt, wusste genau, was er tut.«

Ich schlucke belegt, und mein Magen beginnt, sich um das felsenartige Gewicht der Quiche in seinem Inneren zusammenzukrampfen. Ich will nicht an die

Menschen denken, die das getan haben, denn dort liegen diese dunklen, schrecklichen Gedanken, die ich nicht zulassen will.

»Entschuldigt mich«, murmele ich und stehe auf. Die Übelkeit, die mich den ganzen Morgen gequält hat, wird von Sekunde zu Sekunde schlimmer. »Ich bin gleich wieder da.«

Natürlich kommt Peter hinter mir her und erwischt mich, kurz bevor ich das Badezimmer im Erdgeschoss erreiche.

»Alles in Ordnung, mein Liebling?«

Ich nicke und schlucke. Speichel sammelt sich unangenehm in meinem Mund, und mein Magen zieht sich krampfartig zusammen. »Ich brauche nur die Toilette«, schaffe ich es zu sagen, während ich um ihn herumgehe und auf die Tür zustürze.

Ich habe kaum Zeit, sie hinter mir zuzuschlagen und mich über die Toilette zu beugen, bevor ich den Inhalt meines Magens verliere.

Natürlich war es zu viel verlangt, zu hoffen, dass Peter, sobald er die würgenden Geräusche hört, sich wie die meisten normalen Ehemänner wegschleichen würde. Ich bin immer noch dabei, mich über der Schüssel zu übergeben, als ich fühle, wie seine starken Hände mein Haar zusammennehmen, um es von meinem Gesicht fernzuhalten, und als ich meinen Kopf hebe, hilft er mir auf und gibt mir ein Glas Wasser, um meinen Mund auszuspülen.

Ich bin erbärmlich dankbar für seine Hilfe, als ich mich über das Waschbecken beuge und mir mit zitternden Fingern eine Zahnbürste schnappe. Meine Beine fühlen sich an, als gehörten sie einer Qualle, und mein T-Shirt klebt an meinem verschwitzten Rücken.

Ich putze mir zweimal die Zähne, und dann wasche ich mir mein Gesicht, während Peter spült, die Brille mit einem Papiertuch abwischt und besorgt, aber nicht im Geringsten angeekelt aussieht.

»Komm, mein Liebling, bringen wir dich ins Bett«, sagt er, als ich fertig bin. »Dir geht es offensichtlich nicht gut.«

»Es geht mir jetzt gut«, protestiere ich, als er mich hochhebt, um mich an seine Brust zu halten. »Wirklich, ich fühle mich besser.«

»Ja klar.« Er trägt mich aus dem Badezimmer und vorbei an meinen Eltern im Wohnzimmer, die uns mit großen Augen anstarren. »Du hast dich entweder stark aufgeregt oder bist krank, und du musst dich ausruhen.«

»Was ist passiert?« Mama eilt uns nach, als Peter zur Treppe geht. »Ist Sara krank?«

Peter nickt grimmig. »Ja, sie …«

»Ist vielleicht schwanger«, platze ich heraus und verfluche mich dann im Geiste, während sowohl Peter als auch meine Mutter mich mit identischen Gesichtsausdrücken anstarren.

Ich hatte nicht geplant, die Neuigkeiten so mitzuteilen.

Na ja, mögliche Neuigkeiten. Ich habe den verdammten Test immer noch nicht gemacht.

Mama erholt sich zuerst. »Schwanger? Oh, Sara!«

»Ich weiß es noch nicht sicher«, sage ich schnell, als Tränen – vermutlich vor Freude – in ihren Augen aufsteigen. »Es ist nur, dass meine Periode ein paar Tage zu spät ist und …«

»Du bist schwanger?« Peters Stimme ist angespannt, und als ich nach oben schaue, sehe ich einen seltsamen Ausdruck auf seinem Gesicht.

Verwirrung, vermischt mit so etwas wie Panik.

Flippt er deswegen jetzt aus?

War es nicht das, was er die ganze Zeit wollte?

»Es ist möglich«, sage ich vorsichtig. »Wenn du mich runterlässt, kann ich auf das Stäbchen pullern und es euch sagen.«

Mein Mann sieht immer noch entsetzt aus, als er mich langsam herunterlässt.

»Okay, gut.« Als ich mich aus seinem Griff befreit habe, trete ich zurück und bin dankbar, dass sich meine Beine erholt zu haben scheinen. »Gebt mir ein paar Minuten.«

»Chuck!«, schreit Mama und eilt ins Wohnzimmer, während ich mit Peter auf den Fersen nach oben gehe. »Hast du das gehört? Unsere Sara könnte schwanger sein!«

Ich zucke zusammen und verfluche mich selbst noch einmal, weil ich das so impulsiv und mit einem so schlechtem Timing herausposaunt habe. Ich höre immer noch den Fernseher, der die neuesten Entwicklungen des tödlichen Anschlags ausspuckt, und trotzdem lenke ich jeden mit etwas so Alltäglichem wie einem potenziellen Baby ab.

Meinem und Peters Baby.

Mein Herz setzt einen Schlag aus, als mein Mann mir ins obere Badezimmer folgt und den Schwangerschaftstest aus der Schublade holt. »Bitte schön, mein Liebling«, sagt er und reicht ihn mir. Seine Stimme ist immer noch rau, aber er scheint sich von dem Schock zu erholen. »Tu, was du tun musst.«

Ich gehe zur Toilette und halte inne und schaue ihn erwartungsvoll an.

»Etwas Privatsphäre, bitte?«, sage ich trocken, als er keine Anzeichen zeigt, Abstand zu nehmen.

Er starrt mich ungerührt an und dreht sich dann um. »Mach. Ich werde nicht hinschauen.«

Ich verdrehe die Augen, aber entscheide, dass es sich nicht lohnt, darüber zu streiten. Grenzen sind in den besten Zeiten nicht die Stärke meines Mannes, und im Moment ist er wahrscheinlich besorgt, dass ich ohnmächtig werde, während ich pinkele.

Ich tue, was ich tun muss, und lege dann den Test auf sauberem Toilettenpapier auf die Ablage und wasche meine Hände, während Peter auf den Test starrt, als ob er versucht, ihn zu hypnotisieren.

»Das sieht nach einem Plus aus«, sagt er mit erstickter Stimme, als ich meine Hände an dem Handtuch abtrockne. »Moment – ja, er ist definitiv positiv. Sara, bedeutet das …«

Mein Herz rast in meiner Brust, als ich mir den Test ansehe – auf dem jetzt ein kleines, aber unverkennbares Pluszeichen zu sehen ist. »Ich glaube schon.« Ich blicke auf und schaue auf Peters Gesicht.

»Ich werde einen Bluttest in meinem Büro machen, um sicherzugehen, aber …«

»Du bist schwanger.«

Dass ist eine Aussage, keine Frage, aber ich nicke immer noch, weil ich instinktiv weiß, dass er die Bestätigung braucht. »Etwa in der fünften Woche, wenn meine Berechnungen korrekt sind.«

Einen Moment lang zeigt mein Mann immer noch keine Reaktion, und sein metallischer Blick wird verschlossen, während er mich anstarrt. Aber gerade als ich mir Sorgen mache, dass er seine Meinung über den Wunsch nach einem Kind geändert hat, tritt er vor und umarmt mich fest.

»Ein Baby«, murmelt er in mein Haar, und sein mächtiger Körper zittert, während er mich so fest umarmt, dass er fast die Luft aus meiner Lunge drückt. »Wir bekommen ein Baby.«

»Ihr bekommt ein Baby?« Die Stimme meiner Mutter ist schrill vor Aufregung, und als Peter mich loslässt, sehe ich, wie mein neunundsiebzigjähriger Elternteil wie ein übereifriges Kind im Flur herumspringt.

Sie muss gerade erst nach oben gekommen sein.

Ich beginne zu antworten, aber bevor ich ein Wort sagen kann, rennt Mama aus dem Badezimmer und schreit mit lauter Stimme: »Chuck, er ist positiv! Der Test ist positiv! Sie bekommen ein Baby!«

Ihre Freude muss ansteckend sein, denn ich bemerke, dass ich grinse, als ich zu Peter aufblicke, der mich mit einem weiteren eigentümlichen Gesichtsausdruck anstarrt.

»Geht es dir gut?«, frage ich und streiche über sein stoppeliges Kinn. »Du *freust* dich darüber, oder nicht?«

Er nimmt meine Hand und drückt sie gegen seine Wange. »Tust *du* es?« Seine Stimme ist leise und heiser, und sein Blick unerklärlich besorgt. »Freust du dich, mein Liebling? Ist es das, was du willst?«

»Ich … ja.« Ich atme tief durch. »Ich freue mich.«

Und es stimmt. Ich will dieses Baby. Ich will es so sehr. Ich hatte es mir vorher nicht eingestanden, aber als meine Periode in den letzten drei Monaten pünktlich gekommen ist, war das für mich mehr als nur ein wenig enttäuschend gewesen.

Irgendwo auf unserer verdrehten Reise ist dieses Baby von meinem schlimmsten Alptraum zu meinem innigsten Wunsch geworden.

»Also bereust du es nicht?«, fragt Peter noch einmal nach. »Keine Angst oder Zögern?«

»Nein.« Ich erwidere seinen Blick, ohne mit der Wimper zu zucken. »Keine.«

Und als langsam ein strahlendes Lächeln auf seinem hübschen Gesicht erscheint, stelle ich mich auf die Zehenspitzen und küsse ihn, überwältigt von einer Welle der Liebe zu diesem dunklen, komplizierten Mann.

Dem Vater meines Kindes.

eter

ALS WIR NACH UNTEN KOMMEN, HABEN SARAS ELTERN
bereits die Flasche Cristal gefunden, die ich für einen
besonderen Anlass im Kühlschrank aufbewahrt habe.

»Lass mich das machen«, sage ich, als ich bemerke,
dass Chuck Mühe hat, sie zu öffnen. Ich nehme ihm die
Flasche ab, lasse den Korken knallen und gieße drei
Gläser ein – eines für jeden, außer für Sara. Für sie
nehme ich eine Flasche Perrier heraus und gieße etwas
Mineralwasser in ein Champagnerglas.

Mein Ptichka wird während der Schwangerschaft
und während sie stillt keinen Alkohol trinken können.

Während sie unser Baby stillt.

Mein Brustkorb wird eng, und mein Herzschlag
explodiert. Ich kann immer noch nicht glauben, dass

das echt ist, dass das, was ich so lange wollte, endlich passiert.

Sara ist freiwillig mit meinem Kind schwanger.

Wir beide als echte Familie.

Mein Glück ist so absolut, dass es mir Angst macht. Ich kann mich nicht erinnern, dass ich mich jemals so gefühlt habe: überglücklich und gleichzeitig zutiefst unbehaglich. Alles, was ich tun will, ist, mir Sara zu schnappen und sie in einer Festung einzusperren oder sie in einen gepolsterten Sicherheitsanzug zu wickeln und sie immer bei mir zu haben, damit ihr und dem Baby nichts zustoßen kann.

»Auf unser erstes Enkelkind«, sagt Lorna, während sie ihr Champagnerglas hebt, und ich zwinge mich zu einem Lächeln, als ich zuerst mit ihr, dann mit Chuck und dann mit Sara anstoße. Alle drei grinsen und lachen, sind ganz außer sich vor Freude darüber. Ich sollte es auch sein, aber aus irgendeinem Grund kann ich die Besorgnis, die wie eine bösartige Wolke über mir hängt, nicht loswerden.

Etwas fühlt sich falsch an, aber ich kann nicht sagen, was es ist.

Ein Telefon klingelt mit einer Benachrichtigung, und Chuck stellt seinen Champagner ab, bevor er in seine Tasche greift, um seines herauszuziehen und auf den Bildschirm zu schauen. »Zwölf Tote mittlerweile.« Er schaut nach oben, und das Lächeln verschwindet aus seinem Gesicht. »Schade, dass wir an einem so schwarzen Tag erfahren müssen, dass ein Enkel unterwegs ist.«

»Es könnte auch eine Enkelin sein«, sagt Lorna, aber sie klingt ebenfalls düster.

Vielleicht ist es das. Vielleicht ist es das, was mich beschäftigt.

Es *ist* ein schwarzer Tag – zumindest für Ryson und seine Kollegen. Für mich ist es möglicherweise ein Grund zum Feiern. Wenn Ryson in Stücke gerissen wurde, haben wir ihn für immer vom Hals. Es beunruhigt mich jedoch, dass Sara und ihre Eltern so mitgenommen davon sind.

Stress ist nicht gut für die Schwangerschaft.

»Komm, Ptichka. Setz dich.« Ich führe sie vorsichtig zu einem Stuhl am Küchentisch, und dann gehe ich ins Wohnzimmer, wo die Nachrichtensprecherin lautstark spekuliert, welche terroristische Organisation hinter dem Anschlag stecken könnte. Ich betrachte die Bilder des brennenden Gebäudes für eine Sekunde und schalte dann den Fernseher aus.

Ich will nicht, dass Sara das in ihrem Zustand hört.

Ich kehre zurück, und sehe, dass Saras Eltern im Eingangsbereich stehen und sich fertig machen, um zu gehen. »Kommst du morgen auch mit?«, fragt Lorna Sara, als sie ihre Tasche nimmt. »Ich dachte, wir beide könnten einen Tee zusammen trinken, während Peter deinem Vater hilft, den neuen Receiver einzurichten.«

»Ja, natürlich«, sagt Sara und grinst. »Du weißt doch, dass ich mitkommen werde, Mom.«

»Gut.« Sie küsst Sara auf die Wange. »Jetzt ruh dich aus, Schatz, okay?«

»Wird gemacht«, sagt Sara pflichtbewusst, und ich nicke lächelnd, als Lorna mich demonstrativ ansieht. Sie glaubt ihrer Tochter nicht für eine Sekunde, aber sie kennt mich gut genug, um zu wissen, dass ich dafür sorgen werde, dass das versprochene Ausruhen geschieht.

»Bis morgen«, sagt Chuck schroff zu mir, und zu meiner Überraschung klopft er mir auf die Schulter, während er zum Ausgang schlurft.

»Gute Heimfahrt«, sage ich, und dann bin ich erneut verblüfft, als Saras Mutter mich kurz, aber warm umarmt, bevor sie ihrem Mann folgt.

Ich warte, bis sich die Tür hinter ihnen schließt, bevor ich mich an Sara wende. »Haben sie mich gerade …«

»… offiziell als Teil unserer Familie anerkannt?« Sie strahlt mich an. »Ja, ich glaube, das haben sie. Herzlichen Glückwunsch, Baby-Daddy.«

Mein Herz zieht sich zu einer winzigen Kugel zusammen, bevor es sich ausdehnt, um meine gesamte Brusthöhle zu füllen. »Ich liebe dich«, sage ich belegt und ziehe sie an mich. »Du kannst dir nicht vorstellen, wie sehr.«

Und als sie ihre schlanken Arme um meinen Hals legt, küsse ich sie und schmecke die Weichheit ihrer Lippen – und die Liebe, die sie jetzt freiwillig zurückgibt.

ara

NACHDEM MEINE ELTERN GEGANGEN SIND, FAHREN Peter und ich in mein Büro, um einen Bluttest zu machen. Ein paar Minuten später haben wir die offizielle Bestätigung.

Ich bin in der fünften Woche schwanger.

Ich habe auch einen Riesenhunger, da ich das einzige Essen, das ich heute gegessen habe, wieder erbrochen habe. »Ich glaube nicht, dass ich warten kann, bis wir nach Hause kommen«, sage ich Peter, also hält er auf dem Weg nach Hause vor einer kleinen Pizzeria.

Ich war noch nie hier und freue mich zu entdecken, dass, obwohl wir im Moment die einzigen Kunden sind, ihre Pizza unglaublich ist, genauso gut, wie ich sie in schickeren Restaurants gegessen habe. Der einzige Wermutstropfen ist, dass der Fernseher eingeschaltet ist und die Folgen des Anschlags zeigt, und der Besitzer – ein molliger Mann mittleren Alters, der mit einem starken italienischen Akzent spricht – immer wieder mit uns darüber redet, während wir am Tresen essen.

»So ein schreckliches, schreckliches Ereignis«, sagt er düster und knetet eine Teigkugel vor uns. »Was ist aus der Welt geworden? Zuerst der 11. September 2011, dann der Boston-Marathon, und jetzt das. Wenigstens hatten sie es diesmal auf das FBI abgesehen und nicht auf unschuldige Bürger. Nicht, dass diese Agents schuldig wären, aber Sie wissen schon, was ich meine. Wenn man ein Problem mit Amerika hat, macht es mehr Sinn, FBI oder die CIA oder etwas anderes, das mit der Regierung zu tun hat, ins Visier zu nehmen.«

Ich nicke unverbindlich, während ich mich mit der köstlichen Pizza vollstopfe, und das ist die ganze Ermutigung, die der Mann braucht, um weiterzumachen.

»Man sagt, dass der Sprengstoff ungewöhnlich war, etwas wirklich Fortschrittliches«, sagt er und rollt den Teig mit geübten Bewegungen. »Ich frage mich, was es ist und wie diese Terroristen ihn in die Finger bekommen haben. Klingt eher nach etwas, was Russland oder China haben würden, oder sogar nach unserem eigenen Militär. Ich wette, all die Verschwörungstheoretiker werden mit voller Kraft herauskommen und behaupten, es sei ein Insider-Job oder was auch immer.«

Ich beiße in ein weiteres Stück und lasse den Mann reden, während ich einen Blick auf Peter werfe. Ich erwarte, dass er auch ruhig isst, aber zu meiner Überraschung runzelt er die Stirn, und das Stück vor ihm ist unberührt, während er aufmerksam auf den Fernseher starrt.

»Was ist los?«, frage ich leise, als der Besitzer weggeht, um mehr Mehl zu holen. »Stimmt etwas nicht?«

Er reißt seine Augen vom Fernseher weg und schenkt mir ein trauriges Lächeln. »Nicht wirklich. Nur alte Instinkte, die mir keine Ruhe lassen, das ist alles.«

Ich möchte ihn weiter befragen, aber der Besitzer fährt damit fort, den Teig vor uns zu kneten und darüber zu spekulieren, wer hinter der Explosion stecken könnte.

»Vielen Dank. Das war köstlich«, sage ich zu dem Mann, als ich keinen weiteren Bissen mehr essen kann, und Peter bezahlt schnell unsere Rechnung und treibt mich aus dem Restaurant. Obwohl er es bestreitet, sorgt sich mein Ehemann offensichtlich um etwas – ich kann es in der angespannten Art und Weise sehen, wie er das Lenkrad umfasst, während wir nach Hause fahren – und das dunkle Körnchen Misstrauen, das ich unterdrückt hatte, kehrt zurück und lässt meinen Magen wieder rumoren.

Könnte es sein?

Wie hoch sind die Chancen, dass dies alles ein schrecklicher Zufall ist?

Ich bekämpfe den Zweifel, solange ich kann, aber letztendlich kann ich es nicht mehr ertragen.

In dem Moment, in dem wir im Haus sind, wende ich mich meinem Mann zu. »Peter ... Ich muss dich etwas fragen.«

Selbst für meine eigenen Ohren klingt meine Stimme seltsam.

Er schenkt mir sofort seine volle Aufmerksamkeit. »Was ist los, Ptichka?« Er umfasst meine Schultern. »Geht es dir gut?«

Ich nicke und schlucke, während ich ihn anstarre. Mein Herz rast in meiner Brust, und erneut steigt Übelkeit in mir auf.

Vielleicht war die Pizza ein Fehler.

Vielleicht ist es ein größerer Fehler, das zur Sprache zu bringen.

»Was ist los, mein Liebling?« Sanft führt er mich zu einem Liebessitz am Eingang. »Hier, setz dich hin. Du siehst blass aus.«

»Nein, mir geht es gut«, sage ich, aber setze mich trotzdem hin, weil es einfacher ist, zu tun, was er sagt, als zu widersprechen. Er setzt sich neben mich, nimmt meine Hände in die seinen und massiert meine Handflächen mit seinen Daumen, als ob ich beruhigt werden müsste.

Und vielleicht tue ich das.

Es hängt alles davon ab, wie er meine nächste Frage beantwortet.

»Peter ...« Ich nehme meinen ganzen Mut zusammen. »Ich muss es wissen. Hast du ...« Ich hole tief Luft. »Hattest du etwas mit dem zu tun, was heute passiert ist? Mit dieser … Explosion?«

Er verwandelt sich in eine Statue, und in den nächsten Minuten blinzelt er nicht und reagiert auch sonst nicht. Schließlich sagt er tonlos: »Nein.« Er lässt meine Hände los, steht auf, und ohne ein weiteres Wort zu sagen, geht er zurück zum Eingang, um sich die Schuhe auszuziehen.

Ich blicke ihm hinterher und fühle mich sowohl schrecklich als auch schrecklich erleichtert.

Ich glaube ihm.

Er hat mich nie betrogen, hat nie seine Schuld an einem Verbrechen geleugnet.

Mein Mann mag ein Mörder sein, aber er ist kein Lügner.

»Es tut mir leid«, sage ich, als er an mir vorbeigeht, ohne mich anzusehen. »Peter, es tut mir wirklich leid, aber ich musste fragen. Rysons Büro befindet sich im dritten Stock, und …« Ich höre auf, weil er in der Küche verschwindet.

Ich atme durch und gehe dann zur Tür, um auch meine Schuhe auszuziehen. Ich fühle mich schrecklich, dass ich gefragt habe, dass ich den Gedanken nicht sofort verworfen habe. Dieser Anschlag ist nicht nur eine wirklich abscheuliche Tat, sondern auch etwas, was unser gemeinsames Leben gefährdet hätte – etwas, wofür Peter hart gekämpft hat.

Etwas, wofür er seine Rache aufgegeben hat.

Als ich die Küche betrete, bin ich bereit, ihn auf Knien um Verzeihung zu bitten, aber Peter ist nirgendwo zu finden. Ich gehe durch das Haus, um ihn zu suchen, aber erst, als ich in den begehbaren Schrank des Gästezimmers schaue, finde ich ihn.

Er hockt über einem Laptop, und seine Finger fliegen mit Rekordgeschwindigkeit über die Tastatur.

Stirnrunzelnd knie ich mich neben ihn und schaue auf den Bildschirm. Er schreibt eine E-Mail, aber sie ist auf Russisch, und die Benutzeroberfläche des Programms, das er benutzt, ist anders als alles, was ich je gesehen habe.

»Was machst du da?«, frage ich vorsichtig. »Peter ... warum bist du hier drin?«

»Moment«, sagt er, ohne aufzusehen. »Ich will das nur kurz fertig machen.«

Ich schweige und beobachte ihn beim Tippen. Es dauert noch ein paar Minuten, bis er den Laptop zuklappt und an die Wand im Schrank klopft.

Sie gleitet zur Seite und gibt einen weiteren schrankgroßen Raum frei.

Einen Raum voller militärischer Waffen, darunter mehrere Raketenwerfer und Granaten ... sowie Ersatz-Laptops.

Sprachlos beobachte ich, wie Peter seinen Laptop in ein Regal legt und gegen eine andere Wand klopft, so dass die Originalwand wieder an ihren Platz gleitet und die Öffnung verdeckt.

Ich finde meine Stimme wieder. »Ist das ...«

»Ein versteckter Waffenschrank? Ja.« Er steht auf und streckt eine Hand aus, um mir hochzuhelfen. »Aber keine Sorge, mein Liebling.« Seine Augen leuchten mit frostiger Belustigung, als ich seine Hand ergreife und mich hochziehe. »Ich habe nicht vor, damit Terrorakte zu begehen.«

Ich zucke zusammen und lasse seine Hand los. »Ich weiß. Es tut mir leid. Ich hätte nicht …«

»Falsch, genau das solltest du tun.« Er streicht mir wieder das Haar aus dem Gesicht, und die Geste ist so zärtlich wie immer, auch wenn sein Blick der eines Fremden bleibt. »Ich möchte, dass du immer zu mir kommst, wenn du irgendwelche Zweifel hast. Außerdem haben du und dieser Pizzeria-Besitzer mir geholfen, etwas zu realisieren.«

Ich blinzele ihn an. »Und was?«

»Dass ich mir ansehen muss, was passiert ist. Etwas daran stinkt zum Himmel.«

»Was meinst du damit?«

»Ich weiß es noch nicht.« Er lässt seine Hand fallen und tritt zurück. »Ich habe gerade unsere Hacker kontaktiert, also werde ich bald mehr Informationen haben.«

Er dreht sich um und tritt aus dem Schrank. Ich eile ihm nach und hole ihn ein, kurz bevor er das Gästezimmer verlässt.

»Also bist du nicht sauer?«, frage ich atemlos und stelle mich vor ihn, um den Ausgang zu blockieren. »Dass ich dich gefragt habe?«

Seine Lippen verziehen sich. »Sauer? Nein, Ptichka. Warum sollte ich das sein?«

»Nun, weil du unschuldig bist, und ich dich

beschuldigt habe. Es tut mir wirklich leid; ich hätte das nicht einmal in Betracht ziehen sollen.«

»Warum solltest du das nicht tun?« Er legt seinen Kopf zur Seite. »Es wäre nicht das Schlimmste gewesen, was ich je getan habe.«

Mein Magen zieht sich zusammen. »Ich weiß, aber ...«

»Es war eine logische Vermutung von dir. Ein raffinierter Sprengstoff, ein schwieriges Ziel und ein Motiv. Eigentlich bin ich überrascht, dass du mir glaubst.«

Ich bin mir ziemlich sicher, dass er mich mit dem letzten Teil ärgern will, aber ich verdiene es. »Was kann ich tun, um das wiedergutzumachen?«, frage ich, anstatt mich noch einmal zu entschuldigen. »Wie kann ich dir zeigen, dass es mir leidtut?«

Er zieht seine Augenbrauen in die Höhe, und seine Augen leuchten mit plötzlichem Interesse. »Hast du eine Idee?«

Mein Puls wird schneller, und eine warme Röte überzieht meinen Körper, als er mich von oben bis unten mit einem erhitzten Blick betrachtet. Sex war nicht das, was ich im Sinn hatte, aber wenn es das ist, was er will, bin ich mehr als glücklich, es zu tun.

»Das«, murmele ich, und schaue ihm weiterhin in die Augen, während ich mich ausziehe.

eter

NACHDEM WIR UNS GELIEBT HABEN, SCHLÄFT SARA IM Gästezimmer ein, und ich lasse sie dort liegen. Ich habe mein Bestes gegeben, um beim Sex sanft zu sein, aber ich muss sie trotzdem erschöpft haben.

Entweder das, oder sie braucht nur die zusätzliche Ruhe und ich muss sorgfältiger sein, um sicherzustellen, dass sie es in den nächsten acht Monaten langsam angeht.

Die von Angst geprägte Freude erfüllt meine Brust erneut und verdrängt die letzten Überreste meiner Irritation. Es hat keinen Sinn, mich über Saras Frage zu ärgern; wenn überhaupt, dann sollte ich froh sein, dass sie mir genug vertraut, um mich direkt zu fragen, anstatt solche Verdächtigungen aufkommen zu lassen.

Ich kann es ihr auch nicht verübeln, dass sie diesen Gedanken hatte. Ich hätte nie etwas so Offensichtliches und Auffälliges getan wie das FBI-Gebäude zu sprengen, aber ich habe tatsächlich heimlich geplant, Ryson zu eliminieren – der weiterhin herumgeschnüffelt hatte, nachdem ich Sara mein Versprechen gegeben hatte.

Wenn er uns in Ruhe gelassen hätte, wäre er in Sicherheit gewesen, aber das hat er nicht – und das rechtfertigte für mich vollkommen das, was ich mit ihm vorhatte.

Immer noch mit ihm machen werde, sollte er überleben.

Mein Unbehagen verschärft sich erneut, aber diesmal sind meine Befürchtungen konkreter. Ich glaube nicht an Zufälle, und all das fühlt sich zu zufällig an. Ich habe es Sara nicht gesagt, aber ich habe bereits eine Liste der Toten und Verletzten gefunden, und Ryson gehört zu den Letzteren und ist in einem kritischen Zustand ins Krankenhaus gebracht wurden.

Wenn ich es nicht besser wüsste, würde ich denken, dass mir jemand einen Gefallen erweist.

Nach einer halben Stunde schaue ich nach Sara. Sie schläft noch, also mache ich mich auf den Weg zurück in den Gästezimmerschrank und hole ein paar Waffen heraus. Ich verstaue sie strategisch im ganzen Haus und trage ein paar in die Garage, wo ich sie in einem speziellen Fach in unserem kugelsicheren Auto verstecke.

Nur für alle Fälle.

Als sich meine Paranoia beruhigt hat, öffne ich meinen Laptop und beginne, E-Mails von meinen Auszubildenden zu beantworten, während ich darauf warte, dass mein Ptichka aufwacht.

»OH MEIN GOTT«, SAGT SARA AM NÄCHSTEN MORGEN, während ihr Blick am Fernseher klebt. »Peter, Ryson *war* da. Sie haben gerade die Opfer der Explosion identifiziert, und er befindet sich in einem kritischen Zustand. Kannst du das glauben?«

Ich nicke unverbindlich. »Ich habe vorhin davon gehört. Das ist wirklich bedauerlich für ihn.«

Meinen Quellen zufolge hat er Verbrennungen dritten und vierten Grades über den größten Teil seines Körpers. Ich habe beinahe Mitleid mit dem Wichser. Ich hätte ihn auf eine viel humanere Art und Weise umgebracht – höchstwahrscheinlich mit einem drogeninduzierten Herzinfarkt, damit es so ausgesehen hätte, als sei er eines natürlichen Todes gestorben.

»Was für eine schreckliche Tragödie«, sagt Sara, und ihr Blick ist immer noch auf den Bildschirm fixiert. »Ich hoffe, er erholt sich.«

»Mm-hmm.« Es gibt keinen Grund, sie zu verärgern, indem ich ihr widerspreche. »Willst du etwas essen – oder ist dir immer noch schlecht, mein Liebling?« Alles, was sie heute Morgen bisher hatte, war ein Stück trockener Toast, obwohl ich ihr Lieblingsomelett und Pfannkuchen gemacht habe.

Sie dreht sich zu mir um. »Ich möchte nichts weiter, danke. Die Übelkeit ist fast verschwunden, aber ich denke, ich werde einfach bei meinen Eltern essen, während du dich mit Papas Receiver beschäftigst.«

»Okay. Wollen wir los?«

Sie steht auf und kommt zu mir. »Ja. Gehen wir.«

ICH NEHME EINEN ANDEREN WEG ZUM HAUS MEINER Schwiegereltern und stelle sicher, dass meine Jungs das Gebiet vor unserer Ankunft durchsuchen. Die Hacker untersuchen noch immer die Explosion, aber mein innerlicher Gefahrenalarm schlägt nonstop an.

Vielleicht sollten Sara und ich aus der Stadt verschwinden, jetzt in die Flitterwochen fahren, anstatt wie ursprünglich geplant in den Ferien. Es könnte ein früher Babyurlaub sein, oder wie auch immer diese Dinge genannt werden.

Saras Eltern begrüßen uns herzlich, und ihre Mutter geht in ihren üblichen Hostessenmodus über und bietet uns Tee, Cracker, Obst und alles Mögliche andere an. Ich lehne höflich ab – ich hatte ein großes Frühstück – aber Sara nimmt die Angebote ihrer Mutter an, während ich Chucks neuen Receiver einrichte.

»Du musst das hier reinstecken«, sagt er und zeigt

auf das Audiokabel, und ich nicke und danke ihm, als ob ich das nicht selbst gewusst hätte.

Saras Vater braucht das als Teamprojekt, und ich bin gerne bereit, dies zu einem werden zu lassen.

Ich bin fast fertig damit, den Surround-Sound zu testen, als mein Handy in meiner Tasche vibriert. Als ich es herausziehe und ich auf den Bildschirm blicke, vereist das Blut in meinen Venen.

Ein SWAT-Team ist unterwegs, sagt die Textnachricht von meiner Crew. *Noch drei Minuten entfernt.*

ara

ICH HÖRE ES, KURZ BEVOR PETER IN DIE KÜCHE KOMMT, wo Mama und ich über die Kinderzimmereinrichtung reden.

Das unverwechselbare Gebrüll von Hubschraubern.

»Lass uns gehen.« Er hebt mich hoch, bevor ich blinzeln kann. »Entschuldigung«, sagt er zu meiner fassungslosen Mutter, und drückt mich fest an seine Brust, als er um sie herum zur Tür geht.

Ich kralle mich an seinem Hemd fest. »Peter, was …«

»Keine Zeit.« Er reißt die Tür auf und geht mit mir im Arm nach draußen, aber versteinert an Ort und Stelle, als ein riesiger schwarzer Van auf unserer Straße quietschend zum Stehen kommt und Männer und

Frauen in SWAT-Ausrüstung mit heruntergeklapptem Gesichtsschutz herausströmen und die Sturmgewehre auf uns gerichtet haben.

Mein Gehirn fühlt sich an, als hätte es sich plötzlich in Matsch verwandelt.

Ich kann das nicht verarbeiten.

Ich weiß gar nicht, wo ich anfangen soll.

Langsam und sehr bewusst stellt Peter mich hin und tritt vor mich, um mich mit seinem Körper abzuschirmen. »Nicht schießen.« Sein Ton ist seltsam ruhig, während er seine Hände über den Kopf hebt. »Es gibt keinen Grund zur Gewalt. Ich komme mit Ihnen.«

Meine Zunge löst sich irgendwie von selbst. »Halt!« Ich stürme auf zittrigen Beinen vorwärts. »Es gab einen Deal. Sie können nicht …«

»Zurück, Ma'am!«, bellt der vorderste Agent, und ich erstarre, als mehrere Waffen in meine Richtung schwingen.

»Ich habe bereits gesagt, dass das nicht nötig ist.« Peters Stimme wird schärfer, als er nach vorne tritt und mich wieder hinter sich schiebt. »Ich widersetze mich nicht. Niemand muss verletzt werden, verstehen Sie?«

»Was ist hier los?«, fragt mein Vater von hinter mir, und mir wird mit einer Panikwelle klar, dass meine Eltern aus dem Haus gekommen sind.

»Geht wieder hinein.« Meine Stimme zittert, als ich einen Blick hinter mich riskiere. »Dad, bitte bring Mom wieder rein.«

Der Hubschrauber ist jetzt fast direkt über uns, sein Gebrüll übertönt meine Worte.

»Auf die Knie«, ruft jemand, und als ich zurückblicke, sehe ich, dass mein Mann mit so langsamen und bewussten Bewegungen wie zuvor gehorcht.

Er will sie nicht nervös machen, bemerke ich mit übelkeitserregender Angst. Sie wissen, wozu er fähig ist, und obwohl er unbewaffnet ist, haben sie Angst, ihm entgegenzutreten.

»Peter Garin, Sie werden hiermit der Ermordung von Bundesangestellten, der Zerstörung von Regierungseigentum, der Verwendung von Sprengstoffen und der Verschwörung zum Mord angeklagt«, ruft der Agent, der bereits eben gesprochen hatte, durch den Hubschrauberlärm. Er geht mit Handschellen auf Peter zu, während seine Kollegen ihre Sturmgewehre auf das Gesicht meines Mannes gerichtet halten. »Sie haben das Recht, …«

Sein Helm explodiert, bevor er das nächste Wort sagen kann, und die Hölle bricht los.

eter

ICH BEWEGE MICH, BEVOR ICH DAS GERÄUSCH DES Scharfschützengewehrs vollständig registriere.

Es ist instinktiv, rein automatisch.

Ich habe nur ein Ziel.

Lange genug zu überleben, um Sara und das Baby zu schützen.

Wie immer in solchen Situationen sind meine Gedanken klar und scharf.

Scharfschütze auf fünf Uhr, Identität unbekannt.

Ein Agent ist tot. Der Rest wird gleich das Feuer eröffnen.

Neun Gegner vor mir. Sara und ihre Eltern hinter mir.

Ich nehme die M4 von dem Beamten, dessen

Gehirn auf mich gespritzt ist, und werfe mich zur Seite, während ich seine Kollegen mit Kugeln besprühe und dorthin ziele, wo ich weiß, dass wahrscheinlich Lücken in ihrer Rüstung sind.

Ich muss ihr Feuer von Sara weglocken, damit sie sich auf mich als einzige Bedrohung konzentrieren.

Aus dem Augenwinkel sehe ich Saras Eltern, die sie ins Haus schleppen. Sie schreit etwas, aber es ist unmöglich, etwas über das Hubschraubergeräusch und das *Rat-Tat-Tat* des automatischen Kanonenfeuers zu hören.

Der Boden neben mir explodiert vor Kugeln, aber ich bewege mich weiter, drücke weiterhin den Abzug. Ihre Rüstungen schützen sie, aber sie verlangsamen sie auch, was mir wertvolle Sekunden verschafft. Selbst wenn ich sie nicht töte, treffen meine Kugeln sie und machen sie handlungsunfähig.

Jetzt sind noch fünf Feinde übrig.

Alle Waffen, die ich vorbereitet habe, sind in unserem Auto, und ich habe nur eine Glock, die an meinem Bein befestigt ist. Als meine geliehene Waffe also leer ist, werfe ich sie beiseite, lasse mich hinter zwei außer Gefecht gesetzte Beamte fallen und schnappe mir auf dem Weg die Waffe.

Ein wie Feuer brennender Schmerz bricht in meinem linken Arm aus, aber ich ignoriere ihn.

Ich kann immer noch die Waffe halten, also kann die Wunde nicht so schlimm sein.

Der SWAT-Van ist jetzt nur noch ein paar Schritte entfernt, also werfe ich mich in seine Richtung, sowohl zur Deckung als auch, weil dies so weit wie möglich vom Haus entfernt ist. Als ich auf den Boden aufschlage, schieße ich noch ein paar Salven ab und habe Glück mit meinem Winkel, weil ich zwei Agents unter ihrem Gesichtsschutz erwische.

Ein brennender Schmerz breitet sich in meiner rechten Wade aus, aber das Adrenalin treibt mich an.

Weitere Kugeln bedecken den Boden um mich herum, obwohl ich jetzt hinter dem Auto bin.

Der Hubschrauber.

Ich rolle mich auf den Rücken, um in seine Richtung zu schießen, und ein Rotorblatt explodiert, wodurch er stark in der Luft kippt. Ich schieße erneut, und er schwenkt weg und verschwindet ein paar Blocks weiter hinter den Bäumen.

Ohne innezuhalten, rolle ich unter dem Van hindurch und komme auf der anderen Seite mit Blick auf die drei verbliebenen Beamten heraus.

Aber nur zwei von ihnen sind vor mir.

Einer rennt auf das Haus zu.

ara

ALLES PASSIERT BLITZSCHNELL. IN EINEM MOMENT stehe ich hinter Peter, während der Agent im Begriff ist, ihm Handschellen umzulegen, und im nächsten Moment ertönt ein donnerndes Geräusch, und der Helm des Mannes explodiert. Blut und Hirn sprühen überall hin, als Peter beginnt, sich zu bewegen, und sich die Waffe des Toten schnappt.

»Sara, komm rein!« Meine Mutter ergreift meinen Arm und zieht mich nach hinten, als ein ohrenbetäubender Schusswechsel ausbricht und sich mit dem Gebrüll des Hubschraubers vermischt.

»Nein, *du* gehst rein!«, schreie ich und winde mich aus ihrem Griff. Ich kann Peter nicht hier draußen lassen. »Geh sofort rein!«

»Dein Baby!«, schreit Papa über den Lärm und packt mein Handgelenk, während ich nach vorne stürze. »Du bist schwanger, schon vergessen?«

Die Erinnerung ist wie ein Eimer mit Eiswasser, der über mich geschüttet wird.

Ich hatte das winzige Leben in mir vergessen, das Kind, das Peter so sehr will.

»Geh rein, Sara. Jetzt!« Mama zieht an meinem anderen Handgelenk, und diesmal gehorche ich und stolpere ins Haus, während die Straße zu einem Kriegsgebiet wird.

»Wir müssen … weg von den Fenstern«, keucht Dad und bricht im Eingangsbereich zusammen »Die Kugeln, sie …«

»Es ist okay, Dad. Atme.« Ich fasse ihn am Ellenbogen, als er anfängt zu fallen, aber er ist zu schwer für mich, und ich schaffe es lediglich, seinen Sturz zu mindern.

»Wo sind seine Tabletten?« Meine Stimme ist voller Panik, als sein Gesicht anfängt, blau anzulaufen. »Mom, wo sind seine Medikamente?«

»K-Küche.« Sie klingt, als würde sie unter Schock stehen. »Schrank ganz oben rechts.«

»Okay, bin gleich wieder da.« Das Wohnzimmerfenster explodiert, als ich daran vorbeilaufe, aber ich bemerke die Glassplitter, die in meine Haut eindringen, kaum.

Ich muss Dads Medizin holen.

Ich kann gerade nicht an Peter denken, kann mich

nicht auf das giftige Entsetzen konzentrieren, das meine Brust einengt.

Er wird es schaffen.

Er muss.

Ich öffne den Schrank und schnappe mir Papas Nitroglyzerin-Tabletten und eine Packung Aspirin, dann laufe ich zurück, während der Lärm des Hubschraubers sich entfernt und das Feuer aufhört.

Mama kniet über Papas bewusstlosem Körper, und ihr Gesicht ist eine Maske des Schreckens, als sie mich ansieht. »Er atmet nicht mehr. Sara, er atmet nicht mehr.«

Ich bin bereits auf meinen Knien und drücke auf Papas Brust, während ich leise zähle und mich dann nach vorne beuge, um in seinen Mund zu atmen.

Seine Brust hebt sich mit der Luft, die ich ihm gebe, dann senkt sie sich und bleibt unbeweglich.

Als ich meine wachsende Panik bekämpfe, beginne ich wieder mit den Brustkompressionen.

Eins, zwei, drei, vier …

Die Tür fliegt auf, und zwei kämpfende Männer stolpern herein.

Ein SWAT-Beamter und ein blutüberströmter Peter.

eter

Iᴄʜ sᴄʜɪᴇꞵᴇ, ʙᴇᴠᴏʀ ᴅɪᴇ Bᴇᴀᴍᴛᴇɴ ᴇs ᴛᴜɴ, ᴜɴᴅ ꜰᴇᴜᴇʀᴇ zwei Salven ab, die sie direkt unter ihrem Gesichtsschutz treffen. Vom Adrenalin angetrieben, springe ich auf die Füße und bin mir nur vage des brennenden Schmerzes in Arm und Wade bewusst.

Ich muss den fliehenden Agent aufhalten.

Ich kann nicht zulassen, dass er zu Sara und ihrer Familie ins Haus geht.

Ich erhöhe meine Geschwindigkeit, hole ihn am Eingang ein und erwische ihn, während er sich dreht und bereit ist, zu feuern. Seine Waffe fliegt klappernd über die Veranda, und wir prallen gegen die Tür und drücken sie mit unserem Schwung auf.

Ich habe nur den Bruchteil einer Sekunde Zeit, um

die Szene im Inneren aufzunehmen, aber es reicht mir, um mich nach rechts zu werfen, um nicht auf einer knienden Sara und ihren Eltern zu landen.

Wir schlagen stattdessen auf der Couch auf und rollen gemeinsam über den Boden und kämpfen um die Glock, die in seinem Gürtel steckt. Ich lande auf ihm und ziehe die Waffe heraus, aber er rammt seinen Ellenbogen in meinen verletzten Arm und schlägt mir die Waffe aus der Hand.

Ich ignoriere den brennenden Schmerz, schnappe mir sein Messer und stoße es in den Spalt in seiner Rüstung. Er schnappt nach Luft wie ein Fisch an Land, und ich steche noch einmal, dann noch zweimal zu.

Sein Körper unter mir wird schlaff.

»Peter!« Saras Stimme dringt durch das Dröhnen meines Herzschlags, und ich schaue auf und nehme ihr weißes, tränenüberströmtes Gesicht wahr. Sie drückt im unverwechselbaren Rhythmus der Herz-Lungen-Wiederbelebung auf die Brust ihres Vaters, und ihre Mutter kniet neben ihr.

Ich krabbele von dem toten Mann weg und stelle mich hin. Der Raum dreht sich übelkeitserregend um mich herum, und als ich nach unten schaue, sehe ich, dass mein rechtes Bein mit Blut bedeckt ist und mehr Blut über meinen linken Arm tropft.

Natürlich. Die Schusswunden.

Während ich den wachsenden Schwindel unterdrücke, gehe ich zu Sara und ihren Eltern. »Was ist passiert? Wurde er angeschossen?« Ich sehe kein Blut an Chuck, aber …

Sara schüttelt den Kopf. »Herzstillstand.« Sie beugt sich vor, drückt seine Nase zusammen und beatmet ihn, bevor sie wieder auf seine Brust drückt.

Verdammt. Ich hebe die Pillenflasche, die ungeöffnet auf dem Boden liegt, auf, und meine Brust zieht sich zusammen.

Das ist Saras schlimmster Alptraum, und ich habe ihn wahrgemacht.

»Ihr zwei müsst gehen.« Lornas heisere Stimme klingt wie die eines Geistes, und als ich sie ansehe, bemerke ich, dass sie einem ähnelt, weil ihr Gesicht wie gebleichtes Pergamentpapier aussieht. »Bevor sie die …«

Eine Kugel bricht durch die Wand über uns, und ich springe instinktiv vor Sara und ihre Mutter, um sie mit meinem Körper zu schützen.

Meine linke Seite explodiert vor Schmerz, und die Kraft des Treffers wirft mich nach vorne, während ich sie beide hinter die Couch schiebe. Meine Wahrnehmung schwindet, und der Schmerz prallt durch meine Nervenenden, während eine weitere Kugel mein Ohr streift.

Nein. Verdammt, nein.

Mit meiner letzten verbleibenden Kraft werfe ich mich zur Seite und lenke das Feuer des Schützen von Sara und ihrer Mutter weg. Eine weitere Kugel schlägt in den Boden neben meinem Knie ein und lässt Holzsplitter überall umherfliegen, und durch meine verschwommene Sicht hindurch sehe ich eine gepanzerte Gestalt in die Türöffnung schwanken, die eine Pistole festhält.

Es ist einer der SWAT-Beamten, die ich angeschossen habe.

Benommen und verletzt, aber lebendig.

Sein Gesichtsschutz fehlt, und ich sehe fleckige Haut und wilde Augen. »Stirb, du Motherfucker«, zischt er, zielt auf meinen Kopf, und drückt den Abzug.

3 2

ara

ICH LANDE SCHMERZHAFT AUF DER SEITE, UND MEIN Kopf schlägt gegen die Couch, als ein weiterer Schuss ertönt und eine warme, metallische Dusche auf meinem Gesicht landet und meinen Hals trifft.

»Peter!« Aus Sorge um ihn klettere ich auf die Knie, wische mir das Blut aus den Augen – und dann sehe ich es.

Meine Mutter liegt auf dem Boden, und ihr Gesicht ist voller Blut.

Oder besser gesagt der größte Teil ihres Gesichts.

Ein Teil ihrer Wange und ihres Schädels fehlt, weshalb ein blutiges Loch dort klafft, wo früher ein Wangenknochen war.

Mein Verstand schaltet sich ab, und eine Wand der

Taubheit nimmt ihren Platz ein, als ein dritter Schuss ertönt.

Ich schaue auf meinen Mann, der blutend auf dem Rücken liegt, und dann auf den Agent in der Türöffnung, der sein Gesicht vor Hass verzieht, während er auf Peters Kopf zielt.

Mein Blick fällt auf die Waffe, die Peter beim Ringen mit dem anderen Beamten verloren hat.

Sie liegt einen Meter von mir entfernt.

Ich greife nach ihr und hebe sie auf. Sie liegt kalt und schwer in meiner Hand und verstärkt die eisige Taubheit in meinem Herzen.

Meine Eltern sind tot.

Peter steht kurz davor, ermordet zu werden.

Ich ziele und drücke den Bruchteil einer Sekunde früher ab als der Agent.

Meine Kugel verfehlt ihn, aber der Schuss erschreckt ihn und lässt seinen Schuss ins Blaue gehen.

Er dreht sich zu mir, und ich schieße erneut.

Diesmal treffe ich seine Weste, und der Schuss wirft ihn zurück.

Ohne zu zögern, gehe ich zu ihm hinüber und hebe meine Waffe erneut an.

»Nein ...«, sagt er erstickt, ringt um Luft, und ich drücke ab.

Sein Gesicht explodiert in Blut- und Knochenstücke. Es ist wie ein hyperrealistisches Videospiel, komplett mit Geruch, Geschmack und Surround-Sound. Fasziniert lasse ich die Waffe fallen und greife zu, um zu sehen, ob es sich wirklich so anfühlt wie …

»Sara.« Peters angespannte Stimme erreicht mich wie durch Wasser. »Sieh mich an.«

Blinzelnd konzentriere ich mich auf seinen ausgestreckten Körper, und etwas von meiner Taubheit löst sich auf, als ich die Menge an Blut sehe, die sich an seiner Seite sammelt.

Er ist verletzt.

Stark.

Eine Welle des Entsetzens verdrängt den verbleibenden Dunst aus meinem Gehirn, und ich sinke auf die Knie und ziehe verzweifelt an seinem Hemd. Ich muss den Blutfluss stoppen, um zu sehen, ob die Kugel …

»Ptichka, hör auf.« Er ergreift mein Handgelenk mit erstaunlicher Kraft, und seine Augen bohren sich in meine. »Wir haben keine Zeit. Du musst mir die Waffe geben. Leg sie in meine Hand. Du hast das nicht getan, verstehst du? Und dann musst du weggehen. Geh so weit weg von mir, wie …«

»Nein.« Ich drehe mich aus seinem Griff. »Ich verlasse dich nicht.«

Er braucht ein Krankenhaus, aber es besteht keine Chance, dass die Beamten ihn nach diesem Massaker dort hinbringen. Sie werden ihn auf der Stelle töten, weil er so viele von ihnen getötet hat.

Unschuldig oder schuldig, es wird ihnen egal sein.

»Ptichka, du musst …«

»Steh auf.« Ich springe auf meine Füße, greife nach

seinem unverletzten Arm und ziehe mit aller Kraft daran. »Wir müssen gehen, sofort.«

Ich darf ihn nicht verlieren.

Ich werde ihn nicht verlieren.

Peter verzerrt sein Gesicht zu einer Grimasse, als er versucht, sich aufzurichten, und es nicht schafft. »Mein Liebling, du musst …«

»Jetzt!«, rufe ich, während ich an seinem Arm ziehe, und etwas an meinem Tonfall scheint ihn aufzurütteln.

Mit zusammengebissenen Zähnen kämpft er sich in eine sitzende Position, und ich hocke mich hin, um meinen Arm um seinen Oberkörper zu legen. Er ist unglaublich schwer, sein großer Körper ein harter, fester Muskel. Mein Rücken und meine Beine schreien aus Protest, aber ich schaffe es irgendwie, aufzustehen und den größten Teil seines Gewichts zu tragen.

»Das Auto«, sagt er heiser. »Wir müssen zum Auto.«

Das Auto.

Genau draußen am Straßenrand.

Wir können es schaffen.

Wir müssen es tun.

Ich gehe einen Schritt zur Tür, und plötzlich ist das meiste von Peters Gewicht weg. Als ich hinüberblicke, sehe ich, dass er irgendwie allein steht, obwohl sein Gesicht durch das Blut und den Schmutz grau ist.

»Das Auto. Komm schon«, dränge ich ihn, als wir nach draußen gehen. »Wir haben es fast geschafft. Nur noch ein kleines Stück.«

In der Ferne höre ich das Heulen von Sirenen und das Brüllen eines weiteren Hubschraubers.

Sie sind hinter uns her.

Sie kommen, um mir Peter wegzunehmen, genau wie sie mir meine Eltern genommen haben.

»Die Schlüssel. Sie sind in meiner Hosentasche«, sagt Peter heiser, und ich danke dem Himmel, als ich mich daran erinnere, dass die Schlüssel nur in der Nähe sein müssen, um unseren schicken Mercedes zu entsperren und zu starten.

Ich öffne die Beifahrertür, schiebe Peter hinein und springe dann auf die Fahrerseite. Mein Herz schlägt in einem übelkeitserregenden Rhythmus, und meine Hände zittern, als ich das Auto starte, auf die Straße fahre und auf das Gas trete.

»Wohin soll ich fahren?«, frage ich verzweifelt, als wir um die Ecke auf die Hauptstraße schießen. Die Geräusche des Hubschraubers und der Sirenen werden lauter, und es ist nur eine Frage der Zeit, bis sie bemerken, dass wir weg sind, und uns verfolgen.

Keine Antwort.

Ich riskiere einen Blick auf Peter. Er ist halb in seinem Sitz zusammengesackt, sein Gesicht ist farblos und seine Augen sind geschlossen, während er einen Haufen blutgetränkter Papiertücher an seine Seite hält.

Oh nein. Bitte nicht.

»Peter.« Ich rüttele an seinem Knie.

Immer noch nichts.

»Peter, bitte. Du musst mir sagen, wohin ich fahren soll.«

Er stöhnt, als ich ihn fester schüttele und seine trüben Augen sich öffnen. »Hütte in der Nähe von Horicon Marsh. Auf der I-294 in Richtung 94 fahren, dann 41 und 33 nehmen, rechts in Richtung Palmatory abbiegen und vier Meilen weiter. Schotterweg auf der linken Seite.«

Gott sei Dank.

Ich biege scharf rechts ab in Richtung Autobahn und trete das Gaspedal durch, als er wieder das Bewusstsein verliert. Er verliert zu viel Blut, aber ich kann nichts tun, bis ich ihn in Sicherheit gebracht habe.

Er ist so gut wie tot, wenn sie uns erwischen.

Mein Verstand dreht sich wie ein Kreisel auf Steroiden, als ich den Highway entlangrase. Ich kann nicht an meine Eltern oder die Ungeheuerlichkeit dessen denken, was gerade passiert ist, also konzentriere ich mich auf das Warum.

Warum sind sie zu ihm gekommen?

Warum hat jemand den Beamten erschossen, als Peter sich ergeben hat?

Ich habe meinem Mann geglaubt, als er mir gesagt hat, dass er nichts mit dem Angriff auf das FBI zu tun hat, aber ist es möglich, dass er mich angelogen hat? Wären sie gekommen, um ihn zu verhaften, wenn es keine Beweise gäbe, die ihn mit dem Bombenanschlag in Verbindung bringen?

Die Logik sagt nein, aber ich kann mich nicht dazu bringen, es zu glauben. Peter hat schreckliche Dinge getan, aber er ist kein Terrorist.

Abgesehen von der moralischen Seite tötet er mit Präzision und Diskretion.

Also warum? Warum sollten sie denken, dass er etwas damit zu tun hat? Und wer hat auf den Beamten geschossen? War jemand aus Peters Crew so dumm? Wenn ja, warum haben sie uns nicht geholfen?

Wenn sie bereit wären, einen SWAT-Beamten zu töten, warum sollte Peter den Rest von ihnen allein bekämpfen?

Nichts davon ergibt irgendeinen Sinn, aber darüber nachzudenken hält mich davon ab, am Steuer zu hyperventilieren. Ich kann nicht über unsere unendlich geringen Überlebenschancen nachdenken, oder daran, dass Peter verbluten könnte.

Oder dass das winzige Leben in mir jetzt zwei Eltern auf der Flucht hat.

»Langsamer.« Peters heiseres Flüstern erreicht mich, als ich einen Toyota mit 130 km/h auf der Überholspur fahre. »Fall nicht wegen zu schnellem Fahren auf. Wo ist dein Handy?«

Mein Puls springt vor Freude, als ich meinen Fuß vom Gas nehme.

Reden ist gut.

Reden ist sehr gut.

»Kein Telefon«, antworte ich, und ein Teil meiner Erleichterung verschwindet, als ich zu ihm hinüberblicke und sehe, dass er zwar bei Bewusstsein, aber noch blasser ist. »Meine Tasche ist noch im Haus meiner …«

»Gut. Das bedeutet, dass sie uns nicht darüber verfolgen können.«

Scheiße. Das ist mir gar nicht in den Sinn gekommen.

»Was ist mit deinem Handy?«

Er grinst und bewegt sich auf seinem Sitz, als er sich mehr Papiertücher von der Rolle nimmt, die in dem Fach an seiner Tür steckt. »Nicht zurückverfolgbar.«

»Okay.« Mein Verstand rast. »Was noch? Sollen wir das Auto wechseln? Gibt es jemanden, den wir um Hilfe bitten können? Deine Leibwächter? Können sie …«

»Nein.« Er schließt wieder die Augen und drückt die frischen Tücher gegen seine Seite. »Zu gefährlich für sie. Sie werden sich nicht mit dem FBI anlegen.«

Okay. Das ergibt Sinn. Peters neue Crew besteht nicht aus Kriminellen; sie wird bezahlt, um uns vor den gefährlichen Menschen in Peters Vergangenheit zu schützen, und nicht, um uns zu helfen, den Behörden zu entkommen.

Was bedeutet, dass sie nicht hinter diesem Schuss stecken können.

»Peter …« Ich schaue hinüber, aber er ist wieder weggetreten und sein Kopf zur Seite gekippt.

Eis überzieht mein Innerstes. »Peter, wach auf. Du musst mir sagen, was ich als Nächstes tun soll.«

Keine Antwort, nur das hektische Schlagen des Pulses in meinen Ohren.

Ich greife hinüber, um sein Knie erneut zu

schütteln, aber er reagiert nicht, und ich sehe, dass er die Papierhandtücher nicht mehr festhält, weil seine Hand locker an seiner Seite herabhängt.

Mein Brustkorb fühlt sich an, als wäre er auf die Größe eines Kinderbrustkorbs geschrumpft, der alle Organe in mir zerquetscht.

Das kann nicht wahr sein.

Es kann nicht so enden.

»Peter.« Meine Stimme bricht. »Peter, bitte … Ich brauche dich. Das kannst du mir nicht antun.«

Er kann nicht sterben und mich im Stich lassen. Nicht, nachdem er so hart für uns gekämpft hat.

Nicht, nachdem er mich dazu gebracht hat, ihn zu lieben.

»Wach auf, Peter.« Ich schüttele sein Knie fester. »Bitte wach auf.«

Aber das tut er nicht.

Er ist zu stark verletzt.

ara

Iᴄʜ ʜᴀʙᴇ ᴅᴀs Gᴇꜰüʜʟ, ᴅᴀss ᴅɪᴇ Aᴜᴛᴏᴡäɴᴅᴇ sɪᴄʜ ᴜᴍ mich zusammenziehen, als ich sein Handgelenk ergreife und nach einem Puls suche.

Er ist da.

Schwach und unregelmäßig, aber da.

Ein erleichterter Schluchzer entweicht mir, und die Straße vor mir verschwimmt.

Er ist noch am Leben.

Er ist ohnmächtig, aber am Leben.

Mit übermenschlicher Anstrengung reiße ich mich zusammen. Ich kann nicht zusammenbrechen, nicht, solange es noch einen Funken Hoffnung gibt.

Das Wichtigste zuerst. Ich muss Peters Wunden behandeln. Das kann nicht mehr länger warten. Dann das Auto. Ich nehme an, dass sie danach suchen, und es nur eine Frage der Zeit ist, bis wir auf der Straße gesehen werden. Das bedeutet, dass ich uns ein anderes Fahrzeug suchen muss.

Die Frage ist, wie.

Wenn Peter bei Bewusstsein wäre, könnte er wahrscheinlich eines für uns stehlen, aber ich allein weiß nicht, wie. Ich muss mir eine andere Lösung ausdenken, etwas, was uns nicht zu sehr aufhält.

Ein Ausfahrtsschild erscheint vor uns, und ich bemerke, dass wir fast am Advocate Lutheran Hospital sind.

Mein Herz setzt einen Schlag aus und rast dann schneller. Vielleicht sollte ich ihn dort hinbringen. Genau jetzt, bevor die Behörden wissen, dass wir hier sind.

Bevor weitere SWAT-Beamten auftauchen und ihn erschießen, weil er so viele ihrer Leute getötet hat, während er sich selbst verteidigte.

Sie müssten ihn in der Notaufnahme behandeln, wenn ich ihn hineinbringen würde. Sie müssten ihn retten. Und wenn die Polizisten kommen, werden sie ihn nicht töten können, wenn all diese Zeugen dort sind. Sie müssen ihn sich erholen lassen, bevor sie ihn wegbringen.

Bevor er für den Rest seines Lebens in Guantanamo oder einem anderen dunklen Loch eingesperrt wird.

Selbst wenn er der Bombardierung für unschuldig befunden würde, würden sie ihn nie herauslassen – und früher oder später würden sie ihre Rache nehmen.

Wenn ich Peter dort hinbringe, werde ich ihn nie wieder sehen. Aber wenn ich es nicht tue, wird er verbluten.

Selbst jetzt ist es vielleicht schon zu spät. Ich könnte ihn verlieren, so wie ich gerade meine Eltern verloren habe.

Ich schlucke die Angst, die mich zu ersticken droht, hinunter, wechsele auf die Ausfahrtsspur und fahre von der Autobahn ab in Richtung Krankenhaus. Als ich dort ankomme, finde ich einen Parkplatz unter einem Baum, zwischen einem SUV und einem Van.

»Wir sollten hier gut versteckt sein.« Meine Stimme zittert, als ich mich an Peter wende. »Jetzt werde ich mir deine Wunden ansehen, okay?«

Er antwortet nicht, aber ich hatte auch nicht erwartet, dass er das tut.

Ich greife über seinen Schoß und senke seinen Sitz in eine Liegeposition. Dann ziehe ich sein Hemd hoch und untersuche die Schusswunde an seiner Seite.

Es gibt ein Austrittsloch, und angesichts der Lage der Wunde besteht eine gute Chance, dass die Kugel keine wichtigen Organe erwischt hat. Wenn ich die Wunde desinfizieren und die Blutung stoppen kann, schafft er es vielleicht ohne Krankenhaus.

Ich halte den Atem an und untersuche schnell den Rest von ihm. Ich finde eine Waffe, die an seinem linken Knöchel befestigt ist, aber sie ist keine Verletzung, also ignoriere ich sie. Dann entdecke ich, dass eine Kugel seinen linken Arm gestreift hat und eine andere durch seine rechte Wade gegangen ist.

Beide Wunden bluten noch, scheinen aber nicht lebensbedrohlich zu sein.

Ich atme aus und zittere, während ich erleichtert seine schlaffe Hand drücke.

Ich weiß jetzt, was zu tun ist.

Ich brauche nur ein wenig Glück.

Ich beuge mich über ihn und glätte sein blutverkrustetes Haar. »Halte durch, mein Liebling, bitte. Ich bin gleich wieder da, versprochen. Halte einfach für mich durch.«

Ich kann das schaffen.

Ich muss das schaffen.

Ich ziehe mich zurück, setze mich gerade hin und drehe den Spiegel um, um mich selbst anzusehen. Ich sehe wie erwartet genauso mitgenommen aus wie Peter. Mein Gesicht ist blass und tränenüberströmt, und ich habe Blut auf meiner Haut und Kleidung.

Gut, dass die Mitarbeiter in der Notaufnahme schon Schlimmeres gesehen haben.

»Ich bin in ein paar Minuten zurück«, flüstere ich und drücke seine Hand ein letztes Mal, bevor ich aus dem Auto springe und über den Parkplatz zum Eingang der Notaufnahme laufe.

Niemand schenkt mir Aufmerksamkeit, als ich hereinkomme, und ich halte meinen Kopf nach unten gebeugt und mein Gesicht von den Kameras in den Ecken weg. Soweit ich weiß, ist mein Bild noch nicht in den Nachrichten, aber es ist am besten, jetzt nichts zu riskieren.

Im Inneren bietet sich mir der übliche Anblick

einer Notaufnahme. Mehrere Neuankömmlinge beschweren sich bei der aufnehmenden Krankenschwester und verlangen, dass sie *jetzt sofort* einen Arzt sehen wollen, während ein halbes Dutzend Schwestern und Ärzte um zwei Patienten auf Tragen stehen, von denen der eine wegen seines blutigen Beines schreit und der andere anscheinend einen schlimmeren Anfall hat.

Am Ende des Raumes befindet sich eine Tür nur für Mitarbeiter. Die Krankenschwestern fahren den schreienden Patienten dorthin, und ich folge ihnen hinein und tue so, als gehörte ich zu ihm. Eine Krankenschwester versucht, mich wegzuschicken, aber jemand ruft nach ihr, und sie verschwindet den Flur hinunter und vergisst mich.

Ich folge der Trage, ohne dass mich jemand anderes bemerkt, und als wir an einem Vorratsraum vorbeikommen, gehe ich hinein und schließe die Tür hinter mir.

Hinten im Raum befinden sich gefaltete Kittel, Bettwäsche, Verbände, Medikamentenproben und Erste-Hilfe-Material. Ich schlüpfe schnell aus meiner Kleidung und in den Kittel einer Krankenschwester, wische mir mit einem Kissenbezug so viel Blut wie möglich vom Gesicht und stopfe alles, was ich für nützlich halte, in eine Tasche, die ich aus einem Laken bastele. Dann bedecke ich meine Beute mit noch mehr gebündelter Bettwäsche und mache mich auf den Weg nach draußen, wobei ich so tue, als würde ich schmutzige Laken zum Waschen tragen.

Niemand sagt etwas, als ich den Empfangsbereich der Notaufnahme wieder betrete und zum Ausgang gehe, während ich sicherstelle, dass das Bündel in meinen Armen mein Gesicht vor den in den Ecken blinkenden Kameras verdeckt.

Als ich beim Auto ankomme, ist Peter immer noch bewusstlos.

»Alles wird gut, ich bin wieder da«, sage ich, als ich das Vorratsbündel neben seinen Füßen ablege. »Alles wird gut werden.«

Er kann mich nicht hören, aber das spielt keine Rolle.

Zumindest versuche ich, mir das einzureden.

Er ist zu schwer für mich, als dass ich ihn richtig ausziehen könnte, also schiebe ich seinen Ärmel hoch und schneide das Bein seiner Jeans auf, um an die Wunden zu kommen. Zu meinen gestohlenen Vorräten gehören milde Seife und eine Kochsalzlösung, und ich mische sie mit Wasser, um das Blut und den Schmutz in der Nähe seiner Wunden wegzuwaschen. Im Gegensatz zur gängigen Meinung ist es keine gute Idee, starke Antiseptika zu verwenden, um Wunden zu reinigen; Alkohol und dergleichen können das Gewebe schädigen und den Heilungsprozess verlangsamen.

Als ich davon überzeugt bin, dass die Wunden ausreichend sauber und keine Kugelfragmente mehr im Inneren vorhanden sind, nähe und verbinde ich sie, wobei ich mit der Wunde an seiner Seite beginne. Während ich arbeite, danke ich meinem Schicksal für meine Schichten in der Notaufnahme und all den Schussopfern, die ich dort behandelt habe.

Trotzdem zittern meine Hände, als ich fertig bin, und ich merke, dass mein Adrenalinspiegel zu sinken beginnt.

Das ist nicht gut.

Es gibt noch eine Menge zu erledigen, bevor ich zusammenbrechen kann.

»Ich muss nochmal für ein paar Minuten weg, okay? Also halt einfach für mich durch, mein Liebling«, flüstere ich und streichele Peters Gesicht. Ich beuge mich nach vorne und drücke einen sanften Kuss auf seinen harten Kiefer, bevor ich mich zurückziehe und mir sage, dass alles, was ich jetzt brauche, ein wenig Glück ist.

Ein bisschen Glück und viel Mut.

Meine Beine zittern, als ich wieder in Richtung Notaufnahme gehe. Das ist der unsicherste Teil meines Plans, der von zu vielen äußeren Faktoren abhängt. Inzwischen könnten unsere Gesichter in allen Nachrichten sein, während die Menschenjagd auf Hochtouren läuft. Alles, was man dafür braucht, ist ein neugieriger Fremder, und ein Schwarm von Polizei- und FBI-Beamten wird über uns hereinbrechen.

Vielleicht ist das ein Fehler.

Vielleicht sollte ich einfach wieder ins Auto steigen und fahren und beten, dass durch ein Wunder niemand eine Suchmeldung für unser Fahrzeug herausgegeben hat.

Ich bin dabei, umzukehren und genau das zu tun,

als ein älterer blauer Toyota auf den Parkplatz schießt und direkt vor dem Eingang hält. »Hilfe!«, ruft eine ältere Frau, während sie die Tür öffnet, und ich eile zu ihr hinüber, um ihr zu helfen, ihren halb bewusstlosen Mann herauszuholen.

So wie er aussieht, hatte er gerade einen Schlaganfall.

Zwei Krankenschwestern laufen aus der Notaufnahme, um zu helfen, und ich gehe unauffällig zurück und lasse sie den Patienten und seine hektische Frau hineinführen. Das Auto bleibt unbeaufsichtigt, die Fahrertür ist geöffnet, und als ich hineinschaue, sehe ich, dass die Schlüssel stecken.

Bingo.

Das Personal der Notaufnahme schickt in solchen Situationen in der Regel jemanden, um sich um das Fahrzeug zu kümmern, aber wenn derjenige herauskommt und es weg ist, wird er höchstwahrscheinlich annehmen, dass es bereits von jemandem weggefahren wurde.

Es wird ihnen nicht in den Sinn kommen, das Auto als gestohlen zu melden, bis die Frau des Patienten zurückkehrt und es nicht finden kann.

Ich fühle mich schrecklich, als ich hinter dem Steuer Platz nehme und den Toyota in Richtung unseres Autos fahre. Ich kann mir gut vorstellen, wie gestresst die arme Frau sein wird, wenn sie zusätzlich zum Schlaganfall ihres Mannes mit einem gestohlenen Auto konfrontiert sein wird. Aber ich habe keine Wahl – nicht, wenn es um Peters Leben geht.

Ich parke den Toyota direkt gegenüber unserem Mercedes, springe heraus und eile hinüber. Ich öffne die Beifahrertür, schaue auf meinen Mann und frage mich, wie ich zweihundert Pfund bewusstlosen Peter von einem Auto zum anderen bewegen soll.

Nun ja, ich habe keine andere Wahl.

Ich packe seine Knöchel und ziehe mit aller Kraft an ihnen.

Er bewegt sich einen Zentimeter. Vielleicht.

Verdammt.

Ich lege mein ganzes Gewicht hinein und grabe meine Absätze in den Asphalt.

Weitere drei Zentimeter.

Vielleicht sollte ich diese dumme Idee vergessen und einfach mit unserem Auto fahren. Die Frau des Schlaganfallopfers wird glücklich sein, wenn sie ihren Toyota auf dem Parkplatz findet und ...

Mein Mann gibt ein leises Stöhnen von sich.

Mein Puls kommt auf Hochtouren. »Peter.« Ich klettere in das Auto und beuge mich über ihn. »Peter, mein Liebling, bitte wach auf.«

Er murmelt etwas Unverständliches, und sein Kopf kippt zur Seite.

»Bitte, ich brauche dich.« Ich schüttele ihn sanft. »Bitte, wach auf.«

Seine Augen öffnen sich unfokussiert.

»Genau so, mein Liebling.« Mein Atem stockt vor Erleichterung. »Du kannst es schaffen. Sieh mich an.«

Er blinzelt, und sein Blick konzentriert sich langsam auf mich. »Sara? Was ...?«

»Wir sind auf einem Krankenhausparkplatz«, sage ich schnell. »Ich habe uns ein Auto besorgt, aber ich kann dich ohne deine Hilfe nicht bewegen. Kannst du für mich da rübergehen?«

Sein Kiefer spannt sich an, aber er nickt.

»Gut, los geht's. Komm schon.« Ich bewege den Sitz in eine sitzende Position und helfe ihm aus dem Auto. Er ist unsicher auf den Beinen, lehnt sich schwer auf meine Schultern, aber irgendwie schaffen wir es zu dem anderen Auto.

Sein Gesicht ist grünlich-weiß, als ich ihm hineinhelfe, aber er klammert sich mit jedem Hauch seines eisernen Willens an sein Bewusstsein. »Die Waffen«, krächzt er, während er sich schwer auf den Beifahrersitz fallen lässt. »Unter dem Rücksitz. Hol sie.«

Wir haben Waffen?

Ich bin nicht annähernd so überrascht, wie ich es sein sollte.

Als ich Peter im Toyota zurücklasse, springe ich zurück und versuche, den Rücksitz des Mercedes anzuheben. Das ist nicht besonders einfach, aber schließlich bekomme ich es hin – und starre auf das Arsenal im Inneren.

Neben Pistolen und Sturmgewehren gibt es Granaten und etwas, was wie ein Raketenwerfer aussieht.

Ich kann das unmöglich alles über die Parkplatzreihe tragen, ohne dass mich jemand entdeckt und Alarm schlägt.

Dann habe ich eine Idee.

Ich schnappe mir die Erste-Hilfe-Vorräte, laufe zurück, lege sie auf den Rücksitz des Toyotas und ziehe dann die Laken unter ihnen hervor, um damit zum Mercedes zurückzueilen. Die Waffen sind schwer, also muss ich dreimal gehen, aber ich bringe alles in Laken verpackt in den Toyota.

»Alles erledigt«, sage ich zu Peter, während ich hinter das Steuer rutsche und vor der Anstrengung keuche, aber er antwortet nicht.

Er ist wieder ohnmächtig geworden.

Ich beuge mich hinüber und stelle seine Lehne nach unten, damit er sich ausruhen kann und durch die Fenster nicht gesehen wird.

Dann atme ich tief durch und fahre vom Parkplatz in Richtung Hütte.

ara

ICH ERINNERE MICH AN PETERS WARNUNG ÜBER DIE Geschwindigkeit, also fahre ich vorsichtig und befolge jede Verkehrsregel und jedes Tempolimit. Peters Telefon ist gesperrt, und ich kann ihn nicht wecken, also benutze ich eine Kombination aus Verkehrsschildern und meine eigenen vagen Kenntnisse über die Gegend, um uns auf den von ihm erwähnten Feldweg zu manövrieren.

Ich denke nicht an meine Eltern oder den Mann, den ich so rücksichtslos getötet habe. Ich kann nicht – nicht, solange ich durchhalten muss. Stattdessen konzentriere ich mich darauf, uns ohne Pausen an unser Ziel zu bringen. Als wir in den Wald biegen, steht meine Blase kurz vor dem Platzen, also fahre ich an den Rand und stelle mich hinter einen Baum. Die ältere Dame hat eine kleine Flasche Handdesinfektionsmittel im Auto, und ich benutze es, bevor ich weiterfahre, während ich versuche, nicht daran zu denken, was passieren wird, wenn wir erst einmal in der Hütte sind.

Trotz meiner Bemühungen wirbeln mir gefährliche Fragen im Kopf herum.

Was werden wir tun, wenn Peters Wunden sich entzünden?

Wird es in der Hütte Essen und Trinken geben?

Und die schlimmste von allen: wie lange können wir dort bleiben, bis wir gefunden werden?

Weil sie uns finden werden. Ich kann mir nicht vormachen, etwas anderes zu glauben. Wir hatten bisher Glück, aber wir sind dem FBI nicht gewachsen. Oder zumindest bin *ich* kein Gegner. Peter hatte es seit Jahren mit Hilfe seiner Unterweltverbindungen geschafft, die Gefangennahme zu vermeiden.

Ich habe es noch nie bereut, dass ich keine Kriminellen in meinem sozialen Umfeld hatte, aber jetzt tue ich es. Keiner meiner Freunde oder Bekannten kann uns helfen – nicht ohne selbst in Schwierigkeiten mit dem Gesetz zu geraten. Abgesehen von meinem Mann sind die einzigen Leute mit den richtigen Fähigkeiten und Kontakten, die ich kenne, seine ehemaligen russischen Teamkollegen, und sie sind nicht einmal ansatzweise in der Nähe …

Moment mal.

Ich habe Yans E-Mail-Adresse.

Er hat mir zu unserer Hochzeit gratuliert.

Mein Puls rast, und die Aufregung brodelt durch meine Adern, bevor ich mich an eine wichtige Tatsache erinnere.

Ich habe keine andere Möglichkeit, eine E-Mail zu senden, als Peters Telefon zu benutzen, aber dafür muss Peter zu Bewusstsein kommen, um es zu entsperren.

Ich blicke zu ihm hinüber, und meine Brust zieht sich bei der grauen Blässe seines Gesichts zusammen. Er sollte in einem Krankenhaus sein, mit einer Infusion mit Antibiotika und Flüssigkeiten, ohne auf einer mit Schlaglöchern übersäten Straße herumgerüttelt zu werden.

Wenn er stirbt, wird es meine Schuld sein.

Weil ich ihn vor den Behörden verstecken wollte, anstatt ihn ins Krankenhaus zu bringen.

Ein Schild »Privateigentum« taucht vor uns auf, vor einem großen, umzäunten Grundstück mit einem hölzernen Tor, das die Zufahrt blockiert. Das muss unser Ziel sein, es sei denn, ich bin irgendwo falsch abgebogen.

Ich halte das Auto an und steige aus, um das Tor zu öffnen. Aber eine Kette mit einem Schloss hindert mich daran. Ich ziehe an dem rostigen Schloss und will nicht glauben, dass wir nach allem, was wir durchgemacht haben, an etwas so Dummem scheitern könnten.

Während ich versuche, meine Frustration in den Griff zu bekommen, gehe ich zum Auto zurück und versuche, Peter wachzurütteln. Vielleicht hat er den Schlüssel irgendwo versteckt bei sich.

Er reagiert nicht, egal wie sehr ich ihn anflehe und bettele, und als ich seine Stirn fühle, ist sie heiß und feucht.

Mein Magen zieht sich schmerzhaft zusammen.

Ein so frühes Fieber verheißt nichts Gutes.

Mit zitternden Händen suche ich ihn überall ab und hoffe gegen alle Vernunft, dass er einen Schlüssel in einer der Taschen versteckt hat. Aber es gibt nichts anderes als sein Handy und die Waffe, die an seinem Knöchel befestigt ist.

Erschöpft sinke ich neben der Beifahrerseite des Autos auf den Boden.

Es ist hoffnungslos.

Ich weiß nicht, wie man das macht.

Was habe ich mir dabei gedacht, zu flüchten? Peter ist derjenige mit dem Wissen und den Fähigkeiten, nicht ich. Ich komme nicht einmal durch ein dummes Tor. Wenn er an meiner Stelle wäre, würde er wahrscheinlich das Schloss knacken oder es abschießen oder in die Luft jagen oder …

Natürlich, das ist es.

Ich muss über meinen geradlinigen und engen Horizont hinausdenken.

Ich springe hoch, kontrolliere Peters Sicherheitsgurt und sprinte zurück zum Fahrersitz.

Ich rutsche hinter das Lenkrad, fahre das Auto zurück, bis wir etwa fünfzig Meter vom Tor entfernt sind, und dann trete ich das Gaspedal durch.

Der Toyota springt nach vorne.

Wir treffen mit 100 km/h auf das Tor und schlagen das alte Holz aus den Angeln.

Ein Stück vom Tor zerstört die Windschutzscheibe, als es auf ihr aufschlägt, aber keiner der Airbags wird aktiviert, und ich trete auf die Bremse und grinse triumphierend, als wir mit einer gemäßigteren Geschwindigkeit die Straße hinunterfahren.

Sara 1, dummes Tor 0.

Ich schaue hinüber, um nach Peter zu sehen, und meine Freude verblasst, als ich einen frischen Blutfleck sehe, der sich an seiner Seite über sein Hemd ausbreitet.

Seine Nähte müssen gerissen sein, entweder durch den Aufprall auf das Tor oder generell durch die raue Fahrt.

Ich muss uns in diese Hütte bringen, damit ich ihn sofort behandeln kann.

Die Fahrt dorthin scheint ewig zu dauern, obwohl ich realistisch gesehen weiß, dass es nicht viel mehr als ein Kilometer sein kann.

Endlich sehe ich sie.

Eine Holzhütte, umgeben von Bäumen.

Ich zittere vor Erleichterung, halte vor der Tür und laufe zur Hütte.

Überraschung, Überraschung.

Die Vordertür ist verriegelt.

Aber diesmal bin ich vorbereitet. Ich schnappe mir einen großen Stein, gehe zu einem Fenster und schlage ihn, so fest ich kann, dagegen. Die Fensterscheibe zerbricht, überall fliegen Glasscherben herum, und ich benutze den Stein, um die schärfsten Kanten des restlichen Glases zu entfernen. Dann klettere ich hinein und ignoriere das Blut, das über meine Arme tropft.

Ich werde mich später um meine eigenen Verletzungen kümmern. Im Moment hat Peter Priorität.

Ich gehe zur Vordertür, schließe sie auf, und während ich hinausgehe, zermartere ich mir das Gehirn darüber, wie ich ihn hineinbringen soll. Es wäre erstaunlich, wenn er noch einmal aufwachen und diese unmögliche Willenskraft nutzen würde, um tatsächlich selbst hinüberzugehen, aber seinen fehlenden Reaktionen nach zu urteilen, rechne ich nicht damit. Vielleicht kann ich ihn auf das Laken rollen und dann das hineinziehen, oder …

Mein Blick fällt auf eine alte Schubkarre. Sie lehnt neben einer rostigen Axt an dem Haus.

Sie muss da stehen, um gehacktes Holz zu transportieren.

Ich gehe hinüber, nehme die Griffe in die Hand und teste dann die Schubkarre, indem ich sie hin- und herrolle. Die Räder knarren, scheinen aber zu funktionieren.

Ich schiebe sie zum Auto und drehe sie so, dass die Griffe in der offenen Tür auf dem Boden aufliegen. Dann packe ich Peters Knöchel, grabe meine Absätze in den Boden und ziehe mit aller Kraft.

Er bewegt sich ein paar Zentimeter.

Ich knirsche mit den Zähnen und ziehe erneut.

Dann wieder.

Und noch einmal.

Als er halb über der Schubkarre hängt, gehe ich zur Fahrerseite, um ihn von dort aus weiterzuschieben, und mein Herz schmerzt, weil er vor Qualen stöhnt. »Nur noch ein bisschen, mein Liebling«, verspreche ich leise, und mit einem letzten Stoß schiebe ich ihn in die Schubkarre.

Der erste Schritt ist vollbracht.

Jetzt muss ich ihn ins Haus bringen und auf ein Bett legen.

 eter

MEINE WELT BESTEHT AUS FEUER UND SCHMERZEN, vermischt mit einer sanften Stimme und beruhigenden Händen. Die Qualen sind beinahe unerträglich, aber wenn diese Stimme in meiner Nähe ist und diese kühlen, zarten Finger über meine kochende Stirn streicheln, kann ich alles vergessen.

Ich kann mich einfach auf sie konzentrieren.

Sara, mein Ptichka. Ich weiß sogar in den Tiefen meines Deliriums, dass sie es ist. Was auch immer mit mir passiert, sie ist da, berührt mich, spricht mit mir, flößt mir Wasser ein. Oft stellt sie mir Fragen, und ihre melodiöse Stimme klingt verzweifelt und flehend, aber ich kann ihr nicht antworten, kann nichts anderes tun, als meinen Kopf zu dieser Stimme zu drehen und den flüchtigen Trost genießen, den ihre Berührung spendet.

Nach einer Weile gibt sie auf, ihr Ton wird resigniert, und das gefällt mir, wenn auch nicht so sehr wie wenn sie mir beruhigende Worte flüstert und ihre Stimme so weich und sanft ist wie die Küsse, die sie auf meine aufgeplatzten und brennenden Lippen drückt.

Sie geben mir ein gutes Gefühl, diese Küsse – zumindest bis ich in der Dunkelheit versinke, und die Dämonen kommen, ihre Tentakel um meine Brust wickeln und ihre glühenden Schürhaken in mich bohren. Meine Seite, mein Arm, meine Wade – sie fallen erbarmungslos über mich her und verbrennen mein Fleisch bis auf die Knochen.

Pascha ist auch da, sein halber Schädel fehlt, und sein Gehirn schaut grotesk unter den glänzenden Wellen seines dunklen Haares hervor. »Papa!«, ruft er, hüpft auf mir herum, treibt die heißen Schürhaken tiefer hinein und bohrt sie bis ins Herz.

»Bitte, Peter, bleib bei mir«, fleht Saras Stimme, und ich halte mich an ihr fest, bekämpfe die Dämonen in der Dunkelheit, kämpfe gegen ihren Griff.

Weitere Küsse kommen. Ihre Lippen sind kühl und nass, seltsam salzig. Wie Tränen. All diese Tränen, die sie meinetwegen vergossen hat. Aber warum weint sie schon wieder? Das will ich nicht. Ich möchte in ihre Fürsorge eintauchen und ihre Liebe genießen, nicht ihre Tränen. Sie hatte gegen mich gekämpft, aber jetzt gehört sie mir. Ich muss mich um sie kümmern und sie beschützen. Aber ich kann nichts anderes tun, als zu verbrennen, weil das Feuer mich verschlingt, mich verzehrt, meinen Verstand mit dem Schmerz ausschaltet.

»Bitte, mein Liebling. Sag mir das Passwort. Ich muss dein Handy entsperren.«

Die Worte sollten Sinn ergeben, aber das tun sie nicht, da die Laute von meinem Gehirn abprallen wie Sonnenlicht von einem See.

»Papa, willst du meinen Truck sehen?« Pascha ist zurück, um auf mir zu springen, und seine kleinen Füße sind wie eine Abrissbirne, die in meine Seite schlägt. »Willst du, Papa? Willst du?«

Ich öffne meinen Mund, um zu antworten, aber die dämonischen Tentakel umschlingen meinen Hals und würgen mich mit einem Lasso aus Feuer.

»Bitte, mein Liebling ...« Zarte Hände gleiten über mein Gesicht und meinen Hals und kühlen die Verbrennung im Inneren. »Bitte, du musst mir das Passwort geben, damit ich Hilfe holen kann.«

»Papa. Papa. Spiel mit mir.«

»Das Passwort, Peter, bitte. Es ist unsere einzige Chance.«

»Geh nicht, Papa.«

»Bitte, Liebling. Ich brauche dich. *Unser Baby* braucht dich.«

»Bitte, Papa. Ich werde lieb sein. Ich verspreche es, Papa. Ich werde lieb sein.«

Die Qualen sind unerträglich. Es fühlt sich an, als würde ich zerbrechen, und die brennenden Tentakel verwandeln sich in Peitschenhiebe, während ich tiefer in die Dunkelheit falle.

»Bleib bei mir, Peter. Bitte, mein Liebling …« Die salzige Nässe ist wieder auf meinen Lippen, die Stimme zieht mich hoch und schützt mich vor den Dämonen. »Ich liebe dich, und ich kann das nicht ohne dich tun. Bitte … Ich kann nicht auch noch dich verlieren.«

Etwas tanzt auf meiner Zungenspitze, etwas Wichtiges, an das ich mich erinnern muss. Etwas, was mein Ptichka braucht.

Vier Zahlen schweben in meinem Bewusstsein nach oben, und ich ergreife sie mit Mühe.

Es ist ein Geburtstag.

Der Geburtstag von meinem Freund Andrey.

Wir haben ihn immer in diesem schrecklichen Lager gefeiert.

»Eins, fünf, null, sechs«, flüstere ich – oder ich versuche es. Meine Zunge will nicht gehorchen. Ich versuche es noch einmal, mit meiner letzten Kraft. »Adin pjat' nul' szest'. Ptichka, passvord den' rozhden'ye Andreya.«

ara

ZITTERND STEHE ICH AUF, ALS PETER IN FIEBRIGES Russisch verfällt und unbekannte Worte murmelt, die mit dem Namen seines Sohnes vermischt sind, wie er es schon seit Stunden tut. Trotz meiner Bemühungen verschlechtert sich sein Zustand rapide, und ich weiß, dass er es nicht schaffen wird, wenn ich keine stärkeren Antibiotika in seinen Körper bekomme.

Die Wirkung des Penizillins, das ich aus dem Krankenhaus gestohlen habe, ist begrenzt.

Die Holzwände um mich herum schwanken, als ich zum Waschbecken gehe und mit einem kühlen, nassen Handtuch zurückkehre – das Einzige, was ihm zu helfen scheint. Ich setze mich auf den Rand des Bettes, streiche es über sein Gesicht, seinen Hals und seine

Brust und wische den klebrigen Schweiß weg. Mein Arm zittert vor Erschöpfung, meine Augen brennen vor Tränen, aber ich höre nicht auf.

Ich kann nicht – nicht, solange es noch einen Funken Hoffnung gibt.

Mein ganzer Körper schmerzt, mein Rücken krampft von der Anstrengung, Peter von der Schubkarre auf dieses Bett zu ziehen. Es ist nach Mitternacht, und das Einzige, was ich gegessen habe, ist die einsame Dose Hühnernudelsuppe, die ich vor einer Stunde in einem Schrank gefunden habe. Ich habe versucht, ihn zu füttern, aber ich konnte ihn nur dazu bringen, zwei kleine Schlucke zu nehmen. Den Rest habe ich gegessen. Nicht für mich selbst, sondern für das Baby.

Peters Kind braucht die Nährstoffe.

Die Suppe war nicht sehr kalorienreich, aber sie hat mir ein wenig Energie gegeben – genug, um wieder zu versuchen, Peter zu überreden, mir das Passwort zu geben.

Ich scheitere, wie schon die vorherigen zwanzig Male, aber Peter scheint mich bei diesem Versuch zumindest zu verstehen. Er murmelt »Ptichka« und sagt etwas über ein Passwort mit einem starken russischen Akzent. Oder vielleicht hat er es sogar auf Russisch gesagt. Soweit ich weiß, ist es in beiden Sprachen dasselbe Wort.

Meine Sicht verschwimmt wieder vor Tränen. Es war ein Fehler, hierherzukommen. Ich hätte dieses Risiko nicht eingehen sollen. Selbst in einem sterilen

Krankenhaus sind Schusswunden anfällig für Komplikationen, und angesichts dessen, wie viel Blut Peter verloren hat und wo ich ihn behandeln musste, war eine Infektion fast unvermeidlich.

Wenn ich ihn ins Krankenhaus gebracht hätte, hätte er seine Freiheit verloren, aber er hätte vielleicht überlebt.

»Es tut mir leid«, flüstere ich und drücke meine Lippen an seine brennende Stirn. Sein Körper kämpft gegen die Infektion und tötet sich dabei selbst. »Es tut mir so leid. Alles.«

Und das tut es wirklich. Es tut mir leid, dass ich meine Liebe für ihn nicht früher zugegeben habe, dass ich seiner Liebe so lange widerstanden habe. Es schien mir damals wichtig zu sein, nicht meinen Gefühlen für Georges Mörder nachzugeben. Es schien moralisch korrekt zu sein. Aber jetzt sehe ich meinen Widerstand als das, was er war.

Feigheit.

Ich hatte Angst, mich in Peter zu verlieben, und hatte Angst, nachzugeben und ihn zu lieben. Ich hatte Angst, dass ich ihn verlieren würde, wenn ich ihn in mein Herz lassen würde.

So wie ich George an die Flasche verloren hatte.

So wie ich unweigerlich meine Eltern verlieren würde.

Weitere Tränen strömen über mein Gesicht und brennen an meinem Hals. Das ist eine Sorge, die ich nicht mehr haben muss.

Sie sind tot.

Das Schlimmste ist geschehen.

Ich kann immer noch nicht verstehen, was passiert ist, kann das Entsetzen, das ich gefühlt habe, als ich dabei zugesehen habe, wie Mamas Gehirn vor mir weggeblasen wurde, nicht verarbeiten – genauso wenig wie die Tatsache, dass ich selbst geschossen habe. Ich habe nicht gezögert, habe kein Bedauern gespürt, als ich den Beamten getötet habe, der meine Mutter erschossen hat – nur diese schreckliche Taubheit. Es ist, als hätte jemand meinen Körper erobert, jemand, der rücksichtslos und kalt ist … und mächtig.

Gott, ich habe mich so mächtig gefühlt.

Ist es dasselbe für Peter? Wenn er tötet, schaltet er dann den Teil von sich selbst aus, der ihn menschlich macht, und übernimmt dann diese Macht? Ich hatte mich immer gefragt, wie jemand mit einer so tiefen Fähigkeit zur Liebe und Fürsorge ohne Reue ein Leben nehmen konnte, aber ich verstehe es jetzt.

Unter der Oberfläche sind wir alle Monster. Einige von uns haben einfach nie die Chance, es zu entdecken.

Seine aufgeplatzten Lippen bewegen sich, und ich greife nach einer Schüssel Wasser. Ich tauche ein sauberes Handtuch ein, lasse die Flüssigkeit über seinen Mund laufen, tropfenweise, damit er nicht erstickt. Das Fieber, das durch seinen Körper fließt, dehydriert ihn, tötet ihn vor meinen Augen, und es gibt nichts, was ich tun kann.

Selbst wenn ich ihn ins Krankenhaus bringen wollte, würde er eine Rückfahrt auf diesem holprigen Feldweg nicht überleben – und ohne Zugang zu seinem Telefon kann ich von hier aus niemanden anrufen oder per E-Mail um Hilfe bitten. Ich kann auch nicht irgendwo hinfahren, um das zu tun.

Ich kann Peter nicht stundenlang allein lassen, wenn er so krank ist.

Er murmelt wieder, und sein Kopf schlägt aufgeregt von einer Seite zur anderen, während er einen Satz auf Russisch wiederholt. Es klingt wie das, was er vorher gesagt hat, als ich dachte, dass er mich vielleicht verstanden hat.

»Adin pjat' nul' szest'. Den' rozhden'ye Andreya, Ptichka.« Seine heisere Stimme ist kaum zu hören. »Adin pjat' nul' szest'.«

Ich beuge mich über ihn und drücke meine Stirn an seine. »Was bedeutet das, Liebling?«, flüstere ich und drücke meine Augen zu, um einen frischen Tränenstrom abzuhalten. »Was versuchst du mir zu sagen?«

Es ist etwas vage Vertrautes an diesem Satz, oder zumindest an den einzelnen Wörtern. Kenne ich sie? Ich muss mich daran erinnern, was mir Peters Teamkollegen in Japan beigebracht haben. *Spasibo* – das ist »Danke« auf Russisch. *Vkusno* – das bedeutet »köstlich«. Ilya sagte mir auch, wie man die Namen bestimmter Lebensmittel sagt, und Anton fing an, mir das Alphabet beizubringen und die Zahlen bis zehn.

Ich setze mich aufrecht hin, elektrisiert. Das ist es! Deshalb kommen mir einige dieser Wörter bekannt vor.

Das sind Zahlen auf Russisch.

»Peter, Liebling, ist das das Passwort?« Meine Stimme zittert, als ich mich wieder über ihn beuge und sein schweißgebadetes Haar glätte. »Sagst du gerade auf Russisch, wie ich dein Handy entsperren kann?«

Er scheint mich nicht zu hören, und seine Aufregung lässt nach, als er tiefer in der Bewusstlosigkeit versinkt. Mit einem beruhigenden Atemzug versuche ich, mich an die spezifischen Worte zu erinnern, die er gesagt hat, und daran, wie man auf Russisch bis zehn zählt. Es gibt einen fast musikalischen Rhythmus, wenn ich mich recht erinnere. *Adin, dwa, tri,* und so weiter …

Okay, dann. Also ist *Adin* eins, und ich bin mir ziemlich sicher, dass Peter das gesagt hat.

Es war das erste Wort vor etwas, was wie »Null« und »Tschest« klang.

Ich zerbreche mir den Kopf und versuche mich daran zu erinnern, wie Anton den Rest der Zahlen ausgesprochen hat. *Adin, dwa, tri* ... war es *Tschet*-nochwas? *Pet*-nochwas? …

Nein, fünf war *pjat'* – das ist es, was Peter als zweites Wort gesagt hat.

Ich versuche, meine Aufregung zu unterdrücken, aber mein Herz rast unkontrolliert. Ich kenne zwei der Zahlen immer noch nicht, aber ich kann eine Vermutung über eine von ihnen anstellen.

Einige russische Wörter sind ähnlich wie Englisch, was bedeutet, dass das, was wie »null« klingt, auch »null« bedeuten könnte.

Okay, dann. Eins, fünf, null, unbekannt, – das sind

drei von vier. Ich kann die unbekannte Nummer mit Gewalt erraten ... wenn sich Peters Telefon nicht nach zu vielen falschen Versuchen sperrt.

Ich springe hoch, schnappe mir das Telefon, und als ich anfange, die Null einzugeben, sehe ich alle zehn Zahlen vor mir.

Adin, dwa, tri, czetyrie, pjat', szest', siem', wosiem', dziewiat', dziesjat'.

Ich kann fast Antons Stimme hören, wie er sie mir vorsagt.

Ich halte den Atem an und gebe eins, fünf, null und sechs ein.

enderson

MEINE HAND SCHLÄGT AUS UND FEGT DIE Porzellanpferde aus dem Regal – Bonnies idiotische Sammlerstücke, die sie mit uns um die ganze Welt schleppt. Sie zerbrechen mit einem befriedigenden Knall, aber das reicht nicht aus, die in mir brennende Wut zu unterdrücken.

Noch nicht gefunden.

Die Worte auf meinem Computerbildschirm verspotten mich und fressen mich von innen heraus auf.

Die Fahndung läuft weiter, aber der Flüchtige ist noch nicht gefunden, heißt es in der E-Mail meines CIA-Kontaktes.

Wie zum Teufel ist das möglich?

Wie konnten sie nur entkommen?

Nach Angaben der SWAT-Beamten, die die Schießerei überlebt haben, war Sokolov mindestens zweimal angeschossen worden – und es gibt Aufnahmen, die zeigen, dass seine Frau einige Vorräte aus einem Krankenhaus gestohlen hat, also musste er zu schwer verletzt worden sein, um zu riskieren, dort anzuhalten. Doch von den beiden ist keine Spur zu finden – auch nicht von dem Auto, das sie im selben Krankenhaus gestohlen hat, obwohl die Polizei glaubt, dass sie es vielleicht bald aufspüren können.

Inkompetente Bastarde. Das war so nicht geplant. Sokolov hätte bei der Verhaftung getötet werden sollen.

Diese Scharfschützenschlampe, Mink, wurde gut bezahlt, um das zu gewährleisten.

Wenn Sokolov es aus dem Land schafft, ist es nur eine Frage der Zeit, bis er herausfindet, was passiert ist und mich und meine Familie verfolgt – und das kann ich nicht zulassen.

Er muss bei der Gefangennahme getötet werden, aber dafür muss er zuerst gefunden werden.

Ich rolle meinen Hals von Seite zu Seite, um die kneifenden Schmerzen zu lindern, und verfasse eine Antwortmail an meinen Kontakt.

Es ist an der Zeit, dass sie das Netz erweitern, indem sie Interpol und den Rest hinzuziehen.

ara

ICH GEHE AUF WACKELIGEN BEINEN DURCH DIE HÜTTE und schaue alle fünf Sekunden aus dem zerbrochenen Fenster. Draußen ist es stockdunkel, und die Stille wird nur durch die üblichen Waldgeräusche unterbrochen.

Trotzdem schaue ich mich weiter um und lausche, ob ich Polizeihubschrauber höre.

Es ist jetzt fast sechzehn Stunden her, seit ich das Auto aus dem Krankenhaus gestohlen habe. Inzwischen müsste sein Besitzer bemerkt haben, dass es fehlt und es bei der Polizei als gestohlen gemeldet haben. Wenn sie unseren Mercedes auf dem Parkplatz entdeckt haben – und ich wäre mehr als überrascht, wenn sie es nicht getan hätten –, müsste jetzt jeder

Polizeibeamte in der Gegend nach dem blauen Toyota und den Flüchtlingen darin suchen.

Es ist nur eine Frage der Zeit, bis sie unsere Hütte finden.

Wenn Yan nicht bald hierherkommt, wird alles umsonst gewesen sein.

Ich schaue mir das Telefon noch einmal an und lese seine E-Mail zum fünfzehnten Mal. Ich sollte die Batterie schonen, aber ich kann nicht anders. Die fünf Worte auf dem Bildschirm sind das Einzige, was mich am Leben hält.

Wir sind auf dem Weg.

Das ist alles, was Yan geantwortet hat, als ich ihm eine E-Mail geschickt habe, in der ich ihm unsere Situation erklärt und unseren Aufenthaltsort verraten habe. Er wusste genau, was gerade passiert war, denn er hat in weniger als einer Minute geantwortet.

Wir sind auf dem Weg. Das ist alles. Keine Einzelheiten, nicht einmal eine grobe Zeitspanne. Ich habe keine Ahnung, ob er in Minuten, Stunden oder Tagen hier sein wird.

Soweit ich weiß, sind es eher Wochen.

Es war eine weitere qualvolle Wahl gewesen, als ich das Telefon freigeschaltet hatte: Besser den Notruf anrufen, um Peter die medizinische Versorgung zu besorgen, die er so dringend braucht, oder Yan zu kontaktieren und den Wahnsinn mit der Flucht fortzusetzen. Am Ende bin ich meinem Instinkt gefolgt, und als ich den Browser des Telefons betrachtete, nachdem ich Yans Antwort erhalten hatte, war ich froh, dass ich mich dafür entschieden hatte.

Unsere Gesichter sind jetzt überall in den Nachrichten, sowohl meines als auch Peters. In allen Medien, egal ob klein oder groß, wird unser Leben online seziert, und die Artikel werden ständig mit neuen Details über unsere Hochzeit und Spekulationen über unsere Beziehung aktualisiert. In einigen werde ich als Opfer einer Gehirnwäsche dargestellt, in anderen bin ich von Anfang an mitschuldig. Wenn es um Peter geht, gibt es jedoch keine Unklarheiten.

In jeder Geschichte ist er der Bösewicht.

»Sie sagte mir, dass er ihren ersten Mann getötet hat«, wird Marsha in *der Chicago Tribune* zitiert. »Dass er sie gefoltert und verfolgt hat, bevor er sie entführte. Sie war monatelang weg, und als sie zurückkam, war sie völlig durcheinander. Er muss sie irgendwie einer Gehirnwäsche unterzogen haben, denn als er wieder auftauchte, hat sie ihn geheiratet. Innerhalb von Tagen. Sie hat geleugnet, dass er es war – er hatte irgendwie seinen Nachnamen geändert –, aber sie konnten mich nicht täuschen. Ich habe von Anfang an die Wahrheit vermutet.«

Meine Bandkollegen sind ebenfalls interviewt worden. »Er ist einfach aus dem Nichts aufgetaucht«, zitiert die *New York Times* Phil. »Monatelang kannten wir sie alle als schüchterne, zurückhaltende Witwe, und dann heiratet sie plötzlich diesen mysteriösen Russen. Sie hat uns gesagt, dass sie sich heimlich verabredet hätten, aber ich habe immer gedacht, dass an dieser Geschichte mehr dran ist. Und er war so besitzergreifend. Gefährlich besitzergreifend. Man konnte sehen, dass er jeden töten würde, der es wagte, sie einen Moment zu lange anzusehen. Er hatte einfach diese tödliche Aura um sich herum.«

Ich lese mir diese Artikel durch und suche nach der Erwähnung irgendeines spezifischen Beweises, der Peter mit dem Bombenanschlag verbindet, aber es gibt nichts – und es gibt auch nichts über seinen wirklichen Hintergrund und seine Motivationen.

Einige Nachrichtenagenturen behaupten, dass er ein russischer Spion ist und dass die Bombardierung Putins inoffizielle Reaktion auf die Sanktionen war. Andere spekulieren, dass Peter ein Attentäter der russischen Mafia ist und dass die Bombardierung mit einer laufenden Untersuchung zu tun hatte. George wird auch als mutiger Journalist erwähnt, dessen Geschichte über die russische Mafia zu seinem Mord führte.

Es gibt nichts über das kleine Dorf Daryevo oder Peters Familie, kein einziges Wort über den schrecklichen Fehler, der zu ihrem Tod führte.

Einige Artikel sprechen über den Tod meiner Eltern und die Reaktionen ihrer Nachbarn auf die Schießerei, aber ich kann mich nicht dazu bringen, diese zu lesen. Jedes Mal, wenn ich es versuche, schließt sich meine Kehle, und mein Herz beginnt in einem unregelmäßigen Rhythmus zu schlagen. Der Schrecken und die Trauer sind zu mächtig, zu frisch – ebenso wie meine unerträglichen Schuldgefühle.

Ich habe meine Eltern enttäuscht, es versäumt, sie vor der Dunkelheit zu schützen, die ich in ihr Leben gebracht habe, und ich kann mich dem noch nicht stellen, ebenso wenig wie ich mir eine Welt ohne sie vorstellen kann.

Es ist einfacher, alles beiseitezuschieben, es tief in mir einzuschließen und mich auf das Überleben von einem Moment zum nächsten zu konzentrieren – mich um die eine Person zu sorgen, die ich liebe und die noch am Leben ist.

Ich höre auf, hin und her zu gehen, setze mich auf die Kante von Peters Bett und fühle seine Stirn. Er glüht immer noch, weil sein Körper gegen die Infektion ankämpft, die die Wunde in seiner Seite rot und entzündet aussehen lässt.

Ich wechsele seine Verbände, zermahle dann die nächste Dosis Penizillin zu Pulver und gebe sie ihm vorsichtig mit einem Löffel Wasser. Er reagiert fast nicht, aber ich schaffe es, ihm den Großteil der Medizin einzuflößen. Das ist nicht genug – er braucht stärkere Medizin – aber es ist das Beste, was ich im Moment tun kann.

»Halte durch, mein Liebling«, flüstere ich und lege ihm ein feuchtes Handtuch auf die Stirn, um ihn zu kühlen. »Hilfe ist unterwegs. Halte einfach durch, und alles wird gut.«

Es muss gut werden.

Ich kann es nicht ertragen, etwas anderes zu denken.

ICH NICKE GERADE NEBEN PETER EIN, ALS SICH DIE Haustür mit einem lauten Knarren öffnet.

Die Adrenalinexplosion ist so stark, dass ich auf den Beinen bin, bevor ich das Geräusch überhaupt verarbeiten kann. »Wa…?«

»Wir sind's nur«, sagt Ilya und tritt mit Yan durch die Tür. »Wir müssen los. Jetzt.«

Ich merke, dass ich keuche und eine Hand auf mein wild hämmerndes Herz drücke. »Ihr seid hier. Ihr seid gekommen.«

Yan beugt sich bereits über Peter. »Hilf mir«, befiehlt er seinem Zwillingsbruder, und Ilya eilt zu ihm. Gemeinsam heben sie Peter vom Bett und tragen ihn schnell aus der Hütte.

Mein Gehirn schaltet endlich, und ich hole die Erste-Hilfe-Vorräte und laufe ihnen nach.

Draußen steht ein dunkel gefärbter SUV mit ausgeschalteten Scheinwerfern, aber laufendem Motor. »Geh mit ihm nach hinten«, sagt Yan, während er und Ilya Peter auf den Rücksitz legen und dann nach vorne gehen.

Ich beeile mich, zu tun, was sie sagen. »Es gibt einige Waffen im Toyota«, sage ich atemlos, als Yan sich hinter das Steuer setzt. »Sollen wir sie holen oder …«

»Keine Zeit«, sagt Ilya, als Yan auf das Gas tritt und das Auto nach vorne springt. »Wenn wir es nicht vor acht Uhr morgens aus dem US-Luftraum schaffen, werden sie unser Flugzeug abschießen.«

Ich ziehe einen scharfen Atemzug ein, halte den Mund und konzentriere mich darauf, Peter vor den schlimmsten Erschütterungen zu schützen. Er liegt auf dem Rücksitz mit dem Kopf auf meinem Schoß, und mit jedem Schlagloch, das wir mit voller Geschwindigkeit treffen, habe ich Angst, dass er vom Sitz fliegt und seine Fäden reißen.

Zuerst habe ich keine Ahnung, wie Yan gut genug sehen kann, um ohne Scheinwerfer zu fahren, aber nach ein paar Minuten passen sich meine Augen an, und ich beginne, die Formen von Bäumen und Sträuchern im schwachen Licht des Halbmondes, der durch die Wolken scheint, zu erkennen.

»Wo ist das Flugzeug?« Ich frage, als wir endlich auf eine asphaltierte Straße biegen und das quälende Rütteln aufhört. »Wie weit ist es von hier entfernt?«

»Nicht weit«, sagt Ilya und blickt mich an, als Yan die Scheinwerfer einschaltet – wahrscheinlich, um sich besser in die wenigen Autos einzufügen, die zu diesem Zeitpunkt unterwegs sind. »Nur noch ein bisschen länger, das ist alles.«

»Okay, gut.« Peter murmelt wieder etwas im Fieberwahn, und ich wäre nicht überrascht, wenn zumindest einige seiner Nähte gerissen wären. »Glaubst du, wir können das schaffen?«

»Ruhe.« Yans Befehl ist messerscharf. »Ich darf diese Abzweigung nicht verpassen.«

Ich schweige wieder und lasse ihn sich darauf

konzentrieren, uns an unser Ziel zu bringen. Bald biegen wir auf eine weitere unbefestigte Straße ab, und Yan schaltet die Scheinwerfer wieder aus, während wir uns weiter durchrütteln lassen, dass unsere Knochen klappern.

Ich halte Peter so ruhig wie möglich, während ich über sein verschwitztes Haar streichele. Es scheint ihn zu beruhigen, und es hilft mir auch dabei, ruhig zu bleiben. So erleichtert ich auch bin, dass wir nicht mehr allein sind, so weiß ich doch, dass wir es noch nicht geschafft haben. Die Spannung im Auto ist elektrisch, und das Adrenalin in der Luft greifbar.

»*Zdes'*«, sagt Ilya plötzlich, und Yan nimmt eine scharfe Rechtskurve, die mich fast durch den Wagen fliegen lässt. Ich schaffe es, Peters Schultern festzuhalten, aber er stöhnt trotzdem gequält auf, als sein verletztes Bein gegen den vorderen Sitz schlägt.

»Geht es ihm gut?«, fragt Ilya schroff und schaut sich um. Der Himmel beginnt sich mit den ersten Anzeichen des Morgengrauens zu erhellen, und Ilyas rasierter Schädel, dessen blasse Glätte von dem verschlungenen Muster seiner Tattoos durchbrochen wird, schimmert in der dämmerungsähnlichen Dunkelheit.

»Kommt auf deine Definition an«, antworte ich und spreche weiter leise. Ich will Yan nicht noch einmal ablenken. »Er braucht ein Krankenhaus. Unbedingt.«

»Was ist mit dir?« Ilyas tiefe Stimme wird weicher. »Ich habe gehört, was mit deinen …«

»Es geht mir gut.« Mein Tonfall ist härter, als ich es

beabsichtigt habe, aber ich kann jetzt nicht in diese Richtung denken, kann keinen Blick in diesen dunklen Brunnen der Trauer und Verzweiflung riskieren. Ich kann ihn unter der Oberfläche sprudeln spüren, aber solange ich ihn nicht berühre, nicht öffne, kann ich mich davor bewahren, darin zu ertrinken.

Ilya betrachtet mich noch einen Moment lang, dann dreht er sich wieder um und schaut durch die Windschutzscheibe. Ich hoffe, er ist nicht beleidigt, aber selbst wenn er es ist, kann ich nicht genug Energie aufbringen, um mich dafür zu interessieren. Jetzt, da ich nicht mehr dafür verantwortlich bin, uns in Sicherheit zu bringen, kann ich fühlen, wie ich anfange, mich aufzulösen, Faden für Faden aufzudrehen, und ich brauche all meine Willenskraft, um die ausfransenden Enden zusammenzuhalten.

Ich muss stark bleiben.

Wenn nicht für mich selbst, dann für Peter und unser Baby.

Wir fahren weitere holperige zehn Minuten, bevor wir auf eine asphaltierte Straße abbiegen und ich ein recht großes Flugzeug sehe, das ein Dutzend Meter entfernt steht.

»Das ist der Flughafen?« Ich schaue mich um und nehme den Wald um den schmalen Asphaltstreifen herum wahr, der nicht allzu weit in der Ferne zu enden scheint.

»Eher eine illegale Landebahn«, sagt Yan und springt aus dem Auto. »Ilya, hilf mir, ihn rauszuholen.«

Ich gehe ihnen aus dem Weg, als sie Peter aus dem

Auto heben und ihn ins Flugzeug tragen. Ich hole die Erste-Hilfe-Ausrüstung, eile ihnen nach und erwarte, dass Anton, Peters Freund und Teamkollege, im Flugzeug wartet.

Zu meiner Überraschung werde ich anstelle von Antons bärtigem Gesicht mit den harten Gesichtszügen von Lucas Kent konfrontiert – dem Waffenhändler, in dessen Haus ich in Zypern zu Gast war. Er steht in der luxuriösen Kabine und hat die Arme vor seiner breiten Brust verschränkt.

»Hallo«, sage ich vorsichtig, und er nickt mir zu, wobei sein kantiges Kinn angespannt ist. Er muss immer noch sauer auf mich sein, weil ich seine Frau Yulia überredet habe, mir bei der Flucht zu helfen.

Das, oder er macht sich nur Sorgen um diese Operation.

»Wir haben weniger als zwei Stunden, bevor die Schicht meines Mannes vorbei ist«, sagt er zu den Zwillingen und bestätigt, dass es zumindest teilweise Letzteres ist. »Legt ihn hierhin«, er nickt in Richtung einer cremefarbenen Ledercouch, »und dann fliegen wir los.«

Die Zwillinge tun, was Kent sagt, und er verschwindet im Cockpit. Eine Minute später beginnen die Motoren zu brüllen, und ich setze mich neben Peter auf die Couch, als das Flugzeug zu rollen beginnt. Yan und Ilya nehmen jeweils einen Platz vorne ein, und ich schaue aus dem Fenster und behalte die Startbahn im Auge. Kent muss ein verdammt guter

Pilot sein, um nicht die Bäume vor uns beim Abheben zu berühren.

Anscheinend *ist* Kent ein verdammt guter Pilot, weil wir ohne Probleme an diesen Bäumen vorbeifliegen. Ich höre die kraftvollen Motoren, während wir in einem steilen Winkel ansteigen, und eine Welle der Erleichterung rollt über mich, als ich merke, dass wir in der Luft sind.

Noch nicht über der Grenze, aber zumindest in der Luft.

Als das Flugzeug abhebt, untersuche ich Peters Wunden. Es gibt einige frische Blutungen an seiner Wade, aber die Nähte in seiner Seite und seinem Arm haben gehalten, obwohl die Seite weiterhin entzündet aussieht. Ich gebe ihm eine weitere Dosis zerstoßenes Penizillin mit Wasser und lege frische Verbände an.

Vielleicht bilde ich mir das ein, aber er fühlt sich etwas kühler an, als ich fertig bin, und sein Gesicht sieht entspannter aus. Es ist eher so, als würde er schlafen, als dass er durch das Fieber verrückt wird.

Ich wische mit einem feuchten Handtuch über sein Gesicht und seinen Hals, um ihn noch mehr zu kühlen, und dann küsse ich seine von Stoppeln raue Wange und gehe hinüber zu den Zwillingen.

»Wie geht es ihm?«, fragt Ilya und steht auf. »Wird er es schaffen, bis wir im Krankenhaus sind?«

Ich schlucke einen Klumpen in meinem Hals hinunter. »Ich glaube schon. Also … ja, das wird er.« Ich hatte es nicht zugelassen, zu denken, dass er das nicht könnte, nicht wirklich, aber die schreckliche

Möglichkeit war da gewesen, hat in meiner Brust genagt und ein Loch in meinen Magen gebrannt.

»Er ist ein zäher Bastard«, sagt Yan, und seine grünen Augen glänzen, während er sich auf seinem Sitz niederlässt und in seiner perfekt geschnittenen Anzughose und seinem Nadelstreifenhemd aussieht wie ein düsterer Geschäftsmann. »Es braucht mehr als ein paar Kugeln, um ihn zu töten.«

Ich lache zitternd, dann fühle ich Nässe auf meinem Gesicht.

Weine ich gerade?

Ich wische die unerwünschte Feuchtigkeit weg und wende mich verlegen ab, als eine große Hand auf meine Schulter fällt und sie leicht drückt.

»Es ist okay«, sagt Ilya schroff, als ich mich umdrehe, um ihn anzuschauen. »Du hast alles richtig gemacht, *Kroshka*. Dank dir wird er es schaffen.«

»Und euch«, sage ich heiser. Ich habe keine Ahnung, wie er mich gerade genannt hat, aber es klang eher wie ein Kosename als nach einer Beleidigung. »Wenn ihr nicht gekommen wärt …«

»Ja, dann wärt ihr gefickt gewesen«, sagt Yan nüchtern. »Sie organisieren wirklich gerade eine Jagd auf euch beide.«

Ich nicke und unterdrücke ein Zittern. »Das habe ich mir gedacht, als ich die Nachrichten gesehen habe. Ich weiß nicht einmal, wie ich euch danken soll, dass …«

»Dann tu es nicht.« Yan steht auf. »Wir brauchen es nicht.«

Ich lächele und fühle mich etwas unbeholfen. »Das ist sehr nett von dir, aber ich weiß es trotzdem zu schätzen. Ich weiß, was für ein großes Risiko das ist ...«

Yan grinst ironisch. »Tust du das? Bist du jetzt ein Experte für das Leben auf der Flucht?«

»Nein, aber ich lerne jeden Tag mehr darüber«, sage ich ruhig. »Also danke. Ich bin euch sehr dankbar dafür, dass ihr gekommen seid, und ich bin mir sicher, Peter auch.« Ich habe keine Ahnung, was Yan vorhat, aber ich habe den nagenden Verdacht, dass er mit mir spielt, wie eine Katze mit einer Maus.

Ich schiebe dieses beunruhigende Bild weg und wende mich an Ilya. »Wo ist Anton?«, frage ich. »Geht es ihm gut?«

»Er ist geschäftlich in Hongkong«, antwortet Ilya. »Er hätte es nicht rechtzeitig geschafft. Wir hatten Glück, dass Kent mit uns in Mexiko war und dass er ein Flugzeug hatte. Andernfalls ...« Er zuckt mit den Schultern.

»Oh.« Ich beiße mir auf die Wange. »Ich muss mich auch bei ihm bedanken.«

»Das würde ich nicht«, sagt Yan trocken. »Er ist nicht besonders gut auf dich zu sprechen.«

»Oh.« Also trägt der Waffenhändler mir meine Flucht *immer noch* nach – oder zumindest die Beteiligung seiner Frau daran. »Ich schätze, ich sollte mich zuerst bei ihm entschuldigen.«

»Warum?« Yan sieht kühl amüsiert aus, als er sich gegen die Seite seines Sitzes lehnt. »Weil du eine

Gelegenheit gesehen hast und sie genutzt hast? Er hätte an deiner Stelle dasselbe getan.«

»Ja, nun, trotzdem.« Ich wende mich zur Kabine des Piloten, aber Ilya tritt vor mich und versperrt mir den Weg.

»Du musst das nicht tun«, sagt er, mit einem warmen Gesichtsausdruck. »Das ist eine Sache zwischen ihm und Peter.«

»Okay …« Ich wusste nicht, dass es ein bestimmtes Protokoll für diese Dinge gibt. »Ich schätze, dann überlasse ich es ihnen.«

Ich drehe mich um, um zurück zu Peters Couch zu gehen, aber dann erinnere ich mich an etwas Wichtiges. »Wohin genau fliegen wir?«, frage ich und drehe mich wieder zu den Zwillingen um.

»In die Klinik in der Schweiz«, sagt Yan. »Um diesen hier«, er nickt Peter zu, »wieder aufzupäppeln. Und danach … wer weiß.« Er lächelt dunkel. »Die ganze Welt ist jetzt dein Zuhause, Sara Sokolov. Willkommen in unserem Leben.«

TEIL III

eter

Ich wache mit einem wohligen Gefühl auf, das mich von dem unangenehmen Ziehen an meiner Seite ablenkt. Weiche Hände streicheln mein Haar, und eine süße Stimme singt eine beruhigende Melodie, die mich wärmt und entspannt.

Ich öffne die Augen und sehe Saras überraschten Blick. Sie sitzt auf der Kante meines Bettes und hält einen Kamm in der Hand, mit dem sie mich offensichtlich gerade kämmen will.

»Du bist wach.« Ihr Gesicht leuchtet auf, als sie aufspringt, sich über mich beugt und den Kamm auf den Nachttisch legt. »Wie fühlst du dich?«

»Gut.« Meine Stimme klingt rau, als hätte ich sie eine Weile nicht benutzt. Mein Mund ist auch trocken, genauso wie meine Kehle. Ich befeuchte meine rissigen Lippen und frage heiser: »Was ist passiert? Wo sind wir?«

Strahlend greift Sara nach einem Glas Wasser, das neben dem Bett steht. »In der Klinik in der Schweiz. Die Ivanov-Zwillinge haben uns rausgeholt.«

Ich scheine viel verpasst zu haben, also sauge ich Wasser durch einen Strohhalm, während ich meine Erinnerungen durchwühle. Ich erinnere mich an die Kugel, die sich durch meine Seite gebohrt hat, und an Sara, die mich in unser Auto gezerrt hat, aber dann werden die Dinge verschwommen, eher wie ein Durcheinander von Eindrücken. Wir müssen irgendwann das Auto gewechselt haben, denn ich erinnere mich vage daran, in einen blauen Toyota eingestiegen zu sein, aber danach wird alles ziemlich verschwommen. Und vor der Schießerei …

»Das Baby.« Ich ergreife ihr Handgelenk, und mein Puls steigt. »Ptichka, du und das Baby, seid ihr …«

»Uns geht es gut.« Sie stellt den Becher Wasser ab und strahlt. »Sie haben mich untersucht, und es geht uns beiden gut.«

Ich atme erleichtert aus, aber dann erinnere ich mich an etwas anderes. »Deine Eltern.« Mein Herz bricht, als ihr Lächeln verschwindet. »Mein Liebling, es tut mir so leid …«

»Nicht.« Sie zieht sich zurück. »Ich will nicht darüber reden.«

Ich beobachte mit schmerzender Brust, wie sie sich abwendet und sich sichtbar sammeln muss. Ich erinnere mich jetzt an mehr, einschließlich des Beamten, den sie erschossen hat.

Mein kleiner Singvogel, der sein Leben der Heilung gewidmet hat, hat einen Mann getötet.

Um mich zu beschützen … und um seine Mutter zu rächen.

Sie hat nicht nur einmal abgedrückt, sondern dreimal.

Ich kann mir nur vorstellen, was ihr gerade durch den Kopf geht, mit ihren toten Eltern und ihrem unwiderruflich verlorenen alten Leben. Ganz zu schweigen von dem Trauma der Schießerei und der darauffolgenden Flucht.

Wie hat sie uns allein da herausgeholt? Ich bin mir sicher, dass Yan nicht mit dem Flugzeug vor dem Haus ihrer Eltern gewartet hat.

»Sara …« Ich ziehe mich in eine sitzende Position und unterdrücke ein Stöhnen, als meine Seite schmerzhaft protestiert. »Mein Liebling, komm her.«

Sie kommt sofort. »Was machst du da? Leg dich hin. Beweg dich nicht, es ist noch zu früh.«

»Es geht mir gut«, sage ich, aber ich lasse mich von ihr auf das Bett zurückschieben. Ich mag es, wenn sie sich um mich kümmert und ihr hübsches Gesicht besorgt aussieht.

Es ist besser als unterdrückte Trauer.

»Erzähl mir, was passiert ist, nachdem ich ohnmächtig geworden bin«, sage ich, nachdem sie meine Verbände überprüft hat, um sicherzustellen, dass ich keinen Schaden angerichtet habe. »Wie lange sind wir schon hier? Wie konnten wir entkommen?«

Sie holt tief Luft. »Das ist eine ziemlich lange Geschichte. Aber die Kurzversion ist, dass ich uns zu der Hütte gebracht habe, von der du mir erzählt hast, und dann habe ich Yan eine E-Mail von deinem Telefon geschickt. Er hat Kent überredet, und sie kamen mit einem Flugzeug zu uns – die Zwillinge und Kent als Pilot.« Sie holt noch einmal Luft. »Das war vor zwei Tagen.«

Vor zwei Tagen? Ich muss auf der Schwelle zum Tod gestanden haben, um so lange weg gewesen zu sein.

Ich schiebe Kents Beteiligung beiseite und konzentriere mich darauf, alle Details zu erfahren. »Okay, jetzt erzähl mir die lange Geschichte«, sage ich, und dann höre ich verblüfft zu, wie meine gesetzestreue Frau ihr Undercover-Projekt im Krankenhaus und die clevere Art, wie sie uns ein Auto beschafft hat, beschreibt.

»Also ja«, schließt sie, »nachdem ich herausgefunden habe, was du auf Russisch gesagt hast und dein Handy entsperren konnte, habe ich Yan eine E-Mail geschickt, und die Zwillinge kamen ein paar Stunden später. Yan hat gesagt, dass sie gerade in Mexiko waren und mit Kent an einem Deal arbeiteten, als das alles passierte, also ging es nur darum, Kents Flugzeug zu schnappen und rüberzukommen. Oh, und Kents Flugsicherungstypen mit anderthalb Millionen

Dollar zu bestechen. Yan sagte, du schuldest ihm das Geld.«

Ich schulde Yan viel mehr als Geld dafür, und er weiß es. Kent auch.

Manipulative Bastarde. Ich werde ihnen eines Tages einige ernsthafte Gefälligkeiten erweisen müssen.

Als ich mein Telefon auf dem Nachttisch bemerke, nehme ich es mir und scrolle durch meine E-Mails, um zu sehen, ob die Hacker irgendwelche Informationen über den Bombenanschlag gefunden haben. Ich muss herausfinden, wie es zu diesem Chaos gekommen ist.

Leider gibt es immer noch nichts, also lege ich das Telefon beiseite und frage Sara: »Wo sind die Zwillinge und Kent? Sind sie noch da?«

»Die Zwillinge sind gestern zu einem Geschäftstreffen nach Genf gefahren, und Kent ist nach Hause geflogen«, sagt Sara. »Anton fliegt aber morgen aus Hongkong hierher, also bin ich mir sicher, dass du ihn und die Zwillinge dann sehen wirst.«

Das ist gut so; ich brauche ihre Hilfe, um diese Situation zu klären, sobald ich herausgefunden habe, was sie verursacht hat. Aber zuerst gibt es etwas Wichtiges, was ich wissen muss.

»Ptichka …« Ich lege meine Hand auf ihr schlankes Knie. »Warum hast du das getan, mein Liebling? Du hättest auf die Ankunft der Behörden warten können und mich die Schuld für diesen Agent übernehmen lassen können. Niemand hätte es jemals herausgefunden, und du hättest mit deinem Leben weitermachen können, deinen Job behalten und …«

»Und *was?*« Sie springt auf und starrt mich an. »Dabei zusehen, wie du verhaftet wirst, während du verblutest? Dich der Gnade von Menschen überlassen, die nicht nur davon überzeugt sind, dass du ein Terrorist bist, sondern dich auch für den Tod ihrer Kollegen verantwortlich machen? Wie kannst du nur denken, dass ich das tun würde?« Ihre Hände ballen sich an ihren Seiten zu Fäusten, und ihr ganzer Körper ist vor Empörung angespannt. »Du bist mein Mann, und ich liebe dich.«

»Ich bin auch der Mann, der dich gefoltert und entführt hat«, erinnere ich sie schief, während zarte Wärme meine Brust erfüllt. Ich hatte nicht an Saras Liebe gezweifelt, nicht wirklich, aber ein Teil von mir muss immer noch gedacht haben, dass sie die Gelegenheit nutzen würde, um sich zu befreien – dass sie, wenn sie sich zwischen mir und ihrem normalen Leben entscheiden muss, Letzteres wählen würde.

Ihre Augenbrauen ziehen sich zusammen. »Ernsthaft? Das willst du jetzt aufwärmen?«

»Nein, mein Liebling.« Ich unterdrücke ein erfreutes Grinsen und klopfe neben mir auf das Bett. Ich sollte ihre Empörung nicht so bezaubernd finden, aber ich kann nicht anders. »Komm her.«

Sie bewegt sich nicht, sondern starrt mich nur mit verschränkten Armen an.

»Okay, dann stehe ich auf und komme zu dir.« Ich bewege mich, als würde ich mich wieder aufrichten, und mit einem frustrierten Schnaufen setzt sie sich neben mich auf das Bett.

»Bleib ruhig liegen«, faucht sie und drückt mich herunter. »Du wirst deine Naht aufreißen. *Nochmal.*« Trotz ihres scharfen Tons sind ihre Hände sanft, als sie sich über mich beugt, um meine Verbände zu inspizieren, und als ich ihren süßen, warmen Duft einatme, regt sich mein Körper und reagiert wie immer auf ihre Nähe.

»Ptichka.« Es gibt eine heisere Note in meiner Stimme, als ich ihr schlankes Handgelenk umschließe. »Mein Liebling, sieh mich an.«

Ihre haselnussbraunen Augen schauen mich an, und ich sehe, wie sich ihre Pupillen erweitern, während ich eine Hand auf ihren Hinterkopf lege und ihr Gesicht zu mir nach unten ziehe.

»Warte, du bist noch nicht so weit …«

Ich ersticke ihren atemlosen Protest mit einem Kuss. Ihre weichen Lippen teilen sich mit einem Keuchen, und ich dringe in ihren Mund ein, um ihren süchtig machenden Geschmack und die Art und Weise, wie sie sich anfühlt, zu genießen. Das ist weder der richtige Ort oder die richtige Zeit, aber ich kann mich nicht zurückhalten, als der Hunger, der durch meine Venen strömt, meine Haut so sehr erhitzt, dass es sich anfühlt, als würde sie kochen.

Sie liebt mich.

Sie hat sich für mich entschieden.

Sie hat ihr Leben aufgegeben, um mich zu retten.

Es fühlt sich an, als ob das Fieber wieder zurückkommt, nur dass die Schmerzen verschwunden sind. Ich brenne mit dem Bedürfnis, sie zu haben, diese sanften Hände auf meiner Haut zu spüren. Sie gehört mir, jetzt ohne Vorbehalte, und während ich ihre Hand unter meine Decke führe, fallen die letzten Fesseln unserer dunklen Vergangenheit ab und lassen uns in der Gegenwart verbunden zurück.

Zusammen, egal was passiert.

enderson

ICH LÄCHELE, ALS ICH DIE E-MAIL LESE, DIE GERADE meinen Posteingang erreicht hat.

Abgesehen von Sokolovs unglücklicher Flucht hat mein Plan funktioniert, vor allem in Bezug auf seine Verbündeten. Die Verwendung eines von Esguerra hergestellten Sprengstoffs bei dem Terroranschlag hat die Augen aller für die Gefahr geöffnet, die vom illegalen Imperium des Waffenhändlers ausgeht, und der besondere Schutz, den Esguerra dank seiner Geschäfte mit der US-Regierung genossen hatte, ist aufgehoben. Er und alle seine Mitarbeiter sind jetzt Freiwild, und eine Mannschaft ist bereits auf dem Weg zur Residenz von Lucas Kent auf Zypern.

Noch besser ist, dass Interpol sich eingeschaltet hat,

so wie ich es mir erhofft hatte. Die Brüder Ivanov wurden in Genf gesichtet, was bedeutet, dass Sokolov vielleicht nicht weit weg ist. Tatsächlich verfolgt mein Kontakt ein Gerücht über eine Geheimklinik in den Schweizer Alpen, die sich auf Patienten spezialisiert hat, die mit dem Gesetz in Konflikt stehen.

Wenn alles gut geht, werden die meisten meiner Probleme bald vorbei sein.

In wenigen Stunden werden Kent, Sokolov und zwei seiner russischen Mörderfreunde tot sein, und in Kürze werden die Behörden auch den letzten Killer, Anton Rezov, finden. Dann geht es nur darum, die kriminelle Organisation Esguerras auseinanderzunehmen und den wichtigsten Mann zu bekommen.

Sobald das erledigt ist, wird die Schreckensherrschaft dieser Monster vorbei sein, und meine Familie und ich werden wirklich in Sicherheit sein.

ara

Lächelnd gehe ich den Flur hinunter, und meine Lippen sind geschwollen und kribbeln von dem Blowjob, den ich Peter gerade gegeben habe. Ich nehme an, ich hätte so etwas erwarten sollen, angesichts der übermenschlichen Libido meines Mannes, aber er hat mich trotzdem überrascht.

In meinem Kopf passen bettlägerige Patienten und Sex nicht zusammen.

Nicht, dass Peter ein typischer Patient ist. Von dem Moment an, als wir ihn hergebracht und ihm eine Infusion angelegt haben, hat er alle Erwartungen übertroffen – meine und die des Klinikpersonals. Es ist, als ob sein ganzer eiserner Wille sich auf das Gesundwerden gerichtet hätte. Innerhalb weniger

Stunden nach unserer Ankunft war sein Fieber verschwunden, und wenn die Ärzte ihn nicht betäubt hätten, um seine Ruhe und Erholung zu unterstützen, wäre er bereits wieder bei Bewusstsein gewesen.

Eine Krankenschwester, die mich im Flur überholt, lächelt und sagt Hallo, und ich erwidere beides.

Ich mag das Personal hier. Es ist nett, auch wenn die Patienten einige der schlimmsten Verbrecher sind, die die Menschheit kennt. Nicht, dass ich es mir leisten kann, sie zu verurteilen.

Ich bin jetzt selbst eine Verbrecherin.

Ich habe kaltblütig einen Mann erschossen.

Ich konnte das noch nicht verarbeiten, so wie ich nicht an meine Eltern denken konnte – oder was es bedeutet, dass wir Flüchtlinge sind, und unsere Bilder in den Nachrichten. Ich habe mich stattdessen auf die positiven Aspekte konzentriert und mich gefreut, dass wir beide hier sind, lebendig und frei.

Dass ich Peter und unser Baby noch habe.

Es hilft, gerade alles Schritt für Schritt zu machen, eine Aufgabe nach der anderen zu erledigen. Wenn ich beschäftigt bin, bemerke ich das Ausfransen dieser gefährlichen Kanten oder den wachsenden Druck der Trauer nicht. Ich kann sogar lächeln, obwohl ein Teil von mir innerlich taub bleibt.

Es ist fast so, als hätte ich mit den Schüssen auch etwas in mir getötet.

Indem ich ein Leben nahm, verlor ich ein Stück von mir selbst.

»Hallo, Dr. Sokolov«, sagt Dr. Jart, als ich in sein Büro gehe. »Wie geht es Ihrem Mann?«

»Besser.« Ich lächele den älteren Mann an. »Viel besser.«

Er zieht seine buschigen, grauen Augenbrauen in die Höhe. »Oh? Er ist wach?«

»Definitiv. Obwohl ich ihn vielleicht … erschöpft habe. Als ich ging, schlief er wieder.«

»Das wird er noch häufiger tun«, meint Dr. Jart. »Sein Körper braucht Schlaf, um gesund zu werden.« Er steht auf und geht um seinen Schreibtisch herum. »Aber ich bin mir sicher, dass Sie das wissen.«

»Das weiß ich«, bestätige ich und beobachte, wie er ein riesiges Buch aus seinem Bücherregal nimmt. Mit seinem mürrischen Äußeren erinnert er mich ein wenig an meinen Chef Bill, obwohl Dr. Jart viel freundlicher ist.

Ich hatte den Arzt letztes Jahr kurz getroffen, als ich zwei Wochen nach dem Autounfall hier verbracht hatte. Als er neulich hereinkam, um nach Peters Wunden zu sehen, erkannte er mich, und wir kamen ins Gespräch. Als er erfuhr, dass ich eine Gynäkologin bin, lud er mich ein, einer Patientin in den Wehen zu helfen – was ich gerne tat, nachdem ich sichergestellt hatte, dass Peter stabil und ruhig war.

Alles, was mich von den Ereignissen der letzten Tage ablenkt, ist herzlich willkommen.

»Wie geht es María?«, erkundige ich mich nach der betreffenden Patientin – der jugendlichen Geliebten eines mexikanischen Drogenbarons, die gestern

Zwillinge zur Welt gebracht hat. »Ist sie schon nach Hause gegangen?«

»Sie erholt sich gut ... aber nein.« Dr. Jart seufzt. »Gomez will, dass sie mindestens eine Woche lang hierbleibt, und da er bezahlt ...« Er zuckt mit den Achseln und geht zurück zu seinem Schreibtisch.

»Ich verstehe.« Im Gegensatz zu einem traditionellen Krankenhaus, das auf Versicherungsleistungen angewiesen ist und sich an strenge Richtlinien in Bezug auf die Aufenthaltsdauer hält, richtet sich diese Klinik an die Superreichen der Unterwelt, und es sind die Patienten – oder derjenige, mit denen die Patienten verbunden sind –, die entscheiden, wann sie ausreichend geheilt sind.

»Also, Dr. Sokolov ...« Der Arzt setzt sich hin und betrachtet mich mit durchdringenden dunklen Augen. »Der Grund, warum ich Sie gebeten habe, vorbeizukommen, ist, dass ich etwas mit Ihnen besprechen wollte.«

»Sicher. Was denn?«, frage ich und setze mich ihm gegenüber hin. Ich hoffe, er hat einen weiteren Patienten, bei dem ich helfen kann, während Peter schläft.

Ich muss beschäftigt bleiben, um mich abzulenken.

»Könnten Sie sich vorstellen, sich uns hier anzuschließen?«, fragt Dr. Jart. »Ich weiß nicht, welche Pläne Sie mit Mr. Sokolov haben, angesichts der«, er räuspert sich, »Umstände, aber wir könnten wirklich eine Ärztin mit Ihrer Spezialisierung gebrauchen. Wie Sie wissen, ist unser Gynäkologe – Dr. Ludwig –

hervorragend, aber er ist ein Mann, und einige unserer Patientinnen, besonders aus traditionelleren Kulturen, fühlen sich ein wenig ... unbehaglich damit.«

»Oh.« Ich starre den Arzt an. »Danke. Ich ... weiß gar nicht, was ich sagen soll.«

Ein Jobangebot – insbesondere eines, das weitestgehend auf meinem Geschlecht basiert – war definitiv nicht das, was ich erwartet hatte. Aber andererseits ... warum sollte ich überrascht sein? Es gibt keine politische Korrektheit in meiner neuen, gesetzlosen Welt, in der Gewalt Teil des Geschäfts ist und Frauen als Anhängsel der mächtigen Männer angesehen werden, zu denen sie gehören.

»Ich bin sicher, Sie müssen das mit Mr. Sokolov besprechen«, sagt Dr. Jart, als ich schweige. »Natürlich nur, falls Sie das Angebot interessiert.«

»Natürlich.« Ich unterdrücke die Feministin in mir und konzentriere mich auf die eigentliche Chance – die interessant zu sein scheint. Der Verlust meiner Karriere ist ebenfalls etwas, worüber ich nicht nachdenken wollte, aber ich weiß, dass ich das nicht für immer verdrängen kann. Auf diese Weise könnte ich immer noch eine Ärztin sein – vorausgesetzt, Peter ist damit einverstanden, dass wir hierbleiben.

Soweit ich weiß, plant er, dass wir uns wieder in Asien verstecken.

»Denken Sie einfach darüber nach«, sagt Dr. Jart. »Sie müssen uns nicht sofort – und auch nicht bald – eine Antwort geben. Wir verstehen, dass die Situation«, er räuspert sich wieder, »im Moment ungünstig ist, also lassen Sie sich so lange Zeit, wie Sie brauchen.«

»Danke.« Ich stehe auf und gebe ihm die Hand. »Ich weiß das zu schätzen.« Ich frage mich, wie oft er Jobangebote auf verdächtige Terroristen ausdehnt, die vor dem Gesetz auf der Flucht sind. Er scheint sich mit »der Situation« nicht ganz wohlzufühlen, aber er lässt sich auch nicht davon abschrecken.

Die Personalakten an diesem Ort müssen eine interessante Lektüre sein.

Nach dem Gespräch schaue ich unten im Café vorbei, um mir einen Snack zu holen, und als ich in Peters Zimmer zurückkehre, ist er wach und sucht mich bereits.

»Wo warst du?«, fragt er und drückt sich in eine Sitzposition – diesmal mit deutlich weniger Kraftaufwand. Die Geschwindigkeit, mit der seine Genesung voranschreitet, ist bemerkenswert – entweder das, oder seine Schmerztoleranz ist weit außerhalb des Normalbereichs. Er zuckte nicht einmal zusammen, obwohl die Bewegung an den Stichen in seiner Seite gezogen haben muss.

Ich bin versucht, ihn zu drängen, sich trotzdem wieder hinzulegen, aber ich unterlasse es. Er scheint jetzt viel wacher zu sein, seine grauen Augen sind klar, als er mich anblickt, und ich weiß, dass es nicht mehr lange dauern wird, bis er wieder ganz der Alte ist.

»Ich habe mit einem der Ärzte gesprochen«, sage ich ihm und gehe hinüber, um mich auf seine Bettkante zu setzen. »Er hat mir einen Job angeboten.«

Peters Augenbrauen ziehen sich zusammen. »Hier? An diesem Ort?«

»Ja. Anscheinend brauchen sie eine Gynäkologin.« Ich hebe seine Hand hoch und reibe meinen Daumen über die Schwielen auf seiner breiten Handfläche. »Was denkst du? Wir müssten natürlich in der Gegend bleiben, und ich weiß nicht, wie sicher es ist.«

Kein Job ist es wert, unsere Freiheit zu gefährden.

Peter schweigt für einen Moment und denkt darüber nach. »Das ist keine schlechte Idee«, sagt er schließlich. »Zuerst müssen wir aber herausfinden, wie das alles passiert ist.«

»Du meinst, warum sie denken, dass du für den Bombenanschlag verantwortlich bist?«

Er nickt grimmig, und ich atme tief durch, um die Enge in meiner Brust zu lösen. Ich habe auch schon darüber nachgedacht, und wenn Peter unschuldig ist – was ich glaube –, gibt es nur eine logische Schlussfolgerung.

»Jemand muss dich reingelegt haben«, sage ich. »Vielleicht sogar jemand vom FBI.«

»Ja.« Sein Ausdruck ändert sich nicht. Er muss zur gleichen Schlussfolgerung gekommen sein. »Die Frage ist, wer und warum.« Er greift nach seinem Telefon, wie er es zuvor getan hat, und ich beobachte, wie er schnell durch seine E-Mails scrollt.

»Vielleicht hat das FBI keine wirklichen

Verdächtigen, also haben sie beschlossen, dich als Sündenbock zu benutzen«, meine ich, als er eine E-Mail öffnet. »Es steckt wahrscheinlich eine terroristische Organisation hinter der Explosion, aber sie haben beschlossen, es dir anzuhängen. Jemand neben Ryson hat sich vielleicht über den Deal, den du gemacht hast, geärgert, und also als sich die Gelegenheit ergab …« Ich höre auf, weil Peters Gesicht sich in Granit verwandelt.

»Was ist los?«, frage ich, als er weiterliest, ohne etwas zu sagen, und seine Haltung jede Sekunde angespannter wird. Meine eigenen Nackenmuskeln krampfen, und mein Herz rast, als würde ich gleich loslaufen müssen.

Was auch immer in dieser E-Mail steht, es ist nichts Gutes. Das erkenne ich an seinem Gesichtsausdruck.

Er hebt seine Augen, um mich anzuschauen. »Erinnerst du dich an den pensionierten General, von dem ich dir erzählt habe, dem, der für die Daryevo-Operation verantwortlich war?« Seine Stimme hat eine tödliche Weichheit. »Den, den ich versprochen habe in Ruhe zu lassen, im Austausch für Amnestie und Immunität?«

»Ja, natürlich«, sage ich, und mein Magen zieht sich zusammen. »Henderson, richtig?«

»Richtig.« Seine Nasenlöcher beben. »Verdammter Wally Henderson III.«

Ich atme tief ein. »Ist er derjenige, der dahintersteckt?«

»Es sieht so aus.« Ein Muskel zuckt in Peters Kiefer.

»Bevor sie mich holen kamen, bat ich unsere Hacker, sich die Explosion anzusehen, weil irgendetwas daran einfach stank. Jetzt haben sie endlich die Ergebnisse geschickt.«

»Sie haben gesagt, dass Henderson dahintersteckt? Aber wie? Warum? Wie konnte er wissen, dass diese Tragödie passieren würde?«

Sie kamen weniger als vierundzwanzig Stunden nach dem Angriff zu Peter. Selbst jemand mit Hendersons Verbindungen würde Zeit brauchen, um Beweise zu liefern, die stark genug sind, um ein SWAT-Team in ein ruhiges Vorstadtviertel zu schicken. Selbst wenn Henderson sich an die Arbeit gemacht hätte, als er von der Explosion erfuhr, hätte es Tage, wenn nicht Wochen dauern sollen, bis …

»Weil er es organisiert hat.« Peters Gesichtsausdruck ist wild. »Der Wichser ist derjenige, der die Bombe gelegt hat.«

Meine Kinnlade klappt nach unten. »Was?«

»Ein Mann, auf den meine Beschreibung passt, wurde am Tag vor der Explosion als Teil einer Hausmeistercrew vor der Kamera beim Betreten des Gebäudes aufgezeichnet.« Peters Stimme ist hart genug, um Steine zu brechen. »Und meine Fingerabdrücke wurden auf einem der Türgriffe aus dem dritten Stock gefunden, der die Explosion unversehrt überstanden hat. Was den Sprengstoff selbst betrifft, so war er ein ganz spezieller, der so gut wie gar nicht aufspürbar ist – deshalb konnte mein Doppelgänger ihn in einer Lunchbox durch die

Sicherheitskontrolle tragen. Weißt du, wer Zugang zu dieser Art von Sprengstoff hat?«

Ich starre ihn verwirrt an. »Ich ... nein.«

»Das US-Militär. Sie beziehen es direkt vom Waffenhändler, der es herstellt – Julian Esguerra.«

Meine Herzfrequenz steigt wieder an. »Derselbe, der den Deal für dich vermittelt hat? Der Typ, dem du den Gefallen getan hast?«

»Genau der.« Peters Mund verzieht sich. »Also siehst du, wie sie denken konnten, dass ich dafür verantwortlich bin, oder? Das US-Militär kauft jede Charge des Sprengstoffs, den Esguerra herstellt, und er hat eine kilometerlange Warteliste, falls sie doch nicht alles nehmen. Jedoch *könnte* jemand, der den Waffenhändler persönlich kennt, ein Pfund oder so bekommen. Verdammt, man würde wahrscheinlich nicht einmal so viel brauchen. Das ist hochexplosives Zeug – wie eine Atombombe, nur nicht radioaktiv.«

Oh Gott. Ich erinnere mich jetzt daran, dass Peter mit Kent darüber gesprochen hat, als wir zusammen in Zypern zu Abend gegessen haben. Etwas über Uncle Sam und die Produktionsbedingungen für einen nicht aufspürbaren Sprengstoff. War das der fragliche Sprengstoff?

»Also warum ...« Ich sammele meine rasenden Gedanken. »Warum glaubst du, dass Henderson dahintersteckt? Könnte es jemand anders gewesen sein – zum Beispiel Esguerra selbst? Du sagtest einmal, dass er dich tot sehen wollte, und er hat die Verbindungen, um das zu ermöglichen, richtig? Oder vielleicht könnte es ein anderer Feind von dir gewesen sein?«

»Weil es überall nach der CIA riecht«, sagt Peter grimmig. »Der Hausmeister, der wie ich aussieht, meine Fingerabdrücke am Tatort, meine Verbindung zu Ryson und die Bombe, die auf seiner Etage losgeht – das ist alles klassische Vorgehensweise. Seit dem Kalten Krieg machen sie es so. Und rate mal, wer, wie Gerüchte besagen, in seiner Jugend ein Undercover-Agent war?«

»Richtig, Henderson.« Ich erinnere mich daran, dass Peter mir das irgendwann einmal gesagt hat. »Aber hat Esguerra nicht auch einige CIA-Verbindungen? Könnte er nicht …«

»Nein.« Peters Kiefer ist angespannt. »Abgesehen von der Tatsache, dass er mich bereits auf tausend verschiedene Arten hätte töten können, wenn er es wirklich gewollt hätte, hatte er keinen Grund, eine für beide Seiten vorteilhafte Beziehung zur US-Regierung zu versauen. Im Moment glauben die Behörden, dass er an dem Bombenanschlag beteiligt war, und sie sind dabei, auch ihn zu verhaften.«

»Oh, das ist … das ist überhaupt nicht gut.« Soweit ich weiß, war Esguerra bis jetzt völlig unantastbar gewesen.

»Nein, ist es nicht«, sagt Peter düster. »Deshalb muss ich jetzt sofort mit Yan sprechen. Die Beschreibungen der anderen Mitglieder der Hausmeistercrew passen nämlich genau zu Anton, Yan und Ilya, bis hin zu den Tattoos auf dem Schädel.«

eter

Ich lese die E-Mail von den Hackern zum dritten Mal und überprüfe dabei zwanghaft die Uhr auf meinem Handy. Vor drei Stunden habe ich Yan angerufen, um ihm zu erzählen, was ich erfahren habe, aber er hat nicht geantwortet. Ich habe ihm eine Nachricht hinterlassen, dass er mich zurückrufen soll, und ihm dann eine SMS und eine E-Mail geschickt, bevor ich dasselbe bei seinem Bruder tat.

Keiner der Zwillinge hat sich bisher bei mir gemeldet – und Anton auch nicht.

Ich schaue noch einmal auf die Uhr. Es ist 23.33 Uhr – nur zwei Minuten später als bei meinem letzten Blick auf sie. Sara schläft friedlich neben mir, wobei sich ihre kastanienbraunen Wellen über mein Kissen ausbreiten, und so gern ich mich ihr auch anschließen möchte, ich kann mich nicht dazu bringen, meine Augen zu schließen.

Meine Instinkte sind wieder in höchster Alarmbereitschaft.

Vorsichtig, um Sara nicht zu wecken, schiebe ich mich in eine sitzende Position und schwinge meine Beine auf den Boden. Langsam und vorsichtig stehe ich auf und ignoriere die ziehenden Schmerzen an meiner Seite und in meiner Wade. Der Raum um mich herum dreht sich, als ich den ersten Schritt mache, aber meine Beine können mich halten.

Gut.

Ich kann es mir nicht leisten, flach auf dem Rücken zu liegen, wenn gerade etwas schiefläuft.

Auf meinen Wunsch hin wurden ein paar Waffen in mein Zimmer geliefert, also gehe ich zum Schrank, um sie zu inspizieren. Sie sind nichts Besonderes – nur ein M16 und ein paar Glocks – aber es ist besser als nichts.

Ich überprüfe jede Waffe und lade sie, bevor ich eine Hose aus dem Schrank nehme und sie unter meinem Krankenhauskleid anziehe, ohne den Verband an meinem Bein zu lösen. Mein Herz schlägt zu schnell von der Anstrengung, und ich schwitze wie ein Schwein, aber ich ziehe das Krankenhauskleid aus und einen lockeren Pullover an, gefolgt von einem Paar Socken und Stiefeln.

»Peter?« Saras verschlafene Stimme erreicht mich, als ich mir eine der Glocks an den linken Knöchel schnalle. »Was hast du vor?«

Ich schaue von dort, wo ich mich hingehockt habe, nach oben. »Ich ziehe mich nur an, Ptichka. Keine Sorge.«

»Was?« Sara setzt sich auf, und die Schläfrigkeit verschwindet aus ihrer Stimme, als sie mich sieht. »Warum ziehst du dich an? Du musst im Bett sein, dich ausruhen, nicht …«

»Ich denke, wir müssen gehen.« Ich stehe langsam auf und atme durch den Schmerz. »Etwas fühlt sich nicht richtig an.«

Sara verwandelt sich auf dem Bett in eine Statue. »Glaubst du, wir sind hier nicht sicher?«

»Ich glaube nicht, dass wir im Moment *irgendwo* sicher sind«, sage ich, während ich das M16 über meine Schulter lege und die andere Glock in meinen Bund stecke. »Aber es macht mir Sorgen, dass ich nichts von Yan oder den anderen gehört habe.«

»Hast du nicht?« Sie geht barfuß durch den Raum und bleibt vor mir stehen, wobei die Farbe ihres Gesichts zu dem weißen T-Shirt passt, das sie anstelle des Pyjamas trägt. »Könnten sie einfach beschäftigt sein?«

»Alles ist möglich.« Die Zwillinge könnten sich mitten in einem Job befinden, und Anton könnte Empfangsprobleme im Flugzeug haben. »In unserer Situation ist Vorsicht aber besser als Nachsicht.«

»Aber wohin sollen wir gehen? Vor drei Tagen warst du wegen des Fiebers nicht einmal ansprechbar. Du musst in einem Krankenhaus sein, gesund werden.«

»Jetzt geht es mir wieder gut«, unterbreche ich sie.

Ich nehme ihr zartes Gesicht zwischen meine Handflächen und sage in einem weicheren Ton: »Keine Sorge, mein Liebling. Du hast deinen Teil getan, und jetzt ist es an der Zeit für mich, meinen zu tun.«

Und als sie mich mit riesigen, ängstlichen Augen anstarrt, küsse ich sie auf ihre verführerischen Lippen und greife dann in den Schrank, um ihre Kleidung zu nehmen.

43

Sara

ICH ZIEHE MICH AN, WÄHREND PETER ERNEUT VERSUCHT, Anton und die Zwillinge zu erreichen. Meine Hände sind von dem Stress ganz kalt, weshalb ich mit meinen steifen Fingern zwei Versuche brauche, um die Schnürsenkel an meinen Turnschuhen zu binden.

»Und?«, frage ich, als ich fertig bin, und Peter schüttelt mit düsterem Blick seinen Kopf.

»Nichts. Ich werde es bei Kent versuchen, um zu sehen, ob er etwas gehört hat.«

»Oh, das ist eine gute Idee.« Ich kaue auf meiner Lippe, während er eine Nummer tippt und mit dem Telefon an seinem Ohr wartet.

»Ich bin's, Peter«, sagt er kurz und bündig. »Hast du … Moment, was?«

Er hört in angespannter Stille zu, als Kent ihn über das, was passiert ist, informiert, und als er das Telefon senkt, gehe ich bei seinem Gesichtsausdruck einen Schritt zurück.

»Interpol hat Yulias Restaurants gestürmt. Alle von ihnen«, sagt er angespannt. »Lucas hat es kaum geschafft, Yulia rauszuholen, bevor sie zu seinem Haus auf Zypern kamen. Jetzt sind sie auf dem Weg zu Esguerras Anwesen in Kolumbien – dem einzigen Ort, der vielleicht halbwegs sicher für sie ist.«

»Oh Gott.« Eine Welle von Übelkeit überkommt mich. »Glaubst du, Yan und die anderen …?«

»Sie könnten bereits entführt worden sein, ja. So oder so, wir haben keine Zeit zu verschwenden.«

Er greift meine Hand und führt mich aus dem Raum, wobei seine Schritte so stark und sicher sind, als sei er nicht vor wenigen Tagen kurz davor gewesen, zu sterben.

Ich muss joggen, um mit dem Tempo, das er vorgibt, Schritt zu halten, während wir durch den Flur und in das Treppenhaus laufen. »Kein Aufzug?«, frage ich und keuche, während wir zügig nach unten gehen, und er schüttelt den Kopf und umfasst meine Hand fester.

»Der kann zu leicht zu einer Falle werden.«

Ich möchte ihn an seine Wunden erinnern und ihn bitten, es nicht zu übertreiben, aber jetzt ist nicht der richtige Zeitpunkt dafür. Wenn die Behörden so weit gegangen sind, nach Kent zu suchen – Esguerras rechter Hand und damit ebenfalls unantastbar –, hat Peter recht damit, dass die Klinik nicht sicher ist.

Alle üblichen Einsatzregeln des Militärs scheinen außer Kraft gesetzt zu sein.

»Wohin gehen wir?«, frage ich, vor allem, um mich von der wachsenden Übelkeit abzulenken. Die sogenannte Morgenübelkeit überkommt mich zu verschiedenen Tages- und Nachtzeiten, und die ganze Bewegung beim Treppensteigen hilft nicht.

»Ein Geheimversteck«, sagt Peter, ohne mich anzusehen, und ich merke, dass sein Gesicht ungewöhnlich blass ist und seine Schläfen durch die Anstrengung mit Schweißperlen bedeckt sind.

Er ist nicht so erholt, wie er es vorgibt.

Ich muss meine ganze Willenskraft aufbringen, um mich davon abzuhalten, ihm zu sagen, dass er damit aufhören und sich ausruhen soll. Stattdessen werde ich schneller, damit er sich nicht bemühen muss, mich mitzuschleppen. »Du willst mir nicht sagen, wo es ist?«

»Nein.« Sein Blick fällt auf die Ecke der Decke, und ich sehe ein schwaches, rotes Licht, das dort leuchtet.

Natürlich. Kameras.

Ich hätte es besser wissen sollen, als zu fragen.

Wir gehen den Rest des Weges schweigend, und Peter bleibt stehen, als wir die Tür zur Lobby erreichen. Langsam öffnet er sie ein kleines Stück und schaut dann durch den Spalt.

»Die Luft ist rein«, murmelt er nach einer Minute, und ich atme einen zitternden Atemzug aus, als wir hinausgehen.

»Mr. Sokolov«, sagt die blonde Empfangsdame überrascht, als wir an ihrem Schreibtisch vorbeigehen. »Sie gehen schon?«

»Ja. Ich werde die Rechnung später begleichen.«

Sie beginnt, noch etwas zu sagen, aber wir verlassen das Gebäude bereits und betreten einen Innenhof, der als Parkplatz dient. Es ist eiskalt, aber wunderschön hier draußen, mit dem weißen Schein des Mondlichts, das die schneebedeckten Gipfel der Schweizer Alpen umgibt. Ich kann den Anblick allerdings nicht genießen, als Peter mich auf den Parkplatz führt.

Mein Magen rebelliert, und ich muss immer wieder schlucken, um mich nicht zu übergeben.

Plötzlich hält er inne, hockt sich zwischen zwei Autos und zieht mich mit sich hinunter.

»Jemand kommt«, flüstert er, greift nach seinem M16, und eine Sekunde später hält ein schwarzer SUV mit quietschenden Reifen vor der Klinik.

 eter

44

ICH ERWARTE, DASS INTERPOL-BEAMTEN AUS DEM AUTO springen, aber stattdessen sehe ich einen Mann, der ganz in Schwarz gekleidet ist.

»Anton!« Ich stehe auf und winke, damit er mich sehen kann. Er dreht sich herum, und Erleichterung breitet sich auf seinem bärtigen Gesicht aus.

»Steigt ein!«, ruft er und zeigt mit dem Daumen auf das Auto. »Wir müssen weg von hier.«

Sara neben mir ist bereits auf den Beinen, und ich greife nach ihrer Hand, während ich mich halb rennend, halb humpelnd Antons SUV nähere. Meine Wade brennt höllisch, und ich fühle mich, als hätte ich ein paar Stiche an meiner Seite aufgerissen, aber nichts davon ist wichtig.

Anton gerät nicht leicht in Panik, und er sieht mehr als ein wenig nervös aus.

Als wir das Auto erreichen, springt er zurück hinter das Steuer, und ich stürze mich auf den Rücksitz und knirsche mit den Zähnen, als mich eine Schmerzenswelle überrollt. Sara steigt neben mir ein, und wir fahren bereits vom Parkplatz, bevor sie die Tür geschlossen hat.

»Yan und Ilya?«, frage ich, als der schlimmste Schmerz nachlässt, und Anton wirft einen grimmigen Blick in den Rückspiegel.

»Interpol hat ihr Treffen in Genf gestürmt. Ich habe seitdem nichts mehr von ihnen gehört.«

»Verdammt.« Ich schließe die Augen und fühle einen Anflug von Übelkeit. Mein Körper ist immer noch angegriffen, schwach und wackelig, also definitiv nicht in Form, um es mit einer Reihe von bewaffneten Agenten aufzunehmen, sollten sie es als Nächstes auf uns abgesehen haben.

Ich öffne die Augen, schaue zu Sara hinüber und sehe, dass sie langsam und tief atmet, und ihr zartes Gesicht einen grünlich weißen Teint hat.

»Alles in Ordnung, Ptichka?«, murmele ich, und sie nickt kurz.

»Morgenübelkeit«, sagt sie in einem kaum hörbaren Flüstern, und ich drücke ihre Hand, während sich meine Brust mit einer Mischung aus Wut und Schuldgefühlen zusammenzieht.

Meine Sara ist schwanger. Dies ist die Zeit in ihrem Leben, in der Stress am giftigsten ist. Sie sollte sich in unserem Haus ausruhen und von mir und ihrer Familie verwöhnt werden – nicht vor den Behörden weglaufen, nachdem sie den Tod ihrer Eltern miterlebt hat.

Ich hätte nie zustimmen sollen, Hendersons Leben zu verschonen. Dieser Ublyudok muss bezahlen – und diesmal wird er es tun.

Ich werde ihn auseinandernehmen, Stück für Stück.

Zuerst aber müssen wir hier lebend herauskommen.

»Ich habe versucht, dich zu erreichen«, sage ich Anton, als er auf die Straße zum privaten Flughafen abbiegt, der für die Patienten der Klinik reserviert ist. »Hast du dein Handy weggeworfen?«

Er nickt. »Ich war gerade gelandet und telefonierte mit Yan, als Interpol ihren Treffpunkt stürmte, also habe ich es vorsichtshalber zerstört.«

»Gut.« Unsere Telefone sind unauffindbar, das Signal prallt von Satelliten auf der ganzen Welt ab, aber es ist besser, nichts zu riskieren. »Besteht die Möglichkeit, dass sie entkommen sind?«

»Alles ist möglich«, sagt er, aber es klingt nicht so, als würde er es glauben.

»Anton ...« Saras Stimme ist angespannt. »Es tut mir so leid, aber kannst du das Auto anhalten?«

»Fahr rechts ran«, befehle ich zu Anton, und er fährt von der Straße herunter und bremst. Das Auto bewegt sich immer noch, als Sara die Tür öffnet und sich würgend hinauslehnt. Ich lege einen Arm um ihre schlanke Taille und halte ihr Haar mit meiner anderen Hand aus ihrem Gesicht, während sie sich erbricht.

»Tut mir leid«, murmelt sie, als sie fertig ist, und ich gebe ihr eine Wasserflasche aus dem Koffer auf dem Boden.

»Das muss dir nicht leidtun«, sage ich, als Anton wieder auf die Straße biegt. »Das ist ganz natürlich.«

Ich behalte einen ruhigen Tonfall bei, als ob es mich nicht im Geringsten stören würde, meine Frau am Straßenrand kotzen zu sehen, während wir um unser Leben rennen. Als ob nicht Wut wie Säure durch meine Adern fließen würde und alles, was ich erblicke, in blutige Rottöne färbt.

»Bist du krank, Sara?«, fragt Anton, und ich merke, dass er noch nichts von dem Baby weiß. Und warum sollte er? Wir haben es selbst gerade erst herausgefunden.

»Wir bekommen ein Baby«, sage ich, und trotz aller Bemühungen klinge ich jetzt angespannt.

Wenn Sara oder dem Baby etwas zustößt, werde ich es mir nie verzeihen.

»Oh.« Anton scheint sprachlos zu sein. »Das ist … Glückwunsch.«

»Danke«, murmele ich, und dann höre ich es.

Das Heulen von Sirenen in der Ferne.

Verdammt.

»Weiter«, sage ich Anton, aber er ist schon dabei, das Gas durchzutreten, und sein Gesicht ist angespannt.

Ich wende mich an Sara. »Schnall dich an.«

Sie gehorcht schnell, und ihre haselnussbraunen Augen sind dunkel in ihrem blassen Gesicht, als ich meine Waffen prüfe.

Die Sirenen kommen von hinten – aus der Richtung der Klinik – was bedeutet, dass meine Intuition richtig war.

Sie haben es auf uns abgesehen.

Das Gebrüll eines Hubschraubers schließt sich bald den Sirenen an, und Anton beschleunigt weiter und nimmt eine steile Kurve auf der Straße mit rasanter Geschwindigkeit.

»Fahr verdammt nochmal langsamer«, brülle ich, als Sara erschrocken nach meine Hand greift. »Wir dürfen keinen Unfall haben, verstehst du?«

Wenn es nur ich und Anton wären, würde ich es riskieren, aber nicht mit Sara hier.

Nicht, nachdem sie bei einem Unfall auf einer Straße wie dieser fast gestorben wäre.

Anton geht ein wenig vom Gas, und ich bringe Saras Hand zu meinen Lippen. »Es wird alles gut, Ptichka«, murmele ich und küsse ihre Knöchel. »Wir müssen es nur zum Flugzeug schaffen.«

»Vielleicht warten sie dort schon auf uns«, sagt Anton. »Da sie von der Klinik wussten, wissen sie vielleicht auch von dem Flugplatz.«

»Die Klinik ist auf der Karte, aber der Flugplatz nicht«, sage ich und drücke Saras Hand beruhigend, als ich spüre, wie angespannt sie ist. »Sie müssten ihren Standort vom Personal erfahren.«

Zumindest hoffe ich das.

Weil wir gerade in einen Hinterhalt fahren *könnten*.

Anton reagiert nicht, sondern tritt einfach wieder aufs Gas, als wir eine gerade Strecke erreichen. Wir sind jetzt nur noch ein paar Minuten von der Start- und Landebahn entfernt, aber das Brüllen des Hubschraubers wird von Sekunde zu Sekunde lauter und übertönt das adrenalingeladene Hämmern meines Herzschlags.

Schließlich sehe ich, wie seine Scheinwerfer hinter uns auftauchen, während wir eine weitere scharfe Kurve fahren.

»Runter«, brülle ich Sara an, während ich sie flach auf den Sitz drücke, und das Fenster öffne, um mich hinauszulehnen. Ich ignoriere den ziehenden Schmerz in meiner Seite, während ich mit meinem M16 auf den Hubschrauber ziele.

Er fliegt hinter die Bäume, bevor ich das Feuer eröffnen kann.

Ich warte, weil ich meine Kugeln nicht verschwenden will.

Eine Sekunde später taucht der Hubschrauber wieder auf, und ich feuere eine Salve ab.

Aus dem Hubschrauber wird zurückgefeuert, bevor er wieder wegschwenkt.

Verdammt. Wir sind jetzt fast auf der Landebahn.

Ich warte, bis der Hubschrauber wieder erscheint, und dann eröffne ich das Feuer und drücke den Abzug, bis meine Waffe leer ist und der Hubschrauber zurückfällt, um meinen Kugeln auszuweichen.

Ich suche Deckung im Auto, lade schnell nach und lehne mich dann wieder aus dem Fenster.

Diesmal fliegt der Hubschrauber jedoch hinter uns.

Das ist nicht gut.

Wir können nicht abhauen, wenn diese Wichser auf uns schießen.

Das Auto biegt scharf ab, und als ich nach vorn schaue, sehe ich, dass wir bereits auf der Piste sind und mit voller Geschwindigkeit auf das Flugzeug zusteuern.

»Die RPG ist drin«, schreit Anton und bremst. »Ich gehe sie holen.«

Wir kommen mit quietschenden Reifen ein Dutzend Meter vom Flugzeug entfernt zum Stehen, und ich knirsche mit den Zähnen, als meine Seite in den scharfen Metallrahmen der Autoscheibe knallt.

Wenn wir das überleben, wird Sara sauer sein, dass ich mir meine Nähte wieder aufgerissen habe.

Anton springt aus dem Auto und sprintet zum Flugzeug, und ich sorge für Deckungsfeuer, als sich der Hubschrauber nähert. Die Sirenen werden auch lauter, sie müssen uns direkt auf den Fersen sein.

»Steig ins Flugzeug, sofort!«, schreie ich Sara an, und aus dem Augenwinkel sehe ich, dass sie tut, was ich ihr sage.

Mein M16 klickt leer, aber ich habe keine Zeit zum Nachladen, also nehme ich die Glock aus meinem Hosenbund, während der Hubschrauber wegfliegt und bevor er zurückkommt und ein Kugelhagel über dem Auto niedergeht. Das Glas um mich herum explodiert, und die Scherben schneiden in mein Gesicht und meinen Hals. Ich umgreife die Glock, drücke meine Tür auf, stürze mich heraus und rolle vom Auto weg, während ich zurückschieße.

Ich will, dass sie sich auf mich konzentrieren, nicht auf das Flugzeug oder Sara.

Um mich herum schlagen Kugeln auf dem Boden ein und lassen Asphaltstücke in mein Gesicht regnen. Ich kann das Schießpulver riechen und die Hitze des Metalls spüren, während es vorbeifliegt.

Das war es.

Ich werde es nicht schaffen.

Meine Waffe klickt genau in dem Moment leer, in dem ein schwarzer Van auf die Landebahn rast und mit quietschenden Reifen neben unserem Auto zum Stehen kommt.

ara

ICH BIN SCHON AM FLUGZEUG, ALS ICH DEN SCHWARZEN
Van sehe.

Interpol.

Sie haben uns eingeholt.

»Anton!« Ich schreie über das Geschützfeuer und
das Hubschraubergeräusch, als er mit einem
Raketenwerfer auf seiner Schulter wieder in der
Türöffnung des Flugzeugs auftaucht. »Sie sind …«

Bumm!

Der Blitz der Explosion verbrennt meine Netzhaut,
und das Geräusch ist so ohrenbetäubend, dass meine
Trommelfelle fast explodieren. Der Himmel scheint
sich in einen Feuerball zu verwandeln, und brennende
Metallteile regnen herunter.

Heilige Scheiße.

Anton hat den Hubschrauber abgeschossen.

Mein fassungsloser Blick fällt auf den Van, und ich sehe zwei bekannte Gestalten herausspringen.

»Yan! Ilya!« Ich war noch nie so froh, sie zu sehen – besonders, als sie sich nach unten beugen, um Peters Arme über ihre Schultern zu legen und gemeinsam zum Flugzeug zu laufen.

»Beeilt euch!«, schreit Anton, und ich höre, wie die Sirenen lauter werden. »Wir müssen jetzt los.«

Er verschwindet wieder im Flugzeug, und ich eile ihm mit den Zwillingen und Peter auf meinen Fersen nach.

Die Polizeiautos erreichen den Flugplatz, als unsere Räder vom Boden abheben.

»ALSO HABEN SIE EUCH VERFOLGT, NICHT UNS?«, FRAGE ich Yan, während ich den Schmutz und das Blut von Peters Gesicht abwische, bevor ich ein paar Glasscherben, die sich in seine Haut gegraben haben, entferne. Ich fühle mich eigenartig ruhig, so als würde ich einen routinemäßigen Pap-Abstrich machen, anstatt die Verletzungen meines Mannes nach einer verheerenden Flucht zu behandeln.

Entweder gewöhne ich mich an das Leben auf der Flucht, oder ich stehe immer noch unter Schock, und der Adrenalinschub wird mich gleich treffen.

»Ja, und wir haben es nur knapp geschafft«, sagt

Yan vom Sitz neben der Couch, auf der Peter liegt. »Der Hubschrauber flog voraus, um uns abzufangen, aber dann müsst ihr seine Aufmerksamkeit erregt haben.« Während er spricht, hält er einen Spiegel hoch, um eine Antibiotikasalbe auf sein Ohr aufzutragen, wo eine Kugel ihn gestreift und eine hässliche Wunde hinterlassen hat.

»Schön, dass wir zufällig als Ablenkung dienen konnten«, sagt Peter, als ich sein Hemd hebe, um den Verband an seiner Seite zu untersuchen. Er sieht immer noch extrem blass aus, aber er ist bei Bewusstsein und fühlt sich anscheinend gut genug, um sarkastisch zu sein.

»Hey, es war eine Teamleistung«, sagt Ilya, und ein Grinsen breitet sich auf seinem runden Gesicht aus, während er sich in seinen Sitz fallen lässt – erstaunlicherweise völlig unverletzt. »Hätte nicht besser laufen können, wenn wir es geplant hätten.«

Ich schüttelte den Kopf und versuchte, nicht darüber nachzudenken, wie es sich angefühlt hat, zum Flugzeug zu laufen, während Peter vom Feuer des Hubschraubers beschossen wurde. Es ist ein Wunder, dass er überlebt hat – dass wir *alle* überlebt haben und entkommen sind.

Meine Hände beginnen zu zittern, als ich Peters Verband abnehme, und ich merke, dass das Adrenalin *jetzt* kommt.

Peter hätte wieder angeschossen werden können.

Er hätte getötet werden können, sein Schädel hätte

von einer Kugel weggeblasen werden können, genau wie …

Nein, stopp.

»Wohin fliegen wir jetzt?«, frage ich, um mich von den Erinnerungen abzulenken, die drohen, meinen Kopf zu überfluten. Ich kann nicht in diese Dunkelheit eintauchen, kann mich nicht darauf konzentrieren, was mit meinen Eltern passiert ist oder was mit Peter hätte passieren können.

Ich bin noch nicht bereit, mich dem zu stellen.

»Das ist eine gute Frage«, meint Yan und legt die Salbe weg, um sein Telefon zu nehmen. »Lasst mich sehen, ob unser türkischer Kontakt durchgekommen ist.« Er streicht ein paarmal über seinen Bildschirm und verzieht sein Gesicht. »Verdammt.«

»Was?« Peter versucht, sich aufzurichten, aber ich drücke ihn wieder nach unten.

»Bleib ruhig liegen«, sage ich und blicke ihn böse an. »Ich bin noch nicht fertig.«

»Unser Typ von der Flugsicherung ist im Gefängnis«, sagt Yan, als Peter gehorcht und mich seine gerissenen Fäden reinigen lässt. »Jemand hat sein Zusatzeinkommen entdeckt.«

»Also ist die Türkei raus.« Peter klingt nicht überrascht. »Was ist mit Lettland?«

»Moment.« Yan wählt eine Nummer und beginnt dann, auf Russisch zu sprechen.

Was auch immer die Person auf der anderen Seite der Leitung sagt, kann nicht gut sein, denn Yans Stirnrunzeln wird mit jedem Moment tiefer.

»Was ist los?«, fragt Ilya, als Yan auflegt. »Was hat dieser Bastard gesagt?«

»Anscheinend ist jeder Flughafen in Europa auf der Suche nach unserem Flugzeug«, sagt Yan. »Das gilt auch für private Landebahnen. Interpol hat einen lächerlich hohen Preis auf unsere Köpfe ausgesetzt, und alle vier Gesichter sind in den Nachrichten als Verdächtige hinter dem FBI-Bombenanschlag zu sehen. Ich würde im Moment niemandem vertrauen; sie werden uns genauso gerne ausliefern wie uns zu helfen.«

»Verdammt.« Peter versucht wieder, aufzustehen, und diesmal lasse ich ihn. Die schockinduzierte Ruhe ist restlos verschwunden, und ich bin mir einer furchtbaren Müdigkeit kombiniert mit einer schrecklichen Angst bewusst.

Wir sind vielleicht geflohen, aber wir sind weit davon entfernt, in Sicherheit zu sein.

»Wenn Europa nicht in Frage kommt, ist Venezuela unsere beste Wahl«, sagt Peter, als ich ihm wie ferngesteuert einen neuen Verband an der Seite anlege. »Haben wir genug Treibstoff, um dorthin zu gelangen?«

»Lass mich mit Anton sprechen«, sagt Yan und steht von seinem Platz auf. Er verschwindet im Cockpit und taucht eine Minute später wieder auf. »Ja, aber gerade so«, berichtet er. »Wenn etwas schiefgeht, sind wir am Arsch.«

»Ich sage, wir versuchen es«, sagt Ilya und kratzt

über seinen tätowierten Schädel. »Wenigstens wird es dort warm sein.«

»Gib mir dein Handy«, sagt Peter zu Yan. »Ich werde Esteban kontaktieren. In der Zwischenzeit sag Anton, er soll den Kurs auf Venezuela setzen. So oder so werden wir dort landen.«

eter

ESTEBAN, DER GIERIGE KLEINE WICHSER, FORDERT NICHT weniger als drei Millionen Euro, um die entsprechenden Vorkehrungen zu treffen, aber wir haben keine Zeit zum Streiten.

Wenn wir nicht auf seinem kleinen Flughafen landen, sind wir verloren.

Schließlich ist die gesamte Logistik geklärt, und ich mache mich auf den Weg zu Saras Sitz. Er ist groß genug für zwei Männer, und sie sieht darin, zusammengerollt, mit den Knien bis zu ihrer Brust gezogen, während sie aus dem Fenster des Flugzeugs starrt, winzig aus.

»Ptichka.« Ich sinke vor ihr auf die Knie und ignoriere die ziehenden Schmerzen in meiner Wade und meiner Seite, während ich meine Hände auf ihre Knöchel lege. »Mein Liebling, geht es dir gut?«

Sie konzentriert sich auf mich und blinzelt. »Was machst du da? Du solltest dich hinlegen.«

»Es geht mir gut«, sage ich, aber sie ist schon auf den Beinen und zieht mich hoch und auf die Couch. Seufzend lasse ich sie – denn ich fühle mich beschissen.

»Leg dich zu mir«, sage ich, während ich mich auf der Couch ausstrecke. »Ich will dich umarmen.«

Sie runzelt die Stirn. »Aber deine Seite …«

»Mach dir keine Sorgen.« Ich ziehe sie herunter, bis sie keine andere Wahl hat, als sich neben mich zu legen. Ich rolle auf meine unverletzte Seite, lege mich von hinten um sie und inhaliere den zarten Duft ihres Haares, während Ilya und Yan sich auf ihren Sitzen gezielt abwenden und uns ein wenig Privatsphäre geben.

Sie ist anfangs starr, zweifellos besorgt darüber, eine meiner Verletzungen zu berühren, aber nach einer Minute verlässt ein Teil der Steifheit ihre Muskeln. Und dann fühle ich es.

Ein fast unmerkliches Zittern ihres Körpers.

Sie zittert überall.

Meine Brust zieht sich in qualvollem Mitgefühl zusammen. Mein kleiner Singvogel ist nicht körperlich verletzt – das war das Erste, was ich untersucht habe, als wir ins Flugzeug gestiegen sind – aber das bedeutet nicht, dass er ungeschoren davongekommen ist.

Was Sara gerade durchgemacht hat, ist genug, um

bei einem erfahrenen Soldaten eine posttraumatische Belastungsstörung auszulösen, ganz zu schweigen von einer Zivilistin.

Einer *schwangeren* Zivilistin.

»Wie fühlst du dich, mein Liebling?«, frage ich leise und lege meine Hand auf ihren Bauch. Vielleicht bilde ich es mir ein, aber er fühlt sich flacher an als sonst, so als ob sie etwas an Gewicht verloren hätte. Und vielleicht hat sie das.

Zwischen der unvorhersehbaren Morgenübelkeit und dem ganzen Stress isst sie vielleicht nicht ordentlich.

»Mir geht es gut«, murmelt sie, obwohl ihr Atem verräterisch abgehackt ist. »Es ist nur …«

»Die Nachwirkung des Adrenalins, ich weiß.« Ich halte meine Stimme leise und beruhigend, während ich meine Hand von ihrem Bauch bewege, um ihre Hüfte zu streicheln. »Es wird vorbeigehen.«

Sie atmet tief ein. »Ich weiß. Es wird alles gut werden.«

»Das wird es«, verspreche ich. »Wir werden zu unserem Unterschlupf kommen, und alles wird gut werden.«

Es ist das erste Mal, dass ich sie angelogen habe, und nach dem erneuten Versteifen ihres Körpers zu urteilen, weiß es mein Ptichka.

Weil es nicht gut sein wird.

Nichts kann das, was getan wurde, rückgängig machen und Saras Eltern zurückbringen.

Alles, was ich tun kann, ist, Rache zu nehmen – und das werde ich.

Henderson wird um seinen Tod betteln, lange bevor ich mit ihm fertig bin.

enderson

WIEDER GEFLOHEN.

Wut vermischt sich in meiner Brust mit wachsender Angst, als ich die neueste E-Mail von meinem Kontakt lese.

Sie sind alle entkommen, direkt vor der Nase Interpols.

Noch eine Minute, und Sokolov und seine russischen Freunde wären umzingelt gewesen. Interpol hätte alle vier auf einmal bekommen können. Stattdessen sind sie jetzt in der Luft, auf dem Weg irgendwohin.

Ganz zu schweigen von Kents erfolgreicher Flucht auf Esguerras Anwesen im Amazonasdschungel, das selbst die kolumbianische Regierung für uneinnehmbar hält.

Wenn sie alle eine Chance haben, sich neu zu gruppieren, bin ich verloren, denn inzwischen haben sie sicher herausgefunden, was passiert ist – und wie.

Ich atme ein, um eine Panikwelle zu kontrollieren, und beginne, eine E-Mail an meinen CIA-Kontakt zu schreiben.

Noch ist Zeit, Sokolovs Flugzeug abzufangen.

Wir müssen nur alle Flughäfen weltweit erreichen und sie dazu bringen, gegen alle Flugsicherungsbeamten vorzugehen, die vielleicht auch nur im Entferntesten für Bestechungen zugänglich sind.

ara

ICH MUSS IN PETERS UMARMUNG EINGESCHLAFEN SEIN, weil ich zu dem leisen Geräusch russisch sprechender Stimmen aufwache. Ich öffne die Augen und sehe meinen Mann auf einem Sitz mit einem Computer auf dem Schoß und die Zwillinge, die neben ihm stehen. Er zeigt auf etwas auf dem Bildschirm, während er in seiner Muttersprache spricht.

»Was ist los?«, frage ich, und setze mich hin. Ich fühle mich so ausgelaugt, als wäre ich schon seit Stunden unterwegs, was wahrscheinlich auch so ist.

Es ist ein langer Flug von der Schweiz nach Venezuela.

Die Männer schauen in meine Richtung. »Ich habe nur versucht herauszufinden, wo sich der

Scharfschütze versteckt hatte«, sagt Yan, während Peter gleichzeitig sagt: »Nichts, mein Liebling. Mach dir keine Sorgen.«

»Ein Scharfschütze?« Ein frischer Adrenalinschub lässt mich aufspringen. »Welcher Scharfschütze?« Dann dämmert es mir. »Oh, du meinst, wer auch immer auf den Beamten geschossen hat, der dich verhaften wollte, und so alle in Panik versetzt und die Schießerei verursacht hat? Ich habe viel darüber nachgedacht und glaubte anfangs, es könnte jemand gewesen sein, der versucht hat, dir zu helfen, aber so war es nicht, oder? Jemand hat versucht, Ärger zu machen.«

Peter starrt Yan an – dachte er, ich müsse davor geschützt werden? – bevor er sich mir zuwendet. »Das ist richtig«, sagt er ruhig. »Henderson muss den Scharfschützen angeheuert haben, um sicherzustellen, dass ich bei der Verhaftung getötet werde. Ich schätze, der Plan war, mich zu verleumden, und dann die Behörden zu benutzen, um mich zu Fall zu bringen, zusammen mit allen, die mir jemals geholfen haben – und das auf sehr öffentliche Weise, so dass nichts vor den Medien verborgen bleiben konnte. Wenn ich verhaftet worden wäre, hätte ich vielleicht die Behörden von meiner Unschuld überzeugen können, indem ich die wahren Schuldigen gefunden hätte, und dann wäre alles wieder so geworden, wie es war – und Henderson wäre in echten Schwierigkeiten gewesen.«

»Aber wenn er den Scharfschützen dort hatte, warum erschießt er nicht einfach dich, anstatt den

SWAT-Beamten zu töten?«, frage ich und unterdrücke ein Zittern, als ich mir das Bild von Peters explodierendem Kopf vorstelle. »Wenn der Scharfschütze positioniert war ...«

»Nun, zum einen war der Winkel nicht optimal, um mich zu bekommen«, sagt Peter. »Oder zumindest denken wir das anhand meiner Erinnerungen. Um diesen Schuss machen zu können, muss er auf dem Dach des dreistöckigen Hauses im benachbarten Block gelegen haben. Erinnerst du dich, das weiße mit dem grauen Dach?«

Ich nicke, und er fährt fort. »Nun, ich war näher an unserem Haus, also muss mich das Dach zumindest teilweise abgeschirmt haben. Aber was noch wichtiger ist: Wenn *ich* von einem unbekannten Scharfschützen erschossen worden wäre, hätte es alle möglichen Verdächtigungen darüber geweckt, wer wirklich hinter dem Angriff steckt, und ich schätze, das ist das Letzte, was Henderson wollte. Aber da der Agent erschossen wurde, war es fast sicher, dass die Polizei annehmen würde, dass es jemand war, der mit mir unter einer Decke steckt, und ich würde sowieso bei der daraus resultierenden Schießerei getötet werden.«

»Und das wärst du auch fast.« Ich kann mein Zittern diesmal nicht unterdrücken. »Du bist dem Tod so nahe gekommen ...«

Peters Lippen verziehen sich zu einem kalten Lächeln. »Ja, aber zu Hendersons Pech bin ich nicht gestorben.«

Ich starre ihn an, und die feinen Haare auf meinem

Nacken erheben sich bei dem dunklen Versprechen in seiner Stimme. Ich habe diese Seite von ihm nicht vergessen, aber es war einfach gewesen, nicht über sie nachzudenken, als wir unser Vorstadtleben begannen. Der Peter, den ich geheiratet habe, war nicht anders als der rachsüchtige Attentäter, der in mein Haus eingedrungen war, um George zu ermorden, aber es war möglich, so zu tun, als ob er es wäre, als ob er nicht mehr zu den schrecklichen Dingen fähig war, die er getan hatte, um Tamila und seinen Sohn zu rächen.

Aber er ist es.

Das wird er immer sein.

Und jetzt hat er einen weiteren Grund, Henderson zu verfolgen.

»Wie willst du das machen?«, frage ich und bin selbst überrascht, wie ruhig ich klinge. »Hast du schon einen Plan?«

Weil Henderson dafür sterben *wird*. Ich weiß das, so sicher wie ich weiß, dass Peter mich liebt. Mein tödlicher Ehemann wird seinen Feind das Zehnfache zahlen lassen, und so falsch es auch ist, ich kann bei dem Gedanken nicht einen Hauch moralische Empörung aufbringen.

Das kürzlich erwachte Monster in mir *will*, dass Henderson leidet, Schmerzen und verheerende Verluste kennenlernt.

Peters eiskaltes Lächeln ändert sich nicht. »Mach dir keine Sorgen um die Einzelheiten, mein Liebling. Es reicht, wenn du weißt, dass er damit nicht durchkommt.«

»Ich weiß, dass er das nicht wird«, sage ich leise und halte dem Blick meines Mannes stand. »Du wirst ihn nicht lassen.«

Und als ich aufstehe, um mich im Badezimmer frisch zu machen, weiß ich, dass Peters Augen mich verfolgen, während ich durch die Kabine gehe.

eter

MENSCHEN VERARBEITEN TRAUMATA AUF unterschiedliche Weise. Einige zerbrechen daran und werden nie wieder wie vorher. Andere finden eine Stärke, die sie alles überstehen lässt. Ich habe immer gewusst, dass Sara zu den Letzteren gehört, aber ich habe ihren Stahlkern nie mehr geschätzt als jetzt gerade, wo ich beobachte, wie sich die Badezimmertür hinter ihrer schlanken Gestalt schließt.

Sie ist eine Kriegerin, mein kleines Singvögelchen – auf ihre eigene Weise so stark wie jeder ausgebildete Soldat.

»Also denkst du immer noch, dass sie so süß und oberflächlich ist?«, fragt Yan auf Russisch, als ich von der Tür wegblicke und seinem kühl amüsierten Blick begegne. »Denn von meinem Blickpunkt aus scheint deine perfekte kleine Ärztin einen ziemlichen Blutdurst entwickelt zu haben.«

»Halt die Klappe, Yan«, schnappt Ilya, bevor ich antworten kann. »Jetzt ist nicht die richtige Zeit.«

Unter allen anderen Umständen hätte ich bereits meine Hände um Yans Hals, aber Ilya hat recht.

Wir sind dabei, unseren Abstieg zu beginnen, und es bleibt keine Zeit für Schwachsinn.

»Ich werde die Situation vor Ort noch einmal überprüfen«, sage ich Ilya und ignoriere Yan gezielt. »Esteban hat versprochen, dass alles bereit sein wird, aber du weißt, wie sehr ich diesem Wiesel vertraue.«

»Richtig.« Ilya schnappt sich Yans Handy aus der Tasche seines Bruders und gibt es mir. »Gute Idee.«

Ich gebe die Nummer eines venezolanischen Polizeichefs ein, den ich in den letzten drei Jahren auf meiner Gehaltsliste hatte, und warte darauf, dass sich der Anruf verbindet. Wenn alles in Ordnung ist, wird Santiago nicht wissen, warum ich anrufe. Wenn nicht ...

»Hola?«, antwortet er.

»Hier ist Peter Sokolov.«

Es gibt einen Moment angespannter Stille; dann zischt er ins Telefon: »Warum zum Teufel rufen Sie mich an? Es ist zu spät; es gibt nichts, was ich tun kann. Sie sind überall auf dem dämlichen Flughafen. Ich sagte doch, ich kann nichts tun, wenn die ganze Abteilung ...«

Ich lege auf, bevor er fertig ist, und schaue auf, um in zwei Paare identischer grüner Augen zu blicken.

»Sieht so aus, als wäre Estebans Landebahn tabu«, sage ich ruhig. »Irgendwelche anderen Ideen?«

ara

ALS ICH ZURÜCKKOMME, SEHE ICH, DASS PETER UND DIE
Zwillinge sich um den Eingang zum Cockpit
versammelt haben. Alle drei Männer gestikulieren
wild, während sie mit Anton auf Russisch diskutieren.

Mein Magen zieht sich zusammen. »Was ist los? Ist
etwas passiert?«

»Unser venezolanischer Kontakt hat uns verkauft«,
sagt Ilya über seine Schulter. »Oder vielleicht wurde er
erwischt – wir sind uns nicht sicher. So oder so, die
Polizei wartet darauf, dass wir landen, was bedeutet,
dass wir unsere Treibstoffvorräte strecken und zu
einem anderen Flughafen gelangen müssen.«

»Es gibt kein Strecken von Treibstoff, das hat
Anton dir auch gesagt.« Yans Stimme ist hart und

scharf. »Ich sage, wir wagen es mit der Polizei. Wenn unser Treibstoff ausgeht, ist das der sichere Tod, aber mit den Bullen …«

»Wir haben noch sieben Prozent übrig«, sagt Peter. »Das reicht, um uns zu einem anderen Flughafen in der Nähe zu bringen.«

»Wo sie sowieso auf uns warten werden«, sagt Yan. »Wir sind bereits auf ihrem Radar, und wenn wir uns auch nur ein kleines bisschen verkalkulieren …«

»Das ist besser, als in eine Falle zu gehen«, sagt Ilya. »Ich sage, wir landen woanders. Wie eine private Landebahn oder eine Autobahn oder vielleicht sogar …« Er hält abrupt inne und eilt zu dem Laptop, an dem Peter vorhin war.

»Was ist?«, frage ich, und mein Herz rast.

»Kolumbien.« Seine tiefe Stimme ist eigenartig aufgeregt. »Wir sind nicht weit von Esguerras Anwesen im Amazonas entfernt, und dort gibt es eine Landebahn.«

»Du machst Witze, oder?« Yan verschränkt seine Arme. »Es ist unmöglich, dass unser Treibstoff so lange hält – und das auch vorausgesetzt, dass Esguerra uns helfen würde. Er sitzt gerade tief in seiner eigenen Scheiße.«

»Ja, aber es ist alles derselbe Scheiß, verstehst du nicht?« Ilyas dicke Finger fliegen über die Tastatur. »Wir sind der Grund, warum er angegriffen wird. Also …«

»Also wird er der Polizei gerne die Mühe ersparen

und uns selbst abschießen«, sagt Yan. »So oder so, ich verstehe nicht, wie wir genug …«

»Ich werde den Treibstoff mit Anton besprechen«, sagt Peter und verschwindet im Cockpit.

Ich blicke ihm nach, und meine Übelkeit kehrt zurück, während ich die Tatsache verarbeite, dass es keine guten Optionen für uns gibt.

Auch wenn uns auf dem Weg zu Esguerras Anwesen nicht der Treibstoff ausgeht, wird uns der Waffenhändler wahrscheinlich nicht mit offenen Armen begrüßen.

»Wir haben *vielleicht* genug Sprit, um zu Esguerras Anwesen zu gelangen«, sagt Peter und taucht wieder in der Tür auf. »Es hängt alles von der Geschwindigkeit und Richtung des Windes ab. Im Moment haben wir einen starken Rückenwind. Wenn es so bleibt, wie es ist, schaffen wir es.«

»Der Wind? Darauf verlassen wir uns?«

Niemand antwortet auf Yans rhetorische Frage, also geht er zur Couch, lässt sich darauffallen und murmelt leise etwas, was sich nach russischen Flüchen anhört.

»Ich habe gerade Kent kontaktiert«, sagt Ilya und schaut vom Computer auf. »Er befindet sich gerade auf Esguerras Anwesen. Vielleicht kann er ihn überzeugen, uns eine Weile bei sich aufzunehmen.«

»Dafür bleibt keine Zeit«, sagt Peter. »Bis sie darüber geredet haben, haben wir keinen Treibstoff mehr. Ich werde Esguerra direkt anrufen. Er muss uns landen lassen. Das ist unsere einzige Chance.«

eter

DER KOLUMBIANISCHE WAFFENHÄNDLER NIMMT BEIM
dritten Klingeln ab.

»Ärger im Paradies?«, fragt er seidig.

»Auch auf Ihrer Seite, nehme ich an«, antworte ich
ruhig. Das Letzte, was ich will, ist, dass Esguerra meine
Verzweiflung wittert. »Ich denke, wir können uns
gegenseitig helfen.«

Er lacht spöttisch. »Ja, sicher.«

»Wissen *Sie*, wer hinter dieser beschissenen
Nummer steckt?«

»Ich habe eine ziemlich gute Vorstellung. Der
ehemalige General, richtig? Der Wichser, den Sie nicht
getötet haben, weil Sie ›Haus in der Vorstadt‹ spielen
wollten?«

Verdammt. Natürlich wusste er das schon. Informationen sind für Esguerra genauso wichtig wie der Handel mit den Waffen, die er produziert.

Ich ändere meine Taktik. »Es tut mir leid, dass das auf Sie und Ihr Geschäft übergegriffen hat. Aber der einzige Weg, das in Ordnung zu bringen, ist, Henderson und das, was er getan hat, zu entlarven. Und ich weiß genau, wie man das macht.«

»Ernsthaft? Ist das nicht der Typ, den Sie seit drei Jahren erfolglos jagen?«

Ich ignoriere den Hohn in seiner Stimme. »Ja genau – was bedeutet, dass niemand so viel über ihn weiß wie mein Team und ich. Es wird Monate, wenn nicht Jahre dauern, bis Sie alle Daten, die wir über seine Freunde und Verwandten haben, selbst sammeln, und bis Sie alle Verstecke durchlaufen, die wir gefunden und eliminiert haben. Sehen Sie es ein: Sie brauchen mich, um diese beschissene Situation schnell zu beheben, bevor Sie noch mehr Geld verlieren. Wie viel kosten Sie all die Razzien in Ihren Fabriken? Zehn Millionen pro Tag? Mehr?«

Ich habe nur über die Razzien geredet, aber der Stille am Telefon nach zu urteilen habe ich einen Nerv getroffen.

»Julian, hören Sie mir zu«, fahre ich fort, während Sara und die Zwillinge mich eindringlich anstarren. »Ich kann Henderson ausfindig machen, und ich kann es schnell tun. Alles, was ich brauche, ist ein Ort, an den ich mich ein wenig zurückziehen kann, und einige Ihrer Ressourcen, und ich werde beweisen, dass Sie nichts mit der Explosion zu tun hatten. Nächsten Monat um diese Zeit werden Sie wieder in Uncle Sams Gunst liegen, und wir werden für immer aus Ihrem Leben verschwunden sein. Oder Sie können versuchen, allein damit fertigzuwerden, und es mit jeder Strafverfolgungsbehörde aufzunehmen, die ...«

»Sie und Ihr verdammtes Team.« Man kann die Wut in Esguerras Stimme nicht falsch verstehen. »Sie sind der Grund für dieses ganze verfickte Chaos. Und wissen Sie was? Ich wette, wenn ich Sie und die anderen Terroristen in Ihrem Team an Uncle Sam übergebe, wird das einen großen Beitrag zur Wiederherstellung unserer Beziehung leisten.«

»Wird es das? Sind Sie sicher?« Jetzt bin ich an der Reihe, kühl und spöttisch zu klingen. »Ein gefährlicher Sprengstoff – *Ihr* Sprengstoff – wurde auf dem Territorium der USA gegen das *FBI* eingesetzt. Alle Behörden, jeder Bürokrat von hoch bis niedrig ist auf Sie angesetzt. Glauben Sie wirklich, dass alles vergeben und vergessen sein wird, wenn Sie Ihre Mitverschwörer ausliefern? Denn das ist es, was sie glauben werden: dass Sie einfach Ihre Kohorten verraten. Wenn Sie Henderson nicht als das entlarven, was er ist, und Ihren Namen schnell reinigen, sind Sie genauso gefickt wie wir.«

Es folgt eine weitere lange, angespannte Stille in der Leitung. Dann sagt Esguerra hart: »Gut. Ich kann Ihnen einen Ort geben, an den Sie sich zurückziehen können. Ich habe einen Kontakt im Sudan. Wenn Sie erst mal da sind ...«

»Der Sudan wird nicht funktionieren«, unterbreche ich. »Ich habe an einen anderen Ort gedacht.«

»Ach?«

»Ihr Anwesen. Wir sind in einer Stunde da.«

Und bevor er antworten kann, lege ich auf.

ara

I<small>CH BEOBACHTE MIT EINEM</small> S<small>TEIN IM</small> M<small>AGEN</small>, <small>WIE</small> P<small>ETER</small> ruhig das Telefon einsteckt und zurück ins Cockpit geht – vermutlich, um Anton zu informieren, dass wir zu Esguerras Anwesen fliegen, auch wenn der Waffenhändler nicht davon begeistert ist.

»Du weißt, dass er uns einfach abschießen wird, wenn wir ihm zu nahe kommen«, sagt Yan, als Peter eine Minute später wieder auftaucht. »Und das nur, wenn unser Treibstoff so lange hält.«

»Er wird reichen«, sagt Ilya zuversichtlich. »Und das wird Esguerra nicht tun. Du hast Peter gehört: Er braucht uns, um dieses Chaos schnell zu beheben.«

»Ja, sicher«, murmelt Yan und geht zur Toilette im hinteren Teil des Flugzeugs.

Meine Beine fühlen sich zittrig an, als ich auf die Couch gehe und mich setze.

Werden wir so sterben?

Nicht durch eine Kugel, sondern bei einem Flugzeugabsturz?

Die Couch neben mir sinkt ein, und eine große, warme Hand legt sich auf mein Knie. »Es wird alles gut, Ptichka«, murmelt Peter und hebt die andere Hand, um mein Haar zurückzustreichen. Seine Finger streifen meinen Kiefer, und die Berührung ist so zart, dass ich weinen möchte.

»Woher weißt du das?«, flüstere ich, und dann ärgere ich mich, weil ich mich wie ein bedürftiges Kind benehme.

Natürlich weiß er es nicht.

Er sagt es nur, damit ich mich besser fühle.

»Weil ich Julian kenne«, sagt er leise. Er hat sich seit Tagen nicht rasiert, und die dunklen Stoppeln betonen die ungesunde Blässe seiner Haut. Dennoch strahlt er irgendwie immer noch seine gewohnte Stärke und Selbstsicherheit aus. Ich weiß, dass es höchstwahrscheinlich eine Fassade ist, aber ich kann nicht anders, als mich beruhigt zu fühlen, als er seine Lippen an meine Stirn drückt und dann einen kräftigen Arm um meine Schultern legt, um mich gegen seine unverletzte Seite zu ziehen.

»Du solltest dich ausruhen«, murmele ich nach einer Minute. So stark mein Mann auch ist, er ist nicht unsterblich. Erst vor wenigen Tagen stand er an der Schwelle des Todes. Aber als ich versuche, mich zurückzuziehen, hält er mich fester, und ich gebe mit einem Seufzer auf und lege meinen Kopf auf seine Schulter.

Es lohnt sich nicht, darüber zu streiten.

Schließlich ist das vielleicht unsere letzte gemeinsame Stunde.

eter

DER RÜCKENWIND SCHWÄCHT SICH AB, ALS WIR KURZ davor stehen, unseren Abstieg zu beginnen. Ich erfahre davon durch eine knappe Meldung von Anton.

Ich entschuldige mich, befreie mich vorsichtig aus Saras Umarmung und gehe, dankbar dafür, dass er die Weitsicht hatte, Russisch zu sprechen, hinüber, um mit ihm zu reden.

Mein Ptichka ist schon besorgt genug.

Ilya und Yan sind bereits im Cockpit, wobei Yan neben Anton hockt und einen Computer hält.

»Wie viel wird uns fehlen?«, frage ich ohne Einleitung.

»Nicht viel«, sagt Anton. »Wenn die Windgeschwindigkeit nicht weiter sinkt, haben wir vielleicht genug für eine harte Landung – oder auch nicht. Es hängt davon ab, wie gut dieses Flugzeug mit Dämpfen läuft.«

»Gibt es irgendwelche näheren Landebahnen?«, fragt Ilya. »Eine breite Straße wäre in Ordnung.«

»Ich kann nichts auf der Karte finden«, sagt Yan, und ich sehe ihn auf Google Maps in einer stark bewaldeten Region heranzoomen. »Wir sind direkt am Rande des Dschungels; es gibt nichts als Bäume, Flüsse und schmale Feldwege.«

Ich unterdrücke einen Fluch.

Das ist schlecht.

Verdammt schlimm.

Wenn wir allein wären, würde ich mir keine Sorgen machen – viele Menschen haben Flugzeugabstürze überlebt – aber selbst eine harte Landung könnte für Sara und das Baby zu viel sein.

»Was ist los?«, fragt sie von hinten, und als ich mich umdrehe, sehe ich, dass sie besorgt auf die Steuerung blickt. »Ist etwas passiert?«

Niemand antwortet. Selbst Yan hat keine sarkastischen Bemerkungen.

»Nichts, Ptichka. Wir bereiten uns gerade auf die Landung vor«, sage ich ruhig, nehme ihre Hand und führe sie aus der Kabine.

ara

MEIN INNERES FÜHLT SICH AN WIE BLÄTTER IN EINEM Wintersturm, als Peter mich zu meinem Sitz führt, mich anschnallt und den Sicherheitsgurt so fest zieht, dass ich beinahe Schwierigkeiten habe, zu atmen. Dann humpelt er zur Couch und nimmt die Kissen herunter. Er bringt sie zu mir, und lässt sie vor mir fallen, bevor er ein Fach über mir öffnet und einen Seesack herauszieht.

»Was machst du da?« Meine Stimme beginnt zu zittern. »Peter, was machst du da?«

Er antwortet nicht, sondern zieht nur ein langes Seil und ein Messer heraus. Er greift sich eines der Kissen und bindet es an die Rückseite des Sitzes vor mir, genau dort, wo mein Kopf getroffen werden würde, wenn ich die klassische Position für einen Flugzeugabsturz einnehmen und nach vorne geschoben werden würde.

Dann nimmt er das andere Kissen und stopft es links von mir zwischen meinen Sitz und das Fenster. Es ist fest eingeklemmt, so dass er das Seil nicht benutzen muss, um es an Ort und Stelle zu halten.

»Stürzen wir ab?« Es ist eine dumme Frage, da es offensichtlich ist, was passieren wird, aber ich kann nicht anders. Ich möchte, dass er mich wieder anlügt, mir sagt, dass das, was er tut, nichts anderes als eine dumme Vorsichtsmaßnahme ist.

»Nein, wir landen«, sagt er, als würde er meine Gedanken lesen, und dann schnallt er das dritte Kissen zu meiner Rechten fest, indem er es an mich bindet.

Ich lag falsch.

Ich will nicht, dass er lügt.

Ich will, dass er mir die Wahrheit sagt, damit ich richtig ausflippen kann.

Die Nase des Flugzeugs neigt sich, und mein Magen folgt dementsprechend, als ich die plötzliche Änderung des Kabinendrucks spüre.

»Peter.« Meine Stimme ist überraschend ruhig. »Bitte, setz dich.«

»Gleich«, sagt er und verschwindet nach hinten, als Yan und Ilya aus der Kabine des Piloten kommen und ihre eigenen Plätze einnehmen.

Ein paar Sekunden später taucht Peter mit weiteren Kissen auf. Er ignoriert meine Proteste, bindet die Kissen um mich herum, und legt ein kleines auf meinen Kopf. Als er fertig ist, ähnele ich einem menschlichen Marshmallow.

Erst dann nimmt er neben mir Platz.

»Nimm ein paar dieser Kissen für dich selbst«, bitte ich ihn, aber er legt nur den Sicherheitsgurt um. »Bitte, Peter. Oder gib wenigstens ein paar davon deinen Teamkollegen. Warum sollte ich sie alle haben? Bitte …«

»Hör nicht auf sie, Peter«, sagt Ilya schroff aus der anderen Reihe. »Uns wird es gut gehen.«

»Aber …«

»Entspann dich, Sara«, sagt Yan kühl. »Mein Bruder hat recht. Außerdem macht die Polsterung keinen großen Unterschied.«

Peter bellt etwas Scharfes auf Russisch - wahrscheinlich eine Ermahnung, mir nicht unnötig Angst zu machen – und ich spüre ein Knacken in meinen Ohren, als unser Abstieg beschleunigt wird.

»Sieben Minuten bis zur Landung«, kündigt Anton über die Gegensprechanlage an, und Peter greift über den Tisch zwischen unsere Sitze, und seine Hand gräbt sich durch den Kissenberg, um meine zu ergreifen. Sein Griff ist so stark wie immer, aber seine Finger sind kalt, als sie sich um meine Handfläche legen.

»Sechs Minuten«, sagt Ilya, als das Flugzeug nach links kippt, so dass ich einen Blick auf den grünen Wald darunter werfen kann.

In der Ferne sehe ich ein großes, lichtes Gelände mit einer Vielzahl kleinerer Gebäude in der Nähe eines größeren weißen Gebäudes, aber dann kippt das

Flugzeug nach rechts, und alles, was ich sehe, ist der Himmel.

Ein stotterndes Geräusch unterbricht das ständige Dröhnen der Motoren. Es klingt wie ein Riese, der sich räuspert.

Ich höre auf zu atmen, und meine Augen richten sich auf Peter.

Sein Gesicht ist weiß, und sein Kiefer angespannt, aber sein Griff auf meiner Hand bleibt fest und beruhigend.

Die Motoren dröhnen wieder, und ich atme tief die dringend benötigte Luft ein. Kalter Schweiß sammelt sich unter meinen Achseln, und die ganzen Kissen geben mir das Gefühl, dass ich ersticke.

»Fünf Minuten«, sagt Ilya heiser. »Nur noch ein wenig länger, und er kann das Fahrwerk ausfahren, ohne unseren Abstiegsweg zu verändern.«

Die Motoren husten wieder und setzen dann ihre Arbeit fort.

Das Flugzeug neigt sich wieder nach rechts, und ich zwinge mich dazu, aus dem Fenster zu schauen.

Die Gebäude – vermutlich Esguerras Anwesen – befinden sich jetzt fast direkt unter uns, und ich sehe, dass das weiße unter ihnen eine stattliche Villa ist. Ich bemerke am Rande des lichten Bereichs auch etwas, was aussieht wie Gefängniswachtürme.

»Vier Minuten«, sagt Ilya, und ich sehe unser Ziel: eine gepflasterte Start- und Landebahn in einiger Entfernung von der Villa, die auf beiden Seiten von einem dichten Wald umgeben ist.

Die Motoren husten wieder.

»Drei Minuten«, sagt Ilya, und seine Stimme spannt sich an, als sich das Fahrwerk mit einem Kreischen zu entfalten beginnt.

Mit einem letzten Stottern verstummen die Motoren, und das Kreischen hört auf.

Uns ist gerade der Treibstoff ausgegangen.

»Ptichka.« Peters Stimme ist unheimlich ruhig, als mein verängstigter Blick auf den seinen trifft. »Ich liebe dich. Bereite dich auf eine harte Landung vor.«

 ara

ICH HABE IMMER GEDACHT, DASS FLUGZEUGE MIT defekten Triebwerken vom Himmel fallen wie abgeschossene Vögel. Aber als ich Peter in gelähmtem Schrecken anstarre, fühle ich keinen starken Sinkflug.

Irgendwie gleiten wir während des Abstiegs immer noch nach vorne.

»Sara.« Seine Stimme verschärft sich. »Beug dich vor und umarme deine Knie. Jetzt.«

Meine eingefrorenen Gliedmaßen reagieren irgendwie, und aus dem Augenwinkel sehe ich, dass er die gleiche Position einnimmt.

Oh Gott.

Das passiert wirklich.

Das ist echt.

Wir stürzen ab.

Wir sind dabei, zu sterben.

Meine schnelle Atmung ist in meinen Ohren laut wie ein Tornado, und meine rechte Hand rutschig vom Schweiß, als ich sie durch die Kissen schiebe, um Peters Arm zu berühren.

Ich muss ihn spüren.

Ich muss wissen, dass wir bis zum Ende verbunden sind.

Dann legt sich seine große Hand wieder um meine Handfläche, und für den Bruchteil einer Sekunde ist das alles, was ich brauche. Die Freude ist so intensiv wie die Panik, die mich verzehrt, die Welle der Liebe ist so stark, dass sie die Angst vor dem bevorstehenden Tod überwindet.

»Ich liebe dich«, flüstere ich und drehe meinen Kopf, um seinem silbernen Blick zu begegnen. »Ich werde dich immer lieben, Peter … in dieser Welt und darüber hinaus.«

Der erste Aufprall ist wie der Sprung auf einen bockigen Mustang. Das Flugzeug trifft den Boden so hart, dass es zweimal abprallt, jeder Ruck ist rauer als der nächste. Der Gurt über meinem Schoß ist das Einzige, was mich davon abhält, vom Sitz zu fliegen, und meine linke Schulter knallt in das Couchpolster, als das Flugzeug heftig zur Seite kippt, bevor es sich einpendelt.

Das Fahrwerk muss nicht bis zum Anschlag ausgefahren sein, bemerke ich, als das qualvolle Kreischen von Metall, das über den Boden schabt, meine Ohren über das ohrenbetäubende Schlagen meines Pulses erreicht. Aber dann werden wir auf wundersame Weise langsamer.

Wir sind auf dem Boden und werden langsamer.

Die Erkenntnis sackt langsam, aber erst als wir stehen bleiben, kann ich es glauben.

Wir haben überlebt.

Wir hatten keinen Treibstoff mehr, sind aber trotzdem gelandet.

Ich atme abgehackt, als ich mich aufsetze und die Augen öffne, die ich während der Landung geschlossen haben muss. Peter sitzt bereits aufrecht, und die Stirn seines stoppelbedeckten Gesichts ist besorgt gerunzelt, während er seine Hand aus meinem festen Griff befreit.

Er macht seinen Sicherheitsgurt los, steht auf und befreit mich schnell von den Kissen, bevor er mich von Kopf bis Fuß abtastet.

»Geht es dir gut?«, fragt er besorgt, und als ich nicke, werde ich in eine Umarmung gezogen und so kräftig festgehalten, dass ich nicht mehr atmen kann. Nicht, dass ich das müsste. Das hier ist alles, was ich brauche. Seine Wärme dringt in meinen gefrorenen Körper ein, sein beruhigender Duft umgibt mich, und als mein Ohr gegen seine mächtige Brust gedrückt wird, höre ich sein Herz im Einklang mit meinem schlagen.

Wir haben es geschafft.

Wir sind zusammen, und wir leben.

eter

WENN ES NACH MIR GINGE, WÜRDE ICH SARA FÜR IMMER festhalten, ihre Wärme spüren und ihren Duft einatmen, aber es gibt immer noch unseren unfreiwilligen Gastgeber.

Widerwillig lasse ich sie los und trete zurück. Ilya und Yan sind bereits an der Tür, öffnen sie und senken die Leiter, und ich gehe hinüber, um ihnen zu helfen.

Natürlich erwarten uns draußen genug bewaffnete Wachen, um ein Polizeiaufgebot zu erledigen. Sie haben unser Flugzeug umzingelt, und hinter ihnen befinden sich mindestens zwanzig SUVs mit Verstärkung. Während ich sie betrachte, kommen noch ein Dutzend weitere an.

»Bleib hier, bis ich dich hole«, sage ich Sara über

meine Schulter, und dann trete ich in die feuchte Hitze des Dschungels hinaus, voll darauf vorbereitet, an Ort und Stelle erschossen zu werden.

Nur weil Esguerra uns landen ließ, bedeutet das nicht, dass er uns leben lässt. Er wollte vielleicht nur unser unbeschädigtes Flugzeug.

Als ich die Treppe hinuntergehe, fliegen keine Kugeln auf mich zu, aber ich weiß es besser, als mich zu entspannen. Das Adrenalin hilft mir dabei, das Hinken zu verbergen, und als die mir nächsten Wachen ihre M16s aufrichten, rufe ich: »Ich bin unbewaffnet«,

Sie müssen neu sein; ich kenne keines ihrer Gesichter aus meiner Zeit bei Esguerra. »Sagt eurem Boss, dass ich hier bin, um ihn zu sehen.«

»Sind Sie das?«, fragt Esguerra und tritt hinter einer Gruppe von Wachen hervor. »Was für ein Zufall. Weil ich schwören könnte, dass Ihr Flugzeug gerade hier abgestürzt ist ... so als ob Ihnen der Treibstoff ausgegangen ist.«

»Ja, nun, das kann ja mal passieren. Kraftstofffleck in letzter Minute und so.«

Er schnalzt mit gespieltem Mitgefühl. »Sie sollten Ihren Wartungstypen feuern. Kraftstofflecks sind gefährlich.«

»Das sind sie.« Mein Grinsen ist so scharf wie das Messer, das ich in meinem Stiefel versteckt habe. Trotz allem, was ich gesagt habe, bin ich nie völlig unbewaffnet. »Aber Ende gut, alles gut. Jetzt sind wir hier, also warum verschieben wir nicht das Warum auf später und konzentrieren uns auf das, was zählt? –

Henderson zu finden und diese Situation so schnell wie möglich zu lösen.«

Esguerras Augen verengen sich zu blauen Splittern, und für einen Moment bin ich mir sicher, dass er mich töten wird. Aber sein Geschäftssinn muss sich durchsetzen, denn er sagt nur kühl: »In Ordnung. Sie haben zwei Wochen Zeit, um dieses Chaos zu beseitigen. Diego wird Ihnen und Ihrem Team die Unterkunft zeigen.«

Er dreht sich um, um zu gehen, und ich erlaube mir, den Atem herauszulassen, den ich angehalten habe.

Wir sind weit davon entfernt, in Sicherheit zu sein, aber wir haben uns gerade etwas Zeit verschafft.

TEIL IV

enderson

»SCHNELLER«, SCHNAUZE ICH JIMMY AN, ALS ER DEN Koffer zum Auto schleppt, und sein Gesichtsausdruck ist geprägt von gereizter Teenager-Langeweile. Bonnie und Amber, meine achtzehnjährige Tochter, sind bereits im Fahrzeug und warten angespannt.

Im Gegensatz zu meinem dummen Sohn verstehen sie den Ernst der Lage. Sie wissen, dass, wenn Sokolov und seine Kameraden uns finden, wir alle ein schlimmeres Schicksal erleiden werden als den Tod.

Als ich ins Auto steige und die Tür zuschlage, schmecke ich den bitteren Nachgeschmack der Niederlage auf meiner Zunge. Meinen Quellen zufolge ist Sokolov jetzt auch auf Esguerras Anwesen, was bedeutet, dass meine Feinde sich nicht nur neu gruppieren, sondern auch zusammenschließen.

Wir müssen wieder weglaufen.

Wir müssen uns verstecken.

Zumindest, bis ich einen anderen Weg gefunden habe, um an sie heranzukommen.

ara

ICH WACHE ÜBERRASCHENDERWEISE ZU DEN GERÄUSCHEN eines weinenden Babys und Frauenstimmen auf, die versuchen, es zu beruhigen.

Ich öffne die Augen, setze mich auf und warte darauf, dass mein Gehirn seinen Tag beginnt, damit ich herausfinden kann, wo ich bin. Während ich mich in dem schlichten Raum mit seinen weißen Wänden und dem grauen Teppich umsehe, fällt es mir wieder ein.

Wir sind in Kolumbien, auf dem Gelände des Waffenhändlers.

Genauer gesagt sind wir in dem Haus, in das Diego – ein junger Wachmann, den Peter anscheinend von früher kennt – uns gestern gebracht hat. Ich vermute, unser Gastgeber hat es uns meinetwegen gegeben. Yan,

Ilya und Anton sind zu den Wachen in die Baracken gekommen, aber Esguerra muss sich gedacht haben, dass es für ein Ehepaar seltsam sein könnte, bei einem Haufen Kerle zu schlafen.

Ich bin froh darüber; ich mag die Privatsphäre. Ganz zu schweigen davon, dass das Haus schön ist – sauber und modern, wenn auch nur mit dem Nötigsten eingerichtet. Ich habe sogar ein wenig Kleidung im Schrank gefunden, und es sieht so aus, als sei sie fast in meiner Größe – eine sehr schöne Überraschung, da meine eigene Kleidung derzeit nur aus der Jeans und dem Pullover besteht, in denen ich gelandet bin.

»War das nicht die Wohnung von Kent? Wo wohnt er?«, hatte Peter gefragt, als wir hier angekommen sind, und Diego hatte ihm erklärt, dass Lucas und Yulia Kent im Haupthaus bei den Esguerras sind – wegen zusätzliche Sicherheit, und weil es bequemer für die Geschäftsbesprechungen ist.

Das Weinen scheint von draußen zu kommen, also stehe ich auf und werfe mir einen Bademantel über, den ich gestern im Schrank gefunden habe. Dann gehe ich hinüber, um durch die geschlossenen Jalousien aus dem Schlafzimmerfenster zu schauen.

Zwei dunkelhaarige junge Frauen sind über ein Baby gebeugt, das auf einer Decke auf dem grünen Rasen vor dem Haus liegt. Sie wechseln die Windel des Kindes, während es jammert, als wäre es die schlimmste Sache der Welt.

Wer sind sie?

Und wo ist Peter?

Nach der hellen Sonne draußen zu urteilen, ist es schon Morgen – was, da ich nur wenige Stunden nach unserer Ankunft gestern eingeschlafen bin, bedeutet, dass ich etwa sechzehn Stunden geschlafen habe.

Mein Körper muss die Ruhe nach all dem Stress gebraucht haben.

Automatisch bewegt sich meine Hand auf meinen Bauch. Er ist immer noch flach, ohne Anzeichen von dem Leben, das im Inneren wächst, aber ich weiß, dass es da ist. Ich fühle es.

Mein eigenes Baby.

In ein paar Monaten werde ich auch Windeln wechseln.

Angenommen, wir sind noch am Leben, heißt das.

Meine Brust zieht sich zusammen, und ich trete vom Fenster zurück. Einen Moment lang hatte ich fast vergessen, wie prekär unsere Umstände sind – und was uns hierhergeführt hat.

Das Gebrüll des Hubschraubers inmitten des Kanonenfeuers, das nutzlose Drücken auf Papas Brust, um sein Herz wieder zum Schlagen zu bringen, Mamas Gesicht, von dem ein Teil fehlt ...

Keuchend sinke ich auf die Knie, und mein Herz rast, während kalter Schweiß meinen Körper bedeckt. Für eine Sekunde war es, als wäre ich in der Zeit zurückversetzt worden, da die Rückblende so lebhaft gewesen war, dass ich den metallischen Geruch von Blut gerochen und den warmen Strahl auf meinem Gesicht gespürt habe.

Oh Gott.

Ich kann das nicht tun.

Ich kann nicht darüber nachdenken.

Zitternd stehe ich auf und stolpere in das angrenzende Badezimmer, wo ich die Dusche auf die heißeste Position drehe, eintrete und das kochende Wasser das Eis in mir verbrennen lasse.

Eines Tages werde ich an meine Eltern denken können, aber noch nicht jetzt.

Nicht für eine lange, lange Zeit.

ES KLINGELT AN DER TÜR, GERADE ALS ICH DAS Wohnzimmer in Jeans-Shorts und einem T-Shirt betrete, die ich im Schrank gefunden habe. Sie passen mir überraschend gut. Da Peter gesagt hat, dass dies Kents Haus gewesen war, schätze ich, dass die Sachen Yulias sind.

Hoffentlich macht es ihr nichts aus, dass ich sie mir ausleihe.

Die Türklingel ertönt erneut.

»Peter?«, rufe ich und schaue mich um, aber niemand antwortet. Er scheint nicht im Haus zu sein.

Ich atme durch, gehe zur Haustür und öffne sie.

Draußen stehen die beiden jungen Frauen, die ich eben auf dem Rasen gesehen habe, aber das Baby schläft jetzt in einem Kinderwagen. Sie sehen aus, als seien sie Anfang zwanzig, und sie tragen Sommerkleider und bequeme Sandalen. Die eine ist zierlich und auffallend hübsch, mit dicken, glänzenden

Haaren bis zur Taille und einem schlanken, athletischen Körperbau, während die andere rundwangig ist, mit einem strahlenden Lächeln und einer kurvigen Figur. Zu meiner Überraschung kommen mir beide bekannt vor.

Wo habe ich sie schon einmal gesehen?

»Hi«, sagt das zierliche Mädchen und studiert mich mit einem eigentümlichen Gesichtsausdruck. Ihre Augen sind riesig und dunkel in ihrem zart gezeichneten Gesicht. »Sie müssen die Frau von Peter sein. Ich bin Nora Esguerra.«

Bei dem Namen läutet eine Glocke, die nicht nur etwas damit zu tun hat, dass er »Esguerra« lautet.

»Und ich bin Rosa Martinez«, sagt die andere Frau mit einem schwachen spanischen Akzent. Wie Nora starrt sie mich an, als wäre ich eine Art exotisches Tier, und ich merke, dass mir auch *ihr* Name bekannt vorkommt.

Wir sind uns definitiv schon einmal begegnet. Aber wo?

»Hi«, sage ich, als in meinem Kopf langsam eine Erinnerung aufsteigt. Sie ist von vor einigen Jahren, hat etwas mit meinem Krankenhaus zu tun … »Ich bin Sara Cobakis, also Sokolov.« Oder Garin, oder was für eine Identität uns Peter als Nächstes annehmen lassen wird.

»Und Sie sind eine Ärztin, richtig?« Nora legt ihren Kopf auf die Seite. »Ich weiß nicht, ob Sie sich erinnern, aber …«

»Sie waren eine meiner Patientinnen!«, rufe ich aus,

als es mir endlich wieder einfällt. Mein Blick fällt auf Rosa, und meine Überraschung verstärkt sich. »Sie *beide* waren es.«

Ich erinnere mich jetzt daran. Es ist einige Jahre her und war nicht lange nach Georges Unfall. Ich war in die Notaufnahme gerufen worden, um zwei junge Frauen zu behandeln, die in einem Nachtklub überfallen worden waren. Eine von ihnen – Rosa – war vergewaltigt worden, während die andere – Nora – bei dem Versuch, ihre Freundin zu verteidigen, eine Fehlgeburt erlitten hatte.

Noras Mann war auch dort gewesen, ein atemberaubend gutaussehender Mann, der gewirkt hatte, als ob er kurz davor wäre, jeden außer seiner jungen Frau zu ermorden.

War das Julian Esguerra?

Habe ich den Mann schon kennengelernt, von dem ich so viel gehört habe?

Auf Noras Lippen erscheint ein Lächeln. »Sie haben ein gutes Gedächtnis. Ich bin mir sicher, dass Sie in den letzten Jahren Tausende von Patientinnen hatten.«

»Ich ... ja, aber ...« Als mir auffällt, dass ich sie behandele, als seien sie Vertreterinnen, trete ich zurück und öffne die Tür weit. »Bitte, kommen Sie rein. Ihnen muss heiß dort draußen sein.«

»Danke«, sagt Nora und geht hinein, und Rosa schiebt den Kinderwagen vor sich her, während sie ihr folgt.

»Ist das Ihr Kind?«, frage ich Rosa, aber sie schüttelt lächelnd den Kopf.

»Es ist Noras.«

»Oh, ja, das ist Lizzie.« Nora schiebt das Verdeck des Kinderwagens zurück und beugt sich darüber, um das schlafende Baby hochzunehmen. Sie legt das Mädchen sanft gegen eine Schulter und strahlt mich an. »Sie ist fünf Monate alt.«

»Herzlichen Glückwunsch«, sage ich leise. Ich erinnere mich daran, wie am Boden zerstört sie im Krankenhaus ausgesehen hatte, wie besorgt sie um ihre Freundin war. Und Rosa … Es ist schwer zu glauben, dass das verletzte Mädchen, das ich in dieser Nacht behandelt hatte, die Frau mit den strahlenden Augen ist, die vor mir steht. Ohne Noras Anwesenheit hätte ich vielleicht länger gebraucht, um sie zu erkennen; eine Hälfte von Rosas Gesicht war geschwollen und mit Blut verkrustet, als ich sie zuletzt sah.

»Danke.« Noras Lächeln wird kurz schwächer, dann kommt es mit voller Kraft zurück. »Sie ist unser Ein und Alles, deshalb habe ich Julian gesagt, dass wir Sie aufnehmen müssen, egal wie sauer er wegen der Henderson-Situation ist.«

Ich blinzele sie an. »Was?«

Rosa tritt auf Noras Fuß und sagt etwas auf Spanisch.

»Ich bin sicher, dass sie von Henderson weiß«, sagt Nora und runzelt die Stirn, bevor sie mich ansieht. »Sie wissen von Henderson, oder?«

»Ja, natürlich«, sage ich. »Ich bin nur verwirrt, was Ihre Tochter damit zu tun hat, uns aufzunehmen.«

»Ach, das.« Nora sieht erleichtert aus. »Peter hat es

Ihnen nicht erzählt?« Sie sieht meinen fragenden Blick und erklärt mir: »Ihr Mann hat uns vor einigen Monaten einen großen Gefallen getan – einen, der Lizzie wahrscheinlich aus den Fängen eines sehr bösen Mannes gerettet hat.«

»Und dich«, erinnert Rosa sie, und Nora nickt.

»Richtig, und mich auch. Und Julians Leben auch, obwohl er diesen Teil nicht anerkennen will.«

»Oh, ich verstehe.« Das muss der Gefallen gewesen sein, den Peter erwähnt hatte – derjenige, der ihm letztendlich die Amnestie gebracht hat. Ich möchte eine Million Fragen dazu und zu allem anderen stellen, aber zuerst muss ich aufhören, eine so schlechte Gastgeberin zu sein. »Möchten Sie etwas essen oder trinken?«, frage ich. »Ich glaube, Peter hat den Kühlschrank gestern aufgefüllt …«

»Nein, danke«, sagt Nora und geht hinüber, um sich auf die Couch zu setzen.

»Ich hätte gern ein Glas Wasser«, sagt Rosa, als ich sie ansehe.

Dankbar dafür, dass ich etwas zu tun habe, gehe ich in die Küche und fülle zwei Gläser mit dem gefilterten Wasser aus dem Kühlschrank – eines für mich und eines für Rosa. Wie der Rest des Hauses ist auch die Küche sauber und modern, wenn auch nicht übertrieben schick. Ich kann mir definitiv vorstellen, dass Lucas Kent hier zu Hause war; die minimalistische Ästhetik wirkt wie etwas, was ihm gefallen würde.

»Also, wie haben Sie und Peter sich kennengelernt?«, fragt Nora, als ich ins Wohnzimmer zurückkehre und Rosa ihr Glas Wasser reiche. Sie sitzt jetzt auf der Couch neben Nora, und Lizzie ist wieder im Kinderwagen und schläft immer noch ruhig.

Sie muss sich durch all das Weinen vorhin erschöpft haben.

»Das ist eine lange Geschichte«, antworte ich auf Noras Frage, während ich mich auf einen Stuhl gegenüber von ihnen setze. »Was ist mit Ihnen und Ihrem Mann? Und was hat Sie damals nach Chicago gebracht? Sind Sie ursprünglich aus der Gegend?«

Ich bin mir nicht sicher, ob ich auf die Einzelheiten meines ersten Treffens mit Peter eingehen möchte. So nett diese jungen Frauen auch zu sein scheinen, ich kann nicht vergessen, dass sie auf der Seite unseres Gastgebers stehen – eines Mannes, der, wenn er auch vielleicht nicht gerade Peters Feind, so doch sicherlich nicht sein Freund ist.

»Meine Eltern wohnen in Oak Lawn«, sagt Nora. »Also ja, ich komme ursprünglich aus der Gegend um Chicago. Und Sie sind aus Homer Glen, oder?«

»Ja. Wow, was für ein Zufall.« Oak Lawn ist weniger als eine Autostunde vom Homer Glen entfernt.

Esguerras Frau und ich waren praktisch Nachbarn.

Nora lächelt. »Ich weiß. So verrückt. Was das Kennenlernen von Julian und mir betrifft, so war es in einem Nachtklub in Chicago. Er war in der Gegend, um Geschäfte zu machen, und ich war mit einer Freundin unterwegs, um meinen achtzehnten

Geburtstag zu feiern. Ein paar Wochen später entführte er mich und ...«

Ich spucke fast den Schluck Wasser aus, den ich gerade genommen habe. »Er hat *was?*«

»Es ist nicht so schlimm, wie es klingt«, sagt Nora, dann grinst sie und schüttelt den Kopf. »Ach, was sage ich da? Es ist so schlimm, wie es klingt. Aber jetzt sind wir glücklich, also ist das alles, was zählt. Was ist mit Ihnen? Wie haben Sie Peter getroffen?«

»Ja, wie?«, will auch Rosa wissen, und ich spüre etwas mehr als nur einfache Neugierde in ihrem eindringlichen Blick.

Ich starre zurück. Etwas nagt in meinem Hinterkopf, etwas Großes ... Und dann fällt es mir ein.

Natürlich.

Wie konnte ich das nur vergessen haben?

Ich wende mich Nora zu und sage ruhig: »Sie wissen bereits, wie wir uns kennengelernt haben. Oder zumindest sollten Sie ... weil Sie diejenige sind, die Peter seine Liste gegeben hat.«

eter

Es ist erstaunlich, was eine Nacht ruhigen Schlafes bewirken kann. Meine Seite tut immer noch weh, wenn ich mich bewege, und meine Wade und mein Arm schmerzen stumpf, aber ich fühle mich unendlich erholt, als ich mich gegenüber von Kent und Esguerra an den Tisch setze.

Ilya, Yan und Anton schließen sich mir auf meiner Seite an, und ich lächele, als eine mollige Frau mittleren Alters eine Platte mit geschnittenen Früchten und Keksen bringt.

Dies ist eine Verbesserung gegenüber der Art und Weise, wie Esguerra früher Geschäftsbesprechungen in diesem Büro abhielt. Soweit ich mich erinnere, gab es damals kein Essen.

»Danke, Ana«, sage ich, als sie die Platte in der Mitte des ovalen Tisches platziert, und die Haushälterin strahlt mich an, weil sie sich freut, dass ich mich an sie erinnere. Ich hatte nicht viel mit ihr zu tun, als ich für Esguerra arbeitete, aber ich habe ein gutes Gedächtnis für Namen.

»Willkommen zurück, Señor Sokolov«, sagt sie mit einem hörbaren spanischen Akzent. »Es ist schön, Sie wiederzusehen.«

»Ebenso«, sage ich, und sie verlässt den Raum.

Mein Lächeln verschwindet, als ich meine Aufmerksamkeit auf die beiden Männer richte, die mir gegenübersitzen. Keiner von beiden scheint sich besonders zu freuen, hier zu sein, und das aus gutem Grund.

Nach Angaben unserer Hacker gab es gestern Abend eine Razzia in Esguerras Büros in Hongkong.

Unbeeindruckt von der Spannung im Raum greift Ilya nach einem Keks. »Das sind die Guten«, sagt er, nachdem er hineingebissen hat, und Anton folgt seinem Beispiel und schnappt sich einen Keks und einen Haufen Trauben.

Esguerra sieht sie kalt an und wendet sich dann an mich. »Also, Henderson.«

»Richtig.« Ich schiebe einen dicken Ordner zu ihm über den Tisch. »Das ist alles, was wir über den Bastard haben. Ich schicke Ihnen die Dateien auch gern per E-Mail, falls Ihre Leute die Datenmuster analysieren wollen.«

»Ich nehme an, das hast du bereits getan?«, fragt Kent, und ich nicke.

»Etwa ein Dutzend Mal.«

»Und?«, will Kent wissen.

Ich zucke mit den Schultern. »Im Moment nichts Schlüssiges. Aber ich habe ein paar Ideen.«

Und als Esguerra sich nach vorne beugt, unterdrücke ich die Überreste meines Gewissens und erkläre ihm, was ich tun will.

Wenn Henderson dachte, dass wir uns vorher im Krieg befanden, lag er falsch.

Das ist Krieg – und lange bevor wir fertig sind, wird er einbrechen und um Gnade flehen.

Sara

Bei meinen anschuldigenden Worten zuckt Nora zusammen, schaut aber nicht weg. »Sie wissen also von der Liste. Als ich Ihren Namen zum ersten Mal in der Zeitung las, habe ich mich gefragt, ob sie euch zusammengebracht hat.«

»Sie meinen, ob Sie der Grund war, warum er in mein Haus eingebrochen ist, um den Aufenthaltsort meines inzwischen verstorbenen ersten Mannes aus mir herauszufoltern?«, frage ich ironisch, und Nora zuckt wieder zusammen.

»Ist es das, was passiert ist? Ich hatte gehofft, dass Peter Sie vielleicht verschont hat, oder zumindest …« Sie schaut nach unten. »Vergessen Sie es.«

»Sie wollte Sie kontaktieren«, sagt Rosa und beugt sich nach vorne. »Als wir erkannten, wer Sie sind, wollte Nora Sie kontaktieren und Sie vor Peter warnen.«

Ich starre Esguerras Frau an. »Das wollten Sie?« Es hätte George nicht geholfen – Peter hätte ihn sowieso irgendwann aufgespürt – aber vielleicht wäre ich in dieser Nacht nicht in meiner Küche überrascht worden, wenn ich vorher gewarnt worden wäre.

Vielleicht hätte ich zugestimmt, unterzutauchen, so wie das FBI es von mir wollte, und Peter hätte einen anderen Weg gefunden, um zu George zu gelangen.

Vielleicht hätten mein Peiniger und ich uns nie getroffen.

Meine Brust zieht sich bei dem Gedanken zusammen, und zu meinem Entsetzen merke ich, dass ich das nicht will.

Selbst nach allem, was passiert ist, nach allem, was ich verloren habe, wenn ich eine Zeitmaschine hätte und die Geschichte magisch umschreiben könnte, würde ich es nicht tun.

Ich würde mein Hier und Jetzt mit Peter über jedes Leben ohne ihn wählen.

»Ja, aber ich habe es nicht getan.« Nora schaut nach oben, und ihr Blick ist düster. »Es tut mir leid, Sara. Ich sah den Namen Ihres Mannes auf der Liste, als ich sie zu Peter schickte, und als wir im Krankenhaus waren, dachte ich, dass mir etwas an Ihrem Namensschild bekannt vorkam, aber ich habe erst später zwei und zwei zusammengezählt. Und als ich es tat ...« Sie atmet ein. »Nun, das spielt jetzt keine Rolle mehr.«

»Es ist wichtig«, sagt Rosa, und ihre braunen Augen glänzen. »Sie hat es nicht getan, weil ihr Mann sie aufgehalten hat.«

»Rosa ...«, beginnt Nora, aber ihre Freundin legt eine Hand auf ihr Knie.

»Nein, lass mich ausreden.« Sie schaut mir direkt ins Gesicht. »Wenn Sie jemandem die Schuld geben wollen, Sara, sollte ich es sein. Ich erzählte Señor Esguerra, was Nora vorhatte, und er sorgte dafür, dass sie es nicht durchziehen würde.«

Ich blinzele. »Das haben Sie? Warum?«

Mich stört es nicht wirklich, dass die Warnung nicht kam – sie waren offensichtlich nicht verpflichtet, mir einen Gefallen zu tun – aber ich verstehe nicht, warum Rosa sich eingemischt hat.

»Weil Peter Sokolov ein gefährlicher Mann ist.« Ihr Blick ist unerschütterlich. »Vielleicht so gefährlich wie Señor Esguerra selbst. Und nach allem, was Nora durchgemacht hatte, war das Letzte, was sie brauchte, dass er hinter ihr und Señor Esguerra her war, weil sie sich eingemischt hatte. Ihr Mann war von dieser Liste besessen; er hätte jeden niedergemäht, der seiner Rache im Weg stand.«

»Ja, ich weiß«, sage ich trocken. »Ich war dabei.«

Rosas wendet sich ab, um mich nicht ansehen zu müssen.

»Also, was ist geschehen, dass ihr letztendlich

geheiratet habt?«, fragt Nora, und betrachtet mich mit einem ernsten Blick. Ohne ihre großen, dunklen Augen könnte man sie wegen ihrer zierlichen Statur und ihrer babyglatten Haut für einen Teenager halten. Aber ihr Blick verrät sie.

Es ist der Blick einer Frau, die genau weiß, was Leid bedeutet.

Sie sagte, dass ihr Mann sie entführt hat, als sie achtzehn war. Wie war das für sie? Ich war achtundzwanzig, als Peter in mein Leben kam, und ich hatte Schwierigkeiten, mit der emotionalen Komplexität unserer verdrehten Beziehung umzugehen. Wie hat dieses Mädchen das in so jungen Jahren geschafft?

Wie konnte sie einen Mann überleben, der, wie es scheint, der Teufel höchstpersönlich ist?

»Ich nehme an, genauso, wie Sie letztendlich *Ihren* Mann geheiratet haben«, sage ich, während sie mich weiterhin ansieht und auf meine Antwort wartet. »Am Anfang habe ich Peter gehasst, und dann, mit der Zeit, hat es sich einfach … verändert. Nachdem er Georges Aufenthaltsort aus mir rausgefoltert hatte, tötete Peter ihn und verschwand, kam dann aber zu mir zurück.«

Ich könnte ihr die ganze schmutzige Geschichte erzählen, aber das brauche ich nicht. Sie versteht es; ich sehe es in ihren Augen.

»Es tut mir leid, Sara, für meine Rolle in Ihrem Unglück«, sagt sie leise. »Ich hoffe, eines Tages werden Sie mir verzeihen. Und auch wenn es vielleicht nicht hilft, manchmal muss man in die Dunkelheit eintauchen, um das hellste Licht zu finden. Das ist zumindest das, was *ich* tun musste.«

Ich lächle, um ihr zu sagen, dass es nichts zu verzeihen gibt, als das Baby anfängt, sich zu bewegen. Rosa springt auf und läuft zum Kinderwagen, offensichtlich froh, etwas zu tun zu haben, und Nora steht auch auf.

»Wir sollten gehen und Sie ankommen lassen«, sagt sie, als Rosa das Baby hochnimmt und ihre Schreie beruhigt, indem sie es hin und her schaukelt. »Wenn Sie etwas brauchen – irgendetwas –, sind wir nur einen kurzen Spaziergang entfernt, dort drüben im Haupthaus.«

»Danke. Sie waren bereits mehr als großzügig«, sage ich ihr und meine es ernst. Erst jetzt verstehe ich, dass *sie* ihren Mann davon überzeugt hat, uns Unterschlupf zu gewähren; ihre Bemerkung kam so unvorbereitet, dass sie mit fast entgangen war.

Wer weiß, ob ohne sie Esguerra uns landen lassen hätte?

Wir könnten dieser jungen Frau unser Leben verdanken.

»Es war schön, Sie wiederzusehen, Sara«, sagt Rosa und strahlt mich an, als sie Nora die jetzt ruhige Lizzie übergibt, und ich lächle zurück, auch wenn mein Blick auf das Baby gerichtet ist.

»Möchten Sie sie halten?« Nora fragt leise, und ich nicke, während ein fast elektrisches Kribbeln durch mich hindurchläuft, als ich nach ihrer Tochter greife.

Sie ist weich und warm, wie ein kleines Bündel beheizter Kissen, und als ich sie an meiner Schulter ablege, so wie ich es bei Nora gesehen habe, dreht sie ihren Kopf und starrt mich mit riesigen blauen Augen an.

»Sie ist wunderschön«, flüstere ich ehrfürchtig, und das ist sie. Ihr winziger Kopf ist mit dunklem, seidig aussehendem Haar bedeckt, und ihre glatte, zarte Haut ist ein wunderschöner Farbton aus blassem Gold. Alle Babys sollen angeblich süß sein, aber dieses hier … Sie wird eine Herzensbrecherin sein, das weiß ich.

Wie wird mein Kind aussehen?

Wird er oder sie Peters Gesichtszüge haben?

»Sie mag Sie«, sagt Nora. »Schauen Sie nur, wie sie Sie anstarrt. Sie ist fasziniert.«

Ich reiße meinen Blick von dem kleinen Wesen in meinen Armen weg, um mich auf seine Mutter zu konzentrieren. »Ihre Tochter ist umwerfend«, sage ich Nora ehrlich, und sie lächelt.

»Julian und ich denken das auch, aber wir sind voreingenommen.«

»Ich denke das auch«, sagt Rosa grinsend. »Aber ich bin wahrscheinlich auch voreingenommen.«

»Haben Sie Kinder?«, frage ich sie, und sie schüttelt den Kopf, und ihr Lächeln verblasst.

»Nein, leider nicht.« Sie kommt zu mir und greift nach dem Baby. »Komm her, Lizzie, Süße. Du willst doch zu Tante Rosa kommen, oder?«

Ich bin nicht ganz bereit, das Baby wegzugeben, aber ich habe keine Wahl. Lizzie geht mit einem fröhlichen Glucksen in Rosas Arme, und sofort fühlt sich die Stelle, an der ich sie gehalten habe, kalt und leer an, und meine Brust auf eine seltsame neue Weise hohl.

So muss es sich anfühlen, wenn man ein Kind will – wirklich ein Kind will. Ich habe schon einmal mit Babys zu tun gehabt und es genossen, aber ich habe im Entferntesten noch nie so etwas gespürt.

Vielleicht liegt es daran, dass ich schwanger bin. Die Natur bereitet mich darauf vor, Mutter zu werden, indem sie die Hormone freisetzt, um sicherzustellen, dass ich das Kind willkommen heiße, wenn es kommt.

Meine Hand wandert unbewusst zu meinem Bauch, als ich Rosa zuschaue, wie sie das Baby vorsichtig in den Kinderwagen legt, und als ich nach oben schaue, sind Noras große Augen wissend auf mich gerichtet.

»Wie weit sind Sie?«, fragt sie leise, und Rosa dreht sich keuchend herum und starrt mich an.

»Sie sind schwanger?«

Ich beiße mir auf die Lippe. Es ist noch zu früh, um es allen zu sagen, aber es hat keinen Sinn, zu lügen. »Ja«, gebe ich zu. »Erst in der sechsten Woche.«

»Wow, Glückwunsch«, ruft Rosa und starrt auf meinen Bauch.

»Ja, herzlichen Glückwunsch«, sagt Nora mit einem herzlichen Lächeln. »Ich freue mich so für Sie und Peter.«

»Danke«, sage ich und erwidere das Lächeln.

Mein altes Leben ist fort, aber vielleicht ist dies der

Beginn eines komplett neuen, komplett mit neuen Freundschaften.

Vielleicht werde ich im Laufe der Zeit etwas von dem zurückgewinnen, was verloren gegangen ist.

eter

ICH NÄHERE MICH GERADE DEM HAUS, ALS SICH DIE Haustür öffnet und eine kleine, dunkelhaarige Frau mit einem Kinderwagen herauskommt und sagt: »… und auch wenn Dr. Goldberg kein Gynäkologe ist, hat er aber ein Ultraschallgerät. Julian hat es für mich bestellt, als ich schwanger war. Also kann er definitiv nachsehen, ob es Ihnen und dem Baby gut geht.« Sie dreht sich um und bleibt stehen. »Oh, hallo, Peter.«

»Hi, Nora«, sage ich. Dann sehe ich ihre Freundin, das junge Dienstmädchen aus dem Haus, das hinter ihr in der Tür steht, mit Sara an ihrer Seite. »Hallo, Rosa«, begrüße ich das Dienstmädchen, bevor ich meine Aufmerksamkeit auf die einzige Person richte, die mir wichtig ist. »Ptichka, geht es dir gut?«

Sara nickt. »Es geht mir sehr gut. Nora hat mir gerade von ihrem Hausarzt erzählt, für den Fall, dass ich mich nach allem untersuchen lassen will. Aber ich glaube nicht ...«

»Das ist eine ausgezeichnete Idee«, sage ich mit Nachdruck. »Lass dich am besten noch heute von ihm untersuchen.« Ich erinnere mich an Goldberg aus meiner Zeit hier, und auch wenn ich Sara lieber von einem Geburtshelfer untersuchen lassen würde, ist Esguerras Unfallchirurg so brillant, wie ein Arzt nur sein kann.

»Gut«, sagt Sara. »Aber du solltest dich auch von ihm untersuchen lassen.«

Ich zucke mit den Schultern. »Wenn du willst.« Als wir gestern angekommen sind, hat sie alle meine Verbände gewechselt und einige Stiche erneuert, und ich bin mehr als zufrieden mit ihrer Arbeit. Aber wenn sie sich besser fühlen würde, wenn ein anderer Arzt mich auch untersucht, macht es mir nichts aus.

Ich würde alles tun, was meine schwangere Frau beruhigt und glücklich macht.

Nora räuspert sich, und ich merke, dass ich völlig vergessen habe, dass sie und Rosa dort stehen.

»Entschuldigung«, sage ich und trete zurück, um sie vorbeigehen zu lassen, und als der Kinderwagen an mir vorbeirollt, sehe ich ein winziges Gesicht mit leuchtend blauen Augen.

Lizzie Esguerra.

Meine Brust zieht sich plötzlich schmerzend zusammen. Verdammt, ich vermisse Pascha. Nach all der Zeit trifft es mich immer noch wie eine Abrissbirne, das Wissen, dass er weg ist, dass das Baby mit dem Grübchen, das zu einem klugen Kleinkind herangewachsen war, nie zur Schule gehen, nie erwachsen werden und nie eigene Kinder haben wird. Nichts kann diese klaffende Leere füllen, aber als mein Blick auf Sara fällt, fühle ich, wie der schlimmste Schmerz abebbt, und eine heilende Wärme die krallenartige Qual der Trauer abschwächt.

Ich kann Pascha nie wieder in meinen Armen halten, aber ich werde mein Kind mit Sara halten. Ich kann es mir schon jetzt vorstellen. Wenn es ein Mädchen ist, wird es süß und anmutig sein, wie eine kleine Ballerina, und wenn es ein Junge ist … Nun, er wird nicht Pascha sein, aber ich werde ihn genauso sehr lieben.

»Nochmals vielen Dank«, ruft Sara und winkt Nora und Rosa zu, als sie die Straße zu Esguerras Villa hinuntergehen, und sie winken lächelnd zurück, als ich das Haus betrete und die Tür hinter uns schließe.

enderson

ICH REIBE MIR DEN HALS, WÄHREND ICH AUS DEM
Fenster auf die eisige Landschaft starre.

Die Hütte ist so isoliert wie möglich, weit weg von
den Horden der Touristen, die in der Hoffnung, das
Nordlicht zu sehen, nach Island kommen.

Meine Feinde werden uns hier nicht finden, obwohl
ich weiß, dass sie ihr Bestes tun werden, um es zu
versuchen. Im Moment sind meine Familie und ich
sicher, aber ich bin mir der Tatsache bewusst, dass wir
nicht ewig hierbleiben können.

Bald müssen wir wieder weglaufen und uns wieder
verstecken.

Das heißt, es sei denn, ich schaffe es, Sokolov und
seine Verbündeten zu Fall zu bringen.

Mein neuer Plan ist wirklich sehr riskant, aber ich sehe keinen anderen Weg. Sie werden nicht aufhören, mir nachzustellen, und irgendwann werden uns die Verstecke ausgehen.

Die gute Nachricht ist, dass ich bereits die richtigen Leute kenne, um diese Mission auszuführen – das gleiche Team, das ich für den Bombenanschlag auf das FBI eingesetzt habe. Es besteht aus zwei skrupellosen und hoch qualifizierten Partnern, die ein würdiger Gegner für meine Feinde sind.

Was ich jetzt brauche, ist der Grundriss von Esguerras Anwesen in Kolumbien.

Dann kann ich den Krieg zu ihnen bringen.

ara

ICH VERSUCHE, PETER ZUM AUSRUHEN ZU BEWEGEN, aber er besteht darauf, Frühstück zu machen, und ich bin zu hungrig, um zu streiten. Er fühlt sich heute deutlich besser, sein Teint kehrt zu seinem normalen gesunden Farbton zurück und seine Bewegungen sind nur leicht steif.

Wenn ich nicht wüsste, dass er vor weniger als einer Woche drei Kugeln abbekommen hat, würde ich es nicht glauben.

Als wir unsere Omeletts in der Küche verschlingen, erzähle ich ihm von Noras und Rosas Besuch, und davon, dass ich sie schon einmal getroffen hatte, lange bevor ich ihn kennengelernt habe.

»Nora hatte eine Fehlgeburt?«, fragt er und runzelt

die Stirn, und mir wird klar, dass er davon nichts gewusst hat.

»Ja. Ich nehme an, du hast damals schon nicht mehr bei Esguerra gearbeitet?«

Er nickt. »Ich ging sofort, nachdem ich ihn vor der Terrorgruppe gerettet hatte, die ihn in Tadschikistan gefangen genommen hatte. Erinnerst du dich daran, dass ich dir erzählt habe, dass er sauer war, weil ich seine Frau bei der Rettung gefährdet habe? Nun, sie war definitiv nicht schwanger zu der Zeit, oder wenn sie es war, wusste ich es nicht. Ich hätte mich nicht von ihr überreden lassen, sie als Köder zu benutzen, wenn ich es gewusst hätte.«

Okay. Weil Peter ein Faible für Babys hat. Ich sah den Blick auf seinem Gesicht, als er Lizzie ansah, als sich seine Qualen mit zarter Sehnsucht vermischten. Es brach mir das Herz, auch wenn ich ihn dafür umso mehr liebe.

Er wird ein wunderbarer Vater sein, so fürsorglich, wie mein eigener Vater es war.

»Er atmet nicht mehr. Sara, er atmet nicht mehr.«

Ich bin bereits auf meinen Knien und drücke auf Papas Brust, während ich leise zähle und mich dann nach vorne beuge, um in seinen Mund zu atmen.

Seine Brust hebt sich mit der Luft, die ich ihm gebe, dann senkt sie sich und bleibt unbeweglich.

Als ich meine wachsende Panik bekämpfe, beginne ich wieder mit den Brustkompressionen.

Eins, zwei, drei, vier ...

»Sara!«

Keuchend starre ich Peter verwirrt an. Sein Gesicht ist besorgt, er hält mich an meinen Oberarmen fest, und wir stehen beide, obwohl ich vor einer Sekunde noch gesessen und gegessen habe.

»Was ist passiert?«, frage ich heiser, als er sich hinsetzt, mich auf seinen Schoß zieht und seine starken Arme um meinen zitternden Körper legt. Ich bin froh, dass er mich festhält, denn ich bin mir nicht sicher, ob ich allein aufrecht sitzen könnte. Meine Herzfrequenz liegt in der Überschallzone, und eisiger Schweiß tropft über meinen Rücken.

»Du bist weiß geworden, und dann hast du angefangen zu hyperventilieren.« Seine Stimme ist angespannt. »Und als ich dich berührt habe, hast du angefangen zu schreien.«

»Ich … was?« Mein Hals ist heiser, merke ich, als ich zittrig nach oben greife, um ihn zu berühren.

»Ich möchte, dass du zu einem Therapeuten gehst.« Sein silberner Blick ist hart. »So schnell wie möglich.«

Ich schüttele spontan den Kopf . »Nein, mir geht es g...«

»Dir geht es nicht gut.« Seine Arme spannten sich um mich herum an. »Du hattest ein Flashback. Du warst nicht hier, du warst woanders. Was hast du gesehen? Waren es deine Eltern? Hast du gesehen, wie sie gestorben sind?«

Ich zucke zusammen, weil der Schmerz wie eine Kugel durch mein Herz dringt. »Nein«, lüge ich verzweifelt. Ich kann nicht darüber reden, kann nicht einmal daran denken. Ich spüre, wie die dunklen

Erinnerungen unter der Oberfläche sprudeln und mich hineinzuziehen drohen. »Das ist es nicht. Es ist nur ...«

Ich lande schmerzhaft auf meiner Seite, und mein Kopf schlägt gegen die Couch, als ein weiterer Schuss ertönt, und eine warme, metallische Dusche auf meinem Gesicht landet und meinen Hals trifft.

»Peter!« Aus Sorgen um ihn klettere ich auf die Knie, wische mir das Blut aus den Augen – und dann sehe ich es.

Meine Mutter liegt auf dem Boden, und ihr Gesicht ist voller Blut.

Oder besser gesagt der größte Teil ihres Gesichts.

Ein Teil ihrer Wange und ihres Schädels fehlt, weshalb ein blutiges Loch dort klafft, wo früher ein Wangenknochen war.

»Sara. Verdammt, Sara!«

Peters Gesicht ist wie eine Gewitterwolke, als er mich mit zusammengekniffenen Augen und angespanntem Körper anblickt. Er muss mich geschüttelt und versucht haben, mich dazu zu bringen, aus dem Flashback herauszukommen, denn ich spüre blaue Flecken, wo seine Finger mit übermäßiger Kraft meine Arme ergriffen hatten.

»Es tut mir leid«, flüstere ich abgehackt. Mein Puls ist in der Stratosphäre, und meine Kehle so rau, als hätte ich Dornen geschluckt. Ich verstehe nicht, warum das passiert, warum mein Verstand mir plötzlich diese schrecklichen Streiche spielt.

»Nein, das muss es nicht.« Er lässt meinen Arm los, umfasst meine Wange, und seine breite Handfläche liegt warm auf meiner gefrorenen Haut. »Es muss dir nicht leid tun, mein Liebling. Es ist nicht deine Schuld. Nichts davon ist deine Schuld.«

Und als er mein Gesicht gegen seine Schulter drückt und mich hin und her schaukelt, schließe ich meine Augen und versuche, ihm zu glauben.

eter

MEINE EINGEWEIDE ZIEHEN SICH ZUSAMMEN, ALS ICH Goldberg dabei zuschaue, wie er Sara untersucht. Der kleine, kahlköpfige Mann ist eigentlich ein Unfallchirurg, aber er scheint zu wissen, was er tut – und irgendein Arzt ist besser als kein Arzt.

Natürlich ist Sara selbst Ärztin, aber sie kann nicht ihre eigene gynäkologische Untersuchung durchführen.

»Nun, soweit ich sehen kann, geht es Ihnen und dem Baby gut«, meint er, als er fertig ist, und ich atme erleichtert aus.

Der nächste Schritt ist, Sara zu einem Therapeuten zu bringen, der sich um die schrecklichen Flashbacks kümmert.

Eisspitzen dringen immer noch in meine Brust ein, wenn ich daran denke, wie weiß ihr Gesicht geworden war, so als ob alles Leben ihren Körper verlassen hätte. Und als die Hyperventilation und das Schreien anfingen … Fuck, ich würde alles geben, um sie nie wieder in diesem Zustand zu sehen. Ich weiß, was eine posttraumatische Belastungsstörung ist – ich habe es bei vielen Soldaten gesehen – und mein Ptichka so leiden zu sehen war mehr, als ich ertragen konnte.

Ich muss sie wieder gesund machen.

Ich muss den Schaden, den ich angerichtet habe, reparieren.

»Nun, ich bin mir sicher, dass Sie das besser wissen als ich, aber Sie müssen Stress so weit wie möglich vermeiden«, sagt Goldberg zu Sara, und sie nickt und sieht dabei selbst wie eine ruhige, fähige Ärztin aus. Und wenn ich nicht dabei gewesen wäre, wie sie an unserem Küchentisch zusammengebrochen ist – zweimal vor weniger als einer Stunde –, wäre es leicht, zu glauben, dass es ihr gut geht.

Dass die Ereignisse der letzten Woche sie nur leicht mitgenommen haben.

Aber das haben sie nicht. Das ist unmöglich. So stark wie mein Ptichka auch ist, sie hat zu viel durchgemacht, als dass sie es so einfach wegstecken könnte. Sie hat sich zusammengerissen, während wir im Überlebensmodus waren, aber jetzt, da wir in relativer Sicherheit sind, holen ihr Geist und Körper das nach, was sie zurückgestellt hatten, und versuchen, mit dem extremen Trauma umzugehen.

Soweit ich weiß, hat sie nicht einmal um ihre Eltern geweint – oder über den Mann gesprochen, den sie getötet hat.

Ich bin kein Psychiater, aber das kann nicht gesund sein. Vielleicht ist das der Grund, warum die Rückblenden sie so hart treffen: weil sie ihre Gefühle bekämpft und sich weigert, an ihre Trauer zu denken.

Ich habe das auch beim Militär gesehen. Junge Soldaten, die stark wirken wollten, haben versucht, ihre Gefühle so weit zu kontrollieren, dass sie die Kontrolle über sie völlig verloren haben. Diese Art von Trauma wegzuschließen funktioniert nicht; die Männer brachen immer zusammen oder nahmen Drogen und Alkohol, um damit fertigzuwerden. Abgesehen von meinen Alpträumen nach Daryevo hatte ich noch nie solche Probleme – aber andererseits hatte ich einfach irgendwie Glück.

Ich war die meiste Zeit meines Lebens im Überlebensmodus.

»Danke, Dr. Goldberg«, sagt Sara, bevor sie von dem Untersuchungstisch steigt, und als sie hinter einen Vorhang geht, um ihre Kleidung anzuziehen, nehme ich den Arzt zur Seite.

»Geht es ihr wirklich gut?«, frage ich mit leiser Stimme. »Weil sie gerade ihre Eltern verloren hat, und im Allgemeinen waren die letzten Tage … schwierig.«

Der Arzt seufzt und zieht sich die Handschuhe aus. »Ich weiß nicht, was ich Ihnen sagen soll. Körperlich ist sie gesund. Emotional … nun, das ist nicht wirklich mein Fachgebiet. Sie sollten vielleicht mit Julian reden und sehen, ob er jemanden auf das Anwesen bringen kann, mit dem sie reden kann. Ich weiß, dass Nora vor ein paar Jahren eine schwere Zeit durchgemacht hat, und er ließ eine Therapeutin für sie hierherbringen. Vielleicht könnte er das Gleiche für Ihre Frau tun?«

Ich hatte darüber nachgedacht, Sara über das Internet einen Psychiater konsultieren zu lassen, aber persönlich wäre natürlich noch besser.

»Danke, ich werde mit ihm reden«, sage ich Goldberg, als Sara zurückkehrt, und er nickt lächelnd.

»Viel Glück. Und denken Sie daran: alles möglichst stressfrei, okay?«

»Danke. Wir werden unser Bestes geben«, sagt Sara und lächelt ihn an. Es ist ihr süßes, warmes Lächeln, und für eine Sekunde fühle ich die hässliche Eifersucht in mir aufsteigen. Es ist unlogisch – der Doktor ist hundertprozentig schwul – aber ich kann nicht anders.

Ich habe dieses Lächeln von ihr seit Tagen nicht mehr gesehen.

Nicht, seit sie alles meinetwegen verloren hat.

ara

PETER SCHWEIGT AUF DEM WEG ZURÜCK ZU UNSEREM Haus, und sein Ausdruck ist verschlossen. Ich weiß, dass er sich Sorgen um mich macht, aber ich wünschte, er würde mit mir reden und mich von meinen Gedanken ablenken. Stattdessen hält er schweigend meine Hand, und so tröstlich seine Berührung auch ist, sie reicht nicht aus, meine Gedanken davon abzuhalten, zu wandern, zu Orten zu gehen, an die sie nicht gehen dürfen.

»Also, wird Esguerra dir helfen, Henderson zu bekommen?«, frage ich ruhig – teilweise, weil ich neugierig bin, teilweise, weil ich etwas zu besprechen habe. »Du verfolgst ihn, oder?«

Peter blickt zu mir herunter. »Ja – und das wird er.«

»Oh, gut. Weißt du schon, wie du ihn finden wirst?«

»Wir haben ein paar Ideen«, antwortet er vage, dann verstummt er wieder.

Großartig. Er will wahrscheinlich nicht darüber reden, damit ich nicht wieder ausflippe. Wird es von nun an so bei uns sein, weil Peter denkt, dass ich so zerbrechlich bin, dass ich bei der kleinsten Provokation zerbrechen könnte?

Das Schlimmste daran ist, dass ich mir nicht sicher bin, ob er völlig falschliegt. Nach dem, was beim Frühstück passiert ist, fühlt sich mein Kopf wie ein Minenfeld voll von Stolperdrähten und versteckten Gefahren an. Ich weiß nicht, was mich zerbrechen lässt und dazu führt, dass diese schrecklichen Erinnerungen mich überkommen. Und Peter weiß nicht einmal von der Mini-Rückblende, die ich heute Morgen vor dem Besuch von Nora und Rosa hatte.

Wenn er es wüsste, wäre er überzeugt, dass ich ein hoffnungsloser Fall bin.

»Wie fühlst du dich?«, frage ich und beschließe, mich auf ein harmloseres Thema zu konzentrieren. »Wie geht es deiner Seite?«

Er lächelt mich an. »Viel besser, danke. Noch ein paar Tage, und ich sollte so gut wie neu sein.«

»Ernsthaft? Du erholst dich bemerkenswert schnell.«

Sein Lächeln verblasst. »Ich habe eine dicke Haut.«

Dasselbe trifft auf mich nicht zu. Ich bin eine

verdammt zerbrechliche Blume, die auseinanderfällt, sobald er »buh« macht. Das hat er nicht gesagt, aber ich höre die Worte trotzdem.

Ich *fühle* seine Sorge um mich.

Ich gebe das Gespräch auf und konzentriere mich auf unsere Umgebung. Wir gehen an den Gebäuden vorbei, die die Unterkünfte der Wachen sein müssen; ich sehe hart aussehende Männer mit Maschinengewehren, die aus dem schlafsaalartigen Gebäude kommen oder hineingehen. Um uns herum gibt es exotische Pflanzen, und die Luft ist dick und feucht und riecht nach tropischer Vegetation mit einem Hauch von Ozon aus den Wolken am Horizont.

Esguerras Villa liegt etwas weiter rechts, und das weiße, zweistöckige Gebäude erinnert mich an eine Plantage aus der Bürgerkriegszeit. Es ist umgeben von hübsch angelegten Gärten und üppigen grünen Rasenflächen sowie einigen kleineren Gebäuden.

Die Wachtürme, die ich aus dem Flugzeug gesehen habe, sind mit bewaffneten Wachen darauf in der Ferne sichtbar, und ich bin mir sicher, dass es dutzende andere, weniger offensichtliche Sicherheitsmaßnahmen gibt.

All diese Männer mit ihren Waffen zu sehen und zu wissen, dass ich auf dem Gelände eines rücksichtslosen Verbrechers bin, hätte mich früher, um es vorsichtig auszudrücken, verunsichert. Aber jetzt fühle ich mich sicher.

Jetzt sind die Feinde diejenigen, auf die sich die

meisten Bürger verlassen, wenn sie Schutz suchen: die Strafverfolgungsbehörden.

Nun, und Henderson – der diese Autoritäten als sein Werkzeug der Rache benutzt.

ALS WIR ZURÜCK ZUM HAUS KOMMEN, BEREITET PETER unser Mittagessen vor, und wir essen – diesmal, ohne dass ich zusammenbreche. Während des Essens ist er jedoch noch ruhig, und sein Blick liegt mit unverhohlener Sorge auf mir.

»Hör auf«, stöhne ich, als ich es nicht mehr ertragen kann. »Bitte, hör auf, mich so anzusehen. Ich werde nicht ausflippen, versprochen.«

»Das kannst du nicht versprechen, denn die Rückblenden sind nichts, was du kontrollieren kannst, Ptichka«, sagt er leise. »Und je mehr du es versuchst, desto schlimmer werden sie. Deshalb werde ich mit Esguerra darüber sprechen, eine Therapeutin hierherzuholen.«

»Was? Ach, komm schon. Das kann warten, bis ...«

»Nein, kann es nicht.« Sein Gesicht sieht unnachgiebig aus. »Nicht nach dem, was heute Morgen passiert ist.«

»Peter, bitte. Es ist nicht wirklich etwas passiert. Du machst aus einer Mücke einen Elefanten. Es gibt keinen Grund, mich vor Esguerra zu blamieren, indem du ihn darum bittest. Außerdem ... bedeutet das nicht, dass du ihm noch einen weiteren Gefallen schulden würdest? Sobald du mit Henderson fertig bist, können wir über Therapie und all das reden. Bis dahin …«

»Bis dahin werden wir sehen, wen wir hierherbringen können.«

Bäh. Ich schiebe meinen leeren Teller weg und stehe auf. Es ist unmöglich, Peters Meinung zu ändern, wenn er sich etwas in den Kopf gesetzt hat. Ich liebe und hasse das an ihm – und in diesem Fall ist es definitiv das Letztere.

Warum kann er nicht verstehen, dass ich einfach nicht bereit bin, mich mit den emotionalen Auswirkungen des Geschehens auseinanderzusetzen? Dass ich lieber die gelegentliche Rückblende riskiere, als in den giftigen Pool von Schuldgefühlen und Entsetzen einzutauchen, der in meinem Kopf herumschwappt?

Wenn ich diese Erinnerungen einfach löschen könnte, würde ich es tun. Abgesehen davon will ich einfach nicht an sie denken.

»Ptichka …« Er ergreift mein Handgelenk, als ich die Küche verlassen will. Seine Berührung brennt durch mich hindurch, und seine Finger binden mich wie eine Fessel. »Hör mir zu, mein Liebling. Du bist verletzt – genauso, als hättest du dir eine Kugel eingefangen. Würdest du meine *Wunden* eitern lassen? Oder würdest du dein Bestes tun, damit sie heilen?«

Ich knirsche mit den Zähnen. »Das ist nicht dasselbe.«

»Ist es nicht?« Seine grauen Augen schauen sanft,

als er mit seiner freien Hand eine Haarsträhne hinter mein Ohr streicht. »Warum ist das anders?«

Weil es so ist, will ich schreien. Weil es egal ist, was ich tue, oder mit wie vielen Therapeuten ich spreche.

Nichts wird meine Eltern zurückbringen.

Das ist keine Schusswunde, die mit Pflege heilen wird.

Doch als ich Peter anstarre, fällt mir ein, dass ich wochenlang mit ihm streiten könnte und es nichts ändern würde. Ich kann ihn nicht davon überzeugen, dass es mir gut geht.

Zumindest nicht mit Worten.

Langsam und bewusst lecke ich mir über die Lippen. Vorhersehbarerweise fällt sein Blick auf meinen Mund, und sein Griff um mein Handgelenk strafft sich, während ich erneut mit der Zunge über meine Lippen fahre und danach meine Zähne verführerisch in meine Unterlippe sinken lasse.

Mein Ziel war es, ihn von seiner Sorge abzulenken, aber mein eigener Herzschlag beschleunigt sich, als seine Atmung schneller wird und sein Blick auf den meinen trifft. Seine Pupillen sind bereits erweitert und verwandeln das Silber seiner Iris in dunklen Stahl. Ich bin mir der Hitze bewusst, die von seinen Fingern ausgeht, während er mein Handgelenk hält, und die Nähe seines großen, starken Körpers lässt mich an ihm schmelzen wollen, lädt meine schmerzenden Brüste ein, sich auf seiner breiten, harten Brust zu reiben.

»Ptichka …« Seine Stimme ist tief und belegt. »Du spielst mit dem verdammten Feuer.«

Meine Brustwarzen ziehen sich zu festen, harten Knospen zusammen, und flüssige Hitze durchnässt mein Höschen. Heilige Scheiße, bin ich erregt. Dieser Ton, kombiniert mit dem Hauch von Gewalt seines zu engen Griffs an meinem Handgelenk, bewirkt mehr als ein stundenlanges Vorspiel. Abgesehen von dem Blowjob, den ich ihm im Krankenhaus gegeben habe, hatten wir seit einigen Tagen keinen Sex mehr, und mein Körper sehnt sich verzweifelt nach seiner Inbesitznahme.

Ich trete nach vorne, stelle mich auf Zehenspitzen und drücke meine Lippen auf seine, während ich meinen freien Arm um seinen muskulösen Hals lege. Einen Moment lang versteift er, da ihn meine Direktheit überrascht, aber dann übernehmen seine Instinkte, und er drückt meinen Rücken mit seinem harten Körper gegen den Kühlschrank, und sein Mund verschlingt mich, als gäbe es kein Morgen.

Ich spüre die Ausbuchtung seiner Erektion, als er mein anderes Handgelenk umfasst, meine Arme über meinem Kopf ausstreckt und sie gegen den kalten Stahl des Kühlschranks drückt. Mehr Hitze strömt durch mein Inneres, und ich stöhne in seinen Mund, hebe mein Bein an und lege es über seinen Arsch, damit ich mein schmerzendes, geschwollenes Geschlecht an dieser Wölbung reiben kann. Ich habe mich nicht wohl dabei gefühlt, mir neben den Kleidungsstücken auch noch Yulias Unterwäsche auszuleihen, weshalb die Jeans-Shorts rau und kratzig auf meinen nackten

Falten reiben und das Gefühl unangenehm und trotzdem pervers aufregend ist.

»Fick mich«, atme ich, als er seinen Kopf hebt, um mich anzusehen, während seine Augen glitzern und sein Kiefer fest angespannt ist. Er nimmt meine beiden Handgelenke in eine seiner großen Hände, öffnet den Reißverschluss seiner Hose und befreit seine Erektion, während ich ihn anflehe: »Fick mich *jetzt*.«

»Oh, das werde ich. Glaub mir.«

Seine Atmung ist schwer und sein Blick intensiv, als er meine Handgelenke loslässt, meine Shorts öffnet und sie dann grob über meine Beine nach unten zieht. Ich zittere vor Verlangen, als ich aus ihnen heraustrete, und er greift nach meinem Arsch und hebt mich hoch. Als ich seine Schultern umklammere, spreizt er meine Oberschenkel weit, lässt mich auf seinen dicken Schwanz sinken, und dringt mit einem harten Stoß in mich ein.

Luft entweicht meiner Lunge, als ich meine Beine um seine Hüften lege und meine Nägel in die angespannten Muskeln seiner Schultern grabe. Verdammt, er ist groß. Mein Körper hatte diesen Teil vergessen. Er dehnt mich schmerzhaft aus, und meine Erregung wird durch das heiße Brennen seines Eindringens gemildert. Das heißt, bis er sich zu bewegen beginnt.

Er blickt mir immer noch in die Augen, als er sich zurückzieht und sich wieder hineinschiebt. Es gibt kein Warten, kein Spielen mit flachen Stößen; sein Rhythmus ist von Anfang an hart und treibend, so gnadenlos wie der Mann selbst. Und das ist genau das, was ich brauche. Die wachsende Hitze und Anspannung mildern das Unbehagen, mein Körper wird weicher, verflüssigt sich und empfängt ihn tief im Inneren. Jeder Schlag hämmert gegen meinem G-Punkt; jedes Mal, wenn sein Becken gegen meines schlägt, drückt es auf meine Klitoris.

Mein Orgasmus ist so heftig wie plötzlich. Ich explodiere, lange bevor ich psychisch darauf vorbereitet bin, und die Lust zerreißt mich, lässt mich zersplittern. Keuchend schreie ich seinen Namen, und meine Beine straffen sich um ihn herum, aber er hört nicht auf.

Er hämmert in mich hinein, bis ich erneut komme.

Ich reite immer noch auf den orgastischen Nachbeben, als eine Vene in seiner schweißgebadeten Stirn zu pochen beginnt und sein dicker Schwanz weiter in mir anschwillt. Mit einem Stöhnen drückt er sich so tief wie möglich in mich hinein, und meine inneren Muskeln ziehen sich um seinen Schaft zusammen, während er zuckt und pulsierend mein Inneres mit seinem Samen überschwemmt.

eter

SCHWER ATMEND ZIEHE ICH MICH WIDERWILLIG AUS Saras enger, feuchter Muschi zurück und stelle sie vorsichtig auf ihre Füße. Sie sieht genauso überwältigt aus, wie ich mich fühle, und eine scharfe Prise Reue verjagt das warme Nachleuchten.

Ich war zu hart zu ihr.

Ich war erneut zu hart zu ihr.

Ich weiß, dass es ihr jetzt so gefällt, aber sie ist schwanger.

Traumatisiert und schwanger.

Was zum Teufel habe ich mir dabei gedacht, die Kontrolle zu verlieren? Ich muss sie verwöhnen, dafür sorgen, dass sie ausgeruht und entspannt ist, und sie nicht gegen den Kühlschrank gelehnt ficken wie ein außer Kontrolle geratenes Tier.

Sie schwankt, als ich sie loslasse und zurücktrete, und ich ergreife ihren Arm, stabilisiere sie, als sie nach einem Papiertuch greift, um die Feuchtigkeit zwischen ihren Beinen wegzuwischen.

»Ptichka ... Bist du okay?«

Sie grinst und wirft das zusammengeknüllte Tuch in den Müll. »Es ging mir nie besser. Was ist mit dir?«

Ich runzele die Stirn und erinnere mich dann an meine Verletzungen. Jetzt, da ich darauf achte, tut meine Seite ein wenig weh, aber es ist nichts, womit ich nicht umgehen kann.

»Mir geht es gut«, sage ich, als ein besorgter Blick auf ihrem Gesicht erscheint, und sie den Saum meines T-Shirts ergreift – zweifellos mit der Absicht, es anzuheben, um meinen Verband zu kontrollieren. Ich nehme vorsichtig ihre Hände weg und trete aus ihrer Reichweite. »Wirklich, es geht mir gut.«

Ich kann nicht glauben, dass sie sich Sorgen um mich macht, nachdem ich gerade über sie hergefallen bin. Ich weiß, dass ich sie verletzt habe – ich konnte die extreme Enge ihres Körpers spüren, als ich in sie eingedrungen bin. Was ist, wenn ich auch dem Baby wehgetan habe?

Was, wenn sie eine Fehlgeburt hat, so wie Nora damals?

Als ich wie erstarrt dastehe und diesen schrecklichen Gedanken verarbeite, beugt sie sich vor und hebt ihre Shorts vom Boden auf. Ihr runder, kleiner Arsch reckt sich dabei in die Luft, und obwohl mein Sperma noch meinen Schwanz bedeckt, fühle ich, wie er vor Interesse zuckt.

Verdammt, ich *bin* ein Tier.

»Sara …« Meine Stimme ist angespannt, als sie sich zu mir umdreht. »Geht es dir wirklich gut?«

Sie blinzelt. »Ja, das habe ich dir doch schon gesagt. Komm, gehen wir duschen.« Und sie greift nach meiner Hand und zieht mich ins Badezimmer.

WIR DUSCHEN ZUSAMMEN – NA JA, SARA DUSCHT, UND ich benutze die Handbrause, um mich um meine Verbände herum zu waschen – und dann legt sie sich für ein Nickerchen hin und behauptet, dass sie mit Lebensmittelkoma und Müdigkeit nach dem Sex zu kämpfen hat. Ich lege mich zu ihr und halte sie fest, bis sie einschläft. Dann stehe ich leise auf und verlasse das Haus.

Ich weiß, warum sie müde ist, und es hat nichts mit Essen oder Sex zu tun. Ihr Körper kollabiert nach dem Nonstop-Adrenalin der letzten Woche, und die Anforderungen des heranwachsenden Babys helfen nicht.

Meine Schuldgefühle liegen wie eine Rolle Stacheldraht in meinem Magen.

Ich habe ihr das angetan.

Ich bin für das ganze Unglück verantwortlich.

Wenn ich nicht so egoistisch von ihr besessen

gewesen wäre, wenn ich sie nur in Ruhe gelassen hätte, wäre sie immer noch bei ihren Eltern zu Hause und würde ihr ruhiges, friedliches Leben führen. Wenn ich nach unserem ersten Treffen weggegangen wäre, hätte sie vielleicht jemand anderen geheiratet … jemanden, der sicherstellen könnte, dass sie ihre Schwangerschaft behütet und sicher erlebt.

Stattdessen ist sie mit mir auf der Flucht und leidet unter PTBS-ähnlichen Rückblenden und Erschöpfung.

»Hallo, Peter«, begrüßt mich Diego, als ich auf der Straße an ihm vorbei gehe, und ich nicke kurz, da ich nicht in der Stimmung zum Plaudern bin.

Ich habe im Moment nur ein Ziel: mit Esguerra zu sprechen.

Ich brauche die Therapeutin sofort hier.

Kurz darauf klopfe ich an die Tür von Esguerras Villa.

»Ist er hier?«, frage ich Ana, als sie mir die Tür öffnet, und die Haushälterin nickt.

»Ja, bitte, kommen Sie rein. Möchten Sie etwas essen oder trinken, während ich ihn hole?«

»Nein, danke. Ich möchte nichts.« Ich folge Ana in das Foyer und lehne mich gegen die Wand, weil ich zu unruhig bin, um zu sitzen.

Sie geht die breite, geschwungene Treppe hinauf, und ein paar Minuten später kommt Esguerra herunter und knöpft im Gehen sein Hemd zu. Sein Haar ist zerzaust, und ein angepisster Blick ist in sein Gesicht gebrannt.

Entweder habe ich ihn bei einem Nickerchen oder etwas mit Nora gestört.

Ich tippe auf Letzteres.

»Was ist los?«, fährt er mich an. »Hat Henderson …«

»Nein, nichts dergleichen.« Ich atme tief durch, als sich sein finsterer Blick vertieft. »Es ist persönlich. Ich brauche einen Gefallen.«

Er bleibt vor mir stehen, und kalte Belustigung ersetzt die Sorge in seinem Blick. »Ernsthaft? Sind Essen und Unterkunft nicht genug für Sie?«

»Kennen Sie gute Psychiater?«, frage ich und weigere mich, den Köder zu schlucken. »Am besten jemanden, der mit der Behandlung von PTBS vertraut ist.«

Er sieht verblüfft aus. »Für Sie?«

Als ich mich an Saras Worte erinnere, nicke ich kühl. »Für mich.«

Ich will nicht, dass sich mein Ptichka schämt – auch wenn es sowieso keinen Grund dafür gibt. Die Notwendigkeit, Hilfe bei der Verarbeitung extremer Traumata zu benötigen, macht einen nicht schwach, sondern einfach normal.

Esguerra betrachtet mich mit einem unleserlichen Ausdruck und nickt dann. »Ich kenne vielleicht jemanden. Wie schnell brauchen Sie ihn hier?»

»Heute, wenn möglich. Ansonsten morgen oder übermorgen.«

»In Ordnung. Ich werde mein Bestes tun, um ihn morgen hier zu haben.«

»Danke«, sage ich und drehe mich um, um zu gehen. Ich weiß, dass ich ihm dafür etwas schulde, und er wird es sicherlich einfordern, aber wenn es Sara hilft, wird es sich lohnen.

Ich würde alles tun, um sie heilen zu lassen.

»Peter«, ruft Esguerra, als ich aus dem Raum gehen will. Als ich mich ihm zuwende, sagt er leise: »Warum kommen Sie und Ihre Frau heute Abend nicht zu uns zum Abendessen? Nora würde Ihre Sara gerne besser kennenlernen.«

»Sicher«, sage ich und verberge meine Überraschung. »Wir werden kommen.«

»Sieben Uhr«, sagt er, bevor er sich umdreht und wieder nach oben geht.

enderson

MEIN RÜCKEN SCHMERZT VOM SCHNEESCHAUFELN DEN
ganzen Tag, und Jimmy ist sauer, dass ich ihn
gezwungen habe, mir dabei zu helfen, aber es musste
getan werden.

Wir müssen die Einfahrt freihalten, damit wir bei
Bedarf schnell wegkommen können.

Meinem Plan, an Sokolov und die anderen
heranzukommen – Operation Air Drop, wie ich ihn
nenne –, fehlt noch eine entscheidende Komponente,
nämlich der Grundriss von Esguerras Anwesen und
ein Überblick über die Sicherheitsvorkehrungen.

Sobald wir beides haben, können wir zuschlagen,
aber in der Zwischenzeit muss ich alles in meiner

Macht Stehende tun, um meine Frau und meine Kinder zu schützen.

Ich muss sie vor den Monstern retten, die uns jagen.

ara

ICH WEIß, ES IST ALBERN, NERVÖS WEGEN DES Abendessens zu sein, nach allem, was wir durchgemacht haben, aber ich bin es trotzdem. Das liegt auch an der einzigen Kleidung, die ich im Schrank gefunden habe, Shorts und T-Shirts, und obwohl Peter mir versichert hat, dass wir uns nichts Besonderes anziehen müssen, würde ich mich definitiv besser fühlen, wenn ich so etwas wie ein hübsches Sommerkleid hätte. Nach meinem Mittagsschlaf hat sich meine Morgenübelkeit entschieden, ebenfalls aufzuwachen.

Sie leidet anscheinend genauso unter dem Jet-Lag wie ich.

Ich habe mich schon einmal übergeben, aber ich

fühle mich immer noch unwohl, als Peter mich zum Haupthaus führt. Dass ich mich an seinen Wunsch erinnere, mir einen Psychiater zu besorgen, hilft nicht. Hat er bereits mit unserem Gastgeber darüber gesprochen? Ich hoffe nicht, aber wie ich meinen Mann kenne, hat er es höchstwahrscheinlich getan.

Aufschieben ist kein Konzept, mit dem er vertraut ist.

So oder so, mein Magen krampft, als Peter an die Tür klopft. Einen Moment später schwingt sie auf und gibt den Blick auf eine spanisch aussehende Frau mittleren Alters frei. »Señor Sokolov«, sagt sie strahlend. »Willkommen. Und das muss Ihre reizende Frau sein.«

Ich lächele und strecke meine Hand aus. »Hallo. Ich bin Sara.«

»Oh, hallo.« Sie schüttelt mir kräftig die Hand. »Ich bin Ana, Señor Esguerras Haushälterin. Bitte, kommen Sie rein.«

Wir folgen ihr ins Haus. Im Inneren ist Esguerras Herrenhaus eine atemberaubende Mischung aus traditionellem und modernem Dekor, mit schweren Möbeln im barocken Stil, ergänzt durch glänzende Parkettböden und abstrakte Kunst an den Wänden. Ich erkenne ein paar der Gemälde aus einem Kunstkurs, die ich am College besucht habe. Wenn es sich um Originale handelt – und ich vermute das stark –, dann sind allein die Wände im Foyer schon Millionen von Dollar wert.

Ana führt uns in ein formelles Esszimmer, wo ein

ovaler Tisch mit glänzendem Besteck und vergoldeten Tellern steht. Weder Nora noch ihr Mann sind schon da, aber ich erkenne das Paar, das auf einer Seite des Tisches sitzt.

Lucas und Yulia Kent.

Ihre blonden Köpfe sind eng zusammengesteckt und ihre Hände auf dem Tisch verschlungen, während sie über etwas lachen. Als wir eintreten, schauen sie nach oben, und das Lächeln verschwindet aus ihren Gesichtern.

Anspannung breitet sich im Raum aus, als Ana verschwindet und uns allein lässt.

Peter ist der Erste, der das Schweigen bricht. »Lucas.« Er nickt dem Mann mit dem kantigen Kinn kühl zu. Dann wendet er sich an Kents modelhafte Frau. »Yulia. Schön, dich zu sehen.«

»Ich freue mich auch, dich zu sehen.« Ihre blauen Augen wandern zu mir, und ihr Ausdruck ist zurückhaltend. »Und dich, Sara.«

Meine Übelkeit verstärkt sich abrupt.

Mist. Panisch schaue ich mich nach einem Badezimmer um, sehe aber keines.

»Ptichka …« Peter greift nach meinem Arm. »Was ist los?«

Wenn ich versuchen würde, zu sprechen, müsste ich mich übergeben. Ich lege meine Hand über meinen Mund, winde mich aus seinem Griff und laufe aus dem Raum, zurück zum Eingang.

Ich schaffe es kaum nach draußen. In der Sekunde,

in der ich mich über das Geländer der Veranda beuge, leere ich meinen ganzen Mageninhalt.

Natürlich folgt mir Peter hinaus und sieht die ganze Sache – und Yulia auch, wie ich aus dem Augenwinkel bemerke. Beschämt würge ich alles hoch, während er mein Haar hält, und als ich aufblicke, ist sie weg.

Eine Sekunde später kommt sie jedoch mit einem nassen Papiertuch zurück. »Bitte schön«, murmelt sie und reicht es mir, und ich nehme es dankbar an, um mir den Mund abzuwischen.

Ana kommt als Nächstes heraus – Julia muss ihr gesagt haben, was los ist. Die Haushälterin übernimmt und führt mich zu einem Badezimmer, wo sie mir eine brandneue Zahnbürste und eine Tube Zahnpasta gibt.

Als ich mein Gesicht gewaschen und meine Zähne gründlich geputzt habe, fühlt sich mein Magen unendlich viel ruhiger an.

»Alles in Ordnung, mein Liebling?«, fragt Peter, als ich aus dem Badezimmer komme, und ich nicke und wende meinen Blick ab.

»Es tut mir leid.«

»Das ist nichts, was dir leidtun muss«, sagt er und nimmt meine Hand. »Nimm es als die offizielle Ankündigung deiner Schwangerschaft.«

Er gibt mir einen Kuss auf dir Stirn, lässt seine Finger durch die meinen gleiten und führt mich zurück ins Esszimmer.

Als wir zurückkommen, sind die Esguerras bereits da und sitzen den Kents gegenüber. Ich erkenne unseren Gastgeber sofort: Er ist in der Tat der wunderschöne Mann, den ich im Krankenhaus getroffen habe. Sein dunkles Haar ist länger als damals, aber seine auffallend sinnlichen Gesichtszüge sind dieselben. Im Gegensatz zum letzten Mal strahlt er jedoch nicht Trauer und Wut aus; er ist ruhig und kontrolliert, wie ein König, der auf seinem Thron sitzt.

Ein grausamer, tyrannischer König, angesichts dessen, was ich über den Mann weiß.

Zum ersten Mal frage ich mich, was mit den Männern passiert ist, die Nora und ihre Freundin angegriffen haben. Hat Noras Mann sie getötet?

Dumme Frage. Natürlich hat er sie getötet.

Die einzige Frage ist, wie sehr er sie zuerst leiden ließ.

»Da seid ihr ja«, sagt Nora und schaut mich an. »Setzen Sie sich hierhin.« Sie klopft auf den Stuhl neben sich, und ich gehe zu ihr.

»Julian, das ist Sara«, sagt sie, als ich neben ihr stehen bleibe. »Du erinnerst dich vielleicht an sie aus dem Krankenhaus in Chicago.«

»Natürlich. Es ist schön, Sie wiederzusehen.« Er schaut mich mit seinen durchdringenden blauen Augen an, und zum ersten Mal bemerke ich etwas Ungewöhnliches an seinem linken Auge – eine dünne Narbe, die von seinem linken Wangenknochen bis in seine Augenbraue reicht.

Hat ihm jemand mit einem Messer durch das Auge

geschnitten, und wenn ja, wie hat sein Auge es überlebt?

Es sei denn … ist das ein künstliches Auge?

»Danke. Es ist auch schön, Sie zu sehen – und vielen Dank für Ihre Gastfreundschaft«, sage ich und unterdrücke meine Neugierde. Es wäre nicht angebracht, unseren rücksichtslosen Gastgeber anzustarren.

Er nickt mir kühl zu, als ich mich neben Nora setze, und Peter mir gegenüber neben Yulia Platz nimmt.

»Danke für das Tuch«, sage ich Yulia, und sie nickt unverbindlich, bevor sie wegschaut. Wie ihr Mann muss sie wegen dem, was auf Zypern passiert ist, immer noch sauer auf mich sein. Im Nachhinein fühle ich mich schrecklich, dass ich sie über meine Beziehung zu Peter irregeführt habe, um zu entkommen. Ich hätte sie nicht in meinen verzweifelten letzten Versuch, mich nicht in meinen Peiniger zu verlieben, hineinziehen sollen.

Ich muss sie heute Abend allein erwischen, damit ich mich richtig bei ihr entschuldigen kann.

»Wie fühlen Sie sich?«, fragt Nora leise, beugt sich zu mir, und ich lächele sie an, als ich ihren besorgten Blick sehe und weniger peinlich berührt bin.

»Jetzt viel besser, danke.«

»Ich hatte ziemlich heftige Morgenübelkeit mit Lizzie«, vertraut sie mir mit einem traurigen Lächeln an. »Ich musste mich überall übergeben, bis zu dem Punkt, an dem Julian immer diese Kotztüten aus dem Flugzeug dabeihatte.«

»Das sollte ich vielleicht auch tun«, sage ich und lache, als Peter uns mit einem unleserlichen Gesichtsausdruck zusieht.

Missbilligt er meine aufkeimende Freundschaft mit Esguerras Frau? Und wenn ja, warum?

Während ich darüber nachdenke, kommt Ana mit einem Servierwagen mit Suppenschüsseln herein.

»Ich habe eine spezielle, leichtere Brühe für Sie zubereiten lassen«, sagt Nora, als Ana eine klare Suppe vor mich stellt, und nicht die cremigen Versionen, die ich vor allen anderen sehe. »Ich dachte, es wäre vielleicht einfacher für Ihren Magen. Sagen Sie mir Bescheid, wenn Sie lieber die Pilzcreme haben möchten. Reichhaltiges Essen war in meinem ersten Trimester ein großes Problem für mich, also dachte ich, es könnte das Gleiche bei Ihnen sein.«

»Das ist perfekt, danke«, sage ich, ergriffen von Ihrer Aufmerksamkeit. »Ich habe noch nicht bemerkt, dass ich einige Lebensmittel schlechter als andere vertrage, aber ich sehne mich nach etwas Leichterem, nachdem ich … Sie wissen schon.«

»Ja, das habe ich mir schon gedacht.« Sie grinst. »Und lassen Sie mich wissen, wenn Sie einer der Gerüche am Tisch stört. Ana wird ihn entfernen, egal, was es ist. Gerüche waren ein weiteres großes Problem für mich mit Lizzie.«

»Danke. Das ist sehr freundlich von Ihnen.« Ich tauche meinen Löffel in die Suppe, führe ihn zu meinem Mund und probiere vorsichtig. Zu meiner Erleichterung ist die Flüssigkeit so leicht, wie Nora es versprochen hatte, mit einem pilzartigen Unterton und einem Hauch von Miso. »Schläft Ihre Tochter?«, frage ich, nachdem ich die Suppe heruntergeschluckt habe.

»Sie *hat*, als ich sie vor ein paar Minuten mit Rosa oben gelassen habe«, sagt Nora. Seufzend blickt sie auf den Eingang des Speisesaals. »Ist es falsch, dass ich sie bereits vermisse?«

Ich lächele. »Überhaupt nicht. Sie scheint ein sehr süßes Baby zu sein.«

Nora verdreht die Augen. »Ich wünschte es. Sie ist eine kleine Terroristin. Lassen Sie sich nicht von diesem süßen Äußeren täuschen. Sie ist *voll und ganz* die Tochter ihres Vaters.«

Esguerra schaut genau in diesem Moment zu uns herüber. »Was ist los, mein Kätzchen?«

»Nichts.« Nora schenkt ihm ein strahlendes Lächeln. »Ich erzähle Sara nur, was für ein perfekter Engel unsere Tochter ist.«

Er hebt seine Augenbrauen in offensichtlicher Skepsis, und Nora sieht ihn übertrieben unschuldig an und schlägt schnell mit ihren langen Wimpern. Seine Lider schließen sich leicht, sein Mund nimmt eine sinnliche Kurve an und ein Blick geht zwischen ihnen hin und her, der so intim und erhitzt ist, dass sich mein Unterleib erwärmt.

Ich fühle mich wie ein Spanner, schaue weg und begegne den sturmfarbenen Augen meines Mannes gegenüber am Tisch.

»Du isst nicht«, beobachtet er leise, und ich weiß,

dass es nicht meine mögliche Freundschaft mit Nora ist, die ihn beunruhigt.

Ich bin es.

Er beobachtet mich, als könnte ich jeden Moment kotzen – oder ausflippen.

Meine Stimmung verdüstert sich. So viel zum Thema Beruhigung durch Sex.

Ich tauche meinen Löffel in die Suppe und konzentriere mich darauf, die ganze Schüssel aufzuessen, damit ich ihn zumindest in dieser Hinsicht beruhigen kann. Er beobachtet mich für ein paar Sekunden, dann isst er seine eigene Suppe weiter, anscheinend beruhigt, dass ich nicht im Begriff bin, zu verhungern.

Bald haben alle ihre Suppe aufgegessen, und die Männer beginnen eine Diskussion über einige Sicherheitsmaßnahmen auf dem Gelände. Ich höre nur halb zu, weil Nora mir von Chicagoer Klubs und Restaurants erzählt.

Anscheinend haben wir jahrelang dieselben Orte besucht.

Für den zweiten Gang bringt Ana grünen Salat und eine köstlich duftende Meeresfrüchte-Paella heraus. Nora bietet an, mir einfachen Reis und Huhn servieren zu lassen, aber ich lehne dankend ab.

Mein Magen benimmt sich hervorragend, und ich habe wirklich Appetit auf diese Paella.

Als das Essen weitergeht, bemerke ich etwas Eigenartiges am Tisch. Obwohl Nora und Yulia sich direkt gegenübersitzen, schauen sie einander weder an noch reden sie miteinander. Tatsächlich hat Yulia, abgesehen davon, dass sie Ana gedankt und ihr hervorragendes Essen gelobt hat, entweder nur mit ihrem Mann gesprochen oder geschwiegen.

Mögen die Esguerras sie aus irgendeinem Grund nicht? Jetzt fällt mir wieder ein, dass, als wir sie auf Zypern besuchten, Peter etwas in der Art gesagt hat, dass Esguerra sie auf seiner Abschussliste hat.

Ich muss Peter fragen, was dort passiert ist.

Es gibt auch einige Spannungen zwischen Peter und Lucas, aber sie sind nicht annähernd so ausgeprägt. Vielleicht macht Kents Hilfe bei unserer Rettung seine Schuld an meiner Flucht in Peters Augen wieder gut, und die beiden Männer betrachten sich nun als quitt.

Das Dessert ist schon halb gegessen – ein köstliches hausgemachtes Tiramisu –, als sich das Gespräch dem Thema zuwendet, das uns alle hierhergebracht hat.

Henderson.

»Es sieht so aus, als sei es heute Abend möglich«, sagt Esguerra zu Peter. »Ich werde es in etwa einer Stunde mit Sicherheit wissen – Ihr Mann aus North Carolina macht Schwierigkeiten.«

Mein Mann runzelt die Stirn. »Dann bieten wir ihm mehr Geld an.«

»Das habe ich bereits«, sagt Kent. »Und ich habe ihm auch gesagt, dass er, wenn er nicht kooperiert, auf unsere Liste gesetzt wird. Also schätze ich, dass er es schaffen wird.«

»Was passiert heute Abend?«, frage ich und schaue

mich am Tisch nach den Männern um. »Habt ihr Henderson schon gefunden?«

Esguerra und Kent schauen zu Peter, der kurz seinen Kopf schüttelt und ihnen die Erlaubnis verweigert, mich zu informieren. Dann konzentriert sich mein Mann auf mich. »Es ist nichts, worüber du dir Sorgen machen müsstest, Ptichka«, sagt er leise und greift über den Tisch, um meine Hand zu drücken. »Wir haben ihn noch nicht gefunden, aber wir werden, und heute Abend ist nur ein Schritt in diese Richtung.«

Ich knirsche mit den Zähnen und ich ziehe meine Hand weg.

Hier ist sie wieder, die Annahme, dass ich nicht mit etwas umgehen kann, was auch nur ansatzweise beunruhigend sein könnte.

Bevor ich etwas sagen kann, höre ich das kreischende Schreien eines Babys. Es klingt, als würde es sich dem Raum nähern. Einen Moment später kommt eine erschöpfte Rosa mit einer schreienden Lizzie in den Armen herein.

»Es tut mir so leid, zu stören, aber sie hört nicht auf zu weinen«, sagt sie. »Ich habe sie gefüttert und ihre Windel gewechselt, also weiß ich nicht, was ihr Problem ist.«

Zu meiner Überraschung steht Esguerra anstelle von Nora auf. »Ich nehme sie«, sagt er ruhig, geht zu Rosa hinüber, und dann nimmt er ihr das Baby erstaunlich sanft und professionell ab.

Seine Gesichtszüge werden weicher, als er auf das kleine, zerknitterte Gesicht blickt, und zu meiner

Überraschung beruhigt sich das Baby, als er es sanft wiegt und unzusammenhängende Dinge mit seiner tiefen Stimme murmelt. Ihm scheint es egal zu sein, dass wir ihn in diesem zarten Moment beobachten; er ist voll und ganz in die kleine Kreatur in seinen Armen vertieft.

»Sehen Sie, was ich meine? Voll und ganz Papas Mädchen«, flüstert Nora mir ins Ohr, und ich schließe meinen Mund, als ich merke, dass ich ihren Mann ansehe, als wäre ihm gerade ein zweiter Kopf gewachsen.

Ich hatte *nicht* erwartet, dass der mächtige Waffenhändler so gut mit dem Baby umgehen würde.

»Er ist der Einzige, der sie beruhigen kann, wenn sie so ist«, fährt Nora leise fort, und als ich auf sie zurückblicke, sehe ich die völlige Hingabe, mit der sie ihren Mann und ihr Kind beobachtet.

Sie ist eindeutig in ihn verliebt.

In einen Mann, der sie entführt hat, als sie gerade erst die Highschool beendet hatte.

Ich nehme an, ich sollte nicht überrascht sein, wenn ich meine eigene Beziehung zu Peter betrachte, aber es ist immer noch ein bisschen ungewohnt, sie so zu sehen. Ein Teil von mir will ihr sagen, dass sie einen Psychiater wegen ihres Stockholm-Syndroms konsultieren sollte, während ein anderer, größerer Teil angesichts ihrer unorthodoxen Liebesgeschichte jubelt.

Wenn *sie* es langfristig schaffen, können Peter und ich es vielleicht auch.

Vielleicht sitzen wir in ein paar Jahren alle wieder

an einem solchen Esstisch, nur dass es mein Baby in Peters Armen sein wird.

Unser Jüngstes, offensichtlich. Unser Ältestes wird bis dahin allein herumlaufen.

Ich bin so in diesen Tagtraum vertieft, dass ich meinen Moment mit Yulia fast verpasse. Sie hat sich bereits entschuldigt, und als sie das Esszimmer verlässt, bemerke ich, dass sie endlich auf die Toilette geht.

»Entschuldigung, ich bin gleich zurück«, sage ich Nora und Peter, und ohne auf eine Antwort zu warten, stehe ich auf und eile Yulia nach.

6 9

 ara

ICH HOLE YULIA IM FLUR NEBEN DEM BADEZIMMER EIN.

»Warte, bitte«, sage ich ihr, als sie hineingehen möchte. Als mir klar wird, was ich gerade sage, korrigiere ich mich schnell: »Ich meine, warte nicht, wenn du dringend gehen musst. Ich werde hier draußen warten, bis du fertig bist.«

Sie tritt von der Badezimmertür weg. »Nein, bitte, du zuerst. Ich kann woanders hingehen. Es gibt viele Toiletten auf dieser Etage.«

»Was? Oh, nein, ich muss nicht.« Ich lache, als ich verstehe, dass sie denkt, dass ich das Badezimmer dringend brauche. »Ich wollte dich nur für eine Minute allein erwischen, um mich für die ganze Sache auf Zypern zu entschuldigen.«

Ihr schönes Gesicht spannt sich an. »Das ist nicht nötig. Das ist alles vergeben und vergessen.«

»Nein, ist es nicht. Ich habe die Kluft zwischen Peter und deinem Mann geschaffen. Das tut mir wirklich leid – und dass ich dir einen falschen Eindruck von meiner Beziehung zu Peter vermittelt habe. Ich brauchte deine Hilfe, um zu entkommen, aber ich hätte ehrlicher sein sollen. Peter hat meinen ersten Mann getötet, und er hat mich gewaterboarded, wie ich es dir gesagt habe – aber das war am Anfang, bevor es auch bei uns kompliziert wurde. Ich meine, ich *war* seine Gefangene in deinem Haus – deshalb habe ich versucht zu fliehen –, aber ich hatte mich bis dahin auch in ihn verliebt und …«

Yulia legt eine schlanke Hand auf meinen Arm. »Es ist okay, Sara.« Ihr blauer Blick wird weicher. »Du musst nicht ins Detail gehen. Ich verstehe es.«

»Wirklich?«

Sie nickt. »Ich bin keine Idiotin. Ich weiß, dass sich die Dinge ändern können, und dass die hässlichsten Anfänge mit der Zeit zu etwas Schönem führen können. Was die Flucht betrifft, bin ich sicher, dass ich an deiner Stelle dasselbe getan hätte. Eigentlich …« Sie bleibt stehen. »Vergiss es. Ich bin einfach froh, dass du und Peter jetzt glücklich zusammen seid. Ich meine … das seid ihr, oder?« Ihr Blick fällt auf meinen Bauch; dann schaut sie mit einer stillen Frage auf.

»Oh. Ja, natürlich.« Ich zucke innerlich zusammen, als ich mich daran erinnere, dass ich ihr gesagt habe, dass Peter beabsichtigte, mir ein Kind aufzuzwingen.

Ich lege meine Hand auf meinen Bauch und sage fest: »Das hier ist ein Wunschkind«

Sie lächelt. »Gut. Ich freue mich, das zu hören. Wenn du mich jetzt entschuldigst …« Sie blickt auf das Badezimmer.

Grinsend trete ich zurück, als ich bemerke, dass ich sie die ganze Zeit davon abgehalten habe. »Danke«, sage ich, als sie hineingeht. »Für deine Hilfe damals und für alles.«

»Es war mir ein Vergnügen«, sagt sie, und als sie die Tür schließt, gehe ich zurück ins Esszimmer und fühle mich unendlich erleichtert.

ALS ICH ZURÜCKKOMME, SIND ALLE AUFGESTANDEN UND stehen mit Drinks um den Tisch herum, und kurz darauf verabschieden wir uns.

»Danke. Alles war wunderbar«, sage ich Nora aufrichtig, und sie grinst.

»Ich kann Ihr Lob gar nicht annehmen. Ana hat alles gemacht«, sagt sie, und in diesem Moment ruft ihr Mann von oben ihren Namen.

»Ich komme«, ruft sie zurück, tritt nach vorne und umarmt mich schnell.

»Kommen Sie jederzeit vorbei, okay?«, sagt sie, und ich verspreche, das zu tun.

Sie verschwindet nach oben, und ich wende mich Yulia zu. Sie und Lucas wohnen im Haupthaus, also steht sie im Flur neben ihrem Mann und schaut dabei zu, wie wir gehen. Ich gehe zu ihr und umarme sie ebenfalls spontan.

»Nochmals vielen Dank«, sage ich ihr, als wir uns trennen, und sie lächelt mich herzlich an.

»Viel Glück, Sara. Ich hoffe, wir sehen uns.«

»Das werden wir«, sage ich ihr. »Tschüss, Lucas.« Ich winke ihm lächelnd zu, und er schaut mich eisig an.

Okay, also hat mir bisher nur einer der Kents vergeben.

»Bereit?«, fragt Peter, schlingt seinen Arm um meine Taille, und ich nicke und lehne mich zu ihm hinüber, während er mich wegführt.

Zurück zu unserem vorübergehenden Zuhause.

eter

»ALSO, WAS IST MIT YULIA UND DEN ESGUERRAS LOS?«, fragt Sara beim Frühstück am nächsten Morgen. »Beim Abendessen kam es mir vor, als gäbe es dort Spannungen, und ich erinnere mich daran, dass du in Zypern etwas darüber erwähnt hast.«

»Oh, das?« Ich gebe ihr noch etwas mehr Haferflocken mit Beeren. Ich habe begonnen, mich mit der optimalen Ernährung für schwangere Frauen zu befassen, und ich plane, Saras Diät auf gesündere Lebensmittel umzustellen. »Ja, es gibt definitiv Spannungen – und das aus gutem Grund.«

Sie legt ihren Löffel ab. »Ach?«

Ich überlege, die hässliche Geschichte zu beschönigen, aber sie hatte heute Morgen und gestern

Abend keine Rückblenden, die mit ihren Eltern oder einem der traumatischen Ereignisse zu tun hatten, die sie erlebt hat. Also beschließe ich, es ihr zu sagen, besonders da sie sich gestern Abend mit Kents blonder Frau anzufreunden schien.

»Erinnerst du dich daran, dass ich dir gesagt habe, dass Esguerra einmal von einer terroristischen Gruppe gefangengenommen wurde und gerettet werden musste?«, frage ich. Als Sara nickt, sage ich: »Nun, es gab einen Grund, warum sie ihn gefangen nahmen. Sein Flugzeug war über Usbekistan abgeschossen worden, und *das* wegen einiger Informationen, die Yulia der ukrainischen Regierung gegeben hatte.«

»Was?« Saras Augen werden riesig. »Warum sollte sie das tun? War sie zu der Zeit nicht mit Lucas zusammen?«

»Soweit ich gehört habe, hatten sie kurz vor dem Unfall einen One-Night-Stand in Moskau. Und was das Warum betrifft, das war damals ihr Job. Sie arbeitete als Spionin für die ukrainische Regierung in Moskau.«

»Oh, wow, das ist …« Sara scheint sprachlos zu sein.

Ich lächele. »Ja, ich weiß. Kent war übrigens auch in dem Flugzeug. Genauso wie fast fünfzig von Esguerras Männern. So ziemlich alle sind umgekommen, weshalb Esguerra verwundet und ungeschützt in einem Krankenhaus in Taschkent landete.«

»Oh, fuck«, flüstert Sara. »Wie kann sie noch am Leben, geschweige denn mit Lucas verheiratet sein?«

Ich grinse. Mein kleiner Zivilist fängt an, so zu denken wie ich. »Ehrlich gesagt bin ich mir nicht sicher«, sage ich ihr. »Ich verließ das Anwesen, gleich nachdem die ganze Geschichte vorbei war. Aber ich schätze, sie lebt, *weil* sie verheiratet sind. Ich half ihm irgendwann dabei, sie aus Moskau zu holen, weil er sie persönlich bestrafen wollte, aber ich weiß nicht viel mehr darüber. Nur, dass sie irgendwie zusammenkamen und, allen Anzeichen nach, ziemlich glücklich sind.«

Sara schüttelt den Kopf. »Wow. Ich habe … Mir fehlen die Worte.« Sie stürzt sich auf ihre Haferflocken, und ich esse meine schnell auf, bevor ich aufstehe, um das Geschirr wegzuräumen.

Während ich die Geschirrspülmaschine fülle, beobachte ich sie heimlich. Sie scheint in Gedanken versunken, als sie ihren Tee trinkt, aber es gibt keine Anzeichen für diesen schrecklich leeren Blick, keine Hyperventilations- oder Panikattacken, die mit den Rückblenden verbunden sind. Sie ist gestern Abend aus einem Alptraum aufgewacht, aber ich habe mit ihr geschlafen, und sie ist wieder eingeschlafen.

Vielleicht war gestern eine Anomalie, und mein Ptichka ist doch in Ordnung. Auf jeden Fall fliegt die Therapeutin heute Morgen ein und kann sie bereits am Nachmittag sehen.

Eine weitere gute Nachricht ist, dass die Operation gestern Abend reibungslos verlaufen ist. Dank Esguerras Ressourcen und meinen detaillierten Akten über Henderson haben wir alle bekommen, die wir wollten, was bedeutet, dass wir der Lösung der Situation einen Schritt näher gekommen sind.

Wenn es in Henderson auch nur einen Funken Mitgefühl gibt, wird er nachgeben.

Wenn nicht, werden wir ihn trotzdem finden – und er wird mit dem Wissen sterben, dass er all diese Todesfälle auf dem Gewissen hat.

enderson

ICH STARRE AUF MEINEN COMPUTERBILDSCHIRM, UND meine Haut kribbelt vor Entsetzen. Ich hatte erwartet, dass Sokolov und die anderen ihre sämtlichen Ressourcen darauf verwenden würden, mich zu finden, aber das hatte ich nicht erwartet. Die Nachrichten, die meinen Posteingang füllen, sind surreal.

Mein Onkel. Meine Cousins. Bonnies Familie. Alle unsere Freunde.

Fort.

Entführt aus ihren Häusern, Schulen, auf dem Weg zur Arbeit und aus ihren Kirchen.

Mit zitternden Fingern klicke ich auf CNN und öffne einen Videostream darüber. »Es wird angenommen, dass die Entführungsserien von gestern

Abend in Asheville, Charleston und Washington D.C. zusammenhängen könnten«, informiert der Nachrichtensprecher die Kamera mit kaum verhaltener Aufregung. »Bislang wurden keine Forderungen gestellt, aber die Polizei erwartet, dass sie jeden Moment von den Entführern hört. Insgesamt wurden neunzehn Bürger als vermisst gemeldet, wobei eine der Entführungen auf einer Überwachungskamera aufgezeichnet wurde.«

Das Video zeigt ein körniges Filmmaterial von zwei maskierten Gestalten, die Onkel Ian packen, während er sein Auto an einer Tankstelle betankt. Die Bewegungen der Entführer sind reibungslos und koordiniert – sie sind eindeutig Profis, die wissen, was sie tun.

»Eigenartig ist außerdem, dass eine Reihe dieser Bürger in der jüngsten Vergangenheit Opfer von Entführungen und Überfällen waren«, fährt der Sprecher fort, und die Kamera schwenkt auf eine weinende Rothaarige – die Frau meines Freundes Jimmy, Sandra.

Gott sei Dank haben sie sie in Ruhe gelassen. Es ist schlimm genug, dass mein ältester Freund – nach dem wir unseren Sohn benannt haben – sich in ihren rücksichtslosen Klauen befindet.

»Warum passiert uns das immer wieder?«, schluchzt Sandra, und ihre Wimperntusche läuft ihr über das sommersprossige Gesicht. »Letztes Mal haben sie ihn zusammengeschlagen und angeschossen, und er musste sich aus der Armee zurückziehen. Und jetzt das hier? Warum? Was wollen sie von uns?«

Mich. Sie wollen mich.

Bittere Galle brodelt in meinem Hals.

Die Polizei wird keine Forderungen der Entführer sehen, da die Forderungen direkt an mich gerichtet wurden.

Oder besser gesagt an die CIA, da sie gewusst haben müssen, dass ich noch Kontakte dort habe.

Ich hätte das vorhersehen und einige Schritte unternehmen sollen, um das zu verhindern, aber ich hatte angenommen, dass jeder, den Sokolov vorher verhört hatte, in Sicherheit war, da er beim ersten Mal nichts gewusst hatte.

Ich hatte mich auf die Operation Air Drop konzentriert und unterschätzt, wie soziopathisch meine Gegner sind.

Mein Hals krampft, und der allgegenwärtige Schmerz wird zu einer richtigen Qual, als ich das Video pausiere und in meinen Posteingang klicke, wo ich die letzte E-Mail noch einmal lese.

Neunzehn Stunden, neunzehn Leben, lautet die Botschaft, die die CIA bekommen hat. *Der Countdown beginnt um 12.00 Uhr EST. Stell dich, Wally, oder sieh sie alle sterben, einen nach dem anderen.*

ara

NACH DEM FRÜHSTÜCK GEHT PETER HINAUS, UM ETWAS mit Esguerra und seiner russischen Crew zu besprechen, und ich beschließe, Nora im Haupthaus zu besuchen. Zum ersten Mal seit einer Woche fühle ich mich weder angespannt noch ängstlich. Mein Magen ist völlig ruhig, und mein Herz schlägt in einem normalen Tempo.

Ich summe vor mich hin und genieße das Gefühl der warmen, feuchten Luft auf meiner Haut, während ich dorthin gehe. Ich fühle mich gut, fast so, wie ich es getan habe, bevor das alles passiert ist, bevor meine Eltern ...

Mein Verstand schaltet sich ab, und eine Wand der Taubheit nimmt ihren Platz ein, als ein dritter Schuss ertönt.

Ich schaue auf meinen Mann, der blutend auf dem Rücken liegt, und dann auf den Beamten in der Türöffnung, der sein Gesicht vor Hass verzieht, während er auf Peters Kopf zielt.

Mein Blick fällt auf die Waffe, die Peter beim Ringen mit dem anderen Beamten verloren hat.

Sie liegt einen Meter von mir entfernt.

Ich greife nach ihr und hebe sie auf. Sie liegt kalt und schwer in meiner Hand und verstärkt die eisige Taubheit in meinem Herzen.

Meine Eltern sind tot.

Peter steht kurz davor, ermordet zu werden.

Ich ziele und drücke den Bruchteil einer Sekunde früher ab als der Agent.

Meine Kugel verfehlt ihn, aber der Schuss erschreckt ihn und lässt seinen Schuss ins Blaue gehen.

Er dreht sich zu mir, und ich schieße erneut.

Diesmal treffe ich seine Weste, und der Schuss wirft ihn zurück.

Ohne zu zögern, gehe ich zu ihm hinüber und hebe meine Waffe erneut an.

»Nein ...«, sagt er erstickt, ringt um Luft, und ich drücke ab.

Sein Gesicht explodiert in Blut- und Knochenstücke. Es ist wie ein hyperrealistisches Videospiel, komplett mit Geruch, Geschmack und –

»Scheiße! Sara, was ist passiert? Was ist los?«

Ich werde zurück in die Realität gerissen und schnappe nach Luft. Ich liege auf dem Boden, zusammengerollt in Embryonalstellung, und Lucas

Kent ist über mich gebeugt. Seine harten Gesichtszüge sind angespannt vor Sorge, und seine blassen Augen betrachten mich von Kopf bis Fuß. Als er keine offensichtlichen Verletzungen sieht, greift er nach meinen Schultern und zieht mich auf die Füße.

Meine Knie sind schwach, ich zittere überall, und mein schweißgebadetes T-Shirt klebt an meinem Körper. Außerdem ist mir so kalt, dass ich friere, obwohl die Hitze der Sonne auf meine Haut niederprasselt.

»Geht es dir gut?«, fragt Kent und hält mich an meinen Schultern fest. Als ich automatisch nicke, lässt er mich los und fragt: »Was ist passiert? Hat dir etwas Angst eingejagt oder dich verletzt?«

Ich schüttele den Kopf und atme immer noch zu schnell, als dass ich sprechen könnte.

»Okay. Diego!« Er winkt der Wache zu, die gerade vorbeikommt. Es ist derselbe Mann, der uns zum Haus geführt hat, wie ich benommen bemerke.

»Bleib bei ihr«, befiehlt Kent, als der junge Mann zu uns eilt. »Ich hole Peter.«

Und bevor ich protestieren kann, läuft er los.

eter

»WO IST KENT?«, FRAGT ESGUERRA, ALS ICH DAS KLEINE, moderne Gebäude betrete, das als sein Büro dient. Er zieht es vor, Geschäfte außerhalb des Hauses und der Familie zu tätigen – obwohl Nora hervorragend über sein illegales Imperium informiert ist.

»Woher soll ich das wissen?«, antworte ich, als ich mich neben Yan setze, der auf sein Handy schaut. Ilya und Anton sind auch schon hier, und Ilya kaut fröhlich auf einem Keks von der Platte, die Ana wieder hingestellt haben muss. »Wohnt er nicht bei Ihnen im Haus?«

Esguerra runzelt die Stirn. »Er hat heute Morgen die Runde mit den Wachen gemacht.« Er blickt auf einen der vielen Monitore, die die Wände säumen, und schaut dann zu uns. »Sieht so aus, als müssten wir ohne ihn anfangen. Ich habe gleich eine Telefonkonferenz.« Sein Blick wandert zu mir. »Irgendwas von Henderson gehört?«

»Nein, und ich erwarte auch nicht, dass das bald passiert. Wir sind immer noch«, ich schaue auf die Uhr auf einem der Monitore, »etwa eine Stunde vor dem Beginn der Frist. Ich schätze, wir müssen unserer Drohung mindestens ein paar Leichen folgen lassen, bevor er merkt, dass wir es ernst meinen.«

Esguerra nickt. »In Ordnung. Ich habe unseren Männern bereits die Anweisungen gegeben, welche Geiseln zuerst getötet werden sollen. Haben Sie irgendwas von Ihren Hackern gehört?«

»Ja«, sagt Yan und schaut von seinem Handy auf. »Sie haben gerade den Scharfschützen für uns aufgespürt, der den Beamten während Peters Verhaftung erschossen hat.«

Meine Hand ballt sich auf dem Tisch zu einer Faust. »Wer ist er?«

»*Er* ist anscheinend eine *Sie*«, sagt Yan und richtet seine Augen wieder auf sein Handy. »Heißt Mink und kommt aus der Tschechischen Republik. Moment, das Bild wird gerade geladen.«

»Was ist mit unseren Doppelgängern?«, fragt Anton. »Irgendwas Neues von den Wichsern?

Yan antwortet nicht, und als ich ihn anschaue, sehe ich eine Ader an seiner Schläfe zucken, während er auf den Bildschirm seines Telefons starrt.

»Was ist los?«, fragt Ilya, runzelt die Stirn, und sein Zwilling reicht ihm wortlos das Telefon.

Ilyas rundes Gesicht scheint sich in Stein zu verwandeln. »Sie?« Er schaut zu seinem Bruder auf. »*Sie* ist Mink?«

Was zum Teufel …? Ich schnappe mir das Telefon aus Ilyas Hand und betrachte das Foto auf dem Bildschirm.

Das Gesicht der Frau, das von der Kamera im Halbprofil eingefangen wurde, ist jung und ziemlich hübsch, mit zarten Gesichtszügen, die durch das kurze, blonde Haar betont werden, das um ihr blasses Gesicht absteht. Auf einer Seite ihres Halses befindet sich ein kleines Tattoo von etwas Unerkennbarem, und ihr kleines Ohr ist mit einem Dutzend Piercings bestückt.

»Wer ist sie?«, frage ich und schaue zu den Zwillingen auf. »Woher kennt ihr sie?«

Yans Gesicht ist angespannt. »Das spielt keine Rolle.« Er nimmt mir das Telefon ab. »Ich schicke Männer, um sie zu uns zu bringen – sie weiß vielleicht, wo Henderson ist.«

»Es spielt eine Rolle«, sagt Esguerra, während Yans Daumen wütend auf den Bildschirm klopft. »Wer zum Teufel ist sie?«

»Wir haben sie in Budapest getroffen«, sagt Ilya, als Yan die Frage ignoriert. »Sie hat als Kellnerin in einer Bar gearbeitet.«

Eine Kellnerin aus Budapest? Warum kommt mir das bekannt vor?

»Ist das die, mit der du damals geschlafen hast?«,

fragt Anton und starrt Yan an. »Diejenige, derentwegen Ilya sauer war?«

Ilyas massiver Kiefer spannt sich an. »Ich war nicht sauer. Aber ja, *er*«, er deutet mit den Daumen auf seinen Bruder, »hat sie gefickt.«

Yan legt sein Handy auf den Tisch. »Halt deine verdammte Klappe.«

Ich beobachte die Szene mit Erstaunen. Der coole, beherrschte Yan ist so kurz davor, die Kontrolle zu verlieren, wie ich es noch nie bei ihm gesehen habe.

Ilyas Gesicht wird rot, und er steht so abrupt auf, dass sein Stuhl auf dem Boden landet.

Ich springe auch auf, weil ich weiß, dass ein Kampf bevorsteht – und in diesem Moment platzt Kent herein.

»Sara«, sagt er und keucht, als ob er einen Kilometer in unter zwei Minuten gelaufen wäre. »Peter, du musst sofort mit mir kommen.«

eter

ICH IGNORIERE DEN QUÄLENDEN SCHMERZ IN MEINER
Seite und trage Sara zurück zu unserem Haus. Sie ist in
der Lage, eigenständig zu gehen – ich weiß das, weil sie
es mir mit zittriger Stimme gesagt hat –, aber das ist
mir scheißegal. Sie sieht so blass und zerbrechlich aus,
dass ich sie einfach halten muss, ihren schlanken
Körper an mich drücken muss, damit ich weiß, dass sie
körperlich unverletzt ist.

Damit ich so tun kann, als ob es ihr und dem Baby
gut geht.

Mein Blut ist erstarrt, als Kent aufgetaucht ist, und
ich habe mich immer noch nicht vollständig erholt. Es
hilft nicht, dass mein Ptichka, als ich bei ihm ankam,

noch blasser war als jetzt … noch zerbrechlicher aussah.

»Wir sind schon da«, sage ich beruhigend, als wir uns dem Haus nähern. »Wir stellen dich sofort unter die Dusche, okay?« Ihre Kleidung ist mit Schmutz und Grasflecken übersät, ebenso wie ihre Handflächen, Knie und eine Hälfte ihres Gesichts.

Sie protestiert nicht – weder gegen die Dusche noch gegen meine Hilfe beim Ausziehen –, was mir zeigt, wie schrecklich sie sich fühlt. Gestern wollte sie mich noch davon überzeugen, dass es ihr gut geht.

Als sie nackt ist, schalte ich das Wasser ein und warte, bis sich die Temperatur eingestellt hat. Dann führe ich sie hinein und ziehe meine eigene Kleidung aus, bevor ich mich zu ihr unter den warmen Strahl stelle. Das Wasser durchweicht sofort meine Verbände, aber das ist mir egal. Ich bin mir ziemlich sicher, dass diese Dinger jetzt abgehen könnten und es mir nichts ausmachen würde.

»Was hast du gesehen, mein Liebling?«, frage ich sanft, während ich Seife in meine Hand gieße. Trotz meiner Sorge um sie verhärtet sich mein Schwanz wegen ihrer seidigen Haut und ihrer rosa Brüste. Ich ersticke den Drang, etwas anderes zu tun, als sie zu waschen, im Keim. Sex wird das nicht in Ordnung bringen, egal wie sehr ich mir das wünsche.

Meine Sara muss sich den Dämonen stellen, gegen die sie kämpft.

Sie muss mich – und sich selbst – hereinlassen.

Sie schließt ihre Augen und schüttelt den Kopf. »Ich kann nicht darüber reden. Es tut mir leid.«

Verdammt. Ich will meine Faust in die Glaswand der Duschkabine schlagen, aber stattdessen fange ich an, Sara zu waschen und mich darauf zu konzentrieren, so sanft wie möglich zu sein.

Sie braucht keine Gewalt mehr.

Sie hat schon zu viel gesehen.

BESORGNIS, VERMISCHT MIT EINER GESUNDEN DOSIS Schuldgefühl, frisst mich immer noch von innen auf, als ich Sara das Mittagessen koche. Ich hätte sie diese dreißig Minuten nicht allein lassen sollen. Ich hätte bei ihr sein müssen, etwas tun sollen, um das zu verhindern.

Zum Teufel, ich hätte sie vor dem Trauma schützen sollen.

Zu meiner Erleichterung scheint sie sich nach dem Duschen noch mehr zu erholen – bis zu dem Punkt, an dem sie wieder versucht, so zu tun, als wäre alles in Ordnung, so als ob Kent sie nicht wie ein verletztes Kind auf dem Rasen zusammengerollt gefunden hätte.

»Warum lassen wir die Therapeutin nicht nach ihrem Flug ausruhen«, fragt sie, als ich ihr mitteile, dass ich sie sofort nach dem Essen zur Ärztin bringe. »Morgen wird es früh genug sein, um die Sitzungen zu beginnen.«

»Sie wird sich ausruhen, nachdem sie mit dir

gesprochen hat.« Ich werde das nicht verschieben – nicht nach dem, was ich gesehen habe. Esguerra hat mir eine Nachricht geschickt, weil er wollte, dass ich nach dem Mittagessen in seinem Büro vorbeikomme, aber ich lasse sie nicht wieder allein.

Henderson und all der Scheiß kann warten.

Sara seufzt, stochert in ihrem Grünkohlsalat herum und schaut dann auf. »Du weißt, dass ich nicht magisch geheilt werde, wenn ich mit dieser Ärztin rede, stimmt's?« Ihre haselnussbraunen Augen sind beunruhigt. »In solchen Situationen hilft die Therapie nicht immer.«

Wenigstens erkennt sie endlich an, dass es eine »Situation« gibt.

Ich stehe auf und gehe um den Tisch herum zu ihrem Stuhl. »Ich weiß, mein Liebling«, sage ich leise und schaue auf ihr nach oben gerichtetes Gesicht. Ich lege meine Hände auf ihre Schultern, massiere sie und spüre die Anspannung in den empfindlichen Muskeln. »Es wird keine Zauberei sein, aber zumindest ein Anfang.«

Und ich sinke neben ihrem Stuhl auf die Knie, lege meine Arme um sie und halte sie fest, um ihren Herzschlag an mir zu spüren.

Ich muss mich davon überzeugen, dass ich den Schaden, den ich angerichtet habe, wiedergutmachen kann.

ara

DIE ÄRZTIN IST EINE GROßE FRAU ENDE VIERZIG. HÄTTE Sandra Bullock in *Der Teufel trägt Prada* die stylische böse Chefin gespielt, hätte sie vielleicht so wie diese Therapeutin ausgesehen, bis hin zur trendigen Designer-Brille.

»Hallo«, sagt sie und streckt ihre schlanke, perfekt gepflegte Hand aus. »Ich bin Dr. Wessex.«

»Hi.« Ich gebe ihr die Hand. »Ich bin Sara.«

Wir sind in einem kleinen Büro mit einem Fenster zur Straße, das sich in einem Haus befindet, das dem von Peter und mir ähnelt. Ich kann Peter sehen, wie er draußen hin und her läuft; Dr. Wessex bestand darauf, dass er während meiner Therapiesitzung nicht anwesend sein kann.

»Es ist schön, Sie kennenzulernen, Sara.« Sie nimmt hinter einem Hochglanztisch Platz, und ich setze mich auf den Sessel auf der anderen Seite. »Ihr Mann hat mir ein wenig darüber erzählt, was Sie heute zu mir führt, aber ich würde es gerne mit Ihren eigenen Worten hören.«

Ich rutsche hin und her. »Ich würde wirklich lieber nicht darüber reden.«

Sie legt ihren Kopf auf die Seite. »Warum nicht? Ist es, weil es Ihnen wehtut?«

Ich atme durch, während mein Brustkorb enger wird. »Nein. Ich meine, ja, natürlich. Ich will nur … nicht darüber nachdenken.«

»Weil Ihre Eltern getötet wurden?«

Ich zucke zusammen und schaue zur Seite.

»Oder weil etwas anderes passiert ist?«, fragt die Ärztin weiter. »Vielleicht etwas, was Sie nicht verarbeiten können?«

Meine Atmung beschleunigt sich, und ich balle meine Hände zusammen. Der kleine Schmerz, während sich meine Nägel in meine Handflächen graben, hilft mir, mich auf die Gegenwart zu konzentrieren.

Ich kann nicht darüber nachdenken.

Ich werde nicht darüber nachdenken.

Da ich weiterhin schweige und mich weigere, sie anzusehen, seufzt Dr. Wessex und fragt: »Haben Sie jemals von Eye Movement Desensitization and Reprocessing oder EMDR gehört?«

Ich starre sie fragend an und schüttele den Kopf.

»Das ist eine ziemlich neue, alternative Psychotherapie, mit der ich im letzten Jahr sehr erfolgreich gearbeitet habe. Der Gedanke dahinter ist, dass Sie Ihre negativen Erfahrungen durchleben, während Sie sich auf einen externen Stimulus konzentrieren. Konkret werde ich Sie bitten, meinen Handbewegungen mit den Augen zu folgen, während Sie eine bestimmte schmerzhafte Erinnerung erzählen.«

Ich blinzele. »Was?«

Sie lächelt. »Ich werde *das* tun«, sie bewegt ihre Hand hin und her, so als ob sie mein Sehvermögen überprüfen wollte, »und Sie werden dieser Bewegung mit Ihren Augen folgen. Üben wir es erst einmal.«

Sie nimmt die Bewegung von einer Seite zur anderen wieder auf, und ich folge ihren Fingern mit meinen Augen, wie eine Katze, die einen Laserpointer verfolgt. Ich verstehe nicht, wie das helfen soll, aber ich versuche es.

»Okay, gut«, sagt sie, als es klappt. »Jetzt konzentrieren wir uns auf eine beunruhigende Erinnerung. Sagen wir … Ihre letzte Rückblende. Was war es, was Sie heute Morgen gesehen haben? Welches Ereignis haben Sie noch einmal erlebt? Oder wenn Sie sich lieber nicht auf dieses konzentrieren möchten, wählen Sie etwas anderes – oder wir können auch ganz von vorne anfangen.«

Ich verfolge ihre Handbewegungen immer noch mit den Augen, und das macht es irgendwie einfacher, mich vom vulkanischen Druck in meiner Brust zu lösen. Ich kann das enorme Gewicht spüren, aber es ist, als ob es jemand anderem passiert.

Meine Augen huschen von einer Seite zur anderen und folgen ihren Fingern, während ich anfange zu sprechen. Langsam und zögerlich durchlaufe ich die Ereignisse jenen Tages, von der Ankunft des SWAT-Teams bis zu dem Moment, als ich zum ersten Mal den Abzug gedrückt habe.

Aber dort höre ich auf und kann kein Wort mehr sagen, weil ich zu heftig zittere. Zu meiner Erleichterung zwingt mich Dr. Wessex nicht dazu. Stattdessen sagt sie mir, dass ich mich darauf konzentrieren solle, wie mein Körper reagiert und welche Gedanken ich in diesem Moment habe. Und die ganze Zeit bewegt sie ihre Hand hin und her und lässt mich fokussieren, lenkt mich von den erstickenden Schmerzen und der Trauer ab.

ALS PETER KOMMT, UM MICH ABZUHOLEN, BIN ICH emotional und körperlich so ausgewrungen, dass wir direkt nach Hause gehen und ich sofort einschlafe.

Eineinhalb Stunden später wache ich von gedämpften Männerstimmen auf. Ich werfe mir einen Bademantel über, schleiche mich zum Fenster und schaue durch die geschlossenen Jalousien.

Es sind Kent, Esguerra, Peter und Yan. Sie stehen draußen und diskutieren etwas.

Ich halte den Atem an und versuche zu hören, was sie sagen.

»Noch nichts«, sagt Kent und sieht angewidert aus. »Sind wir sicher, dass die Nachricht überhaupt bei ihm ankam?«

»Oh, sie ist angekommen«, sagt Peter grimmig. »Der Wichser ist einfach zu feige, um etwas dagegen zu unternehmen.«

Esguerra schaut Yan an. »Was ist mit deinem One-Night-Stand? Wann soll er hier ankommen?«

Yans Kiefer strafft sich sichtbar, aber dann scheint er die Kontrolle wiederzuerlangen. »Bald«, sagt er emotionslos. »Sehr bald.«

»Gut.« Ein angsteinflößendes Lächeln erscheint auf Esguerras Lippen. »Sobald wir sie haben, ist es vielleicht egal, ob Henderson etwas Edles tut oder nicht. Wir werden den Bastard sowieso finden.«

Die Männer verschwinden, und ich gehe vom Fenster weg, verwirrt, aber hoffnungsvoll.

Ich weiß immer noch nicht genau, was sie tun, aber es klingt, als würden sie mit Henderson Fortschritte machen – und so falsch es auch ist, ich kann es kaum erwarten, dass der ehemalige General das bekommt, was er verdient.

$\mathcal{H}$enderson

»DU BIST EIN VERDAMMTER PSYCHOPATH! VERSTEHST DU mich? Ein Psychopath!« Bonnie schreit, weint, und Rotz läuft ihr über das Gesicht. »Fünf Menschen, die uns wichtig sind, sind tot, und dir ist das alles scheißegal!«

Ich ducke mich, als sie ein Glas wirft und dieses gegen die Wand hinter mir knallt, wobei es beim Aufprall zerbricht. Jedes Wort, das sie in meine Richtung wirft, ist so tödlich wie ihre Geschosse, und die dadurch in mir ausgelöste Wut verbindet sich mit meiner Migräne, und mein Blickfeld füllt sich mit roten Flecken.

Ich hätte nicht vergessen sollen, ihre Medikamente nachzufüllen. Sie sollte betäubt im Bett liegen, ohne meine E-Mails durchzugehen und die verdammten Nachrichten zu sehen.

Ein Teller fliegt an meinem Ohr vorbei, und ich raste aus.

»Das ist mir scheißegal!«, brülle ich und umrunde den Tisch, um ihre knöchernen Schultern zu greifen. »Meine Cousine Lyle ist unter diesen toten Menschen. Aber was soll's? Sie werden sie alle töten. Und dich und Amber und Jimmy auch. Denkst du, ich sollte mich diesen Mördern einfach auf einem Silbertablett präsentieren? Ist es das, was ich verdammt nochmal tun sollte?«

Ich schüttele sie so sehr, dass ihre Zähne in ihrem leeren Schädel klappern, aber sie weigert sich nachzugeben.

»Vielleicht solltest du das verdammt nochmal!«, schreit sie, und ihre Spucke spritzt mir ins Gesicht. »Wir wären alle besser dran, wenn du tot wärst!«

Wütend stoße ich sie weg – und sie stürzt in den Kühlschrank, als unsere Tochter die Küche betritt.

»Mom? Dad?« Ihre großen, blauen Augen huschen von mir zu Bonnie. »Was ist los?«

Verdammt. Amber sollte das nicht sehen.

Von meinen beiden Kindern ist sie diejenige, die immer auf meiner Seite ist.

»Nichts, Schätzchen«, gelingt es mir ruhig zu sagen. »Deine Mutter braucht nur ihre Medizin, das ist alles.«

Und ich lasse Bonnie schluchzend auf dem Boden liegen, während ich meine Tochter wegführe, zurück in ihr Zimmer.

Ich kann nicht jeden retten, der mir wichtig ist, aber ich *werde* meine Familie beschützen.

Auch wenn diese Undankbaren es mir verdammt schwer machen.

ICH HABE ENDLICH DEN GRUNDRISS VON ESGUERRAS Anwesen in Kolumbien in die Finger bekommen, und ich studiere ihn für die Operation Air Drop, als mir auffällt, wie still es im Haus ist.

Zu still.

Ich höre keine Explosionen von Videospielen im Wohnzimmer, kein Klappern von Geschirr in der Küche, obwohl es Essenszeit ist.

Mein Blutdruck steigt, als ich von Raum zu Raum gehe.

Nichts.

Niemand ist hier.

Unsere Hütte in Island ist so kalt und leer wie die schneebedeckten Straßen draußen.

Ich laufe in die Garage, und tatsächlich fehlt der Jeep. Bonnie muss ihn genommen haben, um mit den Kindern in die Stadt zu fahren.

Diese dumme Schlampe. Ich schlage meine Handfläche gegen die Wand. Ich habe ihr millionenfach gesagt, dass wir nicht einen Schritt aus diesem Ort heraustreten können. Wie konnte sie angesichts dessen, was mit all unseren Freunden und Verwandten passiert, ein solches Risiko eingehen? Ist ihr nicht klar, dass meine Feinde sie Stück für Stück auseinandernehmen werden?

Es sei denn … Meine Brust krampft sich zusammen, und die Luft verlässt meine Lungen.

Das würde sie nicht tun.

Das könnte sie nicht.

Das würde sie verdammt nochmal nicht wagen.

Dennoch laufe ich zurück ins Haus, in ihr Zimmer. Ich hatte nur kurz hineingeschaut, gerade lange genug, um zu sehen, dass sie nicht da war.

Jetzt trete ich also ein und schaue mich um – und die Wut kocht mich fast bei lebendigem Leib.

Auf ihrem Nachttisch, unter ihrer Fernbedienung für den Fernseher, finde ich ein kleines Stück Papier mit ihrer Handschrift.

Wir gehen, steht da. *Wir versuchen lieber unser Glück da draußen, als hier bei dir »in Sicherheit« zu sein.*

eter

ICH BETRETE DEN VERHÖRRAUM, WO EINE JUNGE FRAU gefesselt auf einem Stuhl sitzt. Ihr kleines Gesicht ist mit blauen Flecken übersät, und ihre Unterlippe ist aufgeplatzt, was ihr einen schmollenden Gesichtsausdruck verleiht. Ihr Blick ist jedoch klar und trotzig.

Sie ist kein Schwächling, diese hübsche Scharfschützin. Ich frage mich, ob Yan ihr diese blauen Flecken während des Verhörs verpasst hat oder ob sie von dem Kampf stammen, den sie gestern während ihrer Gefangennahme geführt hat.

Ich höre Schritte, drehe mich um und sehe Yan und Ilya den Raum betreten.

»Wir haben gerade die Akten über die Männer

bekommen, deren Namen sie uns gegeben hat«, sagt Ilya und reicht mir sein Telefon. »Unsere Doppelgänger haben einen interessanten Lebenslauf. Alle vier sind ehemalige Delta Force, gleiche Einheit. Sie und einige ihrer Freunde wurden vor fünfzehn Jahren vor das Kriegsgericht gebracht, weil sie ein sechzehnjähriges Mädchen in Pakistan vergewaltigt haben. Sechs von ihnen wurden verhaftet, aber die anderen holten sie raus und sie flüchteten. Seitdem machen sie hier und da Gelegenheitsjobs, von kleinen Attentaten bis hin zum Bombenbau für terroristische Organisationen.«

Während er spricht, blättere ich durch die Fotos auf dem Bildschirm. Sie hatten eindeutig hervorragende Verkleidungen, als sie sich für uns ausgaben. Die Gesichter, die mich anschauen, haben sehr wenig Ähnlichkeit mit unseren eigenen; bestenfalls sieht einer mir vage ähnlich – und selbst dessen Haar ist dunkelblond.

Mir fällt etwas ein. »Wer hat ihr Make-up und ihre Verkleidungen gemacht?«, frage ich die Scharfschützin und bleibe vor ihrem Stuhl stehen. »Es sieht so aus, als sei es jemand sehr Gutes gewesen.«

Sie behauptet, nicht zu wissen, wo sich Henderson versteckt, und dieser feige Ublyudok hat nicht nachgegeben, sondern seine Freunde und Verwandten an seiner Stelle sterben lassen, also müssen wir anders an ihn herankommen – vielleicht über das Team, das er benutzt hat, um den Sprengstoff zu platzieren.

Sie schweigt für einen Moment; dann sagt sie mürrisch: »Ich. Ich habe das gemacht.«

Ich ziehe meine Augenbrauen skeptisch in die Höhe. »Wirklich?«

Ihre Nasenlöcher beben. »Warum sollte ich lügen? Ich habe Ihnen bereits all diese Namen gegeben. Eine weitere Sache macht es dann auch nicht mehr fett.«

Ihr Englisch ist so rein wie das aller Amerikaner. Ich frage mich, wann und wie ein tschechisches Mädchen gelernt hat, es so gut zu sprechen.

»Das wird leicht herauszufinden sein«, sagt Yan und tritt vor, um sich neben mich zu stellen. »Sie kann heute Abend ihre Fähigkeiten bei mir zeigen.«

»Und bei mir.« Ilyas Hände zucken an seinen Seiten, während er seinen Bruder wütend anstarrt.

Großartig. Sie gehen sich immer noch gegenseitig darüber an die Kehle, wer sie ficken darf.

Ich schiebe meine Irritation beiseite und stelle dem Mädchen noch ein Dutzend Fragen, und sie beantwortet sie alle, wenn auch widerstrebend. Da sie eine private Auftragnehmerin ohne besondere Loyalität zu irgendjemandem ist, hat sie sich klugerweise entschieden, mit uns zusammenzuarbeiten, um ihr Leben und ihre eventuelle Freiheit zu erhalten.

Ich plane trotzdem, sie zu töten – ihretwegen sind Saras Eltern tot – aber im Moment macht es mir nichts aus, sie glauben zu lassen, dass sie überleben wird.

So oder so ist sie nicht so nützlich, wie ich gehofft hatte. Sie hat gesagt, dass sie Henderson nur einmal persönlich getroffen und keine Ahnung hat, wo er sich verstecken könnte. Sie weiß auch nicht, wo unsere Doppelgänger sind, obwohl sie in der Vergangenheit häufig mit ihnen gearbeitet hat.

Noch eine Sackgasse, aber ich verliere die Hoffnung nicht.

Wir haben jetzt mehr Namen, nach denen wir suchen können, und einer von ihnen wird uns sicher zu unserem Ziel führen.

ALS ICH NACH HAUSE KOMME, BIN ICH ERLEICHTERT, ZU sehen, dass Sara noch schläft, genauso wie die letzten zwei Nachmittage. Obwohl sie es nicht zugeben will, fordern die Schwangerschaft und die damit verbundene Morgenübelkeit einen hohen Tribut von ihr, ganz zu schweigen von den Therapiesitzungen mit Dr. Wessex. Was auch immer die Therapeutin mit Sara macht, scheint sie so sehr zu erschöpfen, dass sie einschläft, sobald sie nach Hause kommt.

»Was für eine Art von Therapie macht sie mit dir?«, habe ich Sara gestern Abend gefragt, und sie hat mir von den Augenbewegungen erzählt und wie sie ihr Gehirn trainieren sollen, die traumatischen Erinnerungen anders zu verarbeiten. Ich bin mir nicht sicher, ob ich es richtig verstehe, aber sie hatte nur eine kleine Rückblende seit Beginn der Therapie – zumindest soweit ich weiß.

Es ist durchaus möglich, dass sie sie vor mir

verheimlicht. Sie hat immer noch nicht geweint oder mit mir über das Geschehene gesprochen, also weiß ich, dass es in ihr eingeschlossen ist, all die Trauer und der Schmerz, die Leere füllen, die das Ableben ihrer Eltern hinterlassen hat.

Das Seltsame ist, dass ich etwas davon auch fühle – nicht nur als Echo ihres Schmerzes, sondern als meinen eigenen Verlust. In den vier Monaten nach unserer Hochzeit hatte ich Chuck und Lorna kennengelernt und begonnen, sie beide sehr zu mögen und zu respektieren. Sie waren gute Menschen gewesen, liebevolle Eltern, und obwohl sie allen Grund gehabt hatten, mich zu hassen, hatten sie sich langsam für mich geöffnet und mich ein Teil ihres Lebens werden lassen.

Ein Teil ihrer Familie – eine Familie, die ich wieder einmal nicht beschützt habe.

Leise ziehe ich mich aus dem Schlafzimmer zurück, und meine Brust ist schmerzhaft eng. Ich weiß nicht, ob ich mir jemals verzeihen werde, was passiert ist, weil ich nicht vorausgesehen habe, dass der Feind, den ich so fleißig gejagt habe, sich vielleicht nicht damit begnügt, aus dem Schatten zu kommen und sein Leben wiederaufzunehmen.

Weil ich nicht vorausgesehen habe, welche verräterische Form seine Rache annehmen würde.

Meine Stimmung ist immer noch düster, als ich das Wohnzimmer betrete und meinen Laptop öffne, um den verschlüsselten E-Mail-Account zu überprüfen, von dem aus ich Hendersons Mann bei der CIA kontaktiert habe. Alle unsere neunzehn Gefangenen sind jetzt tot, also erwarte ich keine Nachricht – ich überprüfe den Posteingang eher aus Gewohnheit.

Deshalb fällt mir völlig überraschend eine Nachricht von einem unbekannten Absender auf.

Ich öffnete die E-Mail und lese sie – und dann lese ich sie noch einmal, unfähig, meinen Augen zu trauen.

Wenn Sie Wally wollen, treffen Sie mich am Mittwoch um 9 Uhr morgens im Marison Café in London. Kommen Sie allein.

-Bonnie Henderson

ara

»… GANZ KLAR EINE FALLE«, HÖRE ICH ILYA SAGEN, ALS ich das Schlafzimmer verlasse und nach meinem Nickerchen gähne. »Er versucht, dich rauszulocken, das ist alles.«

»Natürlich, aber wir müssen die Spur trotzdem verfolgen«, sagt Kent, als ich noch außerhalb der Sichtweite im Flur stehen bleibe und ins Wohnzimmer schaue.

Peter, Esguerra, Kent und die drei russischen Teamkollegen meines Mannes sind um einen Laptop auf dem Couchtisch gedrängt und füllen den kleinen Raum mit so viel Testosteron, dass ich es förmlich spüren kann. »Tödliche Männlichkeit« sind die Worte, die mir in den Sinn kommen, als ich ihre großen durchtrainierten Körper und harten Gesichter betrachte.

Tödliche, anziehende Männlichkeit.

Ich entscheide, dass Peter natürlich viel magnetischer als die anderen ist, während sie weiterreden, ohne meine Anwesenheit zu bemerken. Der blonde Kent erinnert mich an einen plündernden Wikinger, und ich spüre etwas definitiv Grausames in Esguerra – und bis zu einem gewissen Grad in Yan und Anton. Ilya ist der Einzige, der einen Funken Menschlichkeit in sich zu besitzen scheint, aber er ist definitiv nicht mein Typ – auch wenn ich sehen kann, warum viele Frauen diese extrem großen Muskeln und den tätowierten Schädel attraktiv finden.

»Sind wir uns überhaupt sicher, dass Peter derjenige ist, der allein kommen soll?«, fragt Esguerra und kauert sich hin, um auf den Laptop-Bildschirm zu schauen. »Die E-Mail ist nicht an eine bestimmte Person gerichtet.«

Mein Atem stockt in meiner Brust, und alle Gedanken an das Aussehen der Männer verschwinden aus meinem Kopf.

Jemand versucht, Peter dazu zu bringen, allein irgendwo hinzugehen?

»Unsere Hacker verfolgen die E-Mail gerade«, sagt Yan und schaut auf sein Handy. »Wir werden bald die IP-Adresse wissen, von der aus sie gesendet wurde.«

Peter winkt ab. »Es wird keine echte IP-Adresse sein. Henderson weiß, wie man seine Spuren verwischt.«

»Aber was ist, wenn es nicht Henderson ist?«
Esguerra steht auf. »Was, wenn es seine Frau *ist*?«

Ilya schnaubt. »Ja, sicher. Und wenn wir das
glauben, hat er einen Ansatzpunkt, um …«

»Nein, Julian hat recht«, unterbricht Peter. »Etwas
daran ist sehr untypisch für Henderson. Wenn er mich
herauslocken wollte, würde er eine glaubhaftere Spur
bieten – indem er sich als, sagen wir, sein CIA-Kontakt
oder Ähnliches ausgibt. Diese E-Mail mit dem Namen
seiner Frau zu unterschreiben ist, als würde man uns
direkt sagen, dass es eine Falle ist. Man muss nicht für
den Geheimdienst gearbeitet haben, um zu wissen,
dass es eine Taktik ist, die wahrscheinlich am
wenigsten erfolgreich ist.«

»Vielleicht benutzt er sie deshalb«, meint Kent.
»*Weil* sie so absurd und unglaublich ist.«

»Oder vielleicht, weil er nicht derjenige ist, der die
E-Mail geschrieben hat.« Esguerra verschränkt die
Arme vor seiner Brust. »Ich sage dir, sie könnte von
seiner Frau sein.«

»Warum sollte seine Frau Peter kontaktieren?«,
fragt Anton und kratzt sich am Bart. »Wir haben
gerade neunzehn ihrer Freunde und Verwandten
getötet und die Leichen zurückgelassen, damit die
Polizei sie finden kann. Glaubt ihr, sie hat
Todessehnsucht?«

»Vielleicht hat sie das«, sagt Yan, während ich
meine Hand über meinen Mund lege und einen
entsetzten Atemzug unterdrücke.

Neunzehn Leute?

Sie haben auf der Suche nach Henderson *neunzehn unschuldige Menschen* getötet?

»Denk darüber nach«, fährt Yan fort, ohne das dröhnende Hämmern meines Herzschlags zu bemerken. »Wir sind seit Jahren hinter ihrem Mann her. Denk an den Stress, dem die ganze Familie ausgesetzt war. Ist es nicht das, was wir dachten, was passieren könnte, als wir das erste Mal zu den Leuten gingen? Hatten wir nicht gehofft, dass jemand in Hendersons Familie – Frau, Tochter, Sohn – unter dem Druck nachgeben und solche Fehler machen würde?«

»Das ist mehr als ein Fehler«, sagt Kent. »Wir haben sie nicht gefunden, weil sie ihre Freunde aus Sorge kontaktiert hat. Sie hat sich an *uns* gewandt – an die E-Mail-Adresse, die nur Henderson und sein CIA-Kontakt haben.«

»Es sei denn, sie hat auf die E-Mail ihres Mannes zugegriffen und die weitergeleitete Nachricht von der CIA gesehen«, sagt Esguerra. »Dann hätte sie sie auch.«

Noch immer halte ich meine Hand über meinen Mund und gehe zurück, ohne ein Geräusch zu machen.

Ich verstehe jetzt, warum Peter mir keine Einzelheiten über ihren Plan mitteilen wollte.

Es liegt nicht an meinem psychischen Zustand – es liegt daran, dass das, was sie getan haben, auf Massenmord hinausläuft.

eter

WIR SIND MITTEN IN DER STRATEGISCHEN PLANUNG, WIE wir die Situation am besten angehen können, als Sara ins Wohnzimmer kommt.

»Da bist du ja«, sage ich lächelnd. »Wie war dein Nickerchen?«

Unsere Blicke treffen sich kurz, bevor ihre Augen schnell wieder weghuschen. »Es war gut. Hallo zusammen.« Sie winkt den Männern ohne zu lächeln zu.

»Lasst uns heute Abend weitermachen«, sagt Esguerra und steht vom Sofa auf. »Acht Uhr, mein Büro.«

Ich blicke auf Sara, die an uns vorbei in die Küche geschlüpft ist und sich ein Glas Wasser eingießt. Ich will sie nicht allein lassen – deshalb hatte ich alle hierherbestellt.

Esguerra erkennt mein Dilemma und sagt: »Sara, Nora hat sich gefragt, ob Sie ihr heute Abend mit Lizzie helfen würden. Es ist Rosas freier Abend«

Sara schaut hinüber, und ihr Gesicht ist ausdruckslos. »Sicher, das würde ich gerne.«

Esguerra nickt zufrieden, und alle verschwinden, so dass wir wieder allein sind. Ich bin froh darüber, denn ich mag diese seltsame Stimmung, in der Sara sich befindet, nicht.

Ist etwas passiert, während sie geschlafen hat?

»Ptichka.« Ich betrete die Küche und bleibe vor meiner Frau stehen. »Hattest du heute Nachmittag wieder eine Rückblende?«

Sie blinzelt mich an. »Was? Nein, hatte ich nicht.«

Ich blicke sie zweifelnd an. »Bist du sicher?«

Ihr zarter Kiefer strafft sich. »Ja. Es geht mir gut.« Sie stellt ihr Wasserglas auf den Tresen und dreht sich weg.

Aber ich werde sie nicht mit einer so offensichtlichen Lüge davonkommen lassen. Ich packe ihren Arm und drehe sie zu mir. »Was ist es dann?«, frage ich. »Was ist passiert?«

Sie schaut zu mir auf, und ich sehe eine eigentümliche Leere in ihren weichen haselnussbraunen Augen. »Nichts. Nichts ist passiert.«

»Sara … schließe mich nicht aus.«

Etwas Qualvolles flackert in ihrem Blick, bevor sie

es mit dieser Leere bedeckt. »Ich sage doch, es ist nichts.«

»Es ist nicht nichts, wenn du dich weigerst, mit mir zu reden. Ptichka …« Ich lasse ihren Arm los, um eine gewellte Haarsträhne hinter ihr Ohr zu streichen. »Bitte, mein Liebling, sag mir, was los ist.«

Ihr Gesicht spannt sich an. »Nichts. Lass es einfach.«

Lass mich einfach allein. Ich lasse meine Hand fallen und höre die unausgesprochenen Worte so deutlich, als hätte sie mich angeschrien. Die E-Mail hatte mich vorübergehend von meiner dunklen Stimmung abgelenkt, aber jetzt ist es wieder da, das Wissen, dass ich an dem Schuld bin, was auf mich drückt und mich mit seinem widerlichen Gewicht erstickt.

Ich habe Sara das angetan.

Ihre Eltern sind meinetwegen gestorben.

Sie hat ihr altes Leben meinetwegen verloren.

Weil ich sie nicht verlassen habe.

Weil ich sie nie verlassen kann.

»Hasst du mich?«, frage ich leise. »Ich würde es dir nicht verübeln, wenn du es tätest.«

Sie starrt mich an, und ihre Pupillen verdunkeln sich, während sich ihre Atmung beschleunigt. Sie leugnet es nicht, und warum sollte sie es tun?

Ohne meine Besessenheit von ihr wären ihre Eltern noch am Leben.

»Ich sollte.« Ihre Stimme ist angespannt. »Ein normaler Mensch würde es tun.«

Der Druck auf meine Brust wächst, und die

Schmerzen in meinem Innersten werden immer stärker. Natürlich sollte sie das. Ich bin an alldem schuld.

»Es tut mir leid.« Die ungewohnten Worte drängen sich durch meine Kehle und schaben sie auf dem Weg hindurch auf. »Es tut mir leid, wegen dem hier, wegen allem. Ich habe es nicht geschafft, sie zu beschützen ... dich zu beschützen. Ich hätte erwarten sollen, dass er so etwas tun würde, aber ...« Ich höre auf, weil ich weiß, dass ich keine wirkliche Entschuldigung habe.

Mit all den Leibwächtern und den Sicherheitsmaßnahmen, die ich getroffen hatte, war ich darauf vorbereitet, dass meine Feinde zuschlagen, aber nicht auf diese Weise.

Saras Augen weiten sich, während ich spreche, und bevor ich fertig bin, beginnt sie, den Kopf zu schütteln. »Wovon redest du?«, fragt sie, als ich schweige. »Das ist es nicht, was ich – denkst du, ich gebe dir die Schuld für den Tod meiner Eltern?«

Ich runzele verwirrt die Stirn. »Tust du nicht?«

»Natürlich nicht! Wenn überhaupt, dann bin ich diejenige, die ...« Jetzt bricht sie ab, und ihre Augen glitzern schmerzhaft feucht. Bevor ich etwas sagen kann, fährt sie fort. »Der Punkt ist: Henderson ist schuld an dem, was passiert ist, nicht du. *Er* hat den Sprengstoff deponiert und all diese unschuldigen Menschen getötet, damit er dich für ihren Tod verantwortlich machen konnte. *Er* hat das SWAT-Team zu meinen Eltern geschickt.«

»Ich weiß. Aber er war *mein* Feind.«

»Ja, und du bist *mein* Mann.« Tränen schwimmen jetzt in ihren Augen. »*Ich* habe mich in dich verliebt. *Ich* habe dich in ihr Leben gebracht. *Ich* habe auf das so genannte normale Leben in einem Vorort bestanden. Hätte ich meine Gefühle für dich früher akzeptiert, hätten wir in Japan glücklich leben können. Und dann wäre nichts davon passiert, und meine Eltern wären immer noch ...«

»Versuchst du wirklich zu sagen, dass du für all das verantwortlich bist?«, unterbreche ich sie ungläubig. Ich nehme ihre Hände in die meinen und drücke sie sanft. »Sara, Ptichka ... hast du den Eindruck, dass du irgendwie für das verantwortlich bist, was passiert ist?«

Erinnert sie sich nicht daran, wie sie überhaupt in Japan gelandet ist? Wie ich mich in ihr Leben gedrängt und sie geraubt habe?

Die Tränen in ihren Augen schimmern heller, und sie versucht, wieder wegzuschauen, aber ich lasse sie nicht. Wir werden der Sache auf den Grund gehen. Jetzt. Heute. Egal, wie schwer das ist.

Weil mein Ptichka sich endlich öffnet und darüber spricht, was passiert ist.

»Sara ...« Ich lasse ihre Hände los und streichele ihr zartes Kinn. »Mein Liebling, du bist an nichts schuld. Es liegt alles an mir – alles. Vom ersten Moment an, als ich dich sah, wollte ich dich, und ich habe mich durch nichts davon abhalten lassen – nicht einmal von deinen Gefühlen. Ich war ein Dreckskerl und bin es immer noch, denn selbst nach allem, was passiert ist, kann ich mich nicht dazu bringen, das Richtige zu tun.«

Ihre anmutige Kehle schluckt. »Das Richtige?«

»Wegzugehen. Dich gehen zu lassen.« Mein Mund verzieht sich, während ich meine Hand sinken lasse. »Das ist es, was ein guter Mann tun würde. Ein Mann, der seine Sünden bereut. Aber das bin nicht ich. Das kann ich nicht machen. Die neun Monate, in denen wir getrennt waren, haben mich fast zerstört – und ich würde eher für alle Ewigkeit in der Hölle brennen, als ein Leben ohne dich zu verbringen.«

Sie zuckt zurück, und ich sehe erneut die Qualen in ihrem Blick, bevor sie ihn ausdruckslos werden lässt. »Das musst du nicht tun«, sagt sie abgehackt. »Ich bitte dich nicht, mich zu verlassen. Ich *will* nicht, dass du mich verlässt. Das ist das Letzte, was ich will – und ich gebe dir definitiv nicht die Schuld für das, was mit meinen Eltern passiert ist.«

»Was meintest du dann, als du sagtest, dass du mich hassen solltest? Dass ein normaler Mensch mich hassen würde?«

Ihre Atmung wird wieder schneller, und sie tritt zurück und schüttelt den Kopf, während mehr Feuchtigkeit aus ihren Augen fließt. »Vergiss es.« Ihre Stimme zittert. »Vergiss es einfach.«

Ich starre sie an, und ein neuer Verdacht kommt mir in den Sinn. »Wann bist du aufgewacht?«, frage ich vorahnungsvoll.

Ein sichtbares Zittern fährt über ihre Haut, und ich weiß, dass ich richtig geraten habe.

Sie hat uns belauscht.

Ich versuche, mich daran zu erinnern, was genau wir gesagt haben, und zucke innerlich zusammen.

Die neunzehn Leichen wurden definitiv erwähnt.

Ich gehe zu ihr und ergreife ihre schlanken Schultern. »Es tut mir leid, dass du das gehört hast«, sage ich vorsichtig. »Ehrlich gesagt hatte ich damit gerechnet, dass Henderson sich für mindestens einige dieser Leute eintauscht.«

Sie schluckt. »Natürlich.«

»Wäre es dir lieber, wenn ich nichts täte? Willst du, dass er frei herumläuft, nach allem, was er getan hat?«

Ihre Brust hebt sich. »Ich sollte.« Ihre Stimme ist angespannt, und sie blickt mich an. »Er sollte nicht frei herumlaufen, sondern verhaftet werden. Auf die normale Art und Weise für seine Verbrechen bezahlen.«

»Und das willst du?«, frage ich leise. »Wenn du einen Zauberstab schwenken und ihn wegen seiner Verbrechen ins Gefängnis bringen könntest, würde dich das zufriedenstellen? Wäre das genug, wenn man bedenkt, was er getan hat? Was er uns, Tamila und Pascha … und deinen Eltern angetan hat?«

Ihre Atmung beschleunigt sich mit jedem Wort, das ich spreche, weiter, und ich kann sehen, wie sie anfängt zu zittern. Sie dreht sich aus meinem Griff heraus und will weggehen, aber ich ergreife ihr Handgelenk und drehe sie zu mir.

»Sag es mir, Sara.« Rücksichtslos ziehe ich sie näher an mich heran. Ich will alles ans Licht bringen, um zum

Kern dessen zu gelangen, was sie bedrückt. »Ist es das, was du für ihn willst? Normale Strafverfolgung? Oder willst du, dass er leidet? Den wahren Schmerz und Verlust kennenlernt?«

Ihre Tränen laufen über und bedecken ihre Wangen mit Feuchtigkeit. »Hör auf«, sagt sie erstickt und zerrt an ihrem Handgelenk. »Ich weiß nicht … Ich bin nicht …«

»Nicht so?« Ich weigere mich, sie loszulassen. »Bist du dir da sicher, mein Liebling? Es gibt keinen Teil von dir, der nur ein kleines bisschen froh ist, dass der Stiefvater deiner Patientin seine gerechte Strafe bekommen hat? Dass *du* mit der Waffe auf den Beamten geschossen hast, der deine Mutter getötet hat? Dass Henderson, obwohl er noch da draußen ist, bereits für seine Verbrechen in Fleisch und Blut bezahlt?«

Die Tränen fließen schneller, und ich fühle, wie sie zittert, als ich leise sage: »Er verdient es, Sara. Du weißt, dass er das tut. Es ist bedauerlich, dass andere an seiner Stelle sterben mussten, aber so funktioniert diese Welt. Sie ist nicht fair. Sie ist es einfach nicht. Ich weiß es – denn wenn es irgendeine Fairness in diesem Leben gäbe, wäre mein Sohn heute hier bei uns. Anstatt mit einem Spielzeugauto in seiner Faust zu sterben, würde er aufwachsen und irgendwann die echte Version fahren. Er würde zur Schule und auf Dates gehen. Und eines Tages, irgendwann in der Zukunft, würde er jemanden treffen, den er so sehr lieben würde wie ich dich – jemanden, der ihn die brutalen Lektionen des Lebens vergessen lassen würde.«

Sie weint jetzt, schlägt mir auf die Brust und schluchzt, und ich lege meine Arme um sie und halte sie fest, während der Damm schließlich bricht und sie ihrem Schmerz nachgibt.

Sich ihrer Trauer und ihrem Verlust stellt.

ara

ICH WEINE GEFÜHLTE STUNDEN LANG, BIN SO SEHR IN
meinen Schmerz gefangen, dass ich es kaum spüre, als
Peter mich hochhebt und auf die Couch im
Wohnzimmer trägt. Als er mich auf seinem Schoß hält
und mich sanft hin und her schaukelt, trauere ich um
meine Eltern und um den Mann, den ich getötet habe,
um Peters Opfer, um Pascha und Tamila. Und vor
allem trauere ich um die Frau, die ich einmal war, eine,
die sich nicht vorstellen konnte, ein Leben zu
nehmen … oder einen Mörder zu lieben.

Sie treffen mich in Wellen, der Schmerz, die
Schuldgefühle und die Wut. Gott, da ist so viel Wut. Ich
wusste nicht, dass ich sie in mir habe. Wenn
Henderson jetzt hier wäre, würde ich ihn mit bloßen

Händen töten. Ich würde ihm beim Sterben zusehen und mich in jedem grausamen Moment sonnen. Trotz aller Widerstände hatten Peter und ich unser Traumleben zusammen aufgebaut – nur um es in ein paar verheerenden Minuten zu verlieren.

War es so für Peter gewesen, als Pascha und Tamila getötet wurden? Hat es sich so angefühlt, als hätte seine Welt plötzlich aufgehört, sich zu drehen?

Während ich weine, erlebe ich all die Erinnerungen, gegen die ich so hart gekämpft habe. Ich höre das Geschützfeuer und das Gebrüll des Hubschraubers, rieche den Geruch von Blut und die Panik in der Luft. Ich sehe meine Eltern sterben und fühle das kalte Gewicht der Waffe in meiner Hand, während ich den Abzug drücke … einmal, zweimal, dreimal.

Ich erinnere mich, wie es sich anfühlte, das Gesicht des Beamten explodieren zu sehen und zu wissen, dass ich ein Menschenleben genommen habe – dass ich tief im Inneren zu den gleichen Dingen wie Peter fähig bin.

Ich weine deshalb, und weil ich weiß, dass mein Kind nie ein wirklich friedliches Leben kennenlernen wird, dass es in einer Welt aufwachsen wird, die von Schatten der Dunkelheit durchzogen ist. Ich weine um meinen Vater, der nie Großvater werden konnte, und um meine Mutter, die ihre letzten Momente über den toten Körper ihres Mannes gebeugt verbracht hat.

Ich weine um sie, und ich weine über das Schicksal, und die ganze Zeit über ist Peter da und hält mich fest.

Er gibt mir seine Kraft, damit ich zerbrechen kann, ohne zu brechen.

eter

ICH WARTE, BIS SARAS SCHLUCHZEN ABEBBT, BEVOR ICH
mich der dunklen Hitze hingebe, die in meinen Adern
kocht. Eine ganze Stunde lang habe ich sie auf meinem
Schoß gehalten und gespürt, wie ihr geschmeidiger
Körper zitterte und erschauderte. Ihr wohlgeformter
Arsch hat über meine Leistengegend gezuckt, während
ihre weichen Brüste gegen meine Brust gerieben
haben.

Es ist falsch, sie so zu begehren, wenn ich gerade
die Tiefe ihres Leidens erlebt habe, aber ich kann nicht
anders. Ihre Qual hat mich aufgerieben und die dünne
Schicht der Zivilisation entfernt, die meine niederen
Triebe verdeckt.

Ich bin ein Tier, das entfesselt wurde, und sie ist meine Beute.

Ich küsse sie hemmungslos, schmecke das Salz der Tränen, die auf ihren Lippen trocknen, während meine Hände an ihrer Kleidung reißen und ihre glatte Haut entblößen. Sie ist anfangs passiv, ausgelaugt durch den emotionalen Sturm, dem sie ausgesetzt war, aber schon bald umschlingen mich ihre schlanken Arme, und sie küsst mich zurück, während ihre Hände mit derselben Wildheit an meiner Kleidung zerren.

Mein T-Shirt landet auf dem Boden, schließt sich dem Haufen ihrer Kleidung an, und dann zieht sie am Reißverschluss meiner Jeans, während sie sich nackt mit gespreizten Beinen auf meinen Schoß setzt.

»Lass mich«, sage ich heiser, als sie scheinbar ewig braucht, aber sie hat es schon geschafft, und mein Schwanz springt heraus, geschwollen und schmerzend, verzweifelt, sich in ihrer engen, nassen Hitze zu begraben.

»Ich liebe dich«, keucht sie, als ich tief in sie eintauche, und ich fühle, wie ihre inneren Muskeln um mich herum krampfen, mich zusammendrücken, mich willkommen heißen, trotz des Schmerzes, den ich verursachen muss.

So wie sie mich trotz all der Leiden, die ich in ihr Leben gebracht habe, umarmt.

Ich verdiene ihre Liebe, ihre Vergebung nicht, aber als ich meine Finger in ihr Haar schiebe, sie festhalte und sie mit meinem Kuss verschlinge, weiß ich, dass ich sie habe.

Dass sie wirklich mir gehört, in guten wie in schlechten Zeiten.

ara

»BIST DU SICHER, DASS ES DIR GUT GEHEN WIRD?«, FRAGT
Peter zum zehnten Mal, als wir uns nach dem
Abendessen der Villa der Esguerras nähern, und ich
nicke, als ich seinen besorgten Gesichtsausdruck sehe.

»Keine Sorge. Mir wird es gut gehen.«

Zum ersten Mal seit anderthalb Wochen lüge ich
nicht. Meine Augen fühlen sich an, als hätte ich sie mit
Sandpapier abgerieben, und ich habe starke
Kopfschmerzen von all dem Weinen – ganz zu
schweigen von leichten Schmerzen von unserem Sex
im Wohnzimmer – aber das ist alles nicht wichtig. Der
schlimmste Teil des Schmerzes – die Trauer und die
Schuldgefühle, die ich in den ganzen Tagen nicht

zulassen konnte – nimmt ab, auch wenn sie vielleicht nie ganz verschwinden.

Natürlich gibt es immer noch die neunzehn toten Geiseln, aber ich versuche, nicht darüber nachzudenken. Wozu auch?

Mein Mann mag ein Monster sein, aber ich kann ohne ihn nicht mehr leben, so wie er ohne mich nicht mehr leben kann.

»Ich muss nicht gehen«, wiederholt Peter noch einmal. »Wir können uns einfach umdrehen und nach Hause zurückkehren.«

»Du meinst zurück zum Haus, das die Esguerras uns zur Verfügung gestellt haben? Derselbe Esguerra, dessen Gastfreundschaft darauf basiert, dass du ihm hilfst, Henderson schnell zu bekommen?«

Peter hebt seine breiten Schultern zu einem Achselzucken und sieht unbekümmert aus. »Er wird verstehen, wenn ich es nicht zum Meeting schaffe.«

Ich lächele ihn an, und meine Brust wird von glühender Wärme überschwemmt. Mein dunkler Ritter – immer bereit, in meinem Namen in den Kampf zu ziehen. »Vielleicht – aber das ist nicht nötig. Mir geht es gut. Und, um ehrlich zu sein, möchte ich wirklich Zeit mit Nora und Lizzie verbringen.«

»In Ordnung, mein Liebling. Wenn du dir sicher bist«, sagt er, als wir an der Haustür der Villa anhalten. »Ruf mich, wenn du etwas brauchst, okay? Ich werde nicht weit weg sein.« Er zeigt auf ein kleines Gebäude in der Nähe – das muss das Büro sein, von dem er gesprochen hat.

»Klingt gut. Wir sehen uns bald wieder.« Ich lege meine Hände auf seine breiten Schultern, stelle mich auf Zehenspitzen und drücke meine Lippen auf seine. Es sollte ein Abschiedskuss sein, aber er schlingt einen Arm um meine Taille und schiebt eine Hand in mein Haar, damit ich stillhalte, während er den Kuss vertieft und meinen Mund beansprucht, als hätten wir seit Monaten keinen Sex mehr gehabt, anstatt vor nur wenigen Stunden. Meine Herzfrequenz beschleunigt sich, und Wärme breitet sich tief in meinem Unterleib aus, während sein Schwanz sich an meinen Bauch verhärtet.

Einen Moment lang bin ich fast versucht, seinem unausgesprochenen Vorschlag zuzustimmen und unseren Verpflichtungen heute Abend nicht nachzukommen, damit wir zurück zum Haus gehen und die nächsten zwei Stunden im Bett verbringen können.

Erst als Peter den Kuss beendet, um Luft zu holen, wird mein Kopf klar genug, um zu erkennen, dass wir auf der vorderen Veranda von Esguerras Villa sind und dass der Vorhang am Fenster in der Nähe zuckt, als ob jemand hinausschaut.

»Warte …« Ich atme schwer, winde mich aus seinem Griff und trete zurück. »Wir können nicht – wir sollten das nicht hier tun.«

Er starrt mich an, seine mächtige Brust hebt und senkt sich, und ich weiß, dass er, wenn wir nicht in der Öffentlichkeit wären, schon in mir sein würde.

»In Ordnung«, sagt er mit belegter Stimme, und

seine großen Hände spannen sich an seinen Seiten an. »Aber bleib nicht zu lange hier … Vergiss nicht, in erster Linie gehörst du mir.«

Und mit dieser primitiven Aussage dreht er sich um und geht weg.

～

SOFERN NORA MEINE ROT UMRANDETEN, geschwollenen Augen bemerkt, ist sie taktvoll genug, nichts zu sagen, als ich sie zu Lizzies Zimmer begleite. Stattdessen unterhält sie mich mit einer Geschichte über einen scharlachroten Ara, den sie heute auf ihrem Morgenlauf entdeckt hatte, und anderen interessanten Begegnungen mit der lokalen Tierwelt.

»Es klingt, als würden Sie es hier lieben«, sage ich lächelnd, als sie sich über die Krippe beugt, um ihre Tochter hochzunehmen. Das Baby gibt ein verärgertes Geräusch von sich, aber kuschelt sich dann in die Arme seiner Mutter und legt den winzigen Kopf auf Noras schlanke Schulter.

»Ich liebe es wirklich.« Nora strahlt mich an, während sie sich in einen Schaukelstuhl setzt und Lizzies Rücken sanft tätschelt. »Das habe ich von Anfang an. Und bitte sag einfach du zu mir.«

Ich setze mich auf das kleine Sofa neben dem Stuhl und kaue auf meiner Unterlippe. Dunkle Neugierde nagt an mir, aber ich weiß nicht, ob ich mit dieser jungen Frau gleich so persönlich werden sollte. »Liebst du *alles* daran?«, traue ich mich endlich zu fragen.

Ich spreche nicht über das Wetter oder die hiesige Natur, und ich sehe, dass Nora mich versteht. Dennoch ist meine Frage vage genug, damit sie sie so beantworten kann, wie sie möchte – ich will ihr auf keine Weise Unbehagen bereiten.

Ihre Augen sind dunkel und nachdenklich, während sie mich betrachtet. »Nein«, sagt sie leise. »Nicht alles – aber ich liebe *ihn*.«

Natürlich tut sie das. Ich habe es beim Abendessen gesehen. Und er liebt sie ... obwohl man denken könnte, dass ein solcher Mann nicht zu solch tiefen Gefühlen fähig ist.

Bevor ich Peter traf, hätte ich der Annahme zugestimmt, aber wie alles andere in meinem Leben haben sich meine Ansichten zu diesem Thema in den letzten zwei Jahren verändert und weiterentwickelt.

Ich weiß jetzt, dass rücksichtslose Killer lieben können, und dass es dem Herzen an einem moralischen Kompass mangeln kann.

»Weißt du von ihrer letzten Operation?«, frage ich leise, als Nora schweigt. »Die mit den ganzen Geiseln?«

Ich sollte wahrscheinlich nicht darüber nachdenken, aber ich kann die neunzehn Toten immer noch nicht aus dem Kopf bekommen.

Nora nickt. »Das tue ich. Ich nehme an, du auch?«

»Peter wollte es mir nicht sagen, aber heute Nachmittag habe ich es gehört.« Ich schlucke. »Also ja, jetzt weiß ich es.«

»Ah. Ich habe mich das wegen deiner ...« Sie deutet auf meine Augen und lächelt reumütig. »Schon gut.«

Ich lege meinen Kopf zur Seite und wundere mich, wie ruhig sie aussieht, wie unbeeindruckt sie von alldem ist. »Stört dich das nicht?«, frage ich, unfähig, mir diese Frage zu verkneifen. »Findest du so etwas nicht ... schrecklich?

Sie seufzt und legt das Baby an die andere Schulter. »Das tue ich. Natürlich tue ich das. Ich bin nicht wie Julian; ich wurde nicht für diese Art von Leben geboren.«

»Also, wie machst du es dann? Wie lässt man es von sich abprallen?«

»Um ehrlich zu sein«, sagt sie leise, »ich weiß nicht. Alles, was ich weiß, ist, dass ich ihn liebe ... dass ich ihn brauche, wie der Regenwald die Sonne braucht. Meine Welt ist dunkler mit ihm in ihr, aber sie ist auch heller, in vielerlei Hinsicht reicher.«

Ich beiße mir auf die Wange. Ich verstehe sie so gut, dass es beängstigend ist. »Hast du dich jemals gefragt, ob du es bist ... ob etwas in dir falsch und gebrochen ist?«, frage ich, als das Baby anfängt zu zappeln. »Ob normale Frauen vielleicht nicht ... du weißt schon?»

Sie seufzt wieder und legt Lizzie zurück auf ihre andere Schulter. »Das ist möglich. Ich weiß, dass Julian und ich ... Nun, die Art und Weise, wie wir zusammen sind, ist nichts für jedermann, das ist sicher.« Sie ist im Begriff, mehr zu sagen, aber Lizzies Unruhe wächst, und Nora steht stattdessen auf und wiegt das Baby hin und her, um es zu beruhigen.

Ich stehe auch auf. »Darf ich sie halten?«

Nora grinst, als die Unruhe des Babys in Schreien mündet. »Jetzt? Bist du sicher?«

»Ich brauche die Übung«, sage ich schief. »Und dein Mann sagte, du könntest die Hilfe gebrauchen.«

»In dem Fall, bitte schön. Dieses Bündel Freude gehört ganz dir.« Sie übergibt das Baby mit übertriebener Eile.

Zu meiner Überraschung hört Lizzie sofort auf zu weinen und starrt mich mit großen blauen Augen an.

»Du kleine Verräterin«, sagt Nora mit vorgetäuschter Empörung zu ihrer Tochter. »Sieh zu, wie du heute Abend gestillt wirst.«

Ich lache, wiege das Baby in meinen Armen, und als sie gluckst, greift ihre winzige Faust nach meinen Haaren, und ich fühle, wie noch mehr von dem Druck in meiner Brust nachlässt, und die dunklen Wolken sich lange genug heben, um einen Hauch von Licht durchzulassen.

enderson

NIRGENDWO ZU FINDEN.

Die Worte wirbeln durch mein migränegeplagtes Gehirn, während sich die Buchstaben auf dem Bildschirm wie Schlangen winden.

Alle meine Kontakte sagen mir, dass meine Frau und meine Kinder nirgendwo zu finden sind. Es ist, als hätten sie sich in Luft aufgelöst.

Mein Hals krampft vor Schmerzen, und die Qualen strahlen bis in meinen linken Arm aus. Ich will wie ein Tier heulen und eine Packung Pillen schlucken, aber ich kann nicht.

Für mein Vorhaben brauche ich einen klaren Verstand.

Die Wahrscheinlichkeit ist hoch, dass Sokolov sie

bereits hat. Was könnte sonst noch ihr Verschwinden erklären? Es gibt keine Aufzeichnungen darüber, dass sie Island verlassen haben, keine Flugtickets, die an Personen ausgestellt wurden, die ihrer Beschreibung entsprechen.

Sie müssen gefangen genommen und entführt worden sein.

Bald werde ich die Forderung bekommen, mich selbst auszuliefern, zusammen mit einigen Körperteilen meiner Kinder. Sokolov wird sie nicht verschonen – nicht nach dem, was er mit dem Rest unserer Freunde und Familie gemacht hat.

Nicht nachdem, was mit seinem Sohn in diesem beschissenen kleinen Dorf passiert ist.

Es gibt nur noch eine Sache zu tun, einen letzten verzweifelten Plan, den ich ausprobieren kann.

Ich nehme das Telefon und wähle die Nummer auf meinem Schreibtisch.

»Operation Air Drop beginnt«, sage ich, als der Mann am anderen Ende abnimmt. »Machen Sie das Team bereit. Wir schlagen nächsten Samstag zu, in einer Woche.«

eter

ICH GEHE MIT MEINEM TEAM, KENT UND ESGUERRA, noch einmal Plan A durch. Dann gehen wir die Pläne B, C, D und E durch.

Im Gegensatz zu einem Attentat gehen wir mehr oder weniger blind hinein. Die Falle könnte aus allen Richtungen kommen, und sie könnte jede Form haben, die Hendersons CIA-ausgebildeter Verstand heraufbeschwören kann. Von Scharfschützen über den MI5 bis hin zu Interpol könnten wir auf hundert verschiedene Arten angegriffen werden, und wir müssen auf sie alle vorbereitet sein.

Wir müssen auch die unwahrscheinliche Möglichkeit berücksichtigen, dass es *keine* Falle ist und sich wirklich Bonnie Henderson gemeldet hat.

Deshalb werde ich trotz meiner extremen Abneigung, für längere Zeit von Sara getrennt zu sein, am Dienstag, also übermorgen, mit meinem Team nach London fliegen.

Ich kann mir nicht vorstellen, dass mein Ptichka erfreut darauf reagieren wird, aber ich habe keine andere Wahl. Kent und Esguerra werden auch mitkommen, um uns mit ihren eigenen Teams zu unterstützen.

Wir müssen Henderson finden und das hier beenden.

Wir haben keine andere Wahl.

»Was denkst du, wie Nora darauf reagieren wird, dass Sie persönlich gehen?«, frage ich Esguerra, als wir fertig sind.

Er zuckt mit den Achseln, obwohl sich sein Gesichtsausdruck anspannt. »Sie wird nicht erfreut sein, aber sie weiß, dass es wichtig ist. Ich kann nichts so Großes delegieren; weich zu werden ist in unserer Branche gefährlich. Außerdem seid ihr vier in der größeren Gefahr. Kent und ich werden nur eingreifen, wenn alles andere scheitert … und im Gegensatz zu euch tauchen unsere Gesichter nicht überall in den Abendnachrichten auf«

eter

AM MONTAGABEND BEREITE ICH ALLE Lieblingsgerichte von Sara zu und öffne eine Flasche prickelnden Traubensaft zum Abendessen. Obwohl es jetzt schon ein paar Tage her ist, dass Sara irgendwelche Rückblenden hatte, hasse ich den Gedanken, sie so lange allein zu lassen.

Selbst wenn sie im Haus der Esguerras wohnt, mit Nora und Yulia in Rufweite, werde ich mir die ganze Zeit über Sorgen machen, wenn ich weg bin.

»Warum musst du fahren?«, fragt sie noch einmal, und ihr herzförmiges Gesicht sieht angespannt aus. Ihr Teller, gefüllt mit ihrer Lieblingspasta, steht vor ihr, ebenso wie ihr Champagnerglas mit dem prickelnden Saft. Sie hat den ganzen Tag nichts gegessen – nicht, seit sie erfahren hat, dass ich nach London fliege.

»Du weißt, dass es fast sicher eine Falle ist«, fährt sie fort, während ich darüber nachdenke, wie ich sie dazu bringen kann, einige Kalorien zu konsumieren. »Er lockt dich raus, indem er die E-Mail seiner Frau als Köder benutzt.«

»Ich weiß – und das haben wir eingeplant«, erinnere ich sie geduldig, als ich ihr den Korb mit frisch gebackenem Brot reiche. »Es ist trotzdem eine Chance, eine Spur zu finden. Es ist schwer, eine Falle zu stellen, ohne Spuren zu hinterlassen; irgendwo, irgendwie wird er es vermasseln.«

»Aber was ist, wenn er es nicht tut?« Sie schiebt den Korb weg. »Was ist, wenn es ihm gelingt, dich gefangen zu nehmen?«

»Ptichka …« Ich seufze. »Du weißt, dass er uns immer wieder verfolgen wird. Ich habe einmal versucht, es hinter mir zu lassen, und schau, was passiert ist. Wenn ich den Deal nicht angenommen und die Jagd auf ihn aufgegeben hätte …«

»Nein.« Saras Augen glitzern schmerzhaft. »Denk nicht so darüber. Ich habe dir doch gesagt, dass es nicht deine Schuld ist. Ich weiß, wie schwer es für dich war, diesen Deal einzugehen, und egal was passiert, ich werde immer dankbar sein, dass du es versucht hast … dass du diese Art von Opfer für mich gebracht hast.«

»Dann iss. Bitte.« Ich schiebe den Brotkorb wieder in ihre Richtung. »Wenn nicht für dich, dann für mich und unser Baby.«

Sie blinzelt, als ob sie erst jetzt merkt, dass sie nicht einmal einen Bissen von dem gegessen hat, was ich zubereitet habe. Sie nimmt ein Stück Brot, beißt gehorsam hinein und schiebt sich dann eine Gabel Pasta in den Mund.

Ich sehe einen Fleck Sauce, der auf ihrer Oberlippe zurückgeblieben ist, und als ob sie meine Gedanken lesen würde, fährt sie mit ihrer Zunge darüber, und mein Körper spannt sich an.

Fuck, ich will an diesen weichen, vollen Lippen knabbern ... spüren, wie sie gegen meine Eier gedrückt werden, während sie mich mit dieser Zunge verwöhnt.

Die Lustwelle ist so stark, dass sie mich unvorbereitet erwischt. Meine Herzfrequenz steigt an, und ich gehe in einer Sekunde von einer leichten Erregung zu einer ausgewachsenen Erektion über. Das Einzige, was mich davon abhält, sie auf diesen Tisch zu legen, ist, dass sie endlich isst.

Widerwillig und mit einem offensichtlichen Mangel an Appetit, aber sie isst.

Ich bändige meine Lust, beende meine eigene Mahlzeit und beobachte sie die ganze Zeit aufmerksam.

Sie isst etwa die Hälfte der Pasta auf ihrem Teller, bevor sie aufgibt und sagt, dass sie voll ist. Ich überrede sie, ein Dessert zu essen – eine Schüssel Beeren mit Kokossahne – und dann gebe ich endlich meinem eigenen Hunger nach.

Ich lasse das Geschirr auf dem Tisch stehen, hebe sie hoch und trage sie in unser Schlafzimmer.

 ara

PETER IST HEUTE ABEND VORSICHTIG MIT MIR, ungewöhnlich sanft, und ausnahmsweise ist diese Zärtlichkeit auch genau das, was ich will. Seit heute Morgen, als er mir gesagt hat, dass er nach London reist, bin ich vor Sorgen wie gelähmt, habe so viel Angst um ihn, dass ich kaum atmen kann.

Er ist immer noch nicht vollständig geheilt, obwohl er so tut, als ob die Wunden keine Rolle spielen. In den letzten zwei Tagen hat er das Training mit Anton und den Zwillingen wiederaufgenommen und dabei Kraft- und Ausdauerleistungen erbracht, die nur wenige unverletzte Athleten hätten erbringen können. Trotzdem bin ich mir sehr wohl bewusst, dass er nicht übermenschlich ist – dass er bluten und an Kugeln sterben kann, genau wie jeder andere.

Ich habe nach dem Mittagessen mit Nora gesprochen, während Peter die letzten logistischen Punkte mit ihrem Mann und den anderen entschieden hat. Sie war äußerlich ruhig, aber ich konnte sehen, dass sie genauso besorgt ist und ihre Angst genauso tief sitzt. Sie hat mir einige weitere Details des Plans beschrieben – dass Kent und Esguerra die Backup-Teams leiten und dass sechs Dutzend ihrer am besten ausgebildeten Wachmänner an der Operation teilnehmen. Dass die Männer über fünfzig verschiedene Simulationen durchlaufen haben und sich auf alles, was passieren könnte, vorbereitet haben.

Das hätte mich beruhigen sollen, aber die alles verzehrende Grube der Angst in meinem Magen ist nur noch schlimmer geworden. Wenn überhaupt, hat mir dieses Gespräch klargemacht, wie gefährlich das ganze Unterfangen ist – besonders für Peter und seine Teamkollegen.

Da sie auf allen Fahndungslisten stehen, gehen sie direkt in die Höhle des Löwen.

Ich schließe die Augen und versuche, nicht daran zu denken, sondern mich nur auf Peters Lippen zu konzentrieren, die so sinnlich über meinen Rücken fahren. Ich liege auf dem Bauch, und er küsst jeden Wirbel meiner Wirbelsäule, während seine schwieligen Handflächen mit köstlicher Rauheit über meine Haut gleiten, mich überall streicheln und massieren. Jede Berührung seiner gemeißelten Lippen sendet prickelnde Wärme durch meinen Körper, jede Bewegung seiner großen Hände entspannt und erregt mich zugleich.

»Du bist so süß«, flüstert er ehrfürchtig und lässt Küsse auf die Kurven meiner Taille, meines Arsches und die empfindliche Unterseite meiner Pobacken regnen. »Überall so schön.« Seine tiefe Stimme mit dem leichten Akzent ist wie gebürsteter Samt in meinen Ohren, was die Hitzeentwicklung in meinen Venen und die pulsierende Spannung in meinem Unterleib verstärkt.

Seine Finger gleiten zwischen meine Beine, finden meine nasse Öffnung, und ich stöhne, als er mit zwei Fingern in mich eindringt, mich ausdehnt und mich füllt, bis ich vor Verlangen poche. Ich bin schon so erregt, dass ich kurz davor bin, zu kommen, und als er die Finger in mir krümmt und auf meinen G-Punkt drückt, spannt sich mein Körper an, und meine Entladung schwappt wie eine warme Flutwelle durch mich hindurch.

Ich komme immer noch von dem High herunter, als er mich umdreht und mich mit seinem harten, muskulösen Körper bedeckt. »Ich liebe dich«, murmelt er und schaut auf mich herab, während er sich auf einen Ellbogen stützt. Seine freie Handfläche legt sich um meinen Kiefer, sein Daumen streichelt sanft über meine Wange, und die Zärtlichkeit in seinem metallischen Blick lässt mich bis auf die Knochen schmelzen.

»Ich liebe dich auch«, flüstere ich, und meine Brust

schmerzt. »Und ich werde es immer tun, mein Liebling … egal, welches Schicksal uns bevorsteht.«

Seine Pupillen weiten sich, seine Augen verdunkeln sich, und als er sich nach vorne beugt, um meinen Mund einzufordern, gibt es eine neue Heftigkeit in seinem Kuss, einen heißeren, dunkleren Hunger. Seine Hand verlässt mein Gesicht, gleitet zwischen unsere Körper, und ich spüre, wie sein Schwanz gegen meinen Eingang drückt, während er seine Knie zwischen meine Beine klemmt und sie spreizt.

Er hebt seinen Kopf an, fängt meinen Blick mit seinen Augen ein und dringt dann mit einem sanften Stoß komplett in mich ein. Ich atme durch die plötzliche Fülle, Hitze und den Druck so tief im Inneren abgehackt ein.

»Sag es mir noch einmal«, befiehlt er grob. »Ich will hören, wie du es sagst, während ich dich ficke.«

»Ich liebe dich«, keuche ich, als er sich zurückzieht, bevor er erneut tief eintaucht. »Ich liebe dich so sehr.« Er stößt noch tiefer hinein. »Ich werde dich immer lieben.« Ich klinge immer atemloser, je schneller seine Bewegungen werden. »Ich werde dich für immer und ewig lieben, solange wir beide am Leben sind.«

eter

ALLE MEINE SINNE SIND GESCHÄRFT, ALS ICH MICH DEM Café nähere, in dem ich Bonnie Henderson treffen soll. Da die Zwillinge die gefangene Scharfschützin noch nicht getötet haben, habe ich mich entschieden, ihr Geschick für Verkleidungen zu nutzen, und sehe mir nicht mehr ähnlich. Mein Bauch ist dick wie ein Fass, und ich bin nicht nur mit rötlich-blonden Haaren übersät, sondern auch mit einem zurückweichenden Haaransatz und einem Doppelkinn.

Wenn ich eine Mutter hätte, hätte nicht einmal sie mich noch erkannt.

Sechsunddreißig von Esguerras Männern sind rund um das Restaurant positioniert und sichern einen Radius von zehn Blocks gegen Scharfschützen und

Strafverfolgungsbehörden gleichermaßen. Im Moment scheint es keine ungewöhnlichen Aktivitäten zu geben, aber das hat nichts zu sagen – deshalb sind Kent und Esguerra in der Nähe, jeweils mit einem Ersatzteam, falls Henderson eine schnelle Nummer abzieht.

Und ich erwarte von ihm, dass er einen schnellen Zug macht.

Was die Situation erschwert, ist, dass eine Frau, die auf Bonnie Hendersons Beschreibung passt, fünfzehn Minuten zuvor beim Betreten des Cafés beobachtet wurde. Ich bezweifele sehr, dass sie es ist – es ist unmöglich, dass Henderson seine eigene Frau so benutzen würde – aber es bedeutet, dass ich mich der Bonnie-Doppelgängerin nähern muss, um die winzige Möglichkeit auszuschließen, dass das alles echt ist.

Als ich direkt gegenüber vom Café ankomme, bleibe ich stehen und stelle sicher, dass meine versteckten Waffen in Reichweite sind. Durch das winzige Mikrofon in meinem Ohr informieren mich meine Teamkollegen, dass immer noch nichts Verdächtiges vor sich geht, also atme ich tief durch und überquere die Straße.

Ich sehe sie sofort in dem Café. Sie sitzt an einem kleinen Tisch im hinteren Bereich, mit Blick auf die Tür. Meine Verkleidung funktioniert: Ihr Blick geht direkt an mir vorbei, während ich die Kellnerin mit einem nasalen britischen Akzent über meine Reservierung informiere. Der Tisch ist bereits vorbereitet – dafür hat Yan gesorgt –, und ich folge der

Hostess zu einem Tisch, der einige Meter von dem entfernt liegt, wo meine Zielperson sitzt.

Ich setze mich mit Blick auf sie hin. Ich klappe die Frühstückskarte auf und betrachte die Frau heimlich, um Hinweise auf ihre wahre Identität zu entdecken. Aber verdammt, sie sieht aus wie all die Bilder und Videos von Hendersons Frau, die ich im Laufe der Jahre gesehen habe. Jede Kleinigkeit passt – auch die Tatsache, dass sie älter wirkt als auf all diesen Bildern und ihr dünnes Gesicht müde und mitgenommen aussieht. Sie ist immer noch eine attraktive Frau – ich kann verstehen, warum Henderson sie vor all den Jahren geheiratet hat – aber das Leben auf der Flucht hat eindeutig seinen Tribut gefordert.

Oder vielleicht ist es das, was Henderson mich denken lassen wollte, als er diese CIA-Agentin angeheuert hat, oder wen auch immer er als seine Frau ausgibt.

Der Kellner kommt zu meinem Tisch, und ich bestelle Pfannkuchen und ein Omelett, während ich mein Ziel weiterhin betrachte. Es sind noch zehn Minuten, bis wir uns treffen sollen, aber die Frau scheint nervös zu werden, schaut auf die Tür, dann mit zunehmender Nervosität durch das Café.

Ihr Blick schweift einmal über mich, aber ohne besonderes Interesse.

Der Kellner bringt zuerst die Pfannkuchen, und ich tue so. als würde ich sie mit Begeisterung verschlingen, obwohl ich sie kaum schmecke. Wenn diese »Bonnie«, oder wen auch immer Henderson noch in das

Restaurant geschickt hat, nach einem anormalen Verhalten sucht, werden sie es an meinem Tisch nicht finden.

Es ist fünf nach neun, als sie anfängt, wirklich nervös zu werden. Sie steht auf, als ob sie gehen wollte, aber setzt sich dann wieder hin.

Nicht sehr professionell für einen CIA-Agenten.

Mein Omelett kommt, und als ich den ersten Bissen in meinen Mund nehme, steht sie auf, und ihr dünner Körper ist vor Angst angespannt. Sie kaut auf ihrer Lippe, schaut sich wieder um und beginnt dann, zum Ausgang zu gehen.

Nun, das ist interessant.

Instinktiv ergreife ich ihr Handgelenk, als sie an meinem Tisch vorbeigeht.

»Bonnie Henderson?«, sage ich mit dem britischen Akzent, und sie versteift, während Angst ihre Gesichtszüge verzerrt.

»Lassen Sie mich gehen«, zischt sie in einem tiefen, verängstigten Ton. »Ich werde nicht zu ihm zurückkehren. Lassen Sie mich los, oder ich werde verdammt nochmal schreien.«

Noch interessanter.

»Ich bin Peter Sokolov«, sage ich mit meinem normalen Akzent und lasse ihr hauchdünnes Handgelenk los. »Sie wollten mich treffen?«

Sie erstarrt wieder und betrachtet mich eindringlich. »Aber Sie …«

»Das ist eine Verkleidung«, sage ich ruhig. »Bitte, setzen Sie sich.«

Sie ergreift den Stuhl mir gegenüber, und ihre Hände zittern, als sie ihn hervorzieht. Wenn ich ein Gentleman wäre, würde ich aufstehen und ihr helfen, aber dafür bin ich nicht hier.

Wenn das wirklich Hendersons Frau ist – und ich beginne zu denken, dass sie es sein könnte –, wird sie mich auf die eine oder andere Weise zu ihrem Mann führen.

Der Kellner kommt neugierig auf die plötzliche Begleitung an meinem Tisch herüber, und ich bestelle zwei Tassen Kaffee, damit er wieder geht. Etwas Seltsames scheint mit *Bonnie* zu passieren. Jetzt, da sie mir gegenüber am Tisch sitzt, sieht sie ruhiger und gelassener aus – zumindest, wenn man das leichte Zittern ihrer Hände ignoriert.

»Sie haben mir eine E-Mail geschickt«, sage ich, als der Kellner weg ist. »Warum?«

Sie holt tief Luft. »Weil ich es musste. Dieser Wahnsinn muss ein Ende haben.«

»Dem stimme ich zu.« Ich lächele kalt. »Wie nett von Ihnen, sich so auszuliefern.«

»Sie verstehen mich falsch.« Sie ballt ihre Hände auf dem Tisch zu festen Fäusten, um ihr Zittern zu verstecken. »Ich werde mich nicht ausliefern. Ich gebe Ihnen, was Sie wollen: meinen Mann.«

Ich lege meinen Kopf schief. »Im Austausch für was?«

Sie hebt ihr Kinn an. »Dafür, dass Sie mich und meine Kinder in Ruhe lassen.«

Ah. Mir war die Vermutung gekommen, dass es so

etwas sein könnte. Dennoch ergibt das nicht hundertprozentig Sinn. Warum ihren Mann verraten und sich einer solchen Gefahr aussetzen?

»Warum sollte ich dieses Geschäft akzeptieren, wenn ich Sie schon habe?«, frage ich. »Es sei denn, Sie denken, dass Sie in Sicherheit sind, weil wir uns in der Öffentlichkeit treffen?«

Ihre Kehle bewegt sich, als sie schluckt. »Ich bin keine Idiotin. Ich weiß, wozu Sie fähig sind.«

»Aber trotzdem sind Sie hier. Interessant.«

Der Kellner taucht in diesem Moment wieder auf, und wir schweigen beide und warten darauf, dass er uns Kaffee einschenkt und geht.

Als er weg ist, ergreift Bonnie ihren Becher und nimmt einen Schluck der brühend heißen Flüssigkeit. »Er wird sich nicht für mich eintauschen.« Ihre Stimme zittert leicht, als sie den Becher absetzt. »Also können Sie es vergessen, mich als Druckmittel zu benutzen. Es wird nicht besser funktionieren als bei den Geiseln.«

Also weiß sie davon. Das hier wird von Sekunde zu Sekunde faszinierender.

»Was schlagen Sie dann vor? Ich verspreche Ihnen, Sie und Ihre Kinder nicht zu töten, und Sie führen mich zum Versteck Ihres Mannes?«

»Ja. Nun, nicht ganz.« Sie atmet tief ein. »Ich kann Sie nicht direkt zu ihm führen, weil ich nicht weiß, wo er ist. Er hat wahrscheinlich unser letztes Versteck verlassen, als er mitbekommen hat, dass ich mit den

Kindern geflohen bin – für den Fall, dass Sie uns gefunden haben.«

»Also, was *bieten* Sie an? Und warum sind Sie weggelaufen?«

Sie zögert und fragt dann leise: »Wissen Sie, wie Wally und ich uns kennengelernt haben?«

Ich versuche mich zu erinnern, ob ich in der riesigen Akte, die ich über Henderson habe, auf diese Informationen gestoßen bin. »Nein«, gebe ich nach einem Moment zu. »Das tue ich nicht.«

Ihre Lippen werden zu einer schmalen Linie. »Das dachte ich mir. Niemand weiß wirklich davon. Wally erzählt den Leuten gerne, dass wir uns in einer Bar getroffen haben, aber das ist nicht der Fall. Ich meine, wir sind in einer Bar zusammengekommen, aber wir haben uns früher getroffen – als ich eine frische Auszubildende beim Geheimdienst war, und er der Star-Agent … und mein Lehrer.«

Ich verberge meine Überraschung. Ich hatte zunächst gedacht, dass sie eine Agentin ist, die die Rolle von Hendersons Frau spielt, aber ich habe nicht erwartet, dass Hendersons echte Frau tatsächlich von der CIA ist.

Sie ist viel zu überzeugend als nervöses Anhängsel.

»Keine Sorge, ich bin kein Agent«, sagt sie schnell, als ob sie Angst hat, dass ich sie für diese Offenbarung erschießen werde. »Ich habe das Trainingsprogramm abgebrochen, nachdem Wally mich geschwängert hatte. Am Ende habe ich das Kind verloren, aber ich bin nie zurückgegangen. Wally und ich haben geheiratet, und er verließ den Geheimdienst kurz darauf, um eine Karriere beim Militär zu machen, damit er ein stabileres Familienleben führen konnte – was bedeutete, dass ich mit den Kindern zu Hause bleiben musste.«

Ich hebe meine Tasse Kaffee an. »Und Sie sagen mir das alles … warum?«

»Weil ich will, dass Sie verstehen, warum ich hier bin.« Ihre Augen brennen sich in mein Gesicht, während ich die heiße, bittere Flüssigkeit trinke. »Ich bin zum Geheimdienst gegangen, weil ich eine Patriotin bin, Mr. Sokolov. Weil ich unser Land vor Bedrohungen aus dem In- und Ausland schützen wollte … vor Terroristen, die ein Gebäude einfach so in die Luft jagen.«

Die Puzzleteile fügen sich schließlich zusammen.

Natürlich.

Das hat das Fass zum Überlaufen gebracht.

»Wann haben Sie es erfahren?«, frage ich und stelle den Kaffee ab.

»Dass Wally hinter dem FBI-Angriff in Chicago steckt? Vor ein paar Tagen – zur gleichen Zeit, als ich erfuhr, dass er alle unsere Freunde und Verwandten sterben ließ, anstatt Ihren Forderungen nachzugeben.« Sie klingt fast ruhig, als sie das sagt, aber ich kann sehen, was es sie kostet.

Wie auch immer sie auf diese Information gestoßen ist, es muss ein schmerzhafter Schock gewesen sein.

»Aber warum kommen Sie zu mir?«, frage ich und betrachte sie eindringlich. »Mit Sicherheit müssen Sie mich dafür hassen, was ich Ihnen und Ihrer Familie angetan habe. Warum haben Sie Ihren Mann nicht einfach den Behörden übergeben? Ich nehme an, die Beweise, die Sie haben, sind ziemlich vernichtend.«

Sie nickt. »Das sind sie – und das ist eine weitere Sache, die ich Ihnen anbieten kann. Wenn Sie Ihren Teil der Abmachung einhalten, werde ich mein Bestes tun, um Ihren Namen, zumindest für dieses spezielle Verbrechen, reinzuwaschen. Was die Gründe angeht, warum ich hier bin und mit Ihnen rede, so ist das ganz einfach.« Sie holt tief Luft. »Ich bin müde, Mr. Sokolov. Ich bin erschöpft davon, Sie zu fürchten und zu hassen, und meine Kinder sind es auch. Wally auszuliefern würde diesen Alptraum für uns nicht beenden; der Prozess würde sich über Jahre hinziehen, und die ganze Zeit über würden Sie versuchen, über uns zu ihm zu gelangen. Das hier ist der beste Weg – der einzige Weg, um das zu beenden. Ich werde Ihnen nie verzeihen, was Sie meiner Familie angetan haben, aber ich werde dieses Geschäft mit Ihnen abschließen.« Ihre Stimme bricht. »Alles, was ich will, ist, dass es vorbei ist … dass meine Kinder ihr normales Leben wiederaufnehmen können.«

Sie ist überzeugend, das muss ich ihr lassen. So überzeugend, dass ich versucht bin, ihr zu glauben. Aber es gibt noch eine weitere Sache, die ich wissen muss. »Als ich Sie angesprochen habe, dachten Sie, ich sei jemand, den Ihr Mann geschickt hat. Ich nehme an, das bedeutet, dass er nach Ihnen sucht. Wie kommt es, dass er Sie mit all seinen Verbindungen nicht schon gefunden hat?«

Ihr Gesicht spannt sich wieder an. »Ich habe eigene Verbindungen, Mr. Sokolov. Mein Mann hat das nie verstanden. Er denkt, dass sein Erfolg auf seiner eigenen Brillanz beruht, aber ich war die ganze Zeit an seiner Seite, habe den Weg geebnet, Freundschaften mit den richtigen Leuten und vor allem Ihren Ehefrauen geschlossen ...« Sie hört auf, als ob sie merken würde, wie sinnlos ihre bitteren Erinnerungen sind. »Auf jeden Fall«, fährt sie fort, »bereite ich mich seit zwei Jahren darauf vor, nur für den Fall, dass ich als Witwe mit Ihnen im Rücken ende. Ich hatte Papiere für mich und die Kinder, zusammen mit Geld und allem anderen, was nötig war, um uns alleine zu verstecken. Aber dann ist das passiert.«

»Und Sie haben Ihren Notvorrat benutzt, um stattdessen vor Ihrem Mann wegzulaufen.«

Ihre Lippen werden schmal. »Richtig. Also sagen Sie mir, Mr. Sokolov: Haben wir einen Deal? Wenn ich Ihnen meinen Mann ausliefere, lassen Sie uns dann in Ruhe?«

Ich nehme meinen Kaffee wieder in meine Hand. »Sie haben gesagt, dass Sie nicht wissen, wo er ist.«

»Ich weiß es nicht – aber ich weiß, was er mehr liebt als alles andere auf der Welt.«

»Und das ist?«

Sie schaut mich ruhig an. »Unsere Tochter. Amber. Sie ist die einzige Person außer sich selbst, die er wirklich liebt.«

Ich muss erneut meine Überraschung verbergen. Denkt diese Frau wirklich darüber nach, uns ihre Teenager-Tochter als Geisel zu geben?

Ist sie verrückt geworden?

»In Ordnung«, sage ich und stelle den Becher ab. Selbst wenn sie es *wäre*, würde ich jetzt einem geschenkten Gaul nicht ins Maul schauen. »Das klingt nach einem guten Plan – und ja, wenn es uns gelingt, ihn mit Ihrer Tochter herauszulocken, werde ich Sie und Ihre Kinder in Ruhe lassen.« Und ich meine es auch so. Obwohl ich gerne Henderson mit dem Wissen leiden lassen würde, dass seine Familie tot ist, war ich nie wirklich hinter seiner Frau und seinen Kindern her.

Es ist *sein* Kopf, den ich will.

»In diesem Fall, bitte schön.« Sie nimmt ein Telefon heraus und schiebt es über den Tisch zu mir. »Das ist alles, was Sie im Moment brauchen, aber da, wo das herkommt, gibt es noch mehr – solange Sie mich heute unbehelligt gehen lassen.«

Ich drücke auf dem Video auf dem Bildschirm auf »Play«, und eine Minute später merke ich, dass Hendersons Frau nicht verrückt ist – und dass, obwohl sie den Geheimdienst verlassen hat, der Geheimdienst sie nie verlassen hat.

ara

ICH SCHREITE DURCH DEN SPEISESAAL DER ESGUERRAS, und die Angst bohrt ein Loch in meine Brust. Nora und Yulia sind beide hier, ebenso wie der junge Wachmann, Diego. Er erhält über seine Kopfhörer Live-Updates über die laufende Operation, so dass ich weiß, dass Peter gerade das Café betreten hat und sich wahrscheinlichen gerade der Falle stellt.

»Er spricht jetzt mit ihr«, sagt Diego und blickt nach zwanzig qualvollen Minuten von seinem Laptop-Bildschirm auf, und ich eile hinüber, um ein verschwommenes Bild eines Mannes zu sehen, der nicht wie Peter aussieht und einer dünnen Frau gegenübersitzt.

»Das ist von einer Langstreckenkamera«, erklärt

Diego. »Wir wollen sie nicht erschrecken, indem wir zu nahe kommen.«

»Aber alles ist noch ruhig?«, fragt Yulia und beugt sich über seine Schulter, und er nickt.

»Hendersons Männer sind entweder übernatürlich gut – oder es ist niemand da.«

Ich schaue zu Nora hinüber. Im Gegensatz zu Yulia und mir sitzt sie ruhig da und stellt keine Fragen. Wenn ich nicht ihren Todesgriff um Lizzies Kinderwagen sehen würde, würde ich denken, dass sie das alles kaltlässt.

Als ich meine Aufmerksamkeit wieder auf den Bildschirm richte, sehe ich, dass der getarnte Peter und die Frau immer noch reden.

»Keine Sorge«, sagt Yulia leise zu mir. »Wenn jemand im Restaurant auch nur falsch niest, werden unsere Scharfschützen ihn im Visier haben.«

»Ja, ich weiß.« Ein trockenes Lächeln erscheint auf meinen Lippen. »Es ist erstaunlich, wie beruhigend es sein kann, Scharfschützen zu haben.«

Sie lächelt zurück, und wir verstehen uns. Als ich jedoch zu Nora hinüberblicke, schaut sie niemanden von uns an.

Natürlich. Durch die ganze Aufregung hatte ich vergessen, dass sie ein Problem mit Yulia hat.

Ich frage mich, ob es sie stört, dass ich das nicht habe.

»Er kommt aus dem Restaurant«, sagt Diego plötzlich, und mein Blick fällt zurück auf den Bildschirm.

Tatsächlich ist Peter bereits auf der Straße.

Diego verstummt und hört aufmerksam zu, welche Informationen das Londoner Team ihm übermittelt, und als ich sehe, wie sich ein großes Lächeln auf seinem Gesicht ausbreitet, geben meine Knie vor Erleichterung nach.

Die E-Mail *war* von Hendersons Frau.

Peter und die anderen sind in Sicherheit.

enderson

ICH GEHE DIE LOGISTIK FÜR UNSERE OPERATION AM Samstag durch, als eine Nachricht auf meinem Bildschirm erscheint. Es ist eine E-Mail von meinem CIA-Kontakt.

Sorry, lautet die Betreffzeile.

Alles in mir wird zu Eis, als ich den Text und den Videoanhang sehe, den er weiterleitet.

Ich habe das Gefühl, dass ich mich gleich übergeben muss, als ich *Play* drücke.

Das schmutzige, tränenüberströmte Gesicht meiner Tochter füllt den Bildschirm. »Daddy«, schluchzt sie, als die Kamera herauszoomt und sie gefesselt an einen Stuhl in einem unscheinbaren Raum mit weißen

Wänden zeigt. »Daddy, bitte hilf mir. Sie haben gesagt, dass sie uns töten. Bitte, Daddy, hilf mir!«

Das Video ist zu Ende und lässt mich nach Luft schnappen.

Sokolov hat sie. Er hat sie alle.

Das ist jetzt eine Tatsache.

Zitternd lese ich den weitergeleiteten Text.

Du weißt, was ich will, steht da. *Plaza de Bolivar, Bogotá, Donnerstag um 15 Uhr. Sei dort oder beobachte, wie sie stirbt.*

Ich erwartete das, wusste, dass es kommen musste, aber es trifft mich trotzdem wie ein Schlag in den Bauch.

Amber. Meine süße, treue Tochter.

Dieses Monster wird sie töten. Er wird sie nicht verschonen, auch wenn ich tue, was er sagt.

Es bleibt keine Zeit mehr, die Logistik zu planen, keine Möglichkeit, die letzten Probleme zu lösen.

Operation Air Drop kann nicht bis Samstag warten.

Sie muss heute Abend passieren.

90

ara

»GLAUBST DU IMMER NOCH, ES KÖNNTE EINE FALLE sein?«, frage ich Nora, als wir eine Stunde später in ihrem Pool in olympischen Ausmaßen schwimmen. Nach der unmittelbaren Krise ist Yulia zurück in ihr Zimmer gegangen und hat Nora taktvoll ihre Anwesenheit erspart, so dass nur wir beide auf der wunderschönen Terrasse der Villa sind.

Na ja, und Rosa mit Lizzie, aber sie schlafen beide im Schatten.

»Alles ist möglich, aber Julian denkt es nicht«, antwortet Nora und dreht sich um, um sich auf ihrem Rücken treiben zu lassen. Ihr Körper im Bikini ist so schlank und athletisch, dass es schwer zu glauben ist, dass sie erst Monate zuvor ein Kind bekommen hat.

483

Ich trage auch einen Bikini – einen, den ich mir von Yulia geliehen habe, da wir trotz des Höhenunterschieds fast die gleiche Größe haben. Die Shorts und T-Shirts, die ich getragen habe, waren wirklich ihre. Sie hat die Kleidungsstücke in Kents Haus vergessen, als sie nach Zypern gezogen sind, und sie ist mehr als glücklich, dass ich sie tragen kann.

»Lass mich wissen, wenn du noch etwas brauchst«, hat sie mir heute Morgen angeboten, als wir über die Kleidung sprachen. »Lucas bewahrt immer einen Koffer mit meinen Sachen in unserem Flugzeug auf, nur für alle Fälle, also bin ich voll ausgestattet.«

Als ich meine Aufmerksamkeit wieder auf Nora richte, frage ich: »Was glaubst du wird morgen passieren? Denkt Julian, dass Henderson tatsächlich in Bogotá auftauchen wird?«

»Zumindest hofft er es«, sagt sie und dreht sich um, um mit einer kräftigen Freistilbewegung zu schwimmen. Ich bin eine gute Schwimmerin, aber ich muss mich anstrengen, um mit ihr mitzuhalten, während sie durch das Wasser pflügt und im Handumdrehen die andere Seite des Pools erreicht.

Es ist offensichtlich, dass sie nicht über dieses Thema sprechen will, aber ich kann es einfach nicht ignorieren. »Was, wenn er es nicht tut?«, frage ich, als sie langsamer wird. »Er hat sich bis jetzt für keine der Geiseln gestellt.«

Sie hält inne, stellt sich hin und streicht ihr nasses Haar glättend mit beiden Händen zurück. »Sie waren nicht seine Tochter«, sagt sie und schaut gegen die

Sonne, als sie mich ansieht. »Aber so oder so, auch wenn die Dinge nicht nach Plan laufen, werden Julian, Lucas und Peter etwas improvisieren. Das ist es, was sie tun, und sie sind gut darin.«

Obwohl Nora nicht mehr über das, was passieren wird, weiß als ich, lässt ein Teil der Enge in meiner Brust nach, als sie mich an Peters Fähigkeiten erinnert.

Mein Mann *ist* gut darin.

Erschreckend gut.

Wir schwimmen eine weitere Stunde lang, plaudern über angenehmere Dinge, wie Noras bevorstehende Kunstausstellung in Berlin – anscheinend ist sie eine ernstzunehmende Malerin –, und als Lizzie aufwacht und Essen verlangt, gehen wir zurück ins Haus.

Mit etwas Glück ist morgen alles vorbei.

enderson

»W<small>IR WERDEN GENAU HIER LANDEN</small>«, <small>SAGE ICH UND</small> hebe meine Stimme, um über das Gebrüll der Motoren gehört zu werden, während ich auf eine Ansammlung von Bäumen auf dem Satellitenbild zeige. »Und dann machen wir uns auf den Weg dorthin.« Ich klopfe mit meinem Finger auf das weiße Gebäude in der Mitte.

»Verstanden.« Danser streicht sein schmutzig-blondes Haar zurück, und sein Gesicht im Profil erinnert mich unheimlich an Sokolovs. »Haben Sie Fotos von den Zielen?«

»Hier.« Ich gebe ihm das Foto von Esguerras Frau. »Wir wollen entweder diese Frau oder ihr Baby bekommen – am besten beide. Sie sind unsere

Sicherheit, um das Anwesen wieder verlassen zu können.«

Barrett schaut über Dansers Schulter auf das Foto. »Sie sieht klein aus. Sollte einfach genug sein.«

»Diese hier würde auch funktionieren, aber ich weiß nicht, ob sie im Haupthaus sein wird.« Ich hole ein Bild von Sara Sokolov heraus und gebe es Danser und seinen Teamkollegen. »Und diese hier«, ich zeige ihnen ein Ganzkörper-Foto von Kents Frau, »wäre ein schöner Bonus, aber sie könnte auch überall auf dem Gelände sein.«

»Oh, fuck. Sieh dir das blonde Haar und die Beine an.« Kilton schnappt sich das Bild von mir. »Mit der würde ich es mit Sicherheit machen.«

»Ich würde alle drei nehmen, ohne das Baby«, sagt Russ und streichelt anzüglich über seinen Bart. »Vielleicht alle drei auf einmal.«

Ich muss meine gesamten schauspielerischen Fähigkeiten aufwenden, um mein instinktives Schnauben zu unterdrücken. Ich kann es mir nicht leisten, diese vier Arschlöcher oder sonst jemanden im Team zu beleidigen. Also was soll's, wenn sie dumm genug sind, mit ihren Schwänzen zu denken? Sie haben gute Arbeit geleistet, als sie den Sprengstoff im FBI-Gebäude platziert haben, und sie haben Erfahrung mit HALO-Sprüngen.

Dafür brauche ich sie.

Sie sind meine einzige Chance, Amber zu retten.

Ich massiere die schmerzhaften Knoten in meinem Hals und schaue zu den anderen sechs Männern in unserem Militärtransportflugzeug. »Habt ihr eure Aufgaben verstanden?«

»Haben wir«, sagt Danser, bevor jemand anderes antworten kann. »Das Alpha-Team wird die Wachen an der Nordgrenze um null Uhr achtundfünfzig ablenken, und das Beta-Team wird mit dem Hubschrauber an der Auszugsstelle an der Südgrenze auf Sie warten.«

»Was, wenn Esguerra das Haus nicht verlässt, um nach den Störungen an der Nordgrenze zu sehen?«, fragt Barrett. »Töten wir den Wichser?«

»Nein, nur verwunden«, sage ich. »Wir wollen ihn lebend, damit er Sokolov zwingen kann, den Tausch für meine Familie durchzuführen. Wenn der Waffenhändler tot ist, wird es niemanden interessieren, ob wir seine Frau und sein Kind haben. Wenn wir Glück haben und auf Sokolovs Frau stoßen, wäre das natürlich noch besser.«

»Also, nur um das klarzustellen«, sagt Kilton. »Wir wollen Esguerras Frau oder auch das Baby als Geiseln lebendig vom Gelände holen und sie gegen Ihre Familie eintauschen. Aber wenn wir zufällig auf Sokolovs Frau oder die heiße Blondine stoßen, schnappen wir sie uns auch.«

»Richtig«, sage ich. »Mit Sokolovs Frau als Priorität von den beiden. Wenn wir sie haben, wird es keine Rolle spielen, ob Esguerra getötet wird. Sokolov wird den Handel sowieso machen.«

»Was ist mit Kent?«, fragt Russ. »Was machen wir, wenn er da ist?«

»Wenn wir seine Frau nicht haben, dann tötet ihn«, sage ich. »Aber wenn wir sie als Geisel haben, dann nicht.«

Je mehr Einfluss ich auf meine Feinde habe, desto besser. Als ich anfing, diese Mission zu planen, war das Ziel, die von uns genommenen Geiseln zu benutzen, um Sokolov und die anderen in eine Falle zu locken und sie zu töten, aber die Gefangennahme meiner Familie hat den Einsatz erhöht.

Die Priorität ist nun, Amber zu retten.

»Glauben Sie nicht, dass Kent mit Sokolov in Bogotá ist?«, fragt Danser und gibt mir die Fotos zurück.

»Ich weiß nicht, ob Sokolov selbst in Bogotá ist«, antworte ich und stecke sie in meine Jacke. »Nur weil er mir gesagt hat, dass ich morgen auf dem Platz sein soll, bedeutet das nicht, dass *er* da sein wird. So oder so, seien Sie auf alles vorbereitet. Da die Grenzen des Geländes undurchdringlich sind, schreibt es die Logik vor, dass das Haus selbst nicht besonders gut bewacht wird – aber es gibt natürlich keine Garantien.«

»Nun«, Russ grinst, »das sollte Spaß machen. Sind Sie sicher, dass Sie mit uns mitkommen wollen, alter Mann?«

Ich ignoriere die Bemerkung dieses Idioten, schnappe mir meine Sauerstoffflasche und fange an, mich für den Sprung zu rüsten. Bis dieses Video in meinem Posteingang ankam, wollte ich mich ihnen auf dieser wahnsinnig gefährlichen Mission nicht anschließen, aber jetzt habe ich keine Wahl.

Diese Operation ist nicht nur meine einzige Chance, meine Geiseln zu bekommen, sondern auch Amber selbst könnte sich auf dem Gelände befinden. Ich weiß das natürlich nicht mit Sicherheit; sie könnten sie in Bogotá oder irgendwo anders auf der Welt festhalten. Aber da der angegebene Treffpunkt in Kolumbien, in Esguerras Gebiet, liegt, besteht zumindest die Möglichkeit, dass sie sie auf dem Grundstück des Waffenhändlers verstecken.

Wenn wir Glück haben, werden wir nicht nur mit den Geiseln zurückkehren.

Wir könnten auch meine Tochter retten.

ara

NACHDEM LIZZIE GEFÜTTERT WURDE, GIBT MIR NORA eine Führung durch das Haus. Es ist so groß, wie es von außen erscheint, und umfasst über ein Dutzend Räume, darunter eine eigene Bibliothek, ein Heimkino mit einem riesigen Bildschirm, ein Fitnessstudio mit allen möglichen Geräten und einen sonnigen Raum, der als ihr Kunstatelier dient.

Die halbfertigen Gemälde im Inneren sind eine beeindruckende Mischung aus Surrealismus und modernem Expressionismus, mit vertrauten Formen und Objekten, wie Bäumen, die zu etwas faszinierend Unheimlichem verzerrt sind. Die Farbpalette lehnt sich stark an Rot und Schwarz an, so als ob alles vom Feuer verschlungen werden würde.

»Du bist unglaublich talentiert«, sage ich ehrlich, und Nora grinst und dankt mir. Während die Tour weitergeht, erklärt sie mir, dass sie anfing zu malen, um sich davor zu bewahren, auf der privaten Insel, auf der Julian sie gefangen hielt, verrückt zu werden, nachdem er sie zum ersten Mal entführt hatte.

Ich möchte ihr eine Million Fragen dazu stellen, aber wir sind bereits in dem Zimmer angekommen, in dem ich wohne, während Peter weg ist – einem wunderschön dekorierten Schlafzimmer, das ein paar Türen entfernt von der Hauptsuite liegt und an Yulias Zimmer angrenzt. Nora entschuldigt sich, um sich um ein paar Geschäfte zu kümmern, und ich beschließe, ein kurzes Nickerchen zu machen, da ich müde bin.

Schwangere brauchen offensichtlich genauso viel Schlaf wie Kindergartenkinder, zumindest kommt es mir so vor.

Als ich aufwache, ist Essenszeit, und ich gehe wieder ins Esszimmer zu Nora. Yulia ist nicht hier, und als ich Nora frage, wo sie ist, erklärt sie mir, dass Kents Frau bereits gegessen hat.

»Sie hat sich immer noch nicht an die Zeitumstellung gewöhnt«, erklärt sie mir mit einem angespannten Lächeln, als Ana das Essen bringt.

Ich beschließe, sie nicht weiter zu bedrängen – es muss unangenehm sein, die Frau, die deinen Mann fast getötet hätte, als Gast unter deinem Dach zu haben. Stattdessen frage ich sie während des Essens nach ihrer Familie und was sie über ihre Ehe mit Julian denkt.

»Oh, sie hoffen immer noch, dass ich zur

Besinnung komme und mich von ihm scheiden lasse«, sagt sie und schneidet ihren Lachs. Während sie mich mit den angespannten Interaktionen ihres Vaters mit ihrem Mann unterhält, erinnere ich mich, wie nett Peter zu meinen Eltern gewesen war – wie sehr er sich angestrengt hatte, ihre Bedenken über ihn zu zerstreuen.

Wie weit er gegangen war, um sicherzustellen, dass sie Teil meines Lebens sind.

Meine Brust zieht sich erneut zusammen, und in meinen Augen steigen Tränen auf, aber diesmal schrecke ich nicht vor den Schmerzen zurück. Die Qual des Verlustes ist noch frisch, die Wunde unerträglich groß, aber ich kann jetzt an meine Eltern denken, kann trauern, ohne mich in meinem Entsetzen über ihren Tod zu verlieren.

Ich bemerke nicht, dass mir die Tränen herunterlaufen, bis Nora mir schweigend eine Serviette reicht.

»Es tut mir leid, Sara«, sagt sie düster. »Das war unsensibel von mir.«

»Nein, ich bin …« Ich versuche ein wässriges Lächeln. »Es geht mir gut, wirklich. Es ist nur so, dass …«

»Du hast sie gerade verloren, ich weiß.« Ihre dunklen Augen zeigen ein grimmiges Verständnis. Hat sie auch jemanden verloren, der ihr nahestand?

Bevor ich sie fragen kann, kommt Rosa mit Lizzie in das Esszimmer, und ich wende mich ab, um unauffällig die Feuchtigkeit auf meinen Wangen abzuwischen. Ich will nicht, dass Noras Freundin und Nanny mich so sieht.

Es ist schon schlimm genug, dass Nora das miterleben musste.

Nora entschuldigt sich, um das Baby wieder zu füttern – Lizzie wird sich in ein schreiendes Monster verwandeln, wenn sie nicht sofort gefüttert wird, erklärt sie bedauernd – und ich beende meine Mahlzeit und gehe auf mein Zimmer.

Als ich an Yulias Tür vorbeikomme, höre ich sie am Telefon auf Russisch sprechen. Ihre Stimme ist warm und zärtlich, so als ob sie mit einem Kind oder einem Liebhaber spricht, und für eine Sekunde überrascht mich das. Aber dann erinnere ich mich an die Fotos eines Teenagers in ihrem Haus – desjenigen, den ich für ihren Bruder gehalten habe, weil er genauso aussieht wie sie.

Könnte sie gerade mit dem Jungen sprechen?

Ich bin sehr neugierig auf ihre Geschichte mit dem ganzen Spionage-Teil und allem, aber ich will sie nicht stören, während sie am Telefon ist. Ich betrete meinen Raum, schließe die Tür und gehe zum Fenster hinüber, um mir den Sonnenuntergang über den Bäumen anzuschauen.

Ich vermisse Peter.

Gott, ich vermisse ihn so sehr.

In diesem Moment sollten er und die anderen in der Luft sein, auf dem Weg zum Treffen morgen in Bogotá. Wenn alles gut geht, wird er morgen Abend um diese Zeit wieder bei mir sein, und seine Suche nach Rache wird endlich vorbei sein.

Ich gehe zu einem Bücherregal, schnappe mir einen Thriller und kuschele mich in einen Sessel, um das Buch zu lesen. Obwohl ich erst vor ein paar Stunden von meinem Nickerchen aufgewacht bin, bin ich wieder müde, und bevor ich richtig begonnen habe zu lesen, ertappe ich mich beim Einnicken.

Gähnend dusche ich kurz und gehe ins Bett. Und dann kann ich, vorhersehbarerweise, nicht einschlafen.

Ich stehe auf, lese noch ein wenig und schreibe dann die Worte zu einer Melodie, die mir den ganzen Tag durch den Kopf gegangen ist, auf. Sie ist wütend und dunkel, weit weg von meiner üblichen Musik, aber etwas daran fühlt sich richtig an – ungeschminkt, ehrlich und heilend.

Als ich wieder müde werde, gehe zurück ins Bett, und diesmal falle ich in einen unruhigen Schlaf.

enderson

EISIGE LUFT HUSCHT AN MEINEN OHREN VORBEI UND übertönt das verängstigte Gebrüll meines Herzschlags, als wir aus neuntausend Metern Höhe vom pechschwarzen Himmel stürzen. Die Nacht ist auf unserer Seite; die Wolken verbergen selbst das schwache Leuchten des Mondlichts.

Meine Nachtsichtbrille ist über meine Sauerstoffmaske geschnallt, und ich sehe die vier anderen Gestalten neben mir. Wir befinden uns für eine gefühlte Ewigkeit im freien Fall , bevor ich einen heftigen Ruck spüre und die Fallschirme sich über uns öffnen.

»Da«, sagt Danser über unsere Kommunikationsgeräte, als die Umrisse der

Baumkronen unten erscheinen. »Das ist unser Landeplatz.«

Es ist ein bewaldeter Fleck im Herzen von Esguerras Anwesen, weit weg von den Wachtürmen am Rande. Die größte Gefahr hier sind die Drohnen, die in der Luft patrouillieren, aber dank der neuesten Ausrüstung des CIA habe ich eine Lösung dafür.

Als wir direkt über der Baumgrenze sind, erkennt mein Gerät die sich nähernden Drohnen und synchronisiert sich automatisch mit ihnen, so dass mein Kontakt bei der CIA die Kameras steuern kann, während wir in Reichweite sind. Diejenigen, die die Drohnenbilder kontrollieren, werden nichts anderes als die übliche Landschaft sehen, wenn unsere Fallschirme vorbeifliegen.

Da ich seit zwei Jahrzehnten keine Höhensprünge mehr gemacht habe, bin ich mit Danser zusammen gesprungen, und seine Füße berühren zuerst den Boden und nehmen die Hauptlast des Aufpralls auf sich. Dennoch geben meine Knie beim Landen fast nach und wir vermeiden es knapp, von einem Baumzweig aufgespießt zu werden. Als ich mich bücke, um Luft zu holen, löst Danser die Fallschirmspringerausrüstung von uns beiden und stopft sie in die Büsche.

Der Rest des Teams macht dasselbe, und als sie fertig sind, kann ich fast aufrecht stehen.

»Bereit?«, fragt Danser durch die Kommunikatoren, und ich nicke und ignoriere die restliche Schwäche in meinen Gliedmaßen.

Bisher ist alles nach Plan verlaufen, und ich werde nicht der Grund dafür sein, dass wir scheitern.

Leise kriechen wir durch die Dunkelheit und benutzen die Bäume als Deckung. Der schwierigste Teil wird die offene Fläche um das Haus herum sein, aber dafür ist die Ablenkung an der Grenze da.

Wir halten am Rande des bewaldeten Gebietes inne und warten auf das Signal des Alpha-Teams. Die Minuten vergehen mit qualvoller Langsamkeit, und ich fühle, wie Schweiß auf meinem Rücken herabläuft, während ich auf das weiße Gebäude vor mir starre.

Verdammte Luftfeuchtigkeit im Dschungel.

Sie ist schlimmer als die trockene Hitze im Irak.

Wie wir vermutet haben, scheint Esguerras eigentlicher Wohnsitz nicht stark bewacht zu sein. Und warum sollte er es auch sein? Zwischen den Drohnen und der ganzen Sicherheit an den Grenzen könnte die Villa genauso gut in einer Festung sitzen.

Es gibt nur zwei Wachen, die im Kreis um das Haus herumlaufen, und als sie in unserer Nähe vorbeikommen, feuern Russ und Kilton schallgedämpfte Schüsse direkt auf ihre Stirn ab.

Erstes Hindernis beseitigt.

»Wir greifen jetzt an«, sagt der Alpha-Teamleiter durch den Funk, und ich höre Schüsse im Hintergrund.

»Wir werden fünfzehn Minuten warten, um zu sehen, ob jemand rauskommt«, sagt Danser, und wir warten und starren gespannt auf das Haus.

Es gibt keine Anzeichen von Bewegung im Inneren, kein Licht geht an.

Esguerras Wachmänner haben ihren Chef entweder nicht darüber informiert, was passiert, oder er glaubt nicht, dass dies seine Anwesenheit erfordert.

Oder, wenn wir Glück haben, ist er überhaupt nicht zu Hause.

Nur um auf der sicheren Seite zu sein, warten wir weitere zwanzig Minuten, und dann macht uns Danser eine Geste, damit wir uns bewegen.

Wir laufen geduckt über die große Rasenfläche und benutzen die gepflegten Sträucher an den Seiten als Deckung, während wir uns dem Poolbereich auf der Rückseite nähern.

Auch hier ist es ruhig.

»Na los«, flüstert mir Danser zu, als wir an der Hintertür anhalten. »Mach deinen verfickten Zauber.«

Ich nicke und ziehe das CIA-Gerät wieder hervor. Es verbindet sich mit dem Wi-Fi des Hauses und synchronisiert sich mit den Kameras und dem Alarmsystem, so dass mein Kontakt Zugang hat, um alles zu deaktivieren.

Während er das tut, aktiviere ich einen Zellsignalverschlüsseler, falls jemand versucht, Hilfe zu rufen.

»Alles erledigt«, sage ich leise, als ich die Bestätigung von meinem Kontakt erhalte. »Es ist Showtime.«

ara

ICH SCHLAFE UNRUHIG UND WACHE GEFÜHLT JEDE HALBE Stunde auf. Jedes Mal, wenn ich wegdöse, verbinden sich ängstliche Träume über Peter mit Fragmenten von Alpträumen über den Tod meiner Eltern und wecken mich auf. Als ich zum fünften Mal aufwache, stolpere ich verschlafen zum Badezimmer, und beschließe danach, ein wenig zu lesen, um mein überaktives Gehirn abzulenken.

Ich ziehe mir einen Seidenbademantel über, den ich mir von Nora geliehen habe, schalte die Nachttischlampe ein, schnappe mir ein Buch und mache es mir gähnend im Sessel gemütlich.

Mit etwas Glück werde ich nicht lange aufbleiben müssen.

Ich bin schon halb durch mit dem nächsten Kapitel, als ich es höre.

Ein knarrendes Geräusch direkt vor meiner Tür.

Erschrocken schaue ich hinüber und sehe, wie sich die Tür öffnet.

Eine große, in schwarz gekleidete Gestalt steht in der Türöffnung – ein bärtiger Mann, den ich noch nie zuvor gesehen habe. Seine Augen weiten sich, als er mich sieht, und das Sturmgewehr in seinen Händen fliegt nach oben und zeigt auf mich.

Ich reagiere rein instinktiv.

Mit einem durchdringenden Schrei lasse ich mich vom Stuhl fallen.

Ein großer Körper landet auf mir und schlägt mir die ganze Luft aus der Lunge, bevor ich wegrollen kann. »Halt die Klappe, du Schlampe«, knurrt mir der Mann ins Ohr, während sich eine behandschuhte Hand über meinen Mund legt. Der stechende Geruch von männlichem Schweiß und abgestandenen Zigaretten erstickt meine Nasenlöcher, und dann zieht er mich an meinen Haaren hoch, wobei seine Hand weiter auf meinem Mund liegt und meinen Schmerzensschrei unterdrückt.

Entsetzt kratze ich an seiner behandschuhten Hand und kämpfe mit aller Kraft, aber genau wie damals mit Peter in meiner Küche gibt es nichts, was ich tun kann, als er mich aus dem Raum schleppt und sein rauer Griff an meinen Haaren diese fast mit den Wurzeln herausreißt. Schmerzenstränen strömen über mein Gesicht, als er mich den Flur halb entlangzieht, halb trägt und meine panischen Schreie von seiner Handfläche gedämpft werden.

Er geht, wie ich entsetzt bemerke, zur Hauptsuite, wo Nora und das Baby sind, und dann sind wir schon da.

Er tritt die Tür mit seinem Stiefel auf und schiebt mich hinein. »Ich habe Sokolovs Schlampe«, verkündet er triumphierend, und ich sehe zwei weitere bewaffnete Männer in dem Raum.

Einer hält ein Messer an Noras Hals, und der andere greift nach dem schlafenden Baby in der Krippe.

eter

WIR SIND DABEI, UNSEREN ABSTIEG NACH BOGOTÁ ZU beginnen, als Julian die Nachricht erhält.

»Das ist merkwürdig.« Er runzelt die Stirn und starrt auf sein Handy. »Diego hat mir gerade eine E-Mail geschickt, dass es am nördlichen Rand des Anwesens eine Schießerei mit unbekannten Eindringlingen gab. Niemand wurde verletzt, und die Eindringlinge sind zurück in den Dschungel verschwunden, bevor sie gefangen genommen werden konnten. Er hat ein Team losgeschickt, um nach ihnen zu suchen, aber bisher erfolglos.«

Ich stehe auf, und mein Puls steigt, während meine Instinkte in höchster Alarmbereitschaft sind. »Wer würde versuchen, so auf Ihr Gelände einzudringen? Und was würden sie nachts im Dschungel tun?«

»Genau.« Sein Gesicht verdunkelt sich, als er aufsteht und mit dem Telefon an seinem Ohr zur Kabine des Piloten geht. »Ich rufe Nora an.«

Ich folge ihm, während er die Strecke mit langen Schritten zurücklegt und die fragenden Blicke auf den Gesichtern meiner Teamkollegen ignoriert.

»Ihr Telefon geht direkt auf die Mailbox«, sagt er angespannt, als wir das Cockpit betreten.

Kent schaut zu uns auf.

»Es gab eine Schießerei an der Nordgrenze, und ich kann Nora nicht erreichen«, informiert Esguerra ihn kurz und bündig. »Ich werde die Kamerakanäle im Haus aufrufen. Kannst du Yulia anrufen?«

Kent nickt, und sein Kiefer strafft sich, als er nach seinem Handy greift. »Ich bin schon dabei.«

Verdammt. Ich habe Sara ein Prepaidhandy gegeben, bevor wir abgeflogen sind, aber ich wollte sie nicht anrufen – es ist weit nach Mitternacht, und ich will, dass sie ungestört schläft. Aber mein Gefahrenalarm wird mit jeder Sekunde lauter.

Saras Telefon leitet den Anruf auch gleich zur Mailbox, und als ich zu Kent hinüberblicke, kann ich an seinem Ausdruck erkennen, dass dasselbe mit Yulias Telefon passiert.

»Die Kameras sind tot. Ich schicke die Wachen rüber«, sagt Esguerra angespannt, und ich sehe die bis ins Knochenmark durchdringende Angst, die ich fühle, auch in seinen Augen.

Irgendetwas stimmt nicht auf dem Anwesen.

Überhaupt nicht.

»Ich setze Kurs auf das Anwesen«, sagt Kent grimmig, und das Flugzeug vibriert unter mir, als die Triebwerke mit einem Brüllen aufheulen.

ara

»ICH HABE DAS HIER GEFUNDEN«, SAGT EIN VIERTER
Mann und zieht eine kämpfende Rosa im Nachthemd
herein. Er hat auch seine Hand über ihren Mund
gedrückt und dämpft ihre panischen Schreie. »Sieht so
aus, als hätten wir Glück gehabt. Der Rest des Hauses
ist leer. Keine Spur von Esguerra, Kent oder Sokolov.«
Wie seine drei Kameraden ist er schwer bewaffnet, mit
einem Sturmgewehr, das über die Schulter
geschlungen ist, und zwei Handfeuerwaffen, die an
seinem Gürtel befestigt sind.

Wer auch immer diese Männer sind, sie meinen es
ernst, und wir sind ganz auf uns allein gestellt, wird
mir voller Entsetzen klar. Die Wachen sind nicht in der

Nähe des Hauses, und da Peter und die anderen weg sind, kommt uns niemand zu Hilfe.

Der Mann, der über Lizzies Krippe gebeugt ist, richtet sich auf, wobei er das noch schlafende Baby vor sich hält. »Keine Blondine?«, fragt er mit offensichtlicher Enttäuschung.

»Nein, tut mir leid«, sagt Rosas Entführer und dreht sie herum, um sie anzusehen. Ihr Mund öffnet sich für einen Schrei, aber bevor sie einen Laut von sich geben kann, schlägt er seine Faust in ihren Kiefer, Upper-Cut-Syle, und sie fällt bewusstlos auf den Boden.

Ich versteinere und starre mit ungläubigem Entsetzen, wie Blut aus einem ihrer Mundwinkel tropft.

Er hat sie so beiläufig geschlagen, als ob sie kein Mensch wäre.

Als sei es ihm egal, ob sie lebt oder stirbt.

»Wir werden uns mit diesen beiden begnügen müssen«, fährt er fort und nickt mir und der leichenblassen Nora zu, deren Entführer sie festhält, indem er eine Hand auf ihren Mund drückt und mit der anderen das Messer an ihren Hals hält. Wie ich trägt sie einen dünnen Seidenbademantel, aber im Gegensatz zu meinem klafft er oben auf und offenbart die inneren Kurven ihrer Brüste.

Rosas Angreifer leckt sich die Lippen und starrt auf dieses goldhäutige V, und mein Magen zieht sich vor krankem Entsetzen zusammen.

Planen sie, uns zu vergewaltigen?

Uns umzubringen?

»Wo ist der alte Mann?«, fragt Noras Entführer, während ich meine panische Gegenwehr fortsetze, und ich merke, dass mir etwas an ihm vertraut vorkommt, so als ob wir uns schon einmal getroffen hätten.

»Er ist das kleine Gebäude in der Nähe überprüfen gegangen. Hat etwas darüber gesagt, dass er nach seiner Familie suchen wollte«, antwortet mein Angreifer und fesselt mich. »Hier, bring mir etwas Klebeband. Diese hier wird lebhaft«, fügt er grunzend hinzu, als ich meinen Ellbogen in seinen Brustkorb schlage.

»Schlag die Schlampe einfach nieder«, rät ihm das Arschloch, das Rosa geschlagen hat, aber bringt ihm trotzdem das Band. Ich habe nur Zeit, einen kurzen Schrei loszulassen, bevor mir ein Tuch in den Mund geschoben und das Tape darübergeklebt wird.

»Das ist besser«, murmelt mein Entführer und greift nach meinen Armen. »Jetzt mach auch ihre Handgelenke.«

Der andere Mann beginnt gerade damit, als Lizzie mit einem Schrei aufwacht.

»Scheiße. Bring dieses Kind zum Schweigen«, befiehlt der Mann, der Nora hält, als das Baby mit voller Lautstärke zu brüllen beginnt, weil es verärgert darüber ist, von einem unbekannten Mann gehalten zu werden.

Noras Gesicht wird noch weißer, und ihre Augen brennen wie Kohlen, als Rosas Angreifer herüberkommt und das Klebeband über den winzigen

Mund des Babys klebt, um seine wütenden Schreie zu dämpfen.

Wenn Blicke töten könnten, würde er auf der Stelle umkippen.

»Geh und such Henderson«, sagt Noras Entführer zu dem Mann, der Rosa bewusstlos geschlagen hat. »Wir treffen euch beide unten.«

Der Mann gehorcht und verlässt den Raum, während ich diese Enthüllung verarbeite.

Henderson?

Natürlich. Darum geht es hier also.

Wie eine in die Enge getriebene Ratte ist Peters Feind zum Angriff übergegangen.

Ich verdaue die Entwicklungen immer noch, als ein blonder Haarschopf in der Türöffnung meine Aufmerksam erregt.

Mein Herzschlag beschleunigt sich.

Ich hatte Yulia völlig vergessen.

Sie haben sie nicht gefunden, aber sie *war* in dem Raum neben meinem.

Ich habe nur eine Millisekunde Zeit, um ihre halbnackte Erscheinung zu verarbeiten – und die Waffe in ihrer Hand – denn im nächsten Moment bricht die Hölle los.

Ohne zu zögern, feuert Yulia entschlossen auf Noras Entführer und trifft ihn ins Gesicht.

Dann richtet sie die Waffe auf meinen.

Die Zeit scheint sich zu verlangsamen, der Moment dehnt sich zu einer Ewigkeit aus. Ich sehe die starke Konzentration in ihren blauen Augen, spüre die plötzliche Anspannung in den Händen, die meine Arme von hinten festhalten, und das kleine bisschen, an das ich mich von Peters Selbstverteidigungstraining erinnere, steuert meine Reflexe.

Als ich meine Beine vom Boden hebe, werde ich zu einem toten Mann im Griff meines Gegners, wodurch mein Kopf ein Stück nach unten rutscht – und als Yulias Waffe die Kugel ausspuckt, spüre ich einen warmen Blutstrahl, als sein Kopf über dem meinen explodiert.

Als der Körper meines Entführers hinter mir zusammenbricht, schlägt mein Hintern hart auf den Boden auf, und mein Steißbein schreit vor Schmerzen.

Yulia bewegt sich bereits wieder und zielt auf den Mann, der Lizzie hält, aber das ist nicht nötig.

Er liegt bereits am Boden, wobei das Messer von Noras Angreifer tief in seiner Kehle vergraben ist – und das Baby sicher von den Armen seiner Mutter festgehalten wird.

Hat sich Nora ihre Tochter geschnappt, während sie ihn getötet hat?

Heilige Scheiße, sie ist schnell.

Ich schüttele mein Entsetzen ab, stelle mich hin und reiße an dem Klebeband, das meinen Mund bedeckt. »Der vierte Mann«, keuche ich. »Er ist …«

»Tot oder k. o.«, sagt Yulia und senkt ihre Waffe. »Ich habe ihm im Flur das Gehirn rausgepustet.« Ihre Gelassenheit ist erschreckend – bis ich mich daran erinnere, dass sie einmal eine Spionin war.

Ich bin dabei, Henderson zu erwähnen, als ich eine weitere Bewegung in der Tür sehe.

»Yulia!«, schreie ich und springe nach vorne, aber es ist zu spät.

Ein in schwarz gekleideter Arm schlingt sich mit Lichtgeschwindigkeit um ihre Kehle, und eine Waffe wird gegen ihre Schläfe gedrückt.

»Nicht so schnell«, sagt der ältere Mann leise und benutzt Yulia als Schild, während er den Raum betritt. »Bewegt einen Muskel, und sie stirbt.«

eter

»WARUM SIND DEINE VERDAMMTEN WACHEN SO langsam?«, fahre ich Esguerra an, als er wütend auf seinem Laptop tippt – vermutlich mit Befehlen an diese Wachen. »Es sind schon zwei Minuten vergangen. Weißt du, was in zwei Minuten passieren kann? Sie sind in diesem Haus, allein, ungeschützt …«

»Ich weiß!«, brüllt Esguerra. Eine Vene pulsiert auf seiner Stirn, als er den Laptop zuschlägt und auf die Füße springt. »Glaubst du, ich weiß das verdammt nochmal nicht? Sie sind auf dem Weg und fahren, so schnell sie können. Die beiden Wachen der Hauspatrouille antworten nicht; wer auch immer die Kameras und das Handysignal manipuliert, muss sie bereits ausgeschaltet haben.«

Verdammt. Ich möchte meine Faust gegen die Wand schlagen, aber es ist zu gefährlich mit all den Bedienelementen in der Kabine des Piloten. »Bist du sicher, dass sie noch im Haus sind?«

»Ich weiß, dass Nora es ist«, faucht Esguerra. »Sie hat diese Trackingimplantate, erinnerst du dich? Vor zwei Sekunden war sie noch am Leben und in unserem Zimmer.«

Scheiße. Er hat recht, ich hatte die Tracker für einen Moment vergessen. Wenn Nora lebt, dann hoffentlich auch Sara – was es umso wichtiger macht, dass sich die Wachen beeilen.

»Es muss Henderson sein«, sagt Kent hart, und seine Knöchel sind weiß auf der Steuerung. »Diese verdammte Schlampe hat uns rausgelockt, damit er angreifen kann.«

»Das wissen wir nicht sicher«, sagt Yan, und damit weiß ich, dass er zu uns ins Cockpit gekommen ist. Seine grünen Augen schweifen zu Esguerra. »Könnte es nicht ein anderer Ihrer Feinde sein?«

Fast haue ich Yan eine rein. »Es spielt keine Rolle, wer es ist. Sara ist da drin, verstehst du? Sie ist drin, mit wem auch immer.«

Ich kann nicht einmal anfangen, an sie mit Henderson zu denken, einem Mann, der verzweifelt genug ist, diese Art von Risiko einzugehen.

Einem Mann, der nicht gezögert hat, genau das Land, dem er geschworen hatte, es zu beschützen, anzugreifen, um mich zu bekommen.

Was wird er mit Sara machen, wenn er sie in seinen

Klauen hat? Werde ich dorthin kommen, nur um sie und unser ungeborenes Kind zu begraben … genau wie ich Pascha und Tamila begraben habe?

Nein. Ich schiebe den lähmenden Gedanken beiseite.

Das werde ich nicht zulassen.

Nicht noch einmal.

»Flieg schneller«, sage ich grimmig zu Kent. »Und Julian, wenn deine Wachen es nicht rechtzeitig dorthin schaffen, werde ich sie alle ausweiden, jeden Einzelnen.«

 ara

EINE MILLION GEDANKEN RASEN DURCH MEINEN KOPF. In einem winzigen Augenblick nehme ich die Waffen an den toten Männern und auf dem Boden wahr – alle sind in Reichweite, aber keine ist nah genug ist, um sie zu ergreifen, bevor Henderson eine Kugel in Yulias Gehirn jagt.

Mein verängstigter Blick trifft auf Noras, und ich sehe das gleiche sinnlose Kalkül in ihren Augen.

Selbst wenn wir gut genug wären, um Yulias Entführer zu treffen, ohne sie zu töten, wären wir nicht schnell genug.

Nicht, wenn Hendersons Waffe an ihre Schläfe gedrückt ist.

»Tretet diese Waffen weg«, befiehlt er, und ich

zögere eine Sekunde lang, bevor ich wie betäubt gehorche und Nora dasselbe tut.

Wir wären nicht nur zu langsam, sondern Henderson ist auch nicht viel größer als die langgliedrige Yulia. Da er sie als Schild benutzt, würde nicht einmal ein ausgebildeter Scharfschütze den Schuss abgeben.

Mein Blick fällt auf das Baby, das eng an Noras Brust gedrückt ist. Lizzie hat immer noch das Klebeband über ihrem Mund, und ich sehe, wie ihr kleines Gesicht rot wird, während sie sich bemüht, dumpfe Schreie zu erzeugen.

Nora hält sie so, als würde sie sie nie gehen lassen – und das wird sie auch nicht, wie ich an ihrem Todesgriff erkenne.

Ich kann nicht mehr darauf zählen, dass Esguerras Frau mir hilft – nicht, wenn sie ihre Tochter beschützen muss.

Ein Plan formt sich in meinem Kopf, und bevor ich ihn zu Ende denken kann, schaue ich zu Henderson und sage ruhig: »Ich weiß, wo Ihre Tochter ist.«

Er zuckt, als sei er angeschossen worden. Er erholt sich schnell und fragt: »Wo?«

»Ich kann Sie dorthin bringen«, sage ich und ignoriere die Angst, die mir die Luft nimmt. »Wir können sofort gehen – wenn Sie die anderen frei lassen.«

Ich habe keinen ausgearbeiteten Plan. Ich weiß nur, dass ich will, dass seine Waffe nicht mehr auf Yulias Kopf gerichtet ist – und auch so weit weg von Lizzie und Nora wie möglich. Selbst wenn ich nichts über die Verbrechen wüsste, die er begangen hat, hätte etwas an diesem ehemaligen General Gänsehaut bei mir hervorgerufen. Es ist nichts äußerlich Sichtbares – er ist schlank und fit, in guter Verfassung für einen Mann Ende fünfzig, und seine Gesichtszüge, umrahmt von vollem grau-schwarzem Haar, sind relativ angenehm.

Trotzdem riecht er nach dem Verfall, nach der Fäulnis, die tief darunter lauert.

Bei meinem Angebot verengen sich seine Augen. »Denkst du, ich bin ein Idiot? Ihr drei werdet mich zu meiner Tochter bringen – oder ich erschieße sie.« Er richtet die Waffe auf Yulias Schläfe und lässt sie zusammenzucken.

Verdammt nochmal.

»Sie brauchen *sie* nicht«, versuche ich es noch einmal. »Sie können mich als Geisel benutzen. Ihr Problem ist mein Mann – und er wird alles für mich tun.«

»Nun, ist das nicht süß«, höhnt er. »Eine Liebe für die Ewigkeit. Vielleicht töte ich dich später und lasse ihn zusehen. Wie klingt das?«

Ich starre ihn an, ohne zu zucken, und ignoriere die Übelkeit, die sich in mir ausbreitet.

Ich werde diesem Monster keine Angst zeigen.

Diese Befriedigung wird es nicht bekommen.

Bei meiner mangelnden Reaktion werden seine Gesichtszüge wütend. »Gut«, fährt er uns an. »Wie ich schon sagte, ihr drei kommt alle mit mir. Du und die mit dem Baby«, er streckt sein Kinn in Richtung Nora,

»werdet vor mir gehen. Und denkt daran, eine falsche Bewegung, und diese hier«, er richtet die Waffe wieder auf Yulias Kopf, »wird sterben. Verstanden? Jetzt kommt zu mir.«

Ich schlucke, während ich in Richtung Tür gehe, und Nora folgt mir vorsichtig, wobei sie die zappelnde Lizzie gegen ihre Brust drückt. Henderson schirmt sich immer noch mit Yulia ab, als er sich in den Flur zurückzieht, und als wir aus dem Raum sind, befiehlt er uns, nach unten zu gehen.

»Du *wirst* mich zu meiner Tochter führen, verstanden?«, sagt er drohend, als wir zur Treppe gehen. »Wenn du etwas versuchst, irgendetwas, werde ich jede einzelne von euch Schlampen erschießen – und auch Esguerras Dämonenbrut.«

Ich strecke meine Beine aus, um meine Knie davon abzuhalten, zu zittern, und nähere mich der breiten, geschwungenen Treppe. Der Boden ist eisig unter meinen nackten Füßen, und mein Herz fühlt sich an, als würde es aus meinem Hals springen. Ich weiß nicht, was ich tun soll, wie ich uns aus dieser Situation herausholen kann. Hendersons Tochter ist sicher und gesund weit weg von hier – alles, was Peter hat, ist das gefälschte Video, das ihm Bonnie gegeben hat – aber Henderson würde mir nicht glauben, wenn ich ihm das sagen würde. Und selbst wenn er mir glauben würde, würde er uns wahrscheinlich alle töten.

Ob er es merkt oder nicht, er ist nicht hierhergekommen, um seine Familie zu retten.

Er ist hier, um sich zu rächen.

Tief im Inneren weiß er, dass er bereits verloren hat, und er kam auf diese selbstmörderische Mission, um Peter und die anderen leiden zu lassen, bevor er selbst stirbt.

Meine Hände spielen mit dem Knoten an meinem Bademantel, um nicht zu zittern, während ich so langsam wie möglich mit Henderson und Yulia einen Schritt hinter mir hinuntergehe. Nora geht rechts von mir, und ihr Gesicht ist völlig ausdruckslos, während sie Lizzie schützend vor sich hält.

Sie würde alles für ihre Tochter tun, das weiß ich – genau wie ich für das kleine Leben, das in mir wächst.

Ein Leben, das nicht das Licht der Welt erblicken wird, wenn der Mann hinter mir seinen Willen durchsetzt.

Wir sind auf halbem Weg die Treppe hinunter, als ich Scheinwerfer durch eines der Wohnzimmerfenster sehe und höre, wie die Haustür aufgebrochen wird, gefolgt von Stiefelklappern auf dem Holzboden.

Mein Herz rast gleichermaßen vor Erleichterung und Entsetzen.

Die Wachen sind hier.

Irgendwie haben sie herausgefunden, dass wir in Schwierigkeiten sind – und jetzt ist Henderson wirklich in die Enge getrieben.

Allein, ohne sein Team, hat er keine wirkliche Chance, zu entkommen.

Ich höre ihn leise hinter mir fluchen, und ich habe eine Idee.

Ich gehe im gleichen langsamen Tempo weiter,

ziehe an meinem Gürtel, um meinen Bademantel zu öffnen, und die kühle Luft fegt über meine nackte Haut, als die Seide auf die Treppe hinter mir fällt – direkt unter Yulias und Hendersons Füße.

Die Wachen stürzen in das Foyer, und ich springe zu Nora, um sie mit meinem Schwung gegen das Geländer zu drücken.

Da Henderson sich auf die Wachen konzentriert, rutschen er und Yulia beide auf dem am Boden liegenden Bademantel aus – und sein Schuss verfehlt Yulia, als diese die Treppe auf ihrem Po hinunterrutscht.

Ohne zu zögern, feuern die Wachen auf Henderson, und Nora und ich drängen uns zusammen und schützen Lizzie, während wir ihn fallen hören.

eter

ES IST EINEN TAG HER, SEIT WIR ZURÜCK SIND, UND ICH kann immer noch nicht aufhören, Sara zu berühren, kann nicht aufhören, sie in meinen Armen zu halten. Jede zweite Minute kämpfe ich auch gegen den Drang an, sie von Kopf bis Fuß zu untersuchen – auch wenn Dr. Goldberg das bereits getan und sie und das Baby für gesund erklärt hat.

Ich streichele ihr Haar, atme ihren süßen Duft ein, und ein Zittern läuft jedes Mal durch meinen Körper, wenn ich darüber nachdenke, wie nah ich daran war, sie zu verlieren … wie die Wachen sie eine Stunde, bevor wir endlich hineinstürmten, nackt zusammengekauert auf der Treppe gefunden haben.

Sie hat Henderson mit ihrem Seidenbademantel

zum Ausrutschen gebracht, und dabei sich selbst, Nora und Yulia gerettet.

Die drei Frauen haben gegen bewaffnete Söldner gekämpft und gewonnen.

»Es ist in Ordnung. Es geht uns gut«, murmelt sie, hebt den Kopf, und ich merke, dass ich das Letzte laut gesagt habe. Ihre haselnussbraunen Augen schimmern sanft, als sie ihre schlanke Hand um meinen Kiefer legt. »Ich verspreche dir, dass, abgesehen von Yulias Steißbein und dem Kiefer der armen Rosa, alles in Ordnung ist.«

»Ich weiß«, murmele ich. »Und es ist ein verdammtes Wunder.« Ich bedecke ihre Hand mit meiner, schließe meine Augen, atme tief ein und versuche, das verrückte Klopfen meines Herzens zu beruhigen.

Genau wie ich waren Kent und Esguerra schon beinahe verrückt geworden, bis wir endlich landeten, obwohl Diego uns bereits mitgeteilt hatte, dass Henderson tot war und unsere Frauen sich in Sicherheit befanden. Es war nicht genug gewesen, das gesagt zu bekommen; die schreckliche Angst hatte mich fest im Griff, bis ich Sara sah.

Bis ich sie in meinen Armen halten konnte und das Gefühl hatte, dass sie am Leben und gesund ist.

»Du hast alle gerettet«, sage ich mit belegter Stimme und öffne meine Augen, als sie ihre Hand zurückzieht. »Nicht nur auf der Treppe, sondern auch schon vorher. Kent hat mir gesagt, dass dein Schrei Yulia rechtzeitig aufgeweckt hat, um sich unter dem

Bett zu verstecken und dann zu eurer Rettung zu kommen. Wenn das nicht gewesen wäre ...«

»Wir hätten sie auch anders besiegt«, unterbricht Sara mit einem ruhigen Lächeln. »Ich bin mir sicher, dass wir es geschafft hätten.«

Die Überzeugung in ihrer Stimme ist sowohl absurd als auch bewundernswert. Aus welchem Grund auch immer scheint der gestrige Angriff mein Ptichka, anstatt es zu retraumatisieren, auf irgendeine Weise lebendiger gemacht zu haben. Ich habe immer gewusst, dass sie stark und fähig ist, aber sie selbst scheint das nicht geglaubt zu haben – bis sie meinen Feind bekämpfte und gewann.

»Manchmal kann es pervers heilsam sein, ein Trauma zu wiederholen«, hat Dr. Wessex mir erklärt, als ich heute Morgen mit ihr gesprochen habe, nachdem Sara die Nacht ohne Alpträume durchgeschlafen hat und so optimistisch aufgewacht ist, wie ich sie lange nicht gesehen habe. »Im Gegensatz zu dem, was mit ihren Eltern geschah, konnte sie diesmal etwas tun – und niemand, der ihr nahestand, wurde getötet oder ernsthaft verletzt.«

Ich weiß nicht, ob ich der Therapeutin glaube – es ist erst ein Tag vergangen, und es könnte Sara später noch treffen –, aber ich bin vorsichtig optimistisch, was ihre psychische Verfassung anbelangt.

Bei meiner eigenen bin ich mir weniger sicher. Gestern Nacht konnte ich kaum schlafen, weil ich gegen Alpträume angekämpft habe und kalte Schweißausbrüche hatte.

»Ich lasse dich nie wieder aus den Augen«, sage ich zu ihr, und das ist kein Witz. »Keine Aufträge mit Übernachtungen getrennt von dir mehr, keine Arbeit, die uns für irgendeine Zeit voneinander trennt. Und ich habe bereits meinen eigenen Satz Trackerimplantate bei Esguerra bestellt; sobald sie ankommen, setze ich sie dir ein.«

Sara blinzelt nicht, ich habe ihr bereits von Noras Trackern erzählt. »In Ordnung«, sagt sie. »Aber nur, wenn du sie auch bekommst. Ich will auch immer wissen, wo du bist.«

Ich schaue ihr in die Augen. »Deal.«

Ich werde alles tun, was mein Ptichka will – solange sie glücklich und in Sicherheit ist.

»Bist du wütend, dass du keine Chance hattest, ihn zu töten?«, fragt sie, als wir ein paar Stunden später im Bett liegen. Obwohl wir gerade erst Sex hatten, streichele ich sie überall, da ich nicht genug davon bekommen kann, sie zu berühren, ihre warme, seidige Haut unter meinen Handflächen zu spüren. »Ich weiß, dass es dir wichtig war«, fährt sie fort, während ich ihren Hals streichele und den süßen Duft ihres Haares einatme.

Ich will jetzt nicht an Henderson denken, aber Sara scheint entschlossen zu sein, über jeden Aspekt dessen zu sprechen, was passiert ist. Und als ich mich daran erinnere, wie schwierig es für sie gewesen war, über den Tod ihrer Eltern zu sprechen, kann ich es ihr nicht abschlagen.

Wenn es ihr hilft, Dinge zu verarbeiten, werde ich ihr alles darüber erzählen, wie ich davon träume, Henderson Zelle für Zelle zu zerlegen, dass die bloße Erwähnung seines Namens jeden schrecklichen Moment im Flugzeug zurückbringt.

Also tue ich genau das. Ich erzähle ihr alles, alles darüber, wie verängstigt ich war, dass wir zu spät kommen würden ... dass ich es nicht schaffen würde, sie zu beschützen, so wie es bei Pascha und Tamila der Fall gewesen war. Ich beschreibe die Alpträume, die ich gestern Nacht hatte, und dass ich immer noch zittere, wenn ich daran denke, wie nah daran ich gewesen war, sie zu verlieren.

Ich sage ihr, wie sehr es mich umbringt, dass ich nicht da war, um meinem Feind entgegenzutreten, um sie und unser ungeborenes Kind zu beschützen.

Sie hört zu, und ihr Kopf liegt auf meiner Schulter, während ihre Finger mit meinen Haaren spielen. Als ich fertig bin, sagt sie leise: »Du hast uns beschützt. Es war die Bewegung, die du mir beigebracht hast – meine Beine anzuheben, um zum toten Mann zu werden, wenn man hinten gepackt wird –, die uns dreien geholfen hat, diese Söldner zu besiegen. Und es waren du, Kent und Esguerra, die die Wachen geschickt haben, die Henderson getötet haben.«

Ich presse meine Augen zusammen, und meine Arme spannen sich um sie herum an, während sich in meinem Kopf abspielt, wie das mit dem

Seidenbademantel und allem anderen abgelaufen sein muss. Ein Schaudern durchfährt meinen Körper, und sie umarmt mich, hält mich fest, beruhigt mich mit ihrer Wärme, ihrer Lebendigkeit, ihrer Kraft.

Ich brauche mehrere tiefe Atemzüge, bevor ich meinen erstickenden Griff um sie lösen kann. Trotzdem lasse ich meinen Arm um sie herum liegen und halte sie fest. Es wird Jahre dauern, bis ich mich von diesem Tag erholt haben werde – oder eher Jahrzehnte.

Das heißt, vorausgesetzt, ich erhole mich überhaupt jemals davon.

»Was ist mit seiner Frau?«, fragt Sara und lenkt mich von einer Fantasie ab, in der ich in der Lage bin, in der Zeit zurückzureisen und Henderson mit seinem eigenen Darm zu erwürgen, bevor er in ihre Nähe kommt. »Wirst du deinen Deal mit ihr einhalten?«

Meine freie Hand ballt sich an meiner Seite zu einer Faust. »Die Jury ist sich immer noch nicht sicher, ob sie uns absichtlich weggelockt hat.«

»Nein, hat sie nicht«, unterbricht Sara und hebt ihren Kopf von meiner Schulter, um mich anzusehen. »Zumindest glaube ich nicht, dass sie das getan hat. Henderson dachte wirklich, wir hätten seine Tochter, und wenn seine Frau daran beteiligt gewesen wäre, hätte er gewusst, dass es nur ein Trick war. Außerdem sagten diese Männer, als sie uns gefangen nahmen, etwas davon, dass es kein Zeichen von euch dreien gibt, so als ob sie erwartet hätten, euch hier zu finden, und überrascht waren, als sie es nicht taten.«

»Ah.« Mit Mühe öffne ich meine Finger. »Das ändert die Dinge.«

Wenn Bonnie Henderson wirklich unschuldig ist, werde ich sie in Ruhe lassen – besonders, wenn sie alle Beweise für ihren Mann dem FBI übergibt und unsere Namen reinwäscht.

Ich will das für Sara. Ich möchte ihr ein normales, friedliches Leben zurückgeben.

Ich schiebe meine Hand in ihr Haar, betrachte ihr herzförmiges Gesicht und bewundere ihre Schönheit. Ihre Augen blicken klar und direkt in meine, und dann murmelt sie: »Ich liebe dich«, bevor sie sich für einen zarten Kuss nach vorne beugt.

Meine Brust dehnt sich mit einem Ansturm von Gefühlen aus, die so intensiv sind, dass sie die verweilende Dunkelheit überdecken. »Ich liebe dich auch, Ptichka«, sage ich leise, und als sich unsere Lippen berühren, weiß ich, dass wir gemeinsam überwinden werden, was die Zukunft auch bringen möge.

Unabhängig davon, wie unsere Liebe geboren wurde – jetzt ist sie stark genug.

EPILOGUE

SECHS JAHRE SPÄTER

ara

»PAPA! PAPA!«

Ich schaue von meinem Laptop aus auf, als mein fünfjähriger Sohn durch die Tür schießt und seine Wangen rosa von der Kälte sind, während seine Stiefel überall Schneespuren hinterlassen. Er bemerkt mich nicht auf der Couch, läuft direkt zu Peter in die Küche und wirft seinen kleinen Körper mit voller Geschwindigkeit auf ihn.

Grinsend tritt mein Mann von der Geburtstagstorte zurück und fängt ihn in seinen kräftigen Armen auf, bevor er ihn anhebt, um ihn über seinem Kopf zu drehen.

Charlies lachende Schreie erfüllen die Luft, vermischen sich mit dem aufgeregten Bellen unseres

Hundes, und meine Brust zieht sich zusammen – wie jedes Mal, wenn ich diesen Blick auf Peters dunklem, wunderschönen Gesicht sehe.

Freude. So eine ungehemmte Freude.

Ich werde nie müde, die beiden zusammen zu sehen.

Meinen Vom-Peiniger-zum-geliebten-Ehemann und unseren Sohn.

Wenn Glück in einem Bild definiert werden könnte, wäre es das für mich.

»Mom! Charlie hat einen Schneeball auf mich und Bella geworfen«, schreit Maya und rennt in den Raum, wobei Schnee und Eis von ihrer Jacke fallen. Ihr kleines Gesicht ist empört, und ihre winzigen Hände sind zu Fäusten geballt. »Und Lizzie hat ein Schimpfwort für ihn benutzt!«

Lachend lege ich meinen Laptop beiseite und fange meine verräterische Dreijährige mit einer Umarmung ab. »Das ist okay, mein Liebling«, beruhige ich sie und streichele ihre verworrenen kastanienbraunen Locken, als Toby, unser Golden Retriever, herüberkommt, um den Schnee von ihrem Mantel zu lecken. »Dein Bruder hat nur gespielt. Er ist ein wenig in Bella verknallt, das ist alles.«

»Das bin ich nicht!« Charlies empörter Ton passt zu dem seiner Schwester. »Sie ist viel zu blond und seltsam, und sie spricht kaum Russisch.«

»Hey, stopp jetzt«, tadelt Peter und setzt ihn ab. »Das ist nicht nett.«

»Bella Kent spricht so viel Russisch wie du, du

Idiot«, sagt Maya hochnäsig, und ihr kleines Kinn richtet sich nach oben, als sie aus meiner Umarmung tritt. Sie schiebt Toby weg und fügt hinzu: »Und überhaupt ist sie erst vier Jahre alt. Ihr Vokabular wird wachsen, wie deins. Nicht jeder wird so klug geboren wie ich.«

Peter und ich tauschen einen Blick aus. Dann brechen wir in schallendes Gelächter aus.

Unser Geburtstagskind ist gut drauf heute.

Charlie war zweieinhalb Jahre alt, als Maya geboren wurde, aber im vergangenen Jahr hat sie angefangen, ihm Mathematik und Lesen beizubringen – Letzteres auf Englisch, Russisch, Französisch und Japanisch. Ihr Verstand ist wie ein Schwamm, und ihre Brillanz wird nur von ihrem Ego übertroffen.

Trotz ihres Überflieger-IQs ist Bescheidenheit ein Konzept, das ihr dreijähriges Gehirn nicht ganz verstehen kann.

»Ich dachte, du hast mir gesagt, dass du kein *Kindergenie* warst?«, hatte Peter erstaunt zu mir gesagt, als unsere Tochter im Alter von zwei Jahren begann, Musik zu komponieren. »Dass du wegen deiner Eltern so jung Ärztin geworden bist, und nicht, weil du wahnsinnig klug warst.«

»Und das ist alles wahr. Ich weiß nicht, woher das kommt«, habe ich ihm ebenso verwirrt geantwortet. »Vielleicht hast du eine Genie-DNA in dir.«

Nicht, dass Charlie, unser erstes Kind, nicht auch klug wäre. Er ist intelligent, neugierig und energisch – alles, was wir uns immer von einem Sohn wünschen könnten. Er geht in seiner Privatschule hier in der Schweiz auf, und laut seiner Lehrer ist er mehr als klug.

Maya ist jedoch auf einer ganz anderen Ebene.

Sie wäre einschüchternd, wenn sie nicht so umwerfend süß wäre.

»Geh und sag den anderen, dass sie reinkommen sollen«, sage ich, als ich sie an ihrer Kapuze erwische. »Es ist Zeit für den Kuchen.«

Ihr winziges Gesicht – eine Miniaturreplik von meinem – leuchtet auf, und sie rennt mit Charlie auf den Fersen aus dem Raum. Toby springt auf die Couch, um sich neben mir zusammenzurollen, und ich nutze die ruhige Minute, um den neuen Song, den ich komponiere, zu überprüfen, bevor ich meinen Laptop schließe.

Da alle für Mayas Geburtstag hier sind, werde ich keine Zeit haben, ihn heute zu beenden.

Nachdem Bonnie Henderson geholfen hatte, Peters Namen reinzuwaschen, hatten wir die Möglichkeit, nach Chicago zurückzukehren und dort unser Leben wieder aufzunehmen. Wir haben uns jedoch dagegen entschieden. Nicht nur, dass wir überall, wo wir hingegangen wären, misstrauischen Blicken ausgesetzt gewesen wären, weil unsere Gesichter nach dem Bombenangriff überall in den Nachrichten gewesen waren, sondern ohne meine Eltern gab es auch nichts, was mich wirklich an Homer Glen binden würde. So beschlossen wir stattdessen, uns ein neues Zuhause in den Schweizer Alpen aufzubauen, in der Nähe der

Privatklinik, wo mir während der Flucht ein Job angeboten wurde.

Ich hatte begonnen, dort hauptberuflich zu arbeiten, aber innerhalb eines Monats stellten Peter und ich fest, dass es nicht ideal war, weil es mit der Schwangerschaft zu anstrengend für mich wurde – und wir nicht länger als ein paar Stunden am Stück getrennt sein wollten. Also eröffnete ich meine eigene Praxis im ersten Stock unseres Hauses, wo ich meine eigenen Stunden festlegen und Peter den ganzen Tag über sehen konnte. Bald darauf begann die Klinik, ihre schwangeren Patientinnen an mich zu überweisen, und ich wurde zur Gynäkologin für Frauen mit Verbindungen zur Unterwelt.

Das funktioniert gut, zumal Peter beschlossen hat, seine Fähigkeiten und Kontakte für eine neue Aufgabe einzusetzen: ehemalige Soldaten zu rekrutieren und auszubilden, um als Söldner für Organisationen wie Esguerras zu arbeiten.

Es ist nicht gerade das friedliche zivile Leben, das wir uns vorgestellt haben, aber es ist viel weniger gefährlich als hochkarätige Attentate – und für Peter viel interessanter, als den Normalbürgern die Grundkenntnisse der Selbstverteidigung beizubringen. Was mich betrifft, so habe ich mit meiner flexiblen Arbeitszeit nicht nur Zeit für Peter und unsere beiden Kinder, sondern auch für meine Musik.

Ich trete nicht mehr live auf oder habe einen YouTube-Kanal – nach allem, was passiert ist, ist Peter zu paranoid geworden, was meine Sicherheit betrifft –

aber ich habe die Genugtuung, dass meine Songs von einigen der berühmtesten neuen Stars aufgeführt werden, die mich gut dafür bezahlen, dass ich ihr Ghostwriter bin. Besonders beliebt sind meine düstereren Texte, und zwei meiner Songs führten wochenlang die Charts an.

»Kuchen! Kuchen! Kuchen!« Die Kinder stürmen wie schneebedeckte Tornados herein, wobei der fünfjährige Mateo Esguerra in Führung liegt und Bella, Lizzie, Charlie und Maya ihn verfolgen. Die Kinder umgeben quietschend Peter, der feierlich drei Kerzen aufstellt, und Toby springt von der Couch, rennt zu ihnen hinüber und bellt sich vor Aufregung den Kopf weg.

Die Erwachsenen kommen als Nächstes herein. Wie immer hat Julian einen Arm um Nora gelegt und drückt sie an sich, als ob er Angst hätte, dass sie davonläuft. Lucas ist bei Yulia unauffälliger, aber angesichts der nassen Abdrücke auf ihren Jacken ist klar, dass sie im Schnee gerollt sind – und ich kann nur hoffen, dass es außerhalb der Sichtweite der Kinder war.

Charlie, ein unerschrockener Entdecker von allem und jedem, hat sie bereits einmal in ihrem Fitnessstudio in Zypern bei *Doktorspielen* überrascht.

So oder so, ich bin froh, dass sie alle hier sind. Während Peter und ich die Esguerras halbwegs regelmäßig besuchen, war Yulia so beschäftigt mit ihren Restaurants, dass ich sie dieses Jahr nur zweimal gesehen habe. Glücklicherweise ist die kleine Bella

Kent nicht so ganz heimlich von unserem Charlie besessen, der behauptet, sie zu hassen, aber nie eine Chance verpasst, ihre Aufmerksamkeit zu erregen – also hatten Lucas und Yulia keine andere Wahl, als zu Mayas Geburtstagsparty zu kommen.

Ihr wunderschöner blonder Engel hätte sie sonst mit ihrem Welpenblick umgebracht.

Ich gehe hinüber und begrüße Nora und Yulia mit einer Umarmung. Dann versammeln wir uns alle neben unseren Kindern um den Kuchen, und als Maya ihre Kerzen ausbläst, treffe ich Peters Blick und wünsche mir etwas.

Ich will, dass er mich für immer so quält – mich für immer mit all der Dunkelheit in seinem Herzen liebt.

Vielen Dank, dass Sie dieses Buch gelesen haben! Ich hoffe, Ihnen hat das Ende von Peters und Saras Geschichte gefallen, und Sie hinterlassen eine Rezension. Um zu erfahren, wann ich ein neues Buch habe, melden Sie sich bitte für meinen Newsletter unter www.annazaires.com an.

Möchten Sie mehr von diesen Charakteren lesen? Dann verpassen Sie nicht:

- *Verschleppt: Die komplette Trilogie* – Nora und Julians dunkle Geschichte, in der Peter zum ersten Mal erscheint und seine Liste erhält.
- *Ergreife Mich: Die komplette Trilogie* – Lucas' und Yulias atemberaubende Liebesgeschichte, in der sie von Feinden zu einem Liebespaar wurden.

Bereit für meine anderen knisternden Geschichten? Dann stöbern Sie hier:

- *Mia & Korum: Die komplette Krinar Chroniken Trilogie* – Ein dunkler Science-Fiction-Liebesroman
- *Die Gefangene des Krinar* – Ein abgeschlossener dunkler Science-Fiction-Liebesroman
- *Das Krinar-Exposé* – meine glühend heiße Zusammenarbeit mit Hettie Ivers, über Amy und Vair – und ihre Sexklubspielchen.

Bevorzugen Sie Action, Fantasy und Science-Fiction? Schauen Sie sich diese Kooperationen mit meinem Ehemann Dima Zales an:

- *Das Mädchen, das sieht* – die spannende Geschichte von Sasha Urban, einer Bühnenillusionistin, die unerwartete geheime Kräfte entdeckt.
- *Gedankendimensionen 0, 1 und 2* – die actiongeladenen Urban-Fantasy-Abenteuer von Darren, der die Zeit anhalten und Gedanken lesen kann.
- *Die letzten Menschen: Die komplette Trilogie* – die futuristische, dystopische Science-Fiction-Geschichte von Theo, der in einer Welt lebt, in der nichts so ist, wie es zu sein scheint.

- *Mensch++* – der atemberaubende Technothriller mit dem Risikokapitalgeber Mike Cohen, dessen Brainozytentechnologie die Welt für immer verändern wird.
- *Der Zaubercode* – die epischen Fantasy-Abenteuer des Zauberers Blaise und seiner Schöpfung, der schönen und mächtigen Gala.

Und jetzt blättern Sie bitte für einen kleinen Vorgeschmack auf *Twist Me - Verschleppt, Capture Me – Ergreife mich* und *The Krinar Captive – Die Gefangene des Krinar* um.

AUSZUG AUS TWIST ME - VERSCHLEPPT

Entführt und auf eine einsame Insel verschleppt.

Ich hätte niemals gedacht, dass mir so etwas passiert. Ich hätte mir niemals vorstellen können, dass eine zufällige Begegnung kurz vor meinem achtzehnten Geburtstag mein Leben völlig umkrempeln würde.

Jetzt gehöre ich ihm. Julian. Dem Mann, der genauso rücksichtslos wie gutaussehend ist – dem Mann, dessen Berührungen mich brennen lassen. Ein Mann, dessen Zärtlichkeit ich verstörender finde, als seine Grausamkeit.

Mein Entführer ist ein Rätsel für mich. Ich weiß nicht, wer er ist, oder warum er mich verschleppt hat. In ihm ist eine Dunkelheit – eine Dunkelheit, die mir genauso Angst macht, wie sie mich anzieht.

Mein Name ist Nora Leston und das ist meine Geschichte.

Jetzt ist schon Abend. Mit jeder Minute, die vergeht, werde ich ängstlicher bei dem Gedanken daran, meinen Peiniger wiederzusehen.

Ich kann mich nicht länger auf den Roman konzentrieren, den ich gerade gelesen habe. Ich lege ihn weg und drehe Runden in dem Zimmer.

Ich habe die Sachen an, die Beth mir vorhin gegeben hat. Es ist keine Kleidung, die ich mir selber ausgesucht hätte, aber sie ist besser als ein Bademantel. Ein sexy Spitzenhöschen und einen dazu passenden BH als Unterwäsche. Ein hübsches blaues Sommerkleid zum vorne zuknöpfen. Alles passt mir verdächtig gut. Hat er mich schon eine ganze Weile verfolgt? Hat er alles über mich herausgefunden, einschließlich meiner Kleidergröße?

Mir wird schlecht bei dem Gedanken daran.

Ich versuche, nicht darüber nachzudenken, was noch alles passieren kann, aber das ist unmöglich. Ich weiß nicht warum ich mir so sicher bin, dass er heute Nacht zu mir kommen wird. Es ist natürlich möglich, dass er einen ganzen Harem voller Frauen hier auf dieser Insel festhält und jede nur einmal die Woche besucht, wie das die Sultane damals taten.

Und trotzdem weiß ich irgendwie, dass er bald hier sein würde. Die letzte Nacht hatte lediglich seinen

Appetit angeregt. Ich weiß, dass er noch nicht mit mir fertig ist, noch lange nicht.

Endlich geht die Tür auf.

Er kommt herein, als würde ihm dies alles hier gehören. Was es natürlich auch tut.

Und wieder bin ich von seiner männlichen Schönheit beeindruckt. Mit so einem Gesicht hätte er ein Model oder ein Filmstar sein können. Wenn es auf dieser Welt Gerechtigkeit gäbe, wäre er klein oder hätte einen anderen Makel, der von seinem Gesicht ablenken würde.

Hat er aber nicht. Sein Körper ist groß und muskulös, mit perfekten Proportionen. Ich erinnere mich daran, wie es ist, ihn in mir zu haben und fühle ein unwillkommenes Aufflackern von Erregung.

Er trägt wieder Jeans und T-Shirt. Diesmal ein graues. Er scheint eine Vorliebe für schlichte Kleidung zu haben und das ist clever von ihm. So kommt sein Aussehen am besten zur Geltung.

Er lächelt mich an. Mit diesem Lächeln, dass ihn wie einen gefallenen Engel aussehen lässt – dunkel und verführerisch. »Hallo Nora.«

Ich weiß nicht, was ich ihm sagen soll, also platze ich mit dem ersten heraus, das mir in den Sinn kommt. »Wie lange wirst du mich hier fest halten?«

Er legt seinen Kopf leicht zur Seite. »Hier in diesem Raum? Oder auf der Insel?«

»Beides«

»Beth wird dir morgen die Umgebung zeigen und mit dir schwimmen gehen, falls du Lust dazu hast«, sagt er und kommt dabei immer näher. »Du wirst nicht mehr eingesperrt sein, außer du machst Dummheiten.«

»Wie zum Beispiel?« frage ich und mein Herz klopft, als er neben mir stehen bleibt und seine Hand hebt, um mein Haar zu berühren.

»Versuchen, dir oder Beth etwas anzutun.« Seine Stimme war sanft und sein Blick hypnotisierend als er zu mir hinunter sieht. Die Art und Weise, wie er mein Haar berührt, war sonderbar entspannend.

Ich zwinkere, um seinen Zauber zu brechen. »Und was ist mit der Insel? Wie lange wirst du mich hier festhalten?«

Seine Hand streichelt jetzt mein Gesicht und fährt an meiner Wange entlang. Ich erwische mich dabei, wie ich mich seiner Berührung hingebe, wie eine Katze, die gekrault wird, und versteife augenblicklich.

Seine Lippen verziehen sich zu einem wissenden Lächeln. Dieser Bastard weiß genau welche Wirkung er auf mich hat. »Eine lange Zeit, hoffe ich«, sagt er.

Aus irgendeinem Grund bin ich nicht überrascht. Er würde sich nicht die Umstände gemacht haben, mich bis hierherzubringen, wenn er mich nur einige Male ficken wollte. Ich habe Angst, aber bin nicht wirklich verwundert.

Ich nehme all meinen Mut zusammen und frage die nächste logische Frage. »Warum hast du mich entführt?«

Das Lächeln verschwindet aus seinem Gesicht. Er antwortet nicht, sondern schaut mich nur mit einem undurchschaubaren melancholischen Blick an.

Ich fange an zu zittern. »Wirst du mich töten?«

»Nein, Nora, ich werde dich nicht töten.«

Seine Verneinung beruhigt mich, auch wenn er mich gerade anlügen könnte. Ich bin ein kleines bisschen ruhiger, aber es gibt da noch eine weitere Sache, die ich unbedingt wissen muss. »Wirst du mir wehtun?«

Einen Moment lang antwortet er wieder nicht. Etwas Dunkles flackert kurz in seinen Augen auf. »Wahrscheinlich«, sagt er ruhig.

Und dann beugt er sich hinunter und küsst mich, mit seinen warmen Lippen weich und zärtlich auf meine.

Eine Sekunde lang stehe ich stocksteif da, ohne irgendeine Reaktion. Ich glaube ihm. Ich weiß, dass er mir die Wahrheit sagt, wenn er behauptet, dass er mir wehtun wird. Er hat etwas an sich, das mir Angst Macht – das mir schon von Anfang an Angst gemacht hat.

Er ist überhaupt nicht wie die Jungs, mit denen ich Verabredungen hatte. Er ist zu allem fähig.

Und ich bin ihm völlig ausgeliefert.

Ich denke darüber nach, mich zu wehren. Das wäre das Normale, was man in meiner Situation machen würde. Das wäre mutig.

Und trotzdem mache ich es nicht.

Ich kann die dunklen Abgründe in ihm fühlen. Irgendetwas stimmt mit ihm nicht. Seine äußere Schönheit verbirgt etwas Grauenvolles im Inneren.

Ich möchte diese Dunkelheit nicht entfesseln. Ich weiß nicht, was passieren wird, wenn ich es tue.

Also stehe ich bewegungslos in seiner Umarmung und lasse mich von ihm küssen. Und als er mich aufhebt und zum Bett trägt, versuche ich überhaupt nicht, etwas dagegen zu machen.

Stattdessen schließe ich meine Augen und gebe mich den Empfindungen hin.

Alle drei Bücher der Trilogie *Verschleppt* sind jetzt erhältlich. Um mehr darüber zu erfahren, besuchen Sie bitte meine Seite www.annazaires.com/book-series/deutsch/ und tragen Sie sich für meinen Newsletter zu Neuerscheinungen ein.

AUSZUG AUS CAPTURE ME – ERGREIFE MICH

Anmerkungen der Autorin: Dieser Ausschnitt wird aus Yulias Perspektive erzählt. Für alle diejenigen, die die *Twist Me – Verschleppt* Reihe kennen: diese Szene spielt sich zu dem Zeitpunkt in Moskau ab, als Lucas und Julian sich dort mit den russischen Funktionären treffen.

Sie fürchtet ihn von dem Moment an, in dem sie ihn das erste Mal sieht.

Yulia Tzakova kennt gefährliche Männer. Sie ist mit ihnen aufgewachsen. Sie hat sie überlebt. Aber als sie Lucas Kent trifft, weiß sie, dass dieser ehemalige Soldat der gefährlichste von allen sein könnte.

Eine Nacht – das sollte alles sein. Eine Gelegenheit, um einen verpatzten Auftrag wiedergutzumachen und Informationen über Kents Boss, einen Waffenhändler, zu bekommen. Sobald das Flugzeug abstürzt, sollte alles vorbei sein.

Stattdessen fängt es gerade erst an.

Er will sie von dem Moment an, in dem er sie zum ersten Mal sieht.

Lucas Kent hatte schon immer eine Schwäche für Blondinen mit langen Beinen und Yulia Tzakova ist ein besonders schönes Exemplar. Die russische Übersetzerin mag versucht haben, seinen Boss zu verführen, aber landet stattdessen in Lucas' Bett – und er hat definitiv vor, sie erneut dort zu haben.

Dann stürzt sein Flugzeug ab und er erfährt die Wahrheit.

Sie hat ihn verraten.

Jetzt wird sie dafür bezahlen.

Er betritt mein Apartment sobald sich die Tür öffnet. Er zögert nicht, er grüßt nicht — er tritt einfach ein.

Überrascht weiche ich zurück und der kurze, enge

Flur fühlt sich plötzlich bedrückend klein an. Ich hatte ganz vergessen wie groß er ist, wie breit seine Schultern sind. Für eine Frau bin ich groß — groß genug um so zu tun als sei ich ein Model, falls es für einen Auftrag nötig ist — aber er überragt mich um einen Kopf. Mit der schweren Daunenjacke die er trägt, nimmt er fast den ganzen Flur ein.

Immer noch schweigend schließt er die Tür hinter sich und kommt auf mich zu. Instinktiv trete ich noch weiter zurück, da ich mich wie eine in die Ecke getriebene Beute fühle.

»Hallo Yulia«, murmelt er und hält an, als wir aus dem Flur treten. Sein blasser Blick ruht auf meinem Gesicht. »Ich habe nicht erwartet, dich so zu sehen.«

Ich schlucke und mein Puls rast. »Ich habe gerade gebadet.« Ich möchte ruhig und selbstsicher wirken, aber er hat mich völlig aus dem Konzept gebracht. »Ich habe keine Besucher erwartet.«

»Das kann ich sehen.« Ein leichtes Lächeln erscheint auf seinen Lippen und die harte Linie seines Mundes wird weicher. »Und trotzdem hast du mich hineingelassen. Warum?«

»Weil ich mich nicht weiter durch die Tür hindurch unterhalten wollte.« Ich atme beruhigend ein. »Kann ich dir einen Tee anbieten?« Es ist dumm das zu fragen wenn man bedenkt weshalb er hier ist, aber ich benötige noch einen Augenblick um mich zu fangen.

Er zieht seine Augenbrauen in die Höhe. »Tee? Nein, Danke.«

»Kann ich dir deine Jacke abnehmen?«

Offensichtlich kann ich nicht damit aufhören die Gastgeberin zu spielen, da ich mit der Höflichkeit meine Angst überspiele. »Sie sieht ziemlich warm aus.«

Ein Hauch von Belustigung flackert in seinem eisigen Gesichtsausdruck auf. »Gerne.« Er zieht seine Daunenjacke aus und reicht sie mir. Er trägt einen schwarzen Pullover und eine dunkle Hose, die er in schwarze Winterstiefel gesteckt hat. Die Jeans sitzt eng an seinen muskulösen Oberschenkeln und kräftigen Waden, und an seinem Gürtel sehe ich eine Waffe in einem Holster.

Ungewollt atme ich bei seinem Anblick schneller und muss mich anstrengen, damit meine Hände nicht zittern während ich ihm die Jacke abnehme und sie in meinen winzigen Kleiderschrank hänge. Es ist keine Überraschung, dass er eine Waffe trägt — ich wäre entsetzt wenn das nicht der Fall wäre — aber die Waffe erinnert mich deutlich daran, wer Lucas Kent ist.

Was er ist.

Das ist keine große Sache, sage ich mir um meine angespannten Nerven zu beruhigen. Ich bin an gefährliche Männer gewöhnt. Ich wuchs unter ihnen auf. Dieser Mann ist nicht anders. Ich werde mit ihm schlafen, so viele Informationen herausholen wie ich kann und dann wird er aus meinem Leben verschwunden sein.

Genauso wird es sein. Je schneller ich es hinter mich bringe, desto eher wird das ganze vorbei sein.

Ich schließe die Schranktür, setze mein geübtes Lächeln auf und drehe mich herum um ihn anzuschauen, da ich endlich bereit bin, in die Rolle der selbstsicheren Verführerin zu schlüpfen.

Aber er befindet sich bereits neben mir, da er offensichtlich lautlos den Raum durchquert hat.

Mein Puls rast erneut und ich verliere meine neuerrungene Fassung. Er steht so dicht neben mir, dass ich die grauen Schlieren in seinen blassblauen Augen erkennen kann, so nahe bei mir, dass er mich berühren könnte.

Und eine Sekunde später tut er es auch.

Er hebt seinen Arm, um mit seinem Handrücken über mein Kinn zu streichen.

Ich blicke ihn an und werde von der augenblicklichen Reaktion meines Körpers überrascht. Meine Haut erwärmt sich, meine Nippel werden hart und meine Atmung beschleunigt sich. Es ergibt keinen Sinn, dass mich dieser harte, rücksichtslose Fremde so sehr erregt. Sein Chef sieht besser aus, und trotzdem reagiert mein Körper auf Kent. Er hat nur mein Gesicht berührt. Das sollte mir nichts bedeuten, aber trotzdem geht es mir nahe.

Es geht mir nahe und verwirrt mich.

Ich schlucke erneut. »Herr Kent — Lucas — bist du sicher, dass ich dir nichts zu trinken anbieten kann? Vielleicht einen Kaffee oder —« Meine Worte enden damit, dass ich nach Luft schnappe als er nach dem Gürtel meines Bademantels greift und so selbstverständlich daran zieht, als würde er ein Paket auspacken.

»Nein.« Er sieht dabei zu, wie der Bademantel zu

Boden gleitet und meinen nackten Körper freigibt. »Keinen Kaffee.«

Und dann berührt er mich wirklich, bedeckt meine Brust mit seiner großen, harten Handfläche. Seine Finger sind schwielig und rau. Und kalt, da er gerade von draußen kommt. Sein Daumen streicht über meinen harten Nippel und ich spüre tief in mir ein Ziehen, ein wachsendes Bedürfnis, das sich genauso fremd anfühlt wie seine Berührung.

Ich kämpfe gegen meinen Drang an, zurückzuweichen, und befeuchte meine trockenen Lippen. »Du bist sehr direkt.«

»Ich habe keine Zeit für Spielchen.« Seine Augen blitzen auf, als sein Daumen erneut über meinen Nippel streicht. »Wir wissen beide, warum ich hier bin.«

»Um Sex mit mir zu haben.«

»Ja.« Er gibt sich keine Mühe die Dinge zu beschönigen, mir etwas anderes als die brutale Wahrheit zu sagen. Er bedeckt meine Brust immer noch so mit seiner Hand, als hätte er das Recht dazu, mein nacktes Fleisch zu berühren. »Um Sex mit dir zu haben.«

»Und wenn ich nein sage?« Ich weiß nicht einmal, warum ich ihn das frage. So war das Ganze nicht geplant. Ich sollte ihn verführen und nicht versuchen, ihn vom Sex abzubringen. Trotzdem wehrt sich etwas in mir gegen seine selbstverständliche Annahme, dass er mich einfach so nehmen kann. Andere Männer sind auch davon ausgegangen und es hat mich nicht ansatzweise so sehr gestört. Ich weiß nicht, was dieses Mal anders ist, aber ich möchte, dass er zurücktritt und aufhört mich zu berühren. Ich möchte es so sehr, dass sich meine Hände an meinen Seiten zu Fäusten ballen und sich meine Muskeln anspannen, da ich den Drang verspüre, gegen ihn anzukämpfen.

»Sagst du nein?« Er fragt ruhig während seine Daumen über meine Brustwarze kreist. Als ich nach einer Antwort suche, fährt er mit seiner anderen Hand in mein Haar und umfasst besitzergreifend meinen Hinterkopf.

Ich blicke ihn an und atme stockend. »Und wenn ich es tun würde?« Zu meinem Missfallen klingt meine Stimme dünn und verängstigt. Es ist, als sei ich wieder eine Jungfrau, die von ihrem Trainer in der Umkleidekabine in die Ecke getrieben wird. »Würdest du gehen?«

Einer seiner Mundwinkel verzieht sich zu einem halben Lächeln. »Was denkst du?« Seine Finger verstärken ihren Griff in meinem Haar und ziehen genau so fest, dass ich einen Hauch von Schmerzen verspüre. Seine andere Hand, die auf meiner Brust liegt, ist immer noch zärtlich, aber das bedeutet nichts.

Ich weiß meine Antwort bereits.

Als seine Hand meine Brust verlässt und meinen Bauch hinunterfährt, wehre ich mich nicht. Stattdessen öffne ich meine Beine und lasse ihn meine glatte, frischgewachste Muschi berühren. Als sein harter, direkter Finger in mich stößt, versuche ich nicht, mich wegzubewegen. Ich stehe einfach nur da und versuche meine abgehackte Atmung zu kontrollieren, versuche mich davon zu überzeugen, dass sich dieser Auftrag nicht von den anderen unterscheidet.

Aber er tut es.

Ich möchte nicht, dass es so ist, aber genau das ist der Fall.

»Du bist feucht«, murmelt er und betrachtet mich, während er seinen Finger tiefer hineinschiebt. »Sehr feucht. Wirst du immer so feucht bei Männern, die du nicht begehrst?«

»Warum denkst du, dass ich dich nicht begehre?« Zu meiner Erleichterung ist meine Stimme diesmal fester. Meine nächste Frage hört sich sanft an, fast amüsiert, während ich seinen Blick erwidere. »Ich habe dich hineingelassen, oder etwa nicht?«

»Du hast dich ihm angeboten.« Kents Kiefer spannt sich an und seine Hand auf meinem Hinterkopf bewegt sich, greift nach einem Büschel meiner Haare. »Vor einigen Stunden hast du ihn gewollt.«

»Das habe ich.« Diese Darstellung typisch männlicher Eifersucht macht mich sicherer, da ich mich durch sie auf vertrauterem Terrain befinde. Meine Stimme wird noch sanfter, noch verführerischer. »Und jetzt möchte ich dich. Stört dich das?«

Kents Augen verengen sich. »Nein.« Er zwängt einen zweiten Finger in mich und drückt gleichzeitig seinen Daumen auf meine Klitoris. »Überhaupt nicht.«

Ich will etwas Intelligentes sagen, eine knackige Antwort geben, aber ich kann nicht. Die Lust überkommt mich durchdringend und überraschend. Meine inneren Muskeln ziehen sich zusammen, umschlingen seine rauen, eindringenden Finger und ich kann nichts Anderes tun, als wegen der Gefühle die mich überkommen laut aufzustöhnen. Ungewollt hebe ich meine Hände an und greife nach seinem Unterarm. Ich weiß nicht, ob ich versuche ihn wegzudrücken oder möchte, dass er weitermacht, aber das ist auch unwichtig. Der Arm unter der weichen Wolle seines Pullovers ist voller stahlharter Muskeln. Ich kann seine Bewegungen nicht kontrollieren — alles was ich tun kann, ist, mich an ihm festzuhalten während er mit diesen harten, gnadenlosen Fingern immer tiefer in mich eindringt.

»Das gefällt dir, nicht wahr?«, murmelt er, schaut mir in die Augen und ich ziehe scharf Luft ein als er beginnt, mit seinem Daumen über meine Klitoris zu streichen, von links nach rechts, von oben nach unten. Er krümmt seine Finger in mir und ich unterdrücke ein Stöhnen, als er einen Punkt berührt der eine noch schärfere Lustwelle durch meine Nervenbahnen jagt. Eine Spannung beginnt sich in mir aufzubauen, die Lust wird stärker und intensiver, und mit Entsetzen wird mir klar, dass ich kurz vor einem Orgasmus stehe.

Mein Körper, der normalerweise sehr langsam reagiert, pocht mit schmerzhafter Begierde nach der Berührung eines Mannes, der mir Angst macht — eine Entwicklung, die mich erstaunt und mich verunsichert.

Ich weiß nicht, ob er das von meinem Gesicht ablesen kann oder ob er die Anspannung in meinem Körper spürt, aber seine Pupillen weiten sich und seine blassen Augen werden dunkel. »Ja, genau so.« Seine Stimme ist ein leises, tiefes Grollen. »Komm für mich, meine Schöne« — sein Daumen drückt fest auf meine Klitoris — »jetzt.«

Und ich komme. Mit einem unterdrückten Stöhnen ziehe ich mich um seine Finger zusammen und die harten Kanten seiner kurzen, stumpfen Fingernägel bohren sich in mein kontaktierendes Fleisch. Mein Blick verschwimmt, meine Haut prickelt heiß als ich auf einer Welle aus Gefühlen reite, bevor ich zusammensacke und nur von seiner Hand in meinen Haaren und seinen Fingern in meinem Körper gehalten werde.

»Na bitte«, sagt er belegt und als ich meine Umwelt wieder wahrnehmen kann, sehe ich, dass er mich eindringlich betrachtet. »Das war doch nett, oder nicht?«

Ich kann nicht einmal nicken, aber er scheint meine Bestätigung auch nicht zu benötigen. Und warum auch? Ich kann die Feuchtigkeit in mir fühlen, die Nässe, die diese rauen männlichen Finger bedeckt — Finger, die sich langsam aus mir zurückziehen, während er die ganze Zeit mein Gesicht anschaut. Ich will meine Augen schließen oder mich wenigstens von seinem stechenden Blick abwenden, aber ich kann nicht.

Nicht, ohne dass er bemerken würde, wie viel Angst er mir macht.

Anstatt meinem eigentlichen Bedürfnis nachzugeben, betrachte ich ihn ebenfalls und sehe Zeichen von Erregung auf seinen starken Gesichtszügen. Sein Kiefer ist angespannt, während er mich anblickt und ein kleiner Muskel neben seinem rechten Ohr pulsiert. Selbst durch den sonnengebräunten Teint seiner Haut kann ich die rötlichere Farbe auf seinen flügelartigen Wangenknochen erkennen.

Er will mich unbedingt — und dieses Wissen gibt mir den Mut zu handeln.

Ich fasse nach unten und bedecke die harte Ausbeulung im Schritt seiner Jeans mit meiner Hand. »Es war nett«, flüstere ich und sehe zu ihm hoch. »Und jetzt bist du dran.«

Seine Pupillen werden noch größer und seine Brust weitet sich durch ein tiefes Einatmen. »Ja.« Seine Stimme ist voller Begehren, als er seine Hand in meinem Haar dazu benutzt, mich näher an ihn heranzuziehen. »Ja, ich denke das bin ich.« Und bevor ich darüber nachdenken kann, ob es clever war ihn so unverhohlen zu provozieren, beugt er seinen Kopf hinunter und nimmt meinen Mund mit seinem in Besitz.

Ich schnappe nach Luft, meine Lippen öffnen sich überrascht und er nutzt diese Tatsache sofort aus, um den Kuss zu vertiefen. Sein Mund, der so hart aussieht, fühlt sich erstaunlich weich an, seine Lippen sind warm und glatt als seine Zunge hungrig meinen Mund erforscht. In diesem Kuss verbinden sich Können mit Selbstsicherheit; es ist der Kuss eines Mannes der weiß, wie er einer Frau Lust verschaffen kann, wie er sie mit nichts weiter als der Berührung seiner Lippen verführen kann.

Die Hitze, die in mir glüht, verstärkt sich und die Anspannung in mir nimmt zu. Er hält mich so nahe bei sich, dass meine nackten Brüste gegen seinen Pullover drücken und die Wolle gegen meine aufgestellten Nippel reibt. Ich kann seine Erektion durch das raue Material seiner Jeans spüren. Sie drückt sich in meinen Unterbauch und lässt mich erkennen, wie sehr er mich will, wie schwach seine vorgespielte Kontrolle in Wirklichkeit ist. Ich bekomme kaum mit, dass der Bademantel von meiner Schulter geglitten ist und ich jetzt komplett nackt bin, aber ich vergesse die Tatsache sofort wieder, als in seiner Kehle ein knurrendes Geräusch ertönt und er mich gegen die Wand stößt.

Der Schreck über die kalte Oberfläche an meinem Rücken lässt mich einen Moment lang zu klarem Verstand kommen, aber er öffnet bereits den Reißverschluss seiner Jeans, seine Knie zwängen sich zwischen meine Beine, spreizen sie und er hebt seinen Kopf um mich anzublicken. Ich höre das Geräusch einer Folie die geöffnet wird und dann nimmt er meine Pobacken in seine Hände und hebt mich hoch. Mit rasendem Herzen halte ich mich instinktiv an seinen

Schultern fest, als er mir rau befielt: »Schlinge deine Beine um mich« — und mich auf seinen steifen Schwanz hinabsinken lässt, ohne auch nur einen Moment lang seinen Blick von mir abzuwenden.

Sein Stoß ist hart und tief, da er komplett in mich eindringt. Mein Atem stockt wegen der Gewalt dieses Eindringens, seiner kompromisslosen Brutalität. Meine inneren Muskeln ziehen sich um ihn zusammen und versuchen erfolglos, ihn nicht hineinzulassen. Sein Schwanz ist so groß wie sein restlicher Körper, so lang und dick dass er mich bis zu einem Punkt ausdehnt, der schmerzhaft ist. Wäre ich nicht so feucht, hätte er mich zerrissen. Aber ich bin nass und nach einigen Augenblicken gibt mein Körper nach und gewöhnt sich an seine Dicke. Unbewusst hebe ich meine Beine an und umschlinge seine Hüfte, genauso wie er es befohlen hat. Diese neue Stellung lässt ihn noch tiefer in mich hineingleiten und ich schreie wegen der überwältigenden Sensation auf.

Jetzt beginnt er sich zu bewegen und seine Augen funkeln, als er mich betrachtet. Jeder Stoß ist genauso hart wie derjenige, der uns vereinigt hat, aber mein Körper versucht nicht länger, sich dagegen zu wehren. Stattdessen gibt er mehr Feuchtigkeit ab, um seinen Weg zu erleichtern. Jedes Mal wenn er in mich stößt, drückt seine Lende gegen mein Geschlecht, presst sich auf meine Klitoris, und die Anspannung tief in mir ist wieder da, wächst mit jeder Sekunde die vergeht. Fassungslos wird mir klar, dass ich mich meinem zweiten Orgasmus nähere … und dann ist er auch schon da. Die Anspannung erreicht ihren Höhepunkt und ich explodiere so stark, dass ich nicht mehr denken kann, sondern nur noch meine geladenen Nervenbahnen spüre.

Ich fühle mein eigenes Pulsieren, spüre, wie sich meine Muskeln immer wieder abwechselnd um seinen Schwanz zusammenziehen und ihn freigeben. Ich bemerke, dass sein Blick abschweift und er gleichzeitig aufhört zuzustoßen. Ein raues, tiefes Stöhnen entweicht seiner Kehle als er sich in mir reibt und ich weiß, dass er ebenfalls gekommen ist, ihn mein Orgasmus mitgerissen hat.

Meine Brust hebt und senkt sich schwer während ich zu ihm hochblicke um dabei zuzusehen, wie sich seine blassblauen Augen wieder auf mich richten. Er ist immer noch in mir und plötzlich kann ich diese Intimität nicht mehr ertragen. Er ist niemand für mich, ein Fremder, und trotzdem hat er mich gefickt.

Er hat mich gefickt und ich habe es zugelassen, weil es mein Job ist.

Ich schlucke, drücke gegen seine Brust und meine Beine geben seine Hüfte frei. »Bitte, lass mich runter.« Ich weiß, ich sollte ihn umschmeicheln und sein Ego polieren. Ich sollte ihm sagen wie unglaublich es war, und dass er mir mehr Lust bereitet hat als jemals ein anderer Mann zuvor. Das wäre nicht einmal gelogen — ich bin noch nie zweimal hintereinander gekommen. Aber ich kann das nicht tun. Ich fühle mich zu verwundet, zu überfallen.

Bei diesem Mann verliere ich die Kontrolle und dieses Wissen macht mir Angst.

Ich weiß nicht, ob er das spüren kann oder ob er einfach nur mit mir spielen will, aber ein ironisches Lächeln erscheint auf seinen Lippen.

»Es ist zu spät um es zu bereuen, meine Schöne«, murmelt er und bevor ich etwas erwidern kann, setzt er mich ab und nimmt seine Hände von meinem Po. Sein erschlaffendes Geschlecht gleitet aus meinen Körper als er zurücktritt und ich sehe ihm ungleichmäßig atmend dabei zu, wie er beiläufig das Kondom abnimmt und es auf den Boden fallen lässt.

Aus irgendeinem Grund erröte ich deshalb. Etwas an diesem Kondom, das hier liegt, ist falsch und schmutzig. Vielleicht ist der Grund dafür, dass ich mich wie dieses Kondom fühle: benutzt und weggeworfen. Ich sehe meinen Bademantel auf dem Boden und bewege mich um ihn aufzuheben, aber Lucas Hand auf meinem Arm hält mich davon ab.

»Was tust du?«, fragt er und blickt mich dabei an. Es scheint ihn überhaupt nicht zu stören, dass seine Jeans immer noch einen geöffneten Reißverschluss haben und sein Schwanz heraushängt. »Wir sind noch nicht fertig.«

Mein Herz setzt einen Schlag aus. »Sind wir nicht?«

»Nein«, sagt er und tritt näher an mich heran. Entsetzt bemerke ich, dass er sich schon wieder aufrichtet, da er meinen Bauch berührt. »Wir sind noch lange nicht fertig.«

Und damit führt er mich an meinem Arm zum Bett.

Capture Me – Ergreife mich ist jetzt erhältlich. Falls Sie mehr darüber erfahren möchten, besuchen Sie bitte meine Homepage www.annazaires.com/book-series/deutsch/.

AUSZUG AUS THE KRINAR CAPTIVE – GEFANGENE DES KRINAR

Anmerkungen der Autorin: *The Krinar Captive – Die Gefangene des Krinar* ist ein abgeschlossener Roman, der ungefähr fünf Jahre vor der Trilogie *Die Krinar Chroniken* spielt.

~

Emily Ross hatte in keinem Moment erwartet, ihren tödlichen Absturz im costa-ricanischen Dschungel zu überleben, und mit Sicherheit hatte sie nicht damit gerechnet, in einer eigenartig futuristischen Unterkunft aufzuwachen und von dem schönsten Mann gefangen gehalten zu werden, den sie jemals gesehen hatte. Einem Mann, der mehr als menschlich zu sein scheint …

Zaron befindet sich auf der Erde, um die krinarische Invasion vorzubereiten – und die schreckliche

Tragödie zu vergessen, die sein Leben zerstört hat. Als er den verletzten Körper des menschlichen Mädchens findet, ändert sich allerdings alles. Zum ersten Mal seit Jahren fühlt er mehr als nur Wut und Trauer, und Emily ist der Grund dafür. Sie gehen zu lassen, würde seine Vorhaben verraten, aber sie zu behalten, könnte ihn erneut zerstören.

Ich will nicht sterben. Ich will nicht sterben. Bitte, bitte, bitte, ich will nicht sterben.

Diese Worte wiederholten sich in ihrem Kopf, ein hoffnungsloses Gebet, das nie erhört werden würde. Ihre Finger rutschten weitere Zentimeter auf dem hölzernen Brett entlang, und ihre Nägel brachen ab, als sie versuchte, nicht den Halt zu verlieren.

Emily Ross krallte sich – im wahrsten Sinne des Wortes – an einer kaputten, alten Brücke fest. Hunderte Meter unter ihr rauschte das Wasser über die Felsen, da der Gebirgsbach durch die jüngsten Regenfälle angeschwollen war.

Diese Regenfälle waren zum Teil verantwortlich für ihre derzeitige Notlage. Wäre das Holz auf der Brücke trocken gewesen, wäre sie vielleicht nicht ausgerutscht und hätte sich auch nicht den Fuß dabei verdreht. Und sie wäre mit Sicherheit nicht auf das Brückengeländer gefallen, das unter ihrem Gewicht zerbrochen war.

Allein ihr verzweifeltes Zugreifen in der letzten Sekunde hatte verhindert, dass Emily nach unten in den Tod stürzte. Während des Fallens hatte ihre rechte Hand einen kleinen Vorsprung an der Seite der Brücke zu fassen bekommen, so dass sie jetzt einige hundert Meter über den harten Steinen in der Luft hing.

Ich will nicht sterben. Ich will nicht sterben. Bitte, bitte, bitte, ich will nicht sterben.

Das war nicht fair. Das hätte nicht passieren dürfen. Das waren ihre Ferien, ihre Zeit, wieder zu sich zu finden. Wie konnte sie jetzt sterben? Sie hatte noch nicht einmal begonnen zu leben.

Bilder der letzten zwei Jahre gingen Emily durch den Kopf, wie die PowerPoint-Präsentationen, mit deren Erstellung sie so viele Stunden verbracht hatte. Jedes Arbeiten bis spät in die Nacht, jedes Wochenende, das sie im Büro verbracht hatte – das alles war umsonst gewesen. Sie hatte ihren Job während der letzten Entlassungswelle verloren, und jetzt war sie kurz davor, ihr Leben zu verlieren.

Nein, nein!

Emily ruderte mit den Beinen und grub ihre Nägel tiefer in das Holz. Sie hob den anderen Arm in die Höhe und streckte ihn nach oben zur Brücke aus. Das würde nicht geschehen. Das würde sie nicht zulassen. Sie hatte zu hart gearbeitet, um sich von einem blöden Dschungel alles kaputtmachen zu lassen.

Blut lief an ihrem Arm hinunter, als sie sich an dem rauen Holz die Haut ihrer Finger abschürfte. Ihre einzige Hoffnung, doch noch zu überleben, war, zu versuchen, mit ihrer linken Hand die andere Seite der Brücke zu ergreifen, damit sie sich wieder hochziehen konnte. Es gab hier niemanden, der ihr helfen konnte, niemanden, der sie retten konnte, wenn sie sich nicht selbst rettete.

Die Möglichkeit, dass sie allein im Regenwald sterben könnte, war ihr nicht in den Sinn gekommen, als sie diese Reise angetreten hatte. Sie ging häufig wandern und zelten. Und trotz der Hölle, die ihr Leben in den letzten zwei Jahren gewesen war, war sie immer noch gut in Form, kräftig und durchtrainiert vom Laufen und den ganzen anderen Sportarten, die sie an der Highschool und an der Uni ausgeübt hatte. Costa Rica wurde durch seine niedrige Kriminalitätsrate und seine touristenfreundliche Bevölkerung als ein sicheres Reiseziel angesehen. Und ein billiges – ein wichtiger Aspekt bei ihrem schnell schwindenden Sparguthaben.

Sie hatte diese Reise schon vorher gebucht. Bevor die Börse erneut eingebrochen war, bevor eine neue Entlassungswelle kam, die Tausende von Menschen, die an der Wall Street arbeiteten, ihre Jobs gekostet hatte. Bevor Emily am Montag zur Arbeit gegangen war, übernächtigt von der ganzen Wochenendarbeit, nur um am gleichen Tag das Büro mit einem kleinen Karton zu verlassen, in dem sich alle ihre privaten Habseligkeiten befanden.

Bevor ihre Beziehung nach vier Jahren zerbrochen war.

Ihr erster Urlaub in zwei Jahren, und sie war kurz davor, zu sterben.

Nein, das darfst du nicht denken. Das wird nicht passieren.

Aber Emily wusste, dass sie sich selbst belog. Sie konnte spüren, wie ihre Finger weiter abrutschten und ihr rechter Arm und ihre Schulter von der Anstrengung brannten, das Gewicht ihres ganzen Körpers halten zu müssen. Ihre linke Hand war nur noch einige Zentimeter davon entfernt, die andere Seite der Brücke zu erreichen, aber diese Zentimeter hätten genauso gut Meter sein können. Ihr Halt war nicht stark genug, um sich mit nur einem Arm hochzuziehen.

Tu es, Emily! Denk nicht lange darüber nach, tu es einfach!

Sie nahm ihre ganze Kraft zusammen, schwang ihre Beine in die Luft und nutzte die Schwungkraft, um ihren Körper für den Bruchteil einer Sekunde etwas in die Höhe zu ziehen. Ihre linke Hand ergriff das hervorstehende Brett, hielt sich daran fest ... und das schwache Holzstück zerbrach. Die überraschte Emily schrie entsetzt auf.

Ihr letzter Gedanke, bevor ihr Körper auf dem Boden aufschlug, war, dass sie hoffentlich augenblicklich tot sein würde.

Der vollmundige und kräftige Geruch der Dschungelvegetation umspielte Zarons Nase. Er atmete tief ein, damit die feuchte Luft seine Lunge füllen konnte. Dieses winzige Fleckchen Erde hier war so sauber, so unverschmutzt wie sein Heimatplanet.

Genau das brauchte er gerade. Er brauchte die frische Luft, die Isolation. In den letzten sechs Monaten hatte er versucht, vor seinen Gedanken wegzulaufen, nur den Augenblick zu leben, aber das war ihm nicht gelungen. Selbst Blut und Sex reichten ihm nicht mehr. Er konnte sich zwar während des Fickens ablenken, aber der Schmerz kam danach sofort zurück, genauso stark wie immer.

Schließlich war ihm das alles zu viel geworden: der Schmutz, die Menschenmengen, ihr Gestank. Sobald er nicht von einem Nebel der Ekstase umgeben war, wurden seine Sinne von der vielen Zeit, die er in menschlichen Städten verbrachte, überreizt. Hier, wo er Luft holen konnte, ohne Gift einzuatmen, wo er Leben anstatt Chemikalien riechen konnte, war es besser. In einigen Jahren würde alles anders sein, und er könnte vielleicht erneut versuchen, in einer menschlichen Stadt zu leben, aber jetzt noch nicht.

Nicht, bis sie sich nicht vollständig hier niedergelassen hatten.

Das war Zarons Aufgabe: die Niederlassung zu überwachen. Er hatte jahrzehntelang Nachforschungen über die Flora und Fauna der Erde durchgeführt, und als der Rat ihn um seine Hilfe bei der anstehenden Kolonisation gebeten hatte, hatte er nicht gezögert. Alles war besser als zu Hause zu sein, wo die Erinnerungen an Laritas Gegenwart überall waren.

Hier gab es keine Erinnerungen. Trotz seiner Ähnlichkeiten mit Krina war dieser Planet fremd und exotisch. Sieben Milliarden Menschen auf der Erde – eine unglaubliche Anzahl –, und sie pflanzten sich mit einer schwindelerregenden Geschwindigkeit fort. Wegen ihrer kurzen Lebensspanne fehlte ihnen allerdings ein gewisses Langzeitdenken, und sie verbrauchten die Ressourcen ihres Planeten, ohne auch nur das kleinste bisschen an die Zukunft zu denken. Auf eine gewisse Weise erinnerten sie ihn an die Schistocerca gregaria – eine Spezies der Grashüpfer, die er vor einigen Jahren untersucht hatte.

Natürlich waren die Menschen intelligenter als Insekten. Einige Individuen wie Einstein ähnelten den Krinar in einigen ihrer Denkweisen sogar. Das überraschte Zaron nicht besonders; er hatte immer angenommen, dass das die Absicht des großen Experiments der Ältesten gewesen war.

Während er durch den costa-ricanischen Wald lief, dachte er über seine Aufgabe nach. Dieser Teil des Planeten war vielversprechend; er konnte sich leicht vorstellen, dass essbare Pflanzen von Krina hier gedeihen würden. Er hatte den Boden ausgiebigen Tests unterzogen, und jetzt hatte er einige Ideen, wie er ihn für die krinarische Flora noch verbessern könnte.

Der Wald um ihn herum war saftig und grün, roch nach blühenden Helikonien, und Zaron konnte das Rauschen der Blätter und das Gezwitscher der einheimischen Vögel hören. In einiger Entfernung ertönte der Schrei eines Alouatta palliata, eines in Costa Rica heimischen Mantelbrüllaffen, und etwas anderes.

Zaron runzelte seine Stirn und hörte genauer hin, aber das Geräusch wiederholte sich nicht.

Neugierig eilte er in die Richtung, aus der es gekommen war, da seine Jagdinstinkte in Alarmbereitschaft versetzt worden waren. Eine Sekunde lang hatte das Geräusch ihn an den Schrei einer Frau erinnert.

Zaron, der mit Leichtigkeit die dichte Vegetation des Dschungels durchdrang, begann zu rennen, wobei er über einen kleinen Bach und einige Büsche sprang, die sich in seinem Weg befanden. Hier draußen, weit entfernt von menschlichen Augen, konnte er sich wie ein Krinar bewegen, ohne sich Sorgen machen zu müssen, dabei gesehen zu werden. Nach einigen wenigen Minuten nahm er einen durchdringenden, metallischen Geruch wahr, durch den sein Mund wässrig und sein Schwanz steif wurde.

Blut.

Menschliches Blut.

Als er sein Ziel erreichte, blieb Zaron stehen und starrte auf den Anblick vor ihm.

Vor ihm befand sich ein Bach, ein Gebirgsbach, der wegen der jüngsten Regenfälle angeschwollen war. Und auf den großen schwarzen Steinen in der Mitte, unter einer alten Holzbrücke, die über den Bach führte, befand sich ein Körper.

Der gebrochene und verdrehte Körper eines menschlichen Mädchens.

~

The Krinar Captive – Die Gefangene des Krinar wir in Kürze erhältlich sein. Bitte besuchen Sie meine Homepage www.annazaires.com/book-series/deutsch/, um mehr zu erfahren und sich für meinen Newsletter zu Neuerscheinungen einzutragen.